MEMORIAL DO CONVENTO

Obras do autor publicadas pela Companhia das Letras

Alabardas, alabardas espingardas espingardas
O ano da morte de Ricardo Reis
O ano de 1993
A bagagem do viajante
O caderno
Cadernos de Lanzarote
Cadernos de Lanzarote II
Caim
A caverna
Claraboia
O conto da ilha desconhecida
Don Giovanni ou O dissoluto absolvido
Ensaio sobre a cegueira
Ensaio sobre a lucidez
O Evangelho segundo Jesus Cristo
História do cerco de Lisboa
O homem duplicado
In Nomine Dei
As intermitências da morte
A jangada de pedra
Levantado do chão
A maior flor do mundo
Manual de pintura e caligrafia
Memorial do convento
Objecto quase
As palavras de Saramago (org. Fernando Gómez Aguilera)
As pequenas memórias
Que farei com este livro?
O silêncio da água
Todos os nomes
Viagem a Portugal
A viagem do elefante

JOSÉ SARAMAGO

MEMORIAL DO CONVENTO
Romance

2ª edição
6ª reimpressão

Prêmio Nobel
COMPANHIA DAS LETRAS

Copyright © 2013 by Herdeiros de José Saramago

1ª edição, Editorial Caminho S.A., Lisboa, 1982

A editora manteve a grafia vigente em Portugal, observando as regras do Acordo Ortográfico da Língua Portuguesa de 1990.

Capa:
Adaptada de *Silvadesigners*,
autorizada por *Porto Editora S.A.* e
Fundação José Saramago

Caligrafia da capa:
Raduan Nassar

Revisão:
Huendel Viana

Dados Internacionais de Catalogação na Publicação (CIP)
(Câmara Brasileira do Livro, SP, Brasil)

Saramago, José, 1922-2010.
Memorial do convento : romance / José Saramago. —
2ª ed. — São Paulo : Companhia das Letras, 2017.

ISBN 978-85-359-3041-2

1. Romance português I. Título.

13-06982   CDD-869.3

Índice para catálogo sistemático:
1. Romances : Literatura portuguesa   869.3

Todos os direitos desta edição reservados à
EDITORA SCHWARCZ S.A.
Rua Bandeira Paulista, 702, cj. 32
04532-002 — São Paulo — SP
Telefone: (11) 3707-3500
www.companhiadasletras.com.br
www.blogdacompanhia.com.br
facebook.com/companhiadasletras
instagram.com/companhiadasletras
twitter.com/cialetras

Para a forca hia um homem: e outro que o encontrou lhe dice: Que he isto senhor fulano, assim vay v. m.? E o enforcado respondeo: Yo no voy, estes me lleban.

P.ᴇ MANUEL VELHO

*Je sais que je tombe dans l'inexplicable,
quand j'affirme que la réalité — cette no-
tion si flottante —, la connaissance la plus
exacte possible des êtres est notre point de
contact, et notre voie d'accès aux choses
qui dépassent la réalité.*

MARGUERITE YOURCENAR

D. João, quinto do nome na tabela real, irá esta noite ao quarto de sua mulher, D. Maria Ana Josefa, que chegou há mais de dois anos da Áustria para dar infantes à coroa portuguesa e até hoje ainda não emprenhou. Já se murmura na corte, dentro e fora do palácio, que a rainha, provavelmente, tem a madre seca, insinuação muito resguardada de orelhas e bocas delatoras e que só entre íntimos se confia. Que caiba a culpa ao rei, nem pensar, primeiro porque a esterilidade não é mal dos homens, das mulheres sim, por isso são repudiadas tantas vezes, e segundo, material prova, se necessária ela fosse, porque abundam no reino bastardos da real semente e ainda agora a procissão vai na praça. Além disso, quem se extenua a implorar ao céu um filho não é o rei, mas a rainha, e também por duas razões. A primeira razão é que um rei, e ainda mais se de Portugal for, não pede o que unicamente está em seu poder dar, a segunda razão porque sendo a mulher, naturalmente, vaso de receber, há de ser naturalmente suplicante, tanto em novenas organizadas como em orações ocasionais. Mas nem a persistência do rei, que, salvo dificultação canónica ou impedimento fisiológico, duas vezes por semana cumpre vigorosamente o seu dever real e conjugal, nem a paciência e humildade da rainha que, a mais das preces, se sacrifica a uma imobilidade total depois de retirar-se de si e da cama o esposo, para que se não perturbem em seu gerativo acomodamento os líquidos comuns, escassos os seus por falta de estímulo e tempo, e cristianíssima retenção moral, pródigos os do soberano, como se espera de um homem que ainda não fez vinte e dois anos, nem isto nem aquilo fizeram inchar até hoje a barriga de D. Maria Ana. Mas Deus é grande. Quase tão grande como Deus é a basílica de S. Pedro de Roma que el-rei está a levantar. É uma construção sem caboucos nem alicerces, assenta em tampo de mesa que não precisaria ser tão sólido para a carga que suporta, miniatura de basílica dispersa em pedaços de encaixar, segundo o antigo sistema de macho e fêmea, que, à mão reverente, vão sendo colhidos pelos quatro camaristas de serviço. A arca donde os retiram cheira a incenso, e os veludos carmesins que os envolvem, separadamente para que se não trilhe o rosto da estátua na aresta do pilar, refulgem à luz dos grossíssimos brandões. A obra vai adiantada. Já todas as paredes estão firmes nos engonços, aprumadas se veem as colunas sob a cornija percorrida de latinas letras que explicam o nome e o título de Paulo v Borghese e que el-rei há muito tempo deixou de ler, embora sempre os seus olhos se comprazam no número ordinal daquele papa, por via da igualdade do seu próprio. Em rei seria defeito a modéstia. Vai ajustando nos buracos apropriados da cimalha as figuras dos profetas e dos santos, e por cada uma fez vénia o camarista, afasta as dobras preciosas do veludo, aí está uma estátua oferecida na palma da mão, um profeta de barriga para baixo, um santo que trocou os pés pela cabeça, mas nestas involuntárias irreverências ninguém repara, tanto mais que logo el-rei reconstitui a ordem e a solenidade que convêm às coisas sagradas, endireitando e pondo em seu lugar as vigilantes entidades. Do alto da cimalha o que elas veem não é a Praça de S. Pedro, mas o rei de Portugal e os camaristas que o servem. Veem o soalho da tribuna, as gelosias que dão para a capela real, e amanhã, à hora da primeira missa, se entretanto não regressarem aos veludos e à arca, hão de ver el-rei devotamente acompanhando o santo sacrifício, com o seu séquito, de que já não farão parte estes fidalgos que aqui estão porque se acaba a semana e entram outros ao serviço. Por baixo desta tribuna em que estamos, outra há, também velada de gelosias, mas sem construção de armar, capela fosse ou ermitério, onde apartada assiste a rainha ao ofício, nem mesmo a santidade do lugar tem sido propícia à gravidez. Agora só falta colocar a cúpula de Miguel Ângelo, aquele arrebatamento de pedra aqui em fingimento, que, por suas excessivas dimensões, está guardada em arca à parte, e sendo esse o remate da construção lhe será dado diferente aparato, que é o de ajudarem todos ao rei, e com um ruído retumbante ajustam-se os ditos machos e fêmeas nos mútuos encaixes, e a obra fica pronta. Se o poderoso som, que ecoara por toda a capela, pôde chegar, por salas e extensos corredores, ao quarto ou câmara onde a rainha espera, fique ela sabendo que seu marido vem aí.

Que espere. Por enquanto, ainda el-rei está a preparar-se para a noite. Despiram-no os camaristas, vestiram-no com o trajo da função e do estilo, passadas as roupas de mão em mão tão reverentemente como relíquias de santas que tivessem trespassado donzelas, e isto se passa na presença de outros criados e pajens, este que abre o gavetão, aquele que afasta a cortina, um que levanta a luz, outro que lhe modera o brilho, dois que não se movem, dois que imitam estes, mais uns tantos que não se sabe o que fazem nem por que estão. Enfim, de tanto se esforçarem todos ficou preparado el-rei, um dos fidalgos retifica a prega final, outro ajusta o cabeção bordado, já não tarda um minuto que D. João v se encaminhe ao quarto da rainha. O cântaro está à espera da fonte. Mas vem agora entrando D. Nuno da Cunha, que é o bispo inquisidor, e traz consigo um franciscano velho. Entre passar adiante e dizer o recado há vénias complicadas, floreios de aproximação, pausas e recuos, que são as fórmulas de acesso à vizinhança do rei, e a tudo isto teremos de dar por feito e explicado, vista a pressa que traz o bispo e considerando o tremor inspirado do frade. Retiram-se a uma parte D. João v e o inquisidor, e este diz, Aquele que além está é frei António de S. José, a quem falando-lhe eu sobre a tristeza de vossa majestade por lhe não dar filhos a rainha nossa senhora, pedi que encomendasse vossa majestade a Deus para que lhe desse sucessão, e ele me respondeu que vossa majestade terá filhos se quiser, e então perguntei-lhe que queria ele significar com tão obscuras palavras, porquanto é sabido que filhos quer vossa majestade ter, e ele respondeu-me, palavras enfim muito claras, que se vossa majestade prometesse levantar um convento na vila de Mafra, Deus lhe daria sucessão, e tendo declarado isto, calou-se D. Nuno e fez um aceno ao arrábido.

Perguntou el-rei, É verdade o que acaba de dizer-me sua eminência, que se eu prometer levantar um convento em Mafra terei filhos, e o frade respondeu, Verdade é, senhor, porém só se o convento for franciscano, e tornou el-rei, Como sabeis, e frei António disse, Sei, não sei como vim a saber, eu sou apenas a boca de que a verdade se serve para falar, a fé não tem mais que responder, construa vossa majestade o convento e terá brevemente sucessão, não o construa e Deus decidirá. Com um gesto mandou el-rei ao arrábido que se retirasse, e depois perguntou a D. Nuno da Cunha, É virtuoso este frade, e o bispo respondeu, Não há outro que mais o seja na sua ordem. Então D. João, o quinto do seu nome, assim assegurado sobre o mérito do empenho, levantou a voz para que claramente o ouvisse quem estava e o soubessem amanhã cidade e reino, Prometo, pela minha palavra real, que farei construir um convento de franciscanos na vila de Mafra se a rainha me der um filho no prazo de um ano a contar deste dia em que estamos, e todos disseram, Deus ouça vossa majestade, e ninguém ali sabia quem iria ser posto à prova, se o mesmo Deus, se a virtude de frei António, se a potência do rei, ou, finalmente, a fertilidade dificultosa da rainha.

D. Maria Ana conversa com a sua camareira-mor portuguesa, a marquesa de Unhão. Já falaram das devoções do dia, da visita feita ao convento das carmelitas descalças da Conceição dos Cardais, e da novena de S. Francisco Xavier, que amanhã principiará em S. Roque, é um falar de rainha e marquesa, jaculatório e ao mesmo tempo lacrimoso quando proferem os nomes dos santos, pungitivo se houver menção de martírios ou sacrifícios particulares de padres e madres, mesmo não excedendo uns e outros a simples maceração do jejum ou a oculta fustigação do cilício. Mas el-rei já se anunciou, e vem de espírito aceso, estimulado pela conjunção mística do dever carnal e da promessa que fez a Deus por intermédio e bons ofícios de frei António de S. José. Entraram com el-rei dois camaristas que o aliviaram das roupas supérfluas, e o mesmo faz a marquesa à rainha, de mulher para mulher, com ajuda doutra dama, condessa, mais uma camareira-mor não menos graduada que veio da Áustria, está o quarto uma assembleia, as majestades fazem mútuas vénias, nunca mais acaba o cerimonial, enfim lá se retiram os camaristas por uma porta, as damas por outra, e nas antecâmaras ficarão esperando que termine a função, para que regresse el-rei acompanhado ao seu quarto, que foi da rainha sua mãe no tempo de seu pai, e venham as damas a este aconchegar D. Maria Ana debaixo do cobertor de penas que trouxe da Áustria também e sem o qual não pode dormir, seja inverno ou verão. E é por causa deste cobertor, sufocante até no frio fevereiro, que D. João v não passa toda a noite com a rainha, ao princípio sim, por ainda superar a novidade ao incómodo, que não era pequeno sentir-se banhado em suores próprios e alheios, com uma rainha tapada por cima da cabeça, recozendo cheiros e secreções. D. Maria Ana, que não veio de um país quente, não suporta o clima deste. Cobre-se toda com o imenso e altíssimo cobertor, e assim fica, enroscada como toupeira que encontrou pedra no caminho e está a decidir para que lado há de continuar a escavação da galeria.

Vestem a rainha e o rei camisas compridas, que pelo chão arrastam, a do rei somente a fímbria bordada, a da rainha bom meio palmo mais, para que nem a ponta dos pés se veja, o dedo grande ou os outros, das impudicícias conhecidas talvez seja esta a mais ousada. D. João v conduz D. Maria Ana ao leito, leva-a pela mão como no baile o cavaleiro à dama, e antes de subirem os degrauzinhos, cada um de seu lado, ajoelham-se e dizem as orações acautelantes necessárias, para que não morram no momento do ato carnal, sem confissão, para que desta nova tentativa venha a resultar fruto, e sobre este ponto tem D. João v razões dobradas para esperar, confiança em Deus e no seu próprio vigor, por isso está dobrando a fé com que ao mesmo Deus impetra sucessão. Quanto a D. Maria Ana, é de crer que esteja rogando os mesmos favores, se porventura não tem motivos particulares que os dispensem e sejam segredo do confessionário. Já se deitaram. Esta é a cama que veio da Holanda quando a rainha veio da Áustria, mandada fazer de propósito pelo rei, a cama, a quem custou setenta e cinco mil cruzados, que em Portugal não há artífices de tanto primor, e, se os houvesse, sem dúvida ganhariam menos. A desprevenido olhar nem se sabe se é de madeira o magnífico móvel, coberto como está pela armação preciosa, tecida e bordada de florões e relevos de ouro, isto não falando do dossel que poderia servir para cobrir o papa. Quando a cama aqui foi posta e armada ainda não havia percevejos nela, tão nova era, mas depois, com o uso, o calor dos corpos, as migrações no interior do palácio, ou da cidade para dentro, donde este bichedo vem é que não se sabe, e sendo tão rica de matéria e adorno não se lhe pode aproximar um trapo a arder para queimar o enxame, não há mais remédio, ainda não o sendo, que pagar a Santo Aleixo cinquenta réis por ano, a ver se livra a rainha e a nós todos da praga e da coceira. Em noites que vem el-rei, os percevejos começam a atormentar mais tarde por via da agitação dos colchões, são bichos que gostam de sossego e gente adormecida. Lá na cama do rei estão outros à espera do seu quinhão de sangue, que não acham nem pior nem melhor que o restante da cidade, azul ou natural.

D. Maria Ana estende ao rei a mãozinha suada e fria, que

mesmo tendo aquecido debaixo do cobertor logo arrefece ao ar gélido do quarto, e el-rei, que já cumpriu o seu dever, e tudo espera do convencimento e criativo esforço com que o cumpriu, beija-lha como a rainha e futura mãe, se não presumiu demasiado frei António de S. José. É D. Maria Ana quem puxa o cordão da sineta, entram de um lado os camaristas do rei, do outro as damas, pairam cheiros diversos na atmosfera pesada, um deles que facilmente identificam, que sem o que a isto cheira não são possíveis milagres como o que desta vez se espera, porque a outra, e tão falada, incorpórea fecundação, foi uma vez sem exemplo, só para que se ficasse a saber que Deus, quando quer, não precisa de homens, embora não possa dispensar-se de mulheres.

Ainda que insistentemente tranquilizada pelo confessor, tem D. Maria Ana, nestas ocasiões, grandes escrúpulos de alma. Retirados el-rei e os camaristas, deitadas já as damas que a servem e lhe protegem o sono, sempre cuida a rainha que seria sua obrigação levantar-se para as últimas orações, mas, tendo de guardar o choco por conselho dos médicos, contenta-se com murmurá-las infinitamente, passando cada vez mais devagar as contas do rosário, até que adormece no meio duma ave-maria cheia de graça, ao menos com essa foi tudo tão fácil, bendito seja o fruto do vosso ventre, e é no do seu ansiado próprio que está pensando, ao menos um filho, Senhor, ao menos um filho. Deste involuntário orgulho nunca fez confissão, por ser distante e involuntário, tanto que se fosse chamada a juízo juraria, com verdade, que sempre se dirigira à Virgem e ao ventre que ela teve. São meandros do inconsciente real, como aqueles outros sonhos que sempre D. Maria Ana tem, vá lá explicá-los, quando el-rei vem ao seu quarto, que é ver-se atravessando o Terreiro do Paço para o lado dos açougues, levantando a saia à frente e patinhando numa lama aguada e pegajosa que cheira ao que cheiram os homens quando descarregam, enquanto o infante D. Francisco, seu cunhado, cujo antigo quarto agora ocupa, alguma assombração lhe ficando, dança em redor dela, empoleirado em andas, como uma cegonha negra. Também deste sonho nunca deu contas ao confessor, e que contas saberia ele dar--lhe por sua vez, sendo, como é, caso omisso no manual da perfeita confissão. Fique D. Maria Ana em paz, adormecida, invisível sob a montanha de penas, enquanto os percevejos começam a sair das fendas, dos refegos, e se deixam cair do alto dossel, assim tornando mais rápida a viagem.

Também D. João V sonhará esta noite. Verá erguer-se do seu sexo uma árvore de Jessé, frondosa e toda povoada dos ascendentes de Cristo, até ao mesmo Cristo, herdeiro de todas as coroas, e depois dissipar-se a árvore e em seu lugar levantar-se, poderosamente, com altas colunas, torres sineiras, cúpulas e torreões, um convento de franciscanos, como se pode reconhecer pelo hábito de frei António de S. José, que está abrindo, de par em par, as portas da igreja. Não é vulgar em reis um temperamento assim, mas Portugal sempre foi bem servido deles.

Bem servido de milagres, igualmente. Ainda é cedo para falar deste que se prepara, aliás milagre não tanto, mas simples obséquio divino, descimento de olhar piedoso e propiciatório para um ventre sáfaro, qual há de ser o nascimento do infante na hora própria, mas é justamente tempo de mencionar veros e certificados milagres que, por virem da mesma e ardentíssima sarça franciscana, bem auguram da promessa do rei. Veja-se o célebre caso da morte de frei Miguel da Anunciação, provincial eleito que foi da ordem terceira de S. Francisco, cuja eleição, diga-se de passagem, mas não fora de propósito, se fez com acesa guerra que contra ela e ele levantou a Paroquial de Santa Maria Madalena, por obscuros ciúmes, em tal sanha que à morte de frei Miguel ainda corriam pleitos e não se sabe quando, de vez, seriam julgados, se é que teriam fim, entre sentença e recurso, entre conselho e agravo, até que a morte viesse encerrar o processo, como veio a suceder. É certo que não morreu o frade de coração despedaçado, mas de maligna, que seria tifo ou tifoide, senão outra febre sem nome, remate comum de vida em cidade de tão poucas fontes de água para beber e onde os galegos não se duvidam de ir encher os barris à fonte dos cavalos, e assim morrem imerecidamente provinciais. Porém, era frei Miguel da Anunciação de tão compassiva natureza que, mesmo depois de morto, pagou o mal com o bem, e se vivo fizera caridades, defunto obrava maravilhas, sendo a primeira desmentir os médicos que temiam se corrompesse o corpo aceleradamente e por isso recomendaram abreviada sepultura, que não se corrompeu tal o carnal despojo, antes por espaço de três dias inteiros embalsamou a igreja de Nossa Senhora de Jesus onde esteve exposto, com suavíssimo cheiro, e não se lhe enrijeceu o cadáver, pelo contrário, brandamente os membros todos se deixavam mover, como se vivo estivesse.

Segundas e terceiras maravilhas, mas de valor primeiríssimo, foram os milagres propriamente ditos, tão assinalados e ilustres que acorreu o povo de toda a cidade a observar o prodígio e a aproveitar dele, pois se autentica que na dita igreja foi dada vista a cegos e pés a mancos, e era tanta a afluência de mundo que nos degraus do adro se davam punhadas e punhaladas para entrar, de que alguns perderam a vida, que depois nem por milagre lhes seria restituída. Ou talvez sim, se, passados três dias, e sendo grande o alarme, dali não tivessem levado o corpo, às ocultas, e às ocultas o enterraram. Privados da esperança de cura enquanto não constasse o passamento doutro bem-aventurado, no mesmo lugar se esbofetearam de desespero e fé lograda mudos e manetas, se a estes lhes sobrava mão, em gritos todos e invocações a quantos santos, até que os padres saíram fora a benzer o ajuntamento, e com essa suficiência, à falta de melhor, se foram uns e outros.

Mas isto, confessemo-lo sem vergonha, é uma terra de ladrões, olho vê, mão pilha, e sendo a fé tanta, ainda que nem sempre recompensada, maior é o descaro e a impiedade com que se salteiam igrejas, como foi ainda o ano passado em Guimarães, também na de S. Francisco, que, por tão vultosos bens ter desprezado em vida, tudo consente que lhe levem na eternidade, o que vale à ordem é a vigilância de Santo António, que esse resigna-se mal a que lhe rapem altares e capelas onde estiver, como em Guimarães se viu e em Lisboa se há de ver.

Naquela cidade foram, pois, os ladrões a roubar, subindo para esse efeito a uma janela, aonde logo o santo lepidamente os veio receber, com isso lhes pregando um tal susto que fez cair desamparado o que mais alto na escada estava, é certo que sem nenhum osso partido, mas tolhidinho de tal maneira que não se pôde mexer mais, e querendo os companheiros levá-lo dali, que também entre ladrões não são raros os corações generosos e abnegados, não o conseguiram, caso aliás não inédito, porque já sucedido a Inês, irmã de Santa Clara, quando ainda S. Francisco andava pelo mundo, precisamente há quinhentos anos, em mil duzentos e onze, mas não era de roubo o caso dela, ou de roubo seria, porque ao Senhor a queriam roubar. Ali ficou o ladrão, como se a mão de Deus o estivesse espalmando contra o chão ou a garra do Diabo o filasse das profundas, ali ficou até de manhã, quando deram com ele os moradores e depois o levaram, já sem custo e com o seu peso natural, ao altar do mesmo santo para que o sarasse, milagre obrado por forma original, pois se viu suar copiosamente a imagem de Santo António e durante tanto tempo que deu para virem juízes e escrivães autenticar juridicamente o prodígio, que foi este de suar madeira e também de curar-se o ladrão por lhe passarem na cara uma toalha humedecida do humor bento. E com isto ficou o homem são, salvo e arrependido.

Porém, nem todos os delitos chegam a averiguar-se. Em Lisboa, por exemplo, não tendo o milagre sido menos notório, ainda hoje está por apurar quem foi o do assalto, embora sejam permitidas algumas desconfianças, porventura absolvidas, e quem delas for objeto, pela boa intenção que derradeiramente o motivou. Foi o caso que no convento de S. Francisco de Xabregas entraram gatunos, ou gatuno entrou, pela claraboia de uma capela contígua com a de Santo António, e foi, ou foram, ao altar-mor, e as três lâmpadas que lá estavam se sumiram pelo mesmo caminho em menos de um credo. Despendurar as lâmpadas dos ganchos, carregar com elas às escuras por maior cautela, arriscar tropeções, tropeçar mesmo e fazer ruído sem que ninguém acudisse a indagar do rebuliço, seria suspeito prodígio ou cumplicidade de algum santo transviado se não fosse estarem, nessa mesma hora, a campa e a matraca em seu costumado tumulto para se despertarem os frades e irem às matinas da meia-noite. Por isso pôde o ladrão escapar a seu salvo, e se mais barulho fizera, não lho teriam ouvido, por aqui se vendo como o assaltante conhecia bem os costumes da casa.

Começaram os frades a entrar na igreja e deram com ela às escuras. Já o irmão responsável se estava conformando com o castigo que não deixaria de ser-lhe aplicado por uma falta que não saberia explicar, quando se observou, e confirmou pelo tato e cheiro, que não era o azeite que faltava, ali derramado pelo chão, mas sim as lâmpadas, cujas eram de prata. O desacato ainda estava fresco, se assim se pode dizer, pois as correntes de onde tinham estado suspensas as roubadas lâmpadas oscilavam devagarinho, dizendo, em linguagem de arame, Foi por pouco, foi por pouco.

Saíram logo alguns religiosos às estradas de em torno, repartidos em patrulhas, que se apanham o ladrão não se sabe o que misericordiosamente lhe fariam, mas não deram nem com o rasto dele, ou da quadrilha, se o era, caso que não devemos estranhar, porquanto passava já então da meia-noite e a lua estava em seu minguante. Esbaforiram-se os frades a correr as cercanias, a passo de carga, e enfim regressaram ao convento, de mãos a abanar. Entretanto, outros religiosos, pensando que podia o ladrão, por fina astúcia, ter-se escondido na igreja, deram-lhe uma volta completa desde o coro à sacristia, e foi quando andavam neste alvoroçado esquadrinhar, toda a congregação atropelando sandálias e fraldas de hábito, levantando tampas de arcazes, arredando armários, sacudindo paramentos, que um frade velho, conhecido por virtuosa vida e brava religião, reparou que o altar de Santo António não fora tocado pelas gatunas mãos, apesar de ser nele abundantíssima a prata, rica de peso, lavor e pureza. Estranhou o pio homem, e estranharíamos nós se lá estivéssemos, porque, sendo manifesto que por aquela claraboia de além entrou o ladrão e ao altar-mor foi roubar as lâmpadas, teve de passar diante da capela de Santo António que ao meio estava. Com mais do que razão se achou então o frade, inflamado em zelo, ao voltar-se para Santo António, increpando-o como a servo que descuidasse as suas obrigações, E vós, santo, só guardais a prata que vos toca, e deixais levar a outra, pois em paga disso não vos há de ficar nenhuma, e ditas estas violentíssimas palavras, foi-se à capela e começou a despi-la toda, tirando não só as pratas, mas as toalhas e adornos, e não só à capela, mas também ao próprio santo, que viu levarem-lhe a auréola de tirar e pôr, e a cruz, e que ficaria sem Menino ao colo se outros religiosos não tivessem acudido, achando a punição excessiva e advertindo que o deixasse para consolação do pobre castigado. Meditou um pouco o frade na advertência, e rematou, Pois fique como seu fiador, enquanto não restituir o santo as lâmpadas. E como isto já era pelas duas depois da meia-noite, tempo gasto nas buscas e finalmente no recriminatório lance relatado, recolheram-se os frades e foram dormir, alguns temendo que viesse Santo António a tirar desforra do insulto.

Ao outro dia, aí pelas onze horas dele, bateu à portaria do convento um estudante, cujo convém dizer logo que desde há tempos andava pretendendo o hábito da casa, frequentando com grande assiduidade os frades dela, e esta informação se dá, primeiro, por ser verdadeira e sempre servir a verdade para alguma coisa, e, segundo, para auxiliar quem se dedique a decifrar atos cruzados, ou palavras cruzadas quando as houver, enfim, bateu o estudante à portaria e disse que queria falar ao prelado. Levaram-no à presença, beijou-lhe a mão ou o cordão do hábito, se não a fímbria, isto não se averiguou bem, e declarou ter ouvido dizer na cidade que as lâmpadas estavam no mosteiro da Cotovia, dos padres da Companhia de Jesus, além no Bairro Alto de S. Roque. Duvidou o prelado, logo pela manifesta insuficiência do portador da notícia, um estudante que só não era bargante por tanto aspirar a ser frade, embora não seja assim tão raro encontrar-se nisto aquilo, e depois pela inverosimilhança de se ir restituir à Cotovia o que se furtara em Xabregas, sítios tão opostos e distantes, ordens tão pouco parentes, na distância quase uma légua a voo de pássaro, e no resto uns de preto, outros de castanho, ainda isso seria o menos, pela casca não se conhece o fruto se lhe não tivermos metido o dente. Mandava porém a prudência que se averiguasse o aviso, e assim foi um religioso grave, acompanhado do dito estudante, de Xabregas à Cotovia, ambos a pé, entrando na cidade pela Porta de Santa Cruz, e se para completa ciência do caso importa saber que outro caminho tomaram até ao destino, diga-se então que passaram rente à igreja de Santa Estefânia, depois ao lado da igreja de S. Miguel, e depois da igreja de S. Pedro entraram a porta que lhe tem o nome, posto o que desceram na direção do rio pelo Postigo do Conde de Linhares, depois a direito, pela Porta do Mar, ao Pelourinho Velho, são nomes e lugares de que só ficou recordação, evitaram a Rua Nova dos Mercadores por ser grave o religioso e de prática usurária o sítio até hoje, e tendo passado à ilharga do Rossio, foram dar ao Postigo de S. Roque, e enfim à Cotovia, onde bateram e entraram, e sendo conduzidos ao reitor disse o frade, Este estudante que aqui vem comigo foi dizer a Xabregas que estão cá as nossas lâmpadas, ontem à noite roubadas, Assim é, pelos sinais que me foram dados, eram aí umas duas horas bateram à portaria com muita força, e perguntando o porteiro de dentro o que queriam, respondeu uma voz que abrisse logo a porta porque se daria ali uma restituição, e tendo o porteiro vindo a dar-me notícia do insólito caso, mandei abrir a porta e achámos as tais lâmpadas, seu tanto amassadas e partidas nas guarnições, aqui estão, se lhes falta alguma coisa, já estava faltando quando foram deixadas, E viram quem foi o da chamada, Isso não vimos, ainda foram padres à estrada, mas não encontraram ninguém.

Regressaram as lâmpadas a Xabregas, e agora pense cada um de nós o que quiser. Terá sido o estudante, afinal tunante e bargante, que delineou o estratagema para poder entrar as portas e vestir o hábito franciscano como de facto veio a vestir, e por isso roubou e foi entregar, com muita esperança de que a bondade da intenção lhe perdoasse a fealdade do pecado no dia do juízo final. Terá sido Santo António que, tendo cometido até hoje tantos e tão variados milagres, também podia ter feito este, ao ver-se dramaticamente despojado das pratas pelo furor sagrado do frade, que bem sabia a quem intimava, como igualmente o sabem os barqueiros e marinheiros do Tejo, que quando o santo lhes não satisfaz as vontades nem lhes premeia os votos o castigam mergulhando-o de cabeça para baixo nas águas do rio. Não será tanto pela incomodidade, porque um santo merecedor desse nome é tão capaz de respirar a pulmões o ar de nós todos como a guelras a água que é céu dos peixes, mas a vergonha de saber expostas as plantas humildes dos pés ou o desânimo de ver--se sem pratas e quase sem Menino Jesus, fazem de Santo António o mais milagroso dos santos, mormente para encontrar coisas perdidas. Enfim, saia o estudante absolvido desta suspeita, se não vier a achar-se noutra igualmente duvidosa.

Com tais precedentes, sendo tão favorecidos os franciscanos de meios para alterarem, inverterem ou acelerarem a ordem natural das coisas, até a matriz renitente da rainha obedecerá à fulminante injunção do milagre. Tanto mais que convento em Mafra o anda a querer a ordem de S. Francisco desde mil seiscentos e vinte e quatro, ainda estava rei de Portugal um Filipe espanhol, que, apesar de o ser e portanto dever dar-lhe só cuidado mínimo a fradaria de cá, pelos dezasseis anos que conservou a realeza nunca deu consentimento. Não cessaram por isso as diligências, meteu-se no empenho o valimento dos nobres donatários da vila, mas parecia que andava exaurida a potência e embotada a pertinácia da Província da Arrábida, que ao convento aspirava, pois ainda ontem, que tanto se pode dizer do que apenas há seis anos aconteceu, em mil setecentos e cinco, deu parecer desfavorável o Desembargo do Paço a nova petição, e com não pequeno atrevimento se exprimiu, se não desrespeito pelos interesses materiais e espirituais da Igreja, ousando considerar não ser conveniente a pretendida fundação por estar o reino muito onerado de conventos mendicantes, e por muitos outros inconvenientes que a prudência humana sabe ditar. Lá saberiam os desembargadores que inconvenientes ditava a prudência humana, mas agora vão ter de engolir a língua e digerir o mau pensamento, que já disse frei António de S. José que convento havendo, haverá sucessão. A promessa está feita, a rainha parirá, a ordem franciscana colherá a palma da vitória, ela que do martírio tantas colheu. Cem anos à espera não será excessiva mortificação para quem conta viver a eternidade.

Vimos como em instância final saiu absolvido o estudante da suspeita do roubo das lâmpadas. Agora não se vá dizer que, por segredos de confissão divulgados, souberam os arrábidos que a rainha estava grávida antes mesmo que ela o participasse ao rei. Agora não se vá dizer que D. Maria Ana, por ser tão piedosa senhora, concordou calar-se o tempo bastante para aparecer com o chamariz da promessa o escolhido e virtuoso frei António. Agora não se vá dizer que el-rei contará as luas que decorrerem desde a noite do voto ao dia em que nascer o infante, e as achará completas. Não se diga mais do que ficou dito.

Saiam então absolvidos os franciscanos desta suspeita, se nunca se acharam noutras igualmente duvidosas.

No geral do ano há quem morra por muito ter comido durante a vida toda, razão por que se repetem os acidentes apopléticos, primeiro, segundo, terceiro, e às vezes um basta para levar à cova, e se o acidentado provisoriamente escapou, fica leso de um lado, de boca à banda, sem voz se o lado foi esse, e também sem remédios que lhe acudam, tirando as sangrias, que se receitam às meias dúzias. Mas não falta, por isso mesmo falecendo mais facilmente, quem morra por ter comido pouco durante toda a vida, ou o que dela resistiu a um triste passadio de sardinha e arroz, mais a alface que deu a alcunha aos moradores, e carne quando faz anos sua majestade. Quer Deus que o rio seja pródigo de peixe, louvemo-los aos três por isso. E que a alface, mais as outras hortaliças, venham nas burricadas do termo, seirões repletos, a toque de saloios e saloias, que neste trabalho não se distinguem. E que o arroz não falte além do tolerável. Mas esta cidade, mais que todas, é uma boca que mastiga de sobejo para um lado e de escasso para o outro, não havendo portanto mediano termo entre a papada pletórica e o pescoço engelhado, entre o nariz rubicundo e o outro héctico, entre a nádega dançarina e a escorrida, entre a pança repleta e a barriga agarrada às costas. Porém, a quaresma, como o sol, quando nasce, é para todos.

Correu o entrudo essas ruas, quem pôde empanturrou-se de galinha e de carneiro, de sonhos e de filhós, deu umbigadas pelas esquinas quem não perde vaza autorizada, puseram-se rabos surriados em lombos fugidiços, esguichou-se água à cara com seringas de clisteres, sovaram-se incautos com réstias de cebolas, bebeu-se vinho até ao arroto e ao vómito, partiram-se panelas, tocaram-se gaitas, e se mais gente não se espojou, por travessas, praças e becos, de barriga para o ar, é porque a cidade é imunda, alcatifada de excrementos, de lixo, de cães lazarentos e gatos vadios, e lama mesmo quando não chove. Agora é tempo de pagar os cometidos excessos, mortificar a alma para que o corpo finja arrepender-se, ele rebelde, ele insurreto, este corpo parco e porco da pocilga que é Lisboa.

Vai sair a procissão de penitência. Castigámos a carne pelo jejum, maceremo-la agora pelo açoite. Comendo pouco purificam-se os humores, sofrendo alguma coisa escovam-se as costuras da alma. Os penitentes, homens todos, vão à cabeça da procissão, logo atrás dos frades que transportam os pendões com as representações da Virgem e do Crucificado. Seguinte a eles aparece o bispo debaixo do pálio rico, e depois as imagens nos andores, o regimento interminável de padres, confrarias e irmandades, todos a pensarem na salvação da alma, alguns convencidos de que a não perderam, outros duvidosos enquanto se não acharem no lugar das sentenças, porventura um deles pensando secretamente que o mundo está louco desde que nasceu. Passa a procissão entre filas de povo, e quando passa rojam-se pelo chão homens e mulheres, arranham a cara uns, arrepelam-se outros, dão-se bofetões todos, e o bispo vai fazendo sinaizinhos da cruz para este lado e para aquele, enquanto um acólito balouça o incensório. Lisboa cheira mal, cheira a podridão, o incenso dá um sentido à fetidez, o mal é dos corpos, que a alma, essa, é perfumada. Nas janelas só há mulheres, é esse o costume. Os penitentes vão de grilhões enrolados às pernas, ou suportam sobre os ombros grossas barras de ferro, passando por cima delas os braços como crucificados, ou desferem para as costas chicotadas com as disciplinas, feitas de cordões em cujas pontas estão presas bolas de cera dura, armadas de cacos de vidro, e estes que assim se flagelam é que são o melhor da festa porque exibem verdadeiro sangue que lhes corre da lombeira, e clamam estrepitosamente, tanto pelos motivos que a dor lhes dá como de óbvio prazer, que não compreenderíamos se não soubéssemos que alguns têm os seus amores à janela e vão na procissão menos por causa da salvação da alma do que por passados ou prometidos gostos do corpo.

Presas no alto gorro ou na própria disciplina, levam fitinhas de cores, cada um a sua, e se a mulher eleita que à janela anseia de angústia, de piedade pelo amador sofredor, se não também de gozo a que só muito mais tarde aprenderemos a chamar sádico, não souber, pela fisionomia ou pelo vulto, reconhecer o amante na confusão dos penitentes, dos pendões, do povinho derramado em pavores e súplicas, do vozear das ladainhas, do bambear desacertado dos pálios, dos cabeceamentos bruscos das imagens, adivinhará ao menos pela fitinha cor-de-rosa, ou verde, ou amarela, lilás, se não vermelha ou cor do céu, é aquele o seu homem e servidor, que lhe está dedicando a vergastada violenta e que, não podendo falar, berra como o toiro em cio, mas se às mais mulheres da rua, e a ela própria, pareceu que faltou vigor ao braço do penitente ou que a vergastada foi em jeito de não abrir lanho na pele e rasgões que cá de cima se vejam, então levanta-se do coro feminil grande assuada, e possessas, frenéticas, as mulheres reclamam força no braço, querem ouvir o estralejar dos rabos do chicote, que o sangue corra como correu o do Divino Salvador, enquanto latejam por baixo das redondas saias, e apertam e abrem as coxas segundo o ritmo da excitação e do seu adiantamento. Está o penitente diante da janela da amada, em baixo na rua, e ela olha-o dominante, talvez acompanhada de mãe ou prima, ou aia, ou tolerante avó, ou tia azedíssima, mas todas sabendo muito bem o que se passa, por experiência fresca ou recordação remota, que Deus não tem nada que ver com isto, é tudo coisa de fornicação, e provavelmente o espasmo de cima veio em tempo de responder ao espasmo de baixo, o homem de joelhos no chão, desferindo golpes furiosos, já frenéticos, enquanto geme de dor, a mulher arregalando os olhos para o macho derrubado, abrindo a boca para lhe beber o sangue e o resto. Parou a procissão o tempo bastante para se concluir o ato, o bispo abençoou e santificou, a mulher sente aquele delicioso relaxamento dos membros, o homem passou adiante, vai pensando, aliviadamente, que daqui para a frente não precisará vergastar-se com tanta força, outros o façam para gáudio doutras.

Assim maltratadas as carnes, alimentadas de magro, parece que se haveriam de recolher as insatisfações até à libertação pascal e que as solicitações da natureza poderiam esperar que se limpassem as sombras do rosto da Santa Madre Igreja, agora que se aproximam Paixão e Morte. Mas talvez que a riqueza fosfórica do peixe atice o sangue, talvez que o costume de deixar que as mulheres corram as igrejas sozinhas na quaresma, contra o uso do resto do ano, que é tê-las em casa presas, salvo se são populares com porta para a rua ou nesta vivendo, tão presas aquelas que se diz saírem, se são de nobre extração, para ir à igreja somente, e apenas três vezes na vida, a ser batizada, a ser casada, a ser sepultada, para o resto lá está a capela da casa, talvez que o dito costume mostre, afinal, quanto é insuportável a quaresma, que todo o tempo quaresmal é tempo de morte antecipada, aviso que devemos aproveitar, e então, cuidando os homens, ou fingindo cuidar, que as mulheres não fazem mais que as devoções a que disseram ir, é a mulher livre uma vez no ano, e se não vai sozinha por não o consentir a decência pública, quem a acompanha leva iguais desejos e igual necessidade de satisfazê-los, por isso a mulher, entre duas igrejas, foi a encontrar--se com um homem, qual seja, e a criada que a guarda troca uma cumplicidade por outra, e ambas, quando se reencontram diante do próximo altar, sabem que a quaresma não existe e o mundo está felizmente louco desde que nasceu. Pelas ruas de Lisboa, cheias de mulheres que vestem por igual, com os seus biocos, a saia de cima pela cabeça, uma nesga apenas a abrir para o sinal de olhos ou de beiços, código geral aprendido na clandestinidade dos sentimentos e das volúpias proibidas, por estas ruas, com uma igreja a cada esquina, um convento por quarteirão, corre um vento de primavera que dá volta à cabeça, e, não correndo o vento, fazem os suspiros as vezes dele, os que se desabafam nos confessionários ou em lugares escusos, propícios a outras confissões, as da carne adúltera, oscilando na beirada do prazer e do inferno, ambos gostosos nestes dias de mortificação, de altares despidos, de lutos rituais, de pecado omnipresente.

Entretanto, se é dia, estarão dormindo a sesta os maridos ingénuos, ou que fingem sê-lo, e se noite é, quando soturnamente as ruas e as praças se enchem de multidões que cheiram a cebola e a alfazema, e o murmúrio das orações sai pelas portas escancaradas das igrejas, se é noite, mais descansados se sentem, porque assim a demora não será tanta, já se ouviu bater a porta, soaram os passos na escada, vêm falando familiarmente a ama e a criada, pudera não, ou a escrava preta, se a levou, e pelas frinchas dançam as luzes da palmatória ou do candil, finge o marido que acorda, finge a mulher que o acordou, e se ele pergunta, Então, já sabemos o que ela responderá, que vem morta de canseira, moidinha dos pés, arrastadinha dos joelhos, mas consolada a alma, e diz o misterioso número, Sete igrejas visitei, tão apaixonadamente o disse que ou foi a devoção muita ou muita a falta dela.

De tais desafogamentos se veem privadas as rainhas, principalmente se já estão grávidas, e do seu legítimo senhor, que por nove meses não voltará a aproximar-se delas, regra aliás comum ao popular, mas que vai sofrendo as suas infrações. D. Maria Ana, como razões acrescentadas de recato, tem a mais a maníaca devoção com que foi educada na Áustria, e a cumplicidade que deu ao artifício franciscano, assim mostrando ou dando a entender que a criança que em seu ventre se está formando é tão filha do rei de Portugal como do próprio Deus, a troco de um convento.

D. Maria Ana deitou-se muito cedo, rezou antes de ir para a cama, em murmurado coro com as damas que a servem, e depois, coberta já pelo seu cobertor de penas, torna a rezar, reza infinitamente, começam as damas a cabecear, mas resistem como sábias, se não como virgens, e enfim se retiram, fica apenas a luz do lampadeiro vigiando, e a dama que ali passará a noite, num leito baixo, não tarda que adormeça, sonhe se quiser, que importância hão de ter os sonhos que por trás das suas pálpebras se estão sonhando, a nós o que nos interessa é o trémulo pensamento que ainda se agita em D. Maria Ana, à beira do sono, que na Quinta-Feira Santa há de ir à igreja da Madre de Deus, onde está um Santo Sudário que as freiras desdobrarão diante dela antes de o exporem aos fiéis, e nele serão claramente vistas as marcas do corpo de Cristo, este é o único e verdadeiro Santo Sudário que existe na cristandade, minhas senhoras e meus senhores, como todos os outros são igualmente verdadeiros e únicos, ou não seriam à mesma hora mostrados em tão diferentes lugares do mundo, mas, porque está em Portugal, é o mais vero de todos e único mesmo. Quando, ainda consciente, D. Maria Ana se vê a si própria inclinando-se para o pano santíssimo, não se chega a saber se o ia beijar devotamente, porque de repente adormece e acha-se dentro do coche, recolhendo-se ao paço noite já escura, com a sua guarda de archeiros, e subitamente um homem a cavalo, que vem da caça, com quatro criados em mulas, e animais de pelo e pena pendurados dos arções, dentro de redes, rompe o homem em direção ao coche, de espingarda na mão, o cavalo raspando lume nas pedras e deitando fumo pelas ventas, e quando como um raio rompe a guarda da rainha e chega à estribeira dificilmente sofreando a montada, dá-lhe na cara a luz das tochas, é o infante D. Francisco, de que lugares do sono veio ele e por que virá tantas vezes. Espantou-se-lhe o cavalo, não podia ter sido outra coisa, com o tropear do coche e dos archeiros sobre as pedras da calçada, mas, comparando sonho

33

e sonho, observa a rainha que de cada vez chega o infante mais perto, que quererá ele, e ela que quererá. É a quaresma sonho de uns e vigília de outros. Passou a páscoa, que acordou toda a gente, mas reconduziu as mulheres à sombra dos quartos e ao carrego das saias. Em casa há mais uns tantos maridos cucos, mas bastante ferozes para o caso de outras quedas fora da estação. E porque andando, andando, acabámos por falar de aves, é altura de ouvirmos os canários que, dentro das igrejas, em gaiolas enfeitadas de fitas e de flores, cantam loucos de amor, enquanto no púlpito o frade prega o seu sermão e fala de coisas que presume de mais sagradas. É Quinta-Feira de Ascensão, sobe para as abóbadas o canto dos pássaros, subirão ou não as preces ao céu, se eles as não ajudam não haverá esperança, talvez se nos calássemos todos.

Este que por desafrontada aparência, sacudir da espada e desparelhadas vestes, ainda que descalço, parece soldado, é Baltasar Mateus, o Sete-Sóis. Foi mandado embora do exército por já não ter serventia nele, depois de lhe cortarem a mão esquerda pelo nó do pulso, estraçalhada por uma bala em frente de Jerez de los Caballeros, na grande entrada de onze mil homens que fizemos em outubro do ano passado e que se terminou com perda de duzentos nossos e debandada dos vivos, acossados pelos cavalos que os espanhóis fizeram sair de Badajoz. A Olivença nos recolhemos, com algum saque que tomámos em Barcarrota e pouco gosto para gozar dele, que não tinha valido a pena marchar dez léguas para lá e correr outras tantas para cá, deixando no campo tanta gente morta e metade da mão de Baltasar Sete-Sóis. Por muita sorte, ou graça particular do escapulário que traz ao peito, não gangrenou a ferida ao soldado nem lhe rebentaram as veias com a força do garrote, e, sendo hábil o cirurgião, bastou desarticular-lhe as juntas, desta vez nem foi preciso meter o serrote ao osso. Com ervas cicatrizantes lhe almofadaram o coto, e tão excelente era a carnadura de Sete-Sóis que ao cabo de dois meses estava sarado.

Por ser pouco o que pudera guardar do soldo, pedia esmola em Évora para juntar as moedas que teria de pagar ao ferreiro e ao seleiro se queria ter o gancho de ferro que lhe havia de fazer as vezes da mão. Assim passou o inverno, forrando metade do que conseguia angariar, acautelando para o caminho metade da outra metade, e entre a comida e o vinho se lhe ia o resto. Já era primavera quando, pago aos poucos por conta, o seleiro, com a última verba, lhe entregou o gancho, mais o espigão que, por capricho de ter duas diferentes mãos esquerdas, Baltasar Sete-Sóis encomendara. Eram asseadas obras de couro, ligadas perfeitamente aos ferros, sólidos estes de malho e têmpera, e as correias de dois tamanhos, para atar acima do cotovelo e ao ombro, por maior reforço. Começou Sete-Sóis a sua viagem ao tempo de se saber que já o exército da Beira se deixava ficar pelos quartéis e não vinha ajudar ao Alentejo por ser a fome muita nesta província, sobre ser geral nas outras. A tropa andava descalça e rota, roubava os lavradores, recusava-se a ir à batalha, e tanto desertava para o inimigo como debandava para as suas terras, metendo-se fora dos caminhos, assaltando para comer, violando mulheres desgarradas, cobrando, enfim, a dívida de quem nada lhes devia e sofria desespero igual. Sete-Sóis, mutilado, caminhava para Lisboa pela estrada real, credor de uma mão esquerda que ficara parte em Espanha e parte em Portugal, por artes de uma guerra em que se haveria de decidir quem viria a sentar-se no trono de Espanha, se um Carlos austríaco ou um Filipe francês, português nenhum, se completos ou manetas, se inteiros ou mancos, salvo se deixar membros cortados no campo ou vidas perdidas não é apenas sina de quem tiver de nome soldado e para se sentar o chão ou pouco mais. Saiu Sete-Sóis de Évora, passou Montemor, não leva por companhia e ajuda frade ou diabinho, e para mão furada já lhe basta a sua.

Veio andando devagar. Não tem ninguém à sua espera em Lisboa, e em Mafra, donde partiu anos atrás para assentar praça na infantaria de sua majestade, se pai e mãe se lembram dele, julgam-no vivo porque não têm notícias de que esteja morto, ou morto porque as não têm de que seja vivo. Enfim, tudo acabará por saber-se com o tempo. Agora faz sol, não tem chovido, e os matos estão cobertos de flores, os pássaros cantam. Baltasar Sete-Sóis leva os ferros no alforge porque há momentos, horas inteiras, em que sente a mão como se ainda a tivesse na ponta do braço e não quer roubar a si próprio a felicidade de se achar inteiro e completo como inteiros e completos se hão de sentar Carlos e Filipe em seus tronos, afinal haverá para os dois, quando a guerra acabar. A Sete-Sóis basta-lhe, para seu contentamento, e desde que não olhe onde lhe falta, a comichão que sente na ponta do dedo indicador, e imaginar que está coçando com o polegar o sítio onde lhe come. E quando esta noite sonhar, se a si próprio se olhar no sono, ver-se-á sem que nada lhe falte e poderá apoiar a cabeça cansada nas palmas das duas mãos.

Também por outra interesseira razão traz Baltasar os ferros guardados. Aprendeu rapidamente que com eles postos, em particular o espigão, lhe escusam a esmola, ou dão--lha sovina, ainda que a alguma moeda sempre forçados pela espada que leva à cintura, descaída sobre a anca, apesar de que espada toda a gente a usa, até os pretos, porém não com este perfeito ar de quem aprendeu a servir-se dela, agora mesmo se for preciso. E se o número de viajantes não equilibra a desconfiança causada por aquele vulto que no meio do caminho, cortando a passagem, pede auxílio para um soldado a quem cortaram a mão e só por milagre não a vida, se quem vem teme que a súplica possa mudar-se em assalto, a esmola sempre cai na mão que resta, é o que vale a Baltasar, ter ainda a mão direita. Passado Pegões, à entrada dos grandes pinheirais onde começa a terra de areia, Baltasar, ajudando-se com os dentes, ata ao coto o espigão, que fará, urgindo a necessidade, as vezes de adaga, em tempo que foi esta proibida por ser arma facilmente mortal. Sete-Sóis tem, por assim dizer, carta de privilégio, e, duplamente armado de espigão e espada, mete-se ao caminho, na penumbra das árvores. Matará adiante um homem, de dois que o quiseram roubar, mesmo tendo-lhes ele gritado que não levava dinheiros, porém, vindo nós de uma guerra onde vimos morrer tanta gente, não é este caso que mereça relato singular, salvo ter Sete-Sóis trocado depois o espigão pelo gancho para mais facilmente arrastar o morto para fora do caminho, assim ficando experimentados os préstimos de ambos os ferros. O salteador safo seguiu-o ainda por meia légua entre os pinheiros, por fim desistiu, e só de longe lhe lançou palavras de insulto e maldição, porém, como quem não acreditava que umas empecessem e outras ofendessem.

Quando Sete-Sóis chegou a Aldegalega, estava anoitecendo. Comeu umas sardinhas fritas, bebeu uma tigela de vinho, e, não lhe chegando o dinheiro para a pousada, tão-só, à escassa, para a passagem amanhã, meteu-se num telheiro, debaixo de uns carros, e aí dormiu, enrolado no capote, mas com o braço esquerdo de fora e o espigão armado. Passou a noite em paz. Sonhou com o choque de Jerez de los Caballeros, que os portugueses desta vez irão vencer porque à frente deles avança Baltasar Sete-Sóis segurando na mão direita a mão esquerda cortada, prodígio para que os espanhóis não têm escudo nem esconjuro. Quando acordou, não havia ainda então luzeiro de madrugada no levante do céu, sentiu umas grandes dores na mão esquerda, nem era para admirar, com um espigão de ferro ali espetado. Desatou as correias, e, podendo tanto a ilusão, muito mais sendo noite, e espessa a treva debaixo dos carros, não ver Baltasar as suas duas mãos, não significava que não estivessem lá. Ambas. Aconchegou com o braço esquerdo o alforge, enroscou-se no capote e tornou a adormecer. Ao menos livrara-se da guerra. Com menos um bocado, mas vivo.

Na claridade do primeiro alvorecer, levantou-se. O céu estava muito limpo, transparente até às últimas e pálidas estrelas. Era um bonito dia para entrar em Lisboa, com bom tempo para lá ficar ou continuar viagem, logo veria. Meteu a mão ao alforge, tirou as botas arruinadas que em todo o caminho do Alentejo nunca calçara, e calçasse-as ele nesse mesmo caminho teriam ficado, e pedindo à mão direita habilidades novas, com o frouxo amparo que o coto, ainda em primeira aprendizagem, podia oferecer, conseguiu acomodar os pés, se pelo contrário não ia sacrificá-los em bolhas e roeduras, tão antigo era o hábito de andarem descalços, em sua vida de paisano, ou, no tempo militar, quando a impedimenta nem para jantar tinha sola, quanto mais para botas. Não há pior vida que a do soldado.

Quando chegou ao cais, era já sol-fora. Começara a vazante, o mestre da barca gritava que ia largar não tarda, Está a maré boa, quem embarca para Lisboa, e Baltasar Sete-Sóis correu pela prancha, tilintavam-lhe os ferros dentro do alforge, e quando um gracioso disse que o maneta levava as ferraduras no saco, se calhar para as poupar, olhou-o de revés, meteu a mão direita e tirou o espigão, onde, agora bem se via, se não era aquilo sangue seco, era o diabo que o fingia. O gracioso desviou os olhos, encomendou-se a S. Cristóvão, que defende de maus encontros e acidentes de viagem, e dali até Lisboa não abriu mais o bico. Uma mulher que calhou ir sentada ao lado de Sete-Sóis, com o marido, desatou o farnel do almoço, e se à vizinhança ofereceu por comprazer, mas nenhuma vontade de repartir, com o soldado insistiu tanto, que ele aceitou. Baltasar não gostava de comer diante de gente, com aquela sua mão direita que sozinha parecia canha, o pão que escorregava, o conduto que caía, mas a mulher ajeitou-lhe a comida em cima duma larga fatia, e assim, alternando o uso dos dedos com a ponta da faquita que tirara do bolso, pôde comer com descanso e suficiente asseio. A mulher tinha idade para ser sua mãe, o homem para ser seu pai, não se tratava ali de nenhum namoro sobre as águas do Tejo, nas barbas de involuntário ou consentidor pau-de-cabeleira. Apenas alguma fraternidade, dó de quem vem da guerra aleijado para sempre.

O mestre levantara uma pequena vela triangular, o vento ajudava a maré, e ambos o barco. Os remadores, frescos da noite dormida e da aguardente bebida, remavam certo e sem pressa. Quando dobraram a ponta de terra, a barca foi apanhada na força da corrente e da vazante, parecia uma viagem para o paraíso, com o sol relampejando na superfície da água e duas famílias de toninhas, qual uma, qual outra, cruzando à frente da barca, escuros os seus lombos luzidios, arqueados como se imaginassem o céu perto e lhe quisessem chegar. Na outra margem, assente sobre a água, ainda longe, Lisboa derramava-se para fora das muralhas. Via-se o castelo lá no alto, as torres das igrejas dominando a confusão das casas baixas, a massa indistinta das empenas. E o mestre começou a contar, Boa foi a que sucedeu ontem, quem quer ouvir, e todos queriam, sempre era um modo de passar o tempo, que a viagem não é curta, Então foi assim, começou o mestre, chegou aí uma frota inglesa, que está além, em frente da praia de Santos, e traz tropas que hão de ir para a Catalunha, para a guerra, com as outras que cá estavam à espera, mas veio também com ela um navio que trazia uns casais de facinorosos desterrados para a ilha das Barbadas, e umas cinquenta mulheres de má vida que para lá também iam, a fazerem casta, que em terras dessas tanto monta honrada como desonrada, mas o capitão do navio entendeu, diabo do homem, que em Lisboa a poderiam fazer melhor e assim se aligeirou da carga, mandou pôr as mulheres em terra, com o corpinho que têm, que algumas vi-as eu, não era nada má a inglesia. Riu-se de gosto antecipado o mestre, como se estivesse fazendo seus próprios planos de navegação carnal e calculando os proveitos da abordagem, riram grosso os remadores algarvios, Sete-Sóis espreguiçou-se como um gato ao sol, a mulher do farnel fez que não ouvira, o marido estava sem saber se havia de achar graça à história ou ficar sério, justamente porque histórias destas já a sério as não podia tomar, se alguma vez pudera, vivendo longe, em terra de Pancas, onde, do nascer ao morrer, é sempre o mesmo rego da charrua, a própria e a figurada. E, pegando numa ideia, depois noutra, por alguma razão desconhecida as ligando, perguntou ao soldado, E vossemecê, que idade tem, e Baltasar respondeu, Vinte e seis anos.

Lisboa ali estava, oferecida na palma da terra, agora alta

de muros e de casas. A barca aproou à Ribeira, fez o mestre manobra para encostar ao cais depois de ter arriado a vela, e os remadores levantaram num só movimento os remos do lado da atracação, os do outro lado harpejaram a amparar, mais um toque no leme, um cabo lançado por cima das cabeças, foi como se se tivessem juntado as duas margens do rio. Estando vaza a maré, ficava alto o cais, e Baltasar ajudou a mulher do farnel e seu homem, de peito feito pisou o gracioso que não tugiu nem mugiu, e, alçando a perna, num só impulso se achou em firme.

Havia uma confusão de muletas e caravelões que descarregavam peixe, os olheiros gritavam e maltratavam de palavras e algum safanão os carregadores pretos que passavam ajoujados, encharcados pela água que escorria das grandes alcofas, com a pele dos braços e da cara salpicada de escamas. Parecia que tinham vindo juntar-se no mercado todos os moradores de Lisboa. A Sete-Sóis crescia-lhe a água na boca, era como se uma fome acumulada em quatro anos de campanha militar estivesse saltando agora os diques da resignação e da disciplina. Sentiu o estômago aos torcegões, inconscientemente procurou com os olhos a mulher do farnel, onde é que ela já iria, mais o seu sossegado marido, este provavelmente a mirar as fêmeas que passavam, a adivinhar se eram inglesas e de má vida, um homem precisa de fazer a sua provisão de sonhos.

Com pouco dinheiro no bolsilho, umas só moedas de cobre que soavam bem menos que os ferros do alforge, desembarcado numa cidade que mal conhecia, tinha Baltasar de resolver que passos daria a seguir, se a Mafra onde não poderia a sua única mão pegar numa enxada que requer duas, se ao paço onde talvez lhe dessem uma esmola por conta do sangue perdido. Alguém lhe tinha dito isto em Évora, mas também lhe foram dizendo que era necessário pedir muito e por muito tempo, com muito empenho de padrinhos, e apesar disso muitas vezes se apagava a voz e acabava a vida antes que se visse a cor ao dinheiro. Na falta, aí estavam as irmandades para a esmola e as portarias dos conventos que proviam ao caldo e ao tassalho do pão. E um homem a quem falte a mão canhota não tem muito de que se queixar se ainda lhe ficou a destra para pedir a quem passa. Ou exigir com um ferro aguçado.

Sete-Sóis atravessou o mercado do peixe. As vendedeiras gritavam desbocadamente aos compradores, provocavam-nos, sacudiam os braços carregados de braceletes de ouro, batiam juras no peito onde se reuniam fios, cruzes, berloques, cordões, tudo de bom ouro brasileiro, assim como os longos e pesados brincos ou argolas, arrecadas ricas que valiam a mulher. Mas, no meio da multidão suja, eram miraculosamente asseadas, como se as não tocasse sequer o cheiro do peixe que removiam às mãos cheias. À porta duma taberna que ficava ao lado da casa dos diamantes, Baltasar comprou três sardinhas assadas, que, sobre a indispensável fatia de pão, soprando e mordiscando, comeu enquanto caminhava em direção ao Terreiro do Paço. Entrou no açougue que dava para a praça, a regalar a vista sôfrega nas grandes peças de carne, nos bois e porcos abertos, quartos inteiros pendurados dos ganchos. A si próprio prometeu um festim de viandas quando lhe desse o dinheiro para isso, não sabia então que ali viria a trabalhar, um dia próximo, e que deveria o emprego, a padrinho sim, mas também ao gancho que trazia no alforge, tão prático para puxar uma carcaça, para escoar umas tripas, para arredar umas mantas de gordura. Tirando a sangueira, o lugar é limpo, com as paredes forradas de azulejos brancos, e se o homem da balança não enganar no peso, com outros enganos ninguém dali sai, porque em qualidades de macieza e saúde é muito verdadeira a carne. Aquilo além é o palácio do rei, está o palácio, o rei não está, anda a caçar em Azeitão, com o infante D. Francisco e os seus outros irmãos, mais os criados da casa, e os reverendos padres jesuítas João Seco e Luís Gonzaga, que decerto não foram só para comer e rezar, talvez quisesse el-rei refrescar as lições de matemáticas e latinidades que deles, quando príncipe, recebeu. Levou também sua majestade uma espingarda nova, que lha fez João de Lara, mestre de armas dos armazéns do reino, obra fina, adamasquinada de prata e ouro, que se a perder em caminho tornará prestes a seu dono, pois tem ao comprido do cano, em boa letra romana embutida, como a do frontão de S. Pedro de Roma, estes dizeres explicados SOU DE EL-REI NOSSO SENHOR AVE DEUS GUARDE DOM JOAM O V, todos em maiúsculas, como se copia, e ainda dizem que as espingardas só sabem falar pela boca e em linguagem de pólvora e chumbo. Essas são as comuns, como foi a de Baltasar Mateus, o Sete-Sóis, agora desarmado e parado no meio do Terreiro do Paço, a ver passar o mundo, as liteiras e os frades, os quadrilheiros e os mercadores, a ver pesar fardos e caixões, dá-lhe de repente uma grande saudade da guerra, e se não fosse saber que não o querem lá, ao Alentejo voltaria neste instante, mesmo adivinhando que o esperava a morte.

Meteu-se Baltasar pela rua larga, em direção ao Rossio, depois de ter entrado na igreja de Nossa Senhora da Oliveira, onde assistiu a uma missa e trocou sinais com uma mulher sozinha que dele se agradou, divertimento aliás geral, porque, mulheres a um lado, homens ao outro, recados, gestos de mão, movimentos de lenço, trejeitos de boca, piscadelas de olhos, não faziam mais, se não é pecado fazer tanto, que transmitir mensagens, combinar encontros, pactuar acordos, mas vindo Baltasar de tão longe, afalcoado do caminho, sem dinheiros para manjares-do-céu e fitas de seda, não foi por diante com o namoro, e, saindo da igreja, meteu pela rua larga, em direção ao Rossio. Era este um dia de mulheres, como se confirmava pela dúzia delas que vinham saindo duma rua estreita, rodeadas de quadrilheiros pretos que as tocavam para a frente, com um corregedor de vara na mão, e eram quase todas louras, de claros olhos, azuis, verdes, cinzentos, Quem são estas, perguntou Sete-Sóis, e quando um homem cerca lho disse, já ele estava acertando que seriam inglesas levadas ao navio donde por fraude do capitão haviam sido largadas, e que remédio agora senão irem para as ilhas Barbadas, em vez de ficarem nesta boa terra portuguesa, tão favorecedora de putas estrangeiras, ofício que se ri das confusões de Babel, porque nas oficinas dele se pode entrar mudo e sair calado, desde que antes tenha falado o dinheiro. Mas o mestre da barca dissera que eram ao todo umas cinquenta e ali não iam mais que doze, Que é das outras, e o homem respondeu, Já apanharam umas tantas, mas não as levam todas, porque algumas se esconderam muito bem escondidas, se calhar a esta hora já sabem se há diferença entre ingleses e portugueses. Seguiu Baltasar o seu caminho, fazendo a S. Bento promessa de um coração de cera se lhe pusesse adiante, ao menos uma vez na vida, uma inglesa loura, de olhos verdes, e que fosse alta e delgada. Se no dia da festa daquele santo vai a gente bater-lhe à porta da igreja a pedir que não falte o pão, se as mulheres que querem arranjar bons maridos mandam rezar-lhe missas às sextas-feiras, que mal tem que peça um soldado a S. Bento uma inglesa, ao menos uma vez, para não morrer ignorante.

Baltasar Sete-Sóis girou pelos bairros e praças durante toda a tarde. Foi beber um caldo à portaria do convento de S. Francisco da Cidade, informou-se das irmandades mais generosas na esmola, retendo três delas para ulterior averiguação, a de Nossa Senhora da Oliveira, onde já estivera, que era a dos confeiteiros, a de Santo Elói, dos ourives da prata, e a do Menino Perdido, por alguma semelhança que consigo encontrava, mesmo lembrando-se tão pouco de ter sido menino, perdido sim, se me acharão um dia.

Caiu a noite, e Sete-Sóis foi procurar onde dormir. Já então se tinha ligado de amizade com outro antigo soldado, mais velho de anos e experiência, chamava-se este João Elvas, agora com modo de vida na rufiagem, que justamente se acoitava para a noite, estando suave o tempo, nuns telheiros abandonados, rentes com os muros do convento da Esperança, para o lado do olival. Fez-se Baltasar hóspede de ocasião, sempre era um amigo novo, uma companhia para a conversa, mas, pelo sim pelo não, dando como desculpas convir-lhe muito aliviar o braço são do peso do alforge, encaixou o gancho no coto, não querendo ofuscar João Elvas e mais quadrilha com o espigão, arma mortal, como sabemos. Ninguém lhe fez mal, e eram seis debaixo do telheiro, e ele não fez mal a ninguém.

Enquanto não adormeceram, falaram de crimes acontecidos. Não dos seus próprios, cada qual sabe de si, Deus saberá de todos, mas dos de gente principal, sem castigo quase sempre quando conhecidos os autores, e sem escrúpulo extremo da justiça nas averiguações se fora misterioso o ato.

Ladrãozito, briguento, matador de a real e meio, se não havia perigo de soltar este a língua para denunciar o mandante, esses malhavam com os ossos no Limoeiro, e ainda assim tinham as sopas garantidas, tanto como a merda e o mijo em que viviam. A pontos de há pouco tempo terem soltado uns cento e cinquenta de culpas menos pesadas, que então estavam no Limoeiro, por junto, mais de quinhentos, com as muitas levas de homens que vieram para a Índia e que acabaram por não ser necessários, e era tanto o ajuntamento, e a fome tanta, que se declarou uma doença que nos ia matando a todos, por isso soltaram aqueles, um deles sou eu. E outro disse, Isto é terra de muito crime, morre-se mais que na guerra, é o que diz quem lá andou, e tu que dizes, Sete-Sóis, e Baltasar respondeu, Vi como se morre na guerra, não sei como se morre em Lisboa, por isso não posso comparar, mas que fale aí o João Elvas, tanto sabe de praças de guerra como de praças de gente, e João Elvas só encolheu os ombros, não disse nada.

Tornou a conversa ao ponto primeiro, e foi contado o caso do dourador que deu uma facada numa viúva com quem queria casar, e não queria ela, que por castigo de não coroar o desejo do homem ficou morta, e ele foi-se meter no convento da Trindade, e também aquela desventurada mulher que tendo repreendido o marido de descaminhos em que andava, lhe passou ele uma espada de parte a parte, e mais o que aconteceu ao clérigo que por história de amores levou três formosas cutiladas, tudo em tempo de quaresma, que é sazão de sangue ardido e humor retraído, como se tem averiguado, Mas agosto também não é bom, como ainda o ano passado se viu, quando aí apareceu uma mulher cortada em catorze ou quinze pedaços, nunca se chegou a saber a conta, o que se percebia é que tinha sido açoitada com muita crueldade nas partes fracas, como traseiras e barriga das pernas, cortadas fora, separadas dos ossos, os pedaços foram deixados na Cotovia, metade postos nas obras do conde de Tarouca, e os outros abaixo nos Cardais, mas tão manifestos que facilmente foram encontrados, nem os enterraram, nem os deitaram ao mar, parecia que de propósito os deixavam à vista, para que fosse geral o horror.

Tomou então a palavra João Elvas, que declarou, Foi grande chacina, e deve ter sido feita em vida da infeliz, porque teria sido rigor demasiado tratar assim um cadáver, e porquê, quando o que ali se via era o retalhado das partes sensíveis e menos mortais, só alguém de coração mil vezes danado e perdido pode ter praticado tal crime, nunca na guerra viste uma coisa assim, Sete-Sóis, mesmo não sabendo eu o que na guerra viste, e o que começara a contar o caso pegou nesta vírgula e continuou, Depois foram aparecendo as partes que faltavam, ao outro dia achou-se na Junqueira a cabeça e uma mão, e um pé à Boavista, e por mão, pé e cabeça se viu ser pessoa mimosa e bem-criada, mostrava o rosto ter de idade não mais que dezoito, vinte anos, e no saco onde apareceu a cabeça vinham as tripas e mais partes interiores, e os seios, cortados como laranjas, e com eles uma criança que mostrava três ou quatro meses, estrangulada com um cordão de seda, em Lisboa tem-se visto muito, nunca um caso assim.

Tornou João Elvas, acrescentando o que do sucesso sabia, El-rei mandou pôr cartéis com promessa de que se dariam mil cruzados a quem descobrisse os culpados, mas já lá vai quase um ano e nunca se descobriram, pudera, que logo toda a gente viu que deviam ser pessoas com quem se não havia de entender, que os tais homicidas não eram sapateiros nem alfaiates, que estes só nas bolsas fazem cortes, e os da tal mulher foram feitos com tal arte e ciência, sem se errar nenhuma junta de tantas partes do corpo que se lhe cortaram, quase osso por osso, que os cirurgiões chamados à vistoria disseram que aquilo fora feito por pessoa peritíssima na arte anatómica, só não confessaram que nem eles sabiam tanto.

Por trás do muro do convento ouviam-se ladainhar as freiras, mal sabem elas do que se livram, parir um filho e tão violentamente pagar por ele, então Baltasar perguntou, E não veio a saber-se mais, nem quem fosse a mulher, Nem dela nem dos homicidas houve notícia, puseram-lhe a cabeça na porta da Misericórdia para ver se alguém a conhecia, foi o mesmo que nada, e um dos que ainda não tinham falado, de barbas mais brancas do que negras, disse, Deviam de ser de fora da corte, se fossem moradores nela dava-se pela falta da mulher e começavam a murmurar, terá sido algum pai que determinou matar a filha por causa de desonra e a mandou trazer, espedaçada, em cima de mula ou escondida a carniça numa liteira, para a espalhar na cidade, se calhar, lá onde mora, enterrou um porco a fingir que era a assassinada, e disse que a sua pobre filha tinha morrido de bexigas, ou de humores corruptos, para não ter de abrir a mortalha, ele há gente capaz de tudo, até do que está por fazer.

Calaram-se os homens, indignados, das freiras não se ouvia agora um suspiro, e Sete-Sóis declarou, Na guerra há mais caridade, A guerra ainda está uma criança, duvidou João Elvas. E não havendo mais que dizer depois desta sentença, puseram-se todos a dormir.

D. Maria Ana não irá hoje ao auto de fé. Está de luto por seu irmão José, o imperador da Áustria, que em pouquíssimos dias o tomaram as bexigas, verdadeiras, e morreu delas, tendo somente trinta e três anos, mas a razão por que ficará no resguardo dos aposentos não é essa, muito mal andariam os Estados quando uma rainha afracasse por esse pouco, se para tão grandes e maiores golpes são educadas. Apesar de já ir no quinto mês, ainda sofre dos enjoos naturais, que, no entanto, também não bastariam a desviar-lhe a devoção e os sentidos de vista, ouvido e cheiro da solene cerimónia, tão levantadeira das almas, ato tão de fé, a procissão compassada, a descansada leitura das sentenças, as descaídas figuras dos condenados, as lastimosas vozes, o cheiro da carne estalando quando lhe chegam as labaredas e vai pingando para as brasas a pouca gordura que sobejou dos cárceres. D. Maria Ana não estará no auto de fé porque, apesar de prenha, três vezes a sangraram, e isso foi-lhe causa de grande debilitação, em acréscimo dos afrontamentos de que vinha padecendo há muitos meses. Demoraram-lhe as sangrias como lhe tinham demorado a notícia da morte do irmão, que queriam os médicos segurá-la mais, sendo de tão pouco tempo a gravidez. Que, em verdade, os ares não andam bons no paço, como ainda agora se averiguou ao dar a el-rei um flato rijo, de que pediu confissão e logo lha deram, pelo bem que sempre faz à alma, mas terão sido imaginações suas, que tudo se desatou num bom sucesso quando o purgaram, afinal era só a tripa empedernida. Está o palácio triste, sobre a tristeza em que de costume está, com o luto que el-rei mandou dar a toda a sua casa, e ordem para que os títulos e oficiais dela o pusessem, como ele pôs, fechando-se oito dias e tomando seis meses de nojo, três de capa comprida e três de capa curta, por demonstração do grande sentimento da morte do imperador seu cunhado.

Porém, hoje é dia de alegria geral, porventura a palavra será imprópria, porque o gosto vem de mais fundo, talvez da alma, olhar esta cidade saindo de suas casas, despejando-se pelas ruas e praças, descendo dos altos, juntando-se no Rossio para ver justiçar a judeus e cristãos-novos, a hereges e feiticeiros, fora aqueles casos menos correntemente qualificáveis, como os de sodomia, molinismo, reptizar mulheres e solicitá-las, e outras miuçalhas passíveis de degredo ou fogueira. São cento e quatro as pessoas que hoje saem, as mais delas vindas do Brasil, úbere terreno para diamantes e impiedades, sendo cinquenta e um os homens e cinquenta e três as mulheres. Destas, duas serão relaxadas ao braço secular, em carne, por relapsas, e isto quer dizer reincidentes na heresia, por convictas e negativas, e isto quer dizer teimosas apesar de todos os testemunhos, por contumazes, e isto quer dizer persistentes nos erros que são suas verdades, só desacertadas no tempo e no lugar. E estando já passados quase dois anos que se queimaram pessoas em Lisboa, está o Rossio cheio de povo, duas vezes em festa por ser domingo e haver auto de fé, nunca se chegará a saber de que mais gostam os moradores, se disto, se das touradas, mesmo quando só estas se usarem. Nas janelas que dão para a praça estão as mulheres, vestidas e toucadas a primor, à alemoa, por graça da rainha, com o seu vermelhão nas faces e no colo, fazendo trejeitos com a boca em modo de a fazer pequena e espremida, visagens várias e todas viradas para a rua, a si próprias se interrogando as damas se estarão seguros os sinaizinhos do rosto, no canto da boca o beijocador, na borbulhinha o encobridor, debaixo do olho o desatinado, enquanto o pretendente confirmado ou suspirante em baixo se passeia, de lenço na mão e circulando a capa. E sendo o calor tanto, vão-se refrescando os assistentes, com a conhecida limonada, o geral púcaro de água, a talhada de melancia, que não seria por irem morrer aqueles que se consumiriam estes. E se o estômago pede recheio mais substancial, não faltam aí os tremoços e os pinhões, as queijadas e as tâmaras. El-rei, com os infantes seus manos e suas manas infantas, jantará na Inquisição depois de terminado o auto de fé, e estando já aliviado do seu incómodo honrará a mesa do inquisidor-mor, soberbíssima de tigelas de caldo de galinha, de perdigões, de peitos de vitela, de pastelões, de pastéis de carneiro com açúcar e canela, de cozido à castelhana com tudo quanto lhe compete, e açafroado, de manjar-branco, e enfim doces fritos e frutas do tempo. Mas é tão sóbrio el-rei que não bebe vinho, e porque a melhor lição é sempre o bom exemplo, todos o tomam, o exemplo, o vinho não.

Outro exemplo, mais do proveito da alma, se o corpo tão repleto está, será dado hoje aqui. Começou a sair a procissão, vêm os dominicanos à frente, trazendo a bandeira de S. Domingos, e os inquisidores depois, todos em comprida fila, até aparecerem os sentenciados, foi já dito que cento e quatro, trazem círios na mão, ao lado os acompanhantes, e tudo são rezas e murmúrios, por diferenças de gorro e sambenito se conhece quem vai morrer e quem não, embora um outro sinal haja que não mente, que é ir o alçado crucifixo de costas voltadas para as mulheres que acabarão na fogueira, pelo contrário mostrando a sofredora e benigna face àqueles que desta escaparão com vida, maneiras simbólicas de se entenderem todos quanto àquilo que os espera, se não reparassem no que trazem vestido, e isso sim, é tradução visual da sentença, o sambenito amarelo com a cruz de Santo André a vermelho para os que não mereceram a morte, o outro com as chamas viradas para baixo, dito fogo revolto, se confessando as culpas a evitaram, e a samarra cinzenta, lúgubre cor, com o retrato do condenado cercado de diabos e labaredas, o que, passado a linguagem, significa que aquelas duas mulheres vão arder não tarda. Pregou frei João dos Mártires, provincial dos arrábidos, e certamente ninguém o estaria merecendo mais, se nos lembrarmos de que arrábido foi o frade cuja virtude Deus coroou engravidando a rainha, assim aproveite a prédica à salvação das almas como aproveitarão a dinastia e a ordem franciscana em sucessão assegurada e prometido convento.

Grita o povinho furiosos impropérios aos condenados, guincham as mulheres debruçadas dos peitoris, alanzoam os frades, a procissão é uma serpente enorme que não cabe direita no Rossio e por isso se vai curvando e recurvando como se determinasse chegar a toda a parte ou oferecer o espetáculo edificante a toda a cidade, aquele que ali vai é Simeão de

Oliveira e Sousa, sem mester nem benefício, mas que do Santo Ofício declarava ser qualificador, e sendo secular dizia missa, confessava e pregava, e ao mesmo tempo que isto fazia proclamava ser herege e judeu, raro se viu confusão assim, e para ser ela maior tanto se chamava padre Teodoro Pereira de Sousa como frei Manuel da Conceição, ou frei Manuel da Graça, ou ainda Belchior Carneiro, ou Manuel Lencastre, quem sabe que outros nomes teria e todos verdadeiros, porque deveria ser um direito do homem escolher o seu próprio nome e mudá-lo cem vezes ao dia, um nome não é nada, e aquele é Domingos Afonso Lagareiro, natural e morador que foi em Portel, que fingia visões para ser tido por santo, e fazia curas usando de bênçãos, palavras e cruzes, e outras semelhantes superstições, imagine-se, como se tivesse sido ele o primeiro, e aquele é o padre António Teixeira de Sousa, da ilha de S. Jorge, por culpas de solicitar mulheres, maneira canónica de dizer que as apalpava e fornicava, decerto começando na palavra do confessionário e terminando no ato recato da sacristia, enquanto não vai corporalmente acabar em Angola, para onde irá degredado por toda a vida, e esta sou eu, Sebastiana Maria de Jesus, um quarto de cristã-nova, que tenho visões e revelações, mas disseram-me no tribunal que era fingimento, que ouço vozes do céu, mas explicaram-me que era efeito demoníaco, que sei que posso ser santa como os santos o são, ou ainda melhor, pois não alcanço diferença entre mim e eles, mas repreenderam-me de que isso é presunção insuportável e orgulho monstruoso, desafio a Deus, aqui vou blasfema, herética, temerária, amordaçada para que não me ouçam as temeridades, as heresias e as blasfémias, condenada a ser açoitada em público e a oito anos de degredo no reino de Angola, e tendo ouvido as sentenças, as minhas e mais de quem comigo vai nesta procissão, não ouvi que se falasse da minha filha, é seu nome Blimunda, onde estará, onde estás Blimunda, se não foste presa depois de mim, aqui hás de vir saber da tua mãe, e eu te verei se no meio dessa multidão estiveres, que só para te ver quero agora os olhos, a boca me amordaçaram, não os olhos, olhos que não te viram, coração que sente e sentiu, ó coração meu, salta-me no peito se Blimunda aí estiver, entre aquela gente que está cuspindo para mim e atirando cascas de melancia e imundícies, ai como estão enganados, só eu sei que todos poderiam ser santos, assim o quisessem, e não posso gritá-lo, enfim o peito me deu sinal, gemeu profundamente o coração, vou ver Blimunda, vou vê-la, ai, ali está, Blimunda, Blimunda, Blimunda, filha minha, e já me viu, e não pode falar, tem de fingir que me não conhece ou me despreza, mãe feiticeira e marrana ainda que apenas um quarto, já me viu, e ao lado dela está o padre Bartolomeu Lourenço, não fales, Blimunda, olha só, olha com esses teus olhos que tudo são capazes de ver, e aquele homem quem será, tão alto, que está perto de Blimunda e não sabe, ai não sabe não, quem é ele, donde vem, que vai ser deles, poder meu, pelas roupas soldado, pelo rosto castigado, pelo pulso cortado, adeus Blimunda que não te verei mais, e Blimunda disse ao padre, Ali vai minha mãe, e depois, voltando-se para o homem alto que lhe estava perto, perguntou, Que nome é o seu, e o homem disse, naturalmente, assim reconhecendo o direito de esta mulher lhe fazer perguntas, Baltasar Mateus, também me chamam Sete-Sóis.

Já passou Sebastiana Maria de Jesus, passaram todos os outros, deu volta inteira a procissão, foram açoitados os que esse castigo haviam tido por sentença, queimadas as duas mulheres, uma primeiramente garrotada por ter declarado que queria morrer na fé cristã, outra assada viva por perseverança contumaz até na hora de morrer, diante das fogueiras armou-se um baile, dançam os homens e as mulheres, el-rei retirou-se, viu, comeu e andou, com ele os infantes, recolheu-se ao paço no seu coche puxado a seis cavalos, guardado pela sua guarda, a tarde desce depressa, mas o calor sufoca ainda, sol de garrote, sobre o Rossio caem as grandes sombras do convento do Carmo, as mulheres mortas são descidas sobre os tições para se acabarem de consumir, e quando já for noite serão as cinzas espalhadas, nem o Juízo Final as saberá juntar, e as pessoas voltarão às suas casas, refeitas na fé, levando agarrada à sola dos sapatos alguma fuligem, pegajosa poeira de carnes negras, sangue acaso ainda viscoso se nas brasas não se evaporou. Domingo é o dia do Senhor, verdade trivial, porque dele são todos os dias, e a nós nos vêm gastando os dias se em nome do mesmo Senhor não nos gastaram mais depressa as labaredas, por duplicada violência, que é a de me queimarem quando por minha razão e vontade recusei ao dito Senhor ossos e carne, e o espírito que me sustenta o corpo, filho de mim e de mim, cópula direta de mim comigo mesmo, infuso do mundo sobre o rosto escondido, igual ao mostrado e por isso ignorado. No entanto, é preciso morrer.

Frias hão de ter parecido, a quem perto estivesse, as palavras ditas por Blimunda, Ali vai minha mãe, nenhum suspiro, lágrima nenhuma, nem sequer o rosto compadecido, que ainda assim não faltam estes no meio do povo apesar de tanto ódio, de tanto insulto e escárnio, e esta que é filha, e amada como se viu pelo modo como a olhava a mãe, não teve mais dizer senão, Ali vai, e depois voltou-se para um homem a quem nunca vira e perguntou, Que nome é o seu, como se contasse mais sabê-lo que o tormento dos açoites depois do tormento do cárcere e dos tratos, e que a certa certeza de ir Sebastiana Maria de Jesus, nem o nome a salvou, degredada para Angola e lá ficar, quem sabe se consolada espiritual e corporalmente pelo padre António Teixeira de Sousa, que muita prática leva de cá, e ainda bem, para não ser tão infeliz o mundo, mesmo quando já tem garantida a condenação. Porém, agora, em sua casa, choram os olhos de Blimunda como duas fontes de água, se tornar a ver sua mãe será no embarque, mas de longe, mais fácil é largar um capitão in-glês mulheres de má vida que beijar uma filha sua mãe con-denada, encostar a uma face outra face, a pele macia, a pele frouxa, tão perto, tão distante, onde estamos, quem somos, e o padre Bartolomeu Lourenço diz, Não somos nada perante os desígnios do Senhor, se ele sabe quem somos, conforma--te Blimunda, deixemos a Deus o campo de Deus, não atra-vessemos as suas fronteiras, adoremos deste lado de cá, e façamos o nosso campo, o campo dos homens, que estando feito há de querer Deus visitar-nos, e então, sim, será o mun-do criado. Baltasar Mateus, o Sete-Sóis, está calado, apenas olha fixamente Blimunda, e de cada vez que ela o olha a ele sente um aperto na boca do estômago, porque olhos como estes nunca se viram, claros de cinzento, ou verde, ou azul, que com a luz de fora variam ou o pensamento de dentro, e às vezes tornam-se negros noturnos ou brancos brilhantes como lascado carvão de pedra. Veio a esta casa não porque lhe dissessem que viesse, mas Blimunda perguntara-lhe que nome tinha e ele respondera, não era necessária melhor ra-zão. Terminado o auto de fé, varridos os restos, Blimunda retirou-se, o padre foi com ela, e quando Blimunda chegou a casa deixou a porta aberta para que Baltasar entrasse. Ele entrou e sentou-se, o padre fechou a porta e acendeu uma candeia à última luz duma frincha, vermelha luz do poente que chega a este alto quando já a parte baixa da cidade escurece, ouvem-se gritar soldados nas muralhas do castelo, fosse a ocasião outra, havia Sete-Sóis de lembrar-se da guerra, mas agora só tem olhos para os olhos de Blimunda, ou para o corpo dela, que é alto e delgado como a inglesa que acordado sonhou no preciso dia em que desembarcou em Lisboa.

Blimunda levantou-se do mocho, acendeu o lume na lareira, pôs sobre a trempe uma panela de sopas, e quando ela ferveu deitou uma parte para duas tigelas largas que serviu aos dois homens, fez tudo isto sem falar, não tornara a abrir a boca depois que perguntou, há quantas horas, Que nome é o seu, e apesar de o padre ter acabado primeiro de comer, esperou que Baltasar terminasse para se servir da colher dele, era como se calada estivesse respondendo a outra pergunta, Aceitas para a tua boca a colher de que se serviu a boca deste homem, fazendo seu o que era teu, agora tornando a ser teu o que foi dele, e tantas vezes que se perca o sentido do teu e do meu, e como Blimunda já tinha dito que sim antes de perguntada, Então declaro-vos casados. O padre Bartolomeu Lourenço esperou que Blimunda acabasse de comer da panela as sopas que sobejavam, deitou-lhe a bênção, com ela cobrindo a pessoa, a comida e a colher, o regaço, o lume na lareira, a candeia, a esteira no chão, o punho cortado de Baltasar. Depois saiu.

Por uma hora ficaram os dois sentados, sem falar. Apenas uma vez Baltasar se levantou para pôr alguma lenha na fogueira que esmorecia, e uma vez Blimunda espevitou o morrão da candeia que estava comendo a luz e então, sendo tanta a claridade, pôde Sete-Sóis dizer, Por que foi que perguntaste o meu nome, e Blimunda respondeu, Porque minha mãe o quis saber e queria que eu o soubesse, Como sabes, se com ela não pudeste falar, Sei que sei, não sei como sei, não faças perguntas a que não posso responder, faze como fizeste, vieste e não perguntaste porquê, E agora, Se não tens onde viver melhor, fica aqui, Hei de ir para Mafra, tenho lá família, Mulher, Pais e uma irmã, Fica, enquanto não fores, será sempre tempo de partires, Por que queres tu que eu fique, Porque é preciso, Não é razão que me convença, Se não quiseres ficar, vai-te embora, não te posso obrigar, Não tenho forças que me levem daqui, deitaste-me um encanto, Não deitei tal, não disse uma palavra, não te toquei, Olhaste-me por dentro, Juro que nunca te olharei por dentro, Juras que não o farás e já o fizeste, Não sabes de que estás a falar, não te olhei por dentro, Se eu ficar, onde durmo, Comigo.

Deitaram-se. Blimunda era virgem. Que idade tens, perguntou Baltasar, e Blimunda respondeu, Dezanove anos, mas já então se tornara muito mais velha. Correu algum sangue sobre a esteira. Com as pontas dos dedos médio e indicador humedecidos nele, Blimunda persignou-se e fez uma cruz no peito de Baltasar, sobre o coração. Estavam ambos nus. Numa rua perto ouviram vozes de desafio, bater de espadas, correrias. Depois o silêncio. Não correu mais sangue.

Quando, de manhã, Baltasar acordou, viu Blimunda deitada ao seu lado, a comer pão, de olhos fechados. Só os abriu, cinzentos àquela hora, depois de ter acabado de comer, e disse, Nunca te olharei por dentro.

Levar este pão à boca é gesto fácil, excelente de fazer se a fome o reclama, portanto alimento do corpo, benefício do lavrador, provavelmente maior benefício de alguns que entre a foice e os dentes souberam meter mãos de levar e trazer e bolsas de guardar, e esta é a regra. Não há em Portugal trigo que baste ao perpétuo apetite que os portugueses têm de pão, parece que não sabem comer outra coisa, por isso os estrangeiros que cá moram, doridos das nossas necessidades, que em maior volume frutificam que sementes de abóbora, mandam vir, das suas próprias e outras terras, frotas de cem navios carregados de cereal, como estes que entraram agora Tejo adentro, salvando à torre de Belém e mostrando ao governador dela os papéis do uso, e desta vez são mais de trinta mil moios de pão que vêm da Irlanda, e é a abundância tal, fome que finalmente deu em fartura, enquanto em fome se não tornar, que, achando-se cheias as tercenas e também já os armazéns particulares, andam por aí a alugar depósitos por todo o dinheiro, e põem escritos nas portas da cidade para que conste às pessoas que os tiverem para alugá-los, com que desta vez se vão arrepelar os que mandaram vir o trigo, obrigados pelo excesso a baixar-lhe o preço, tanto mais que se fala em próxima chegada de uma frota da Holanda carregada do mesmo género, mas desta virá a saber-se que a assaltou uma esquadra francesa quase na entrada da barra, e assim o preço, que ia baixar, não baixa, se for preciso deita--se fogo a um celeiro ou dois, mandando em seguida apregoar a falta que o trigo ardido já está fazendo, quando julgávamos que havia tanto e de sobra. São mistérios mercantis que os de fora ensinam e os de dentro vão aprendendo, embora estes sejam ordinariamente tão estúpidos, de mercadores falamos, que nunca mandam vir eles próprios as mercadorias das outras nações, antes se contentam com comprá-las aqui aos estrangeiros que se forram da nossa simplicidade e forram com ela os cofres, comprando a preços que nem sabemos e vendendo a outros que sabemos bem de mais, porque os pagamos com língua de palmo e a vida palmo a palmo.

Porém, morando o riso tão perto da lágrima, o desafogo tão cerca da ânsia, o alívio tão vizinho do susto, nisto se passando a vida das pessoas e das nações, conta João Elvas a Baltasar Sete-Sóis o formoso passo bélico de se ter armado a marinha de Lisboa, de Belém a Xabregas, por espaço de dois dias e duas noites, ao mesmo tempo que em terra tomavam posições de combate os terços e a cavalaria, porque correra a nova de que vinha uma armada francesa a conquistar-nos, hipótese em que qualquer fidalgo, ou plebeu qualquer, seria aqui outro Duarte Pacheco Pereira e Lisboa uma nova praça de Diu, e afinal a armada invasora transformou-se em uma frota de bacalhau, que boa falta estava fazendo, como não tardou a ver-se pelo apetite. De riso murcho souberam os ministros a notícia, de riso amarelo largaram os soldados as

armas e os cavalos, mas foram altas e estrepitosas as gargalhadas do vulgo, assim desforrado de não poucas vexações.
Enfim, pior que a vergonha de esperar o francês e ver chegar
o bacalhau, seria contar com o bacalhau e entrar o francês.
Sete-Sóis concorda, mas imagina-se na pele dos soldados
que esperavam a batalha, sabe como bate então o coração,
que irá ser de mim, se daqui a pouco ainda estarei vivo, apura-
-se um homem à altura da possível morte e depois vêm dizer-
-lhe que estão a descarregar fardos de bacalhau na Ribeira
Nova, se os franceses vêm a saber do engano, ainda se rirão
mais de nós. Vai Baltasar para ter outra vez saudades da guerra, mas lembra-se de Blimunda e lança-se a querer averiguar
de que cor são os olhos dela, é uma guerra em que anda com a
sua própria memória, que tanto lhe lembra uma cor como
outra, nem os seus próprios olhos conseguem decidir que cor
de olhos estão vendo quando os têm diante. Desta maneira se
esqueceu das saudades que ia sentir, e responde a João Elvas,
Devia era haver maneira certa de saber quem vem e o que traz
ou quer, sabem-no as gaivotas que vão pousar nos mastros, e
nós, a quem mais importaria, não sabemos, e o soldado velho
disse, As gaivotas têm asas, também as têm os anjos, mas as
gaivotas não falam, e de anjos nunca vi nenhum.

Atravessava o Terreiro do Paço o padre Bartolomeu Lourenço, que vinha do palácio aonde fora por instância de Sete-
-Sóis, desejoso de que se apurasse se sim ou não haveria uma
pensão de guerra, se tanto vale a simples mão esquerda, e
quando João Elvas, que da vida de Baltasar não sabia tudo,
viu aproximar-se o padre, disse em continuação da conversa,
Aquele que ali vem é o padre Bartolomeu Lourenço, a quem
chamam o Voador, mas ao Voador não cresceram bastante as
asas, e assim não poderemos ir espiar as frotas que querem

entrar e as intenções ou negócios que trazem. Não pôde Sete-Sóis responder porque o padre, parando arredado, lhe fez sinal para que se aproximasse, assim ficando João Elvas na grande estupefação de ver o seu amigo bafejado pelos ares do Paço e da Igreja, e já pensando se disto poderia vir a tirar proveito um soldado vadio. E para que alguma coisa se fosse adiantando entretanto, estendeu a mão à esmola, primeiro a um fidalgo que de boa maré lha deu, depois, por distração, a um frade mendicante que passava exibindo uma imagem e oferecendo-a ao ósculo devoto, com o que João Elvas acabou por largar o que tinha recebido, Não me cair um raio em cima, será pecado praguejar, mas alivia muito.

Disse o padre Bartolomeu Lourenço a Sete-Sóis, Falei com os desembargadores destas matérias, disseram-me que iam ponderar o teu caso, se vale a pena fazeres petição, depois me darão uma resposta, E quando será isso, padre, quis Baltasar saber, ingénua curiosidade de quem acaba de chegar à corte e lhe ignora os usos, Não te sei dizer, mas, tardando, talvez eu possa dizer uma palavra a sua majestade, que me distingue com a sua estima e proteção, Pode falar com el-rei, espantou-se Baltasar, e acrescentou, Pode falar a el-rei e conhecia a mãe de Blimunda, que foi condenada pela Inquisição, que padre é este padre, palavras estas últimas que Sete-Sóis não terá dito em voz alta, só inquieto as pensou. Bartolomeu Lourenço não respondeu, apenas o olhou a direito, e assim ficaram parados, o padre um pouco mais baixo e parecendo mais novo, mas não, têm ambos a mesma idade, vinte e seis anos, como de Baltasar já sabíamos, porém são duas diferentes vidas, a de Sete-Sóis trabalho e guerra, uma acabada, outro que terá de recomeçar, a de Bartolomeu Lourenço, que no Brasil nasceu e novo veio pela primeira vez a

Portugal, de tanto estudo e memória que, sendo moço de quinze anos, prometia, e muito fez do que prometeu, dizer de cor todo Virgílio, Horácio, Ovídio, Quinto Cúrcio, Suetónio, Mecenas e Séneca, para diante e para trás, ou donde lhe apontassem, e dar a definição de todas as fábulas que se escreveram, e a que fim as fingiram os gentios gregos e romanos, e também dizer quem foram os autores de todos os livros de versos, antigos e modernos, até ao ano de mil e duzentos, e se alguém lhe dissesse uma poesia, logo responderia a propósito com dez versos seus ali mesmo compostos, e prometia também justificar e defender toda a filosofia e os pontos mais intricados dela, e explicar a parte de Aristóteles, ainda que extensa, com todos os seus embaraços, termos e meios-termos, e responder a todas as dúvidas da Sagrada Escritura, tanto do Testamento Velho como do Novo, repetindo de cor, quer a fio corrido quer salteado, todos os Evangelhos dos quatro Evangelistas, para trás e para diante, e o mesmo das epístolas de S. Paulo e S. Jerónimo, e os anos de profeta a profeta e quantos de vida teve cada um deles, e o mesmo de todos os reis da Escritura, e o mesmo, para baixo e para cima, para a esquerda e para a direita, dos Livros dos Salmos, dos Cantares, do Êxodo e todos os Livros dos Reis, e que não são canónicos os dois Livros dos Esdras, como afinal não parecem muito canónicos, diga-se aqui para nós e sem outras desconfianças, este sublime engenho, estas prendas e memória nascidas e criadas em terra de que só temos requerido o ouro e os diamantes, o tabaco e o açúcar, e as riquezas da floresta, e o mais que nela ainda virá a ser encontrado, terra doutro mundo, amanhã e pelos séculos que hão de vir, sem contar com a evangelização dos tapuias, que só ela nos faria ganhar a eternidade.

Agora me disse aquele meu amigo João Elvas que tendes

apelido de Voador, padre, por que foi que vos deram tal nome, perguntou Baltasar. Começou Bartolomeu Lourenço a afastar-se, o soldado foi atrás dele, e, distantes dois passos um do outro, seguiram ao longo do Arsenal da Ribeira das Naus, do palácio do Corte Real, e adiante, nos Remolares, onde a praça se abria para o rio, sentou-se o padre numa pedra, fez sinal a Sete-Sóis para que se acomodasse ao lado dele, e enfim respondeu, como se agora mesmo tivesse ouvido a pergunta, Porque eu voei, e disse Baltasar, duvidoso, Com perdão da confiança, só os pássaros voam, e os anjos, e os homens quando sonham, mas em sonhos não há firmeza, Não tens vivido em Lisboa, nunca te vi, Estive na guerra quatro anos e a minha terra é Mafra, Pois eu faz dois anos que voei, primeiro fiz um balão que ardeu, depois construí outro que subiu até ao teto duma sala do paço, enfim outro que saiu por uma janela da Casa da Índia e ninguém tornou a ver, Mas voou em pessoa, ou só voaram os balões, Voaram os balões, foi o mesmo que ter voado eu, Voar balão não é voar homem, O homem primeiro tropeça, depois anda, depois corre, um dia voará, respondeu Bartolomeu Lourenço, mas logo se pôs de joelhos porque estava passando o Corpo de Nosso Senhor para algum doente de qualidade, o padre debaixo do pálio sustentado por seis pessoas, à frente os trombetas, atrás os irmãos da confraria, de opas encarnadas e círios na mão, mais as coisas necessárias à administração do Santíssimo Sacramento, alguma alma impaciente por voar, apenas à espera de que a aliviassem do lastro corporal e a pusessem de frente para o vento que vem do mar largo, ou do fundo universo, ou do último lugar de além. Sete-Sóis também se ajoelhara, tocando o chão com o seu gancho de ferro enquanto se persignava.

Já não se sentou o padre Bartolomeu Lourenço, devagar aproximou-se da beira do rio, com Baltasar atrás, e ali, estando a um lado uma barca a descarregar palha em grandes panais que os mariolas transportavam às costas correndo equilibrados sobre a prancha, e a outro lado chegando-se duas escravas pretas a despejar para a água os calhandros de seus amos, o mijo e a merda do dia ou da semana, entre o natural cheiro da palha e o cheiro natural do excremento, disse o padre, Tenho sido a risada da corte e dos poetas, um deles, Tomás Pinto Brandão, chamou ao meu invento coisa de vento que se há de acabar cedo, se não fosse a proteção de el-rei não sei o que seria de mim, mas el-rei acreditou na minha máquina e tem consentido que, na quinta do duque de Aveiro, a S. Sebastião da Pedreira, eu faça os meus experimentos, enfim já me deixam respirar um pouco os maldizentes, que chegaram ao ponto de desejar que eu partisse as pernas quando me lançasse do castelo, sendo certo que nunca eu tal coisa prometera, e que a minha arte tinha mais que ver com a jurisdição do Santo Ofício que com a geometria, Padre Bartolomeu Lourenço, eu destas coisas não entendo, fui homem do campo, soldado deixei de ser, e não creio que alguém possa voar sem lhe terem nascido asas, quem o contrário disser, entende tanto disso como de lagares de azeite, Esse gancho que tens no braço não o inventaste tu, foi preciso que alguém tivesse a necessidade e a ideia, que sem aquela esta não ocorre, juntasse o couro e o ferro, e também estes navios que vês no rio, houve um tempo em que não tiveram velas, e outro tempo foi o da invenção dos remos, outro o do leme, e, assim como o homem, bicho da terra, se faz marinheiro por necessidade, por necessidade se fará voador, Quem põe velas num barco está na água e na água fica, voar é sair da terra para o ar, onde não há chão que nos ampare os pés, Faremos como as aves, que tanto estão no céu como pousam na terra, Então foi por querer voar que conheceu a mãe de Blimunda, por ser de artes subtis, Ouvi dizer que ela tinha visões de ver pessoas voando com asas de pano, é certo que visões não falta por aí quem diga tê-las, mas havia tal verosimilhança no que me contavam, que discretamente a fui visitar um dia, e depois ganhei-lhe amizade, E chegou a saber o que queria, Não, não cheguei, compreendi que o saber dela, se realmente o tinha, era outro saber, e que eu deveria perseverar contra a minha própria ignorância, sem ajudas, prouvera não me engane, Parece-me que estão na verdade aqueles que disseram que essa arte de voar se entendia mais com o Santo Ofício que com a geometria, se eu estivesse no vosso caso dobraria de cautelas, olhai que cárcere, degredo e fogueira costumam ser a paga desses excessos, mas disto sabe um padre mais do que um soldado, Tenho cuidado e não me faltam proteções, Lá virá o dia.

Tornaram sobre os passos, voltaram aos Remolares. Sete--Sóis fez menção de falar, retraiu-se, o padre deu pela hesitação, Queres-me dizer alguma coisa, Queria saber, padre Bartolomeu Lourenço, por que é que Blimunda sempre come pão antes de abrir os olhos pela manhã, Tens dormido com ela, Vivo lá, Repara que estão em pecado de concubinato, melhor seria casarem-se, Ela não quer, eu não sei se quereria, se um dia destes volto para a minha terra e ela prefere ficar em Lisboa, para quê casar, mas o que eu tinha perguntado, Por que come Blimunda pão antes de abrir os olhos de manhã, Sim, Se o vieres a saber um dia, será por ela, por mim não, Mas sabe a razão, Sei, E não ma diz, Só te direi que se trata de um grande mistério, voar é uma simples coisa comparando com Blimunda.

Andando e conversando, chegaram à estrebaria de um alquilador, na porta do Corpo Santo. O padre alugou uma mula, subiu para o albardão, Vou a S. Sebastião da Pedreira ver a minha máquina, queres tu vir comigo, a mula pode com os dois, Irei, mas a pé, que é o caminho da infantaria, És um homem natural, nem cascos de mula nem asas de passarola, É assim que se chama a sua máquina, perguntou Baltasar, e o padre respondeu, Assim lhe têm chamado por desprezo.

Subiram a S. Roque, e depois, contornando o alto morro das Taipas, desceram pela Praça da Alegria até Valverde. Sete-Sóis acompanhava sem dificuldade a andadura da mula, só em terreno plano se deixava atrasar um pouco, para logo recuperar na próxima encosta, tanto a descer como a subir. Apesar de não ter caído pinga de água desde abril, sendo já passados quatro meses, estavam viçosos todos os campos para cima de Valverde, por via das muitas fontes perenes, encaminhados os mananciais ao cultivo das hortaliças, que ali eram abundantes, às portas da cidade. Passado o convento de Santa Marta e adiante o de Santa Joana Princesa, alargavam-se terras de olival, mas mesmo aí se implantavam as culturas hortenses, e se por lá não rebentavam as fontes naturais, supriam a falta as cegonhas de tirar água, erguendo os seus pescoços compridos, e circulavam burros à nora, de olhos tapados para terem a ilusão de caminhar a direito, não sabendo, como não sabiam os donos, que andando realmente a direito também acabariam por vir parar ao mesmo lugar, porque o mundo é ele uma nora e são os homens que, andando em cima dele, o puxam e fazem andar. Mesmo já cá não estando Sebastiana Maria de Jesus para ajudar com as suas revelações, é fácil ver que, faltando os homens, o mundo para.

Quando chegaram ao portão da quinta, onde não está o duque nem criados seus, pois os bens dele foram reunidos aos da coroa, e agora estão a correr autos de processo para se restituírem à casa de Aveiro, porém são lentas as justiças, e então voltará o duque, da Espanha onde vive e onde duque também é, mas de Banhos, quando chegaram, dizíamos, o padre apeou-se, tirou uma chave do bolso e abriu o portão, como se estivesse em casa sua. Fez entrar a mula, que levou para uma sombra, enfiou-lhe no focinho uma alcofa de palha e fava, e ali a deixou aliviada da carga, sacudindo com o rabo farto os tavões e as moscas, excitados pelo manjar que lhes chegava da cidade. Todas as portas e janelas do palácio estavam fechadas, a quinta abandonada, sem cultivo. A um lado do pátio espaçoso ficava um celeiro, ou abegoaria, ou adega, estando vazio não se podia saber que serventia fora a sua, pois para celeiro lhe faltavam tulhas, para abegoaria onde estariam as argolas, e adega não a há sem tonéis. Esta porta tinha um cadeado onde entrava uma chave tão recortada como escrita arábica. O padre retirou a tranca, empurrou a porta, afinal não estava vazia a grande casa, viam-se panos de vela, barrotes, rolos de arame, lamelas de ferro, feixes de vimes, tudo arrumado por espécies, em boa ordem e, ao meio, no espaço desafogado, havia o que parecia uma enorme concha, toda eriçada de arames, como um cesto que, em meio fabrico, mostra as guias do entrançado.

Baltasar entrou logo atrás do padre, curioso, olhou em redor sem compreender o que via, talvez esperasse um balão, umas asas de pardal em maior, um saco de penas, e não teve mão que não duvidasse, Então é isto, e o padre Bartolomeu Lourenço respondeu, Há de ser isto, e, abrindo uma arca, tirou um papel que desenrolou, onde se via o desenho de uma ave, a passarola seria, isso era Baltasar capaz de reconhecer, e porque à vista era o desenho um pássaro, acreditou que todos aqueles materiais, juntos e ordenados nos lugares competentes, seriam capazes de voar. Mais para si próprio do que para Sete-Sóis, que do desenho não via mais que a semelhança da ave, e ela lhe bastava, o padre explicou, em tom primeiramente sereno, depois animando-se, Isto que aqui vês são as velas que servem para cortar o vento e que se movem segundo as necessidades, e aqui é o leme com que se dirigirá a barca, não ao acaso, mas por mão e ciência do piloto, e este é o corpo do navio dos ares, à proa e à popa em forma de concha marinha, onde se dispõem os tubos do fole para o caso de faltar o vento, como tantas vezes sucede no mar, e estas são as asas, sem elas como se haveria de equilibrar a barca voadora, e destas esferas não te falarei, que são segredo meu, bastará que te diga que sem o que elas levarão dentro não voará a barca, mas sobre este ponto ainda não estou seguro, e neste teto de arames penduraremos umas bolas de âmbar, porque o âmbar responde muito bem ao calor dos raios do sol para o efeito que quero, e isto é a bússola, sem ela não se vai a parte alguma, e isto são roldanas, servem para largar ou recolher as velas, como nos navios do mar. Calou-se alguns momentos, e acrescentou, E quando tudo estiver armado e concordante entre si, voarei. A Baltasar convencia-o o desenho, não precisava de explicações, pela razão simples de que não vendo nós a ave por dentro, não sabemos o que a faz voar, e no entanto ela voa, porquê, por ter a ave forma de ave, não há nada mais simples, Quando, limitou-se a perguntar, Ainda não sei, respondeu o padre, falta-me quem me ajude, sozinho não posso fazer tudo, e há trabalhos para que a minha força não é suficiente. Calou-se outra vez, e depois, Queres tu vir ajudar-me, perguntou. Baltasar deu um passo atrás, estupefacto, Eu não sei nada, sou um homem do campo, mais do que isso só me ensinaram a matar, e assim como me acho, sem esta mão, Com essa mão e esse gancho podes fazer tudo quanto quiseres, e há coisas que um gancho faz melhor que a mão completa, um gancho não sente dores se tiver de segurar um arame ou um ferro, nem se corta, nem se queima, e eu te digo que maneta é Deus, e fez o universo.

Baltasar recuou assustado, persignou-se rapidamente, como para não dar tempo ao diabo de concluir as suas obras, Que está a dizer, padre Bartolomeu Lourenço, onde é que se escreveu que Deus é maneta, Ninguém escreveu, não está escrito, só eu digo que Deus não tem a mão esquerda, porque é à sua direita, à sua mão direita, que se sentam os eleitos, não se fala nunca da mão esquerda de Deus, nem as Sagradas Escrituras, nem os Doutores da Igreja, à esquerda de Deus não se senta ninguém, é o vazio, o nada, a ausência, portanto Deus é maneta. Respirou fundo o padre, e concluiu, Da mão esquerda.

Sete-Sóis ouvira com atenção. Olhou o desenho e os materiais espalhados pelo chão, a concha ainda informe, sorriu, e, levantando um pouco os braços, disse, Se Deus é maneta e fez o universo, este homem sem mão pode atar a vela e o arame que hão de voar.

Mas tem cada coisa seu tempo. Por enquanto, faltando ao padre Bartolomeu Lourenço o dinheiro para comprar os ímanes que, na sua ideia, hão de fazer voar a passarola, cujos, ainda por cima, terão de vir do estrangeiro, está Sete-Sóis no açougue do Terreiro do Paço, por empenho do mesmo padre, transportando ao lombo peças de carne variada, quartos de boi, leitões às dúzias, carneiros aos pares, que passam de um gancho para outro gancho, e no trânsito deixam toalhas de sangue na serapilheira que lhe cobre as costas e a cabeça, é um ofício sujo, vá lá que compensado por algumas sobras, um pé de porco, uma franja de dobrada, e, querendo Deus e o humor do açougueiro, a apara de vazia, de alcatra ou pojadouro, embrulhados numa crespa folha de couve, para que Blimunda e Baltasar se alimentem um pouco melhor que o vulgar, quem parte e reparte, mesmo não sendo Baltasar o da partição, para alguma coisa aproveitaria a arte.

Para D. Maria Ana é que lhe vem chegando o tempo. A barriga não aguenta crescer mais por muito que a pele estique, é um bojo enorme, uma nau da Índia, uma frota do

Brasil, de vez em quando manda el-rei saber como vai a navegação do infante, se já se avista ao longe, se o traz bom vento ou sofreu assaltos, como aqueles que sofrem as nossas esquadras, que ainda agora, na altura das ilhas, tomaram os franceses seis naus mercantes nossas e uma de guerra, que tudo isto e muito mais se podia esperar dos cabos que temos e dos comboios que armamos, e agora parece que vão os ditos franceses esperar o resto dos nossos barcos à entrada de Pernambuco e da Baía, se é que não estão já à espreita da frota que há de ter saído do Rio de Janeiro. Tantas foram as descobertas que fizemos quando houve que descobrir, e agora nos passam os outros à capa como a inocentes touros, sem artes de marrar, ou não mais que por acaso. A D. Maria Ana chegam também estas más notícias, coisas que sempre aconteceram há um mês, dois meses, quando o infante ainda era no seu ventre uma gelatina, um girino, um troço cabeçudo, é extraordinário como se formam um homem e uma mulher, indiferentes, lá dentro do seu ovo, ao mundo de fora, e contudo com este mundo mesmo se virão defrontar, como rei ou soldado, como frade ou assassino, como inglesa em Barbadas ou sentenciada no Rossio, alguma coisa sempre, que tudo nunca pode ser, e nada menos ainda. Porque, enfim, podemos fugir de tudo, não de nós próprios.

Porém, nem tudo é assim tão deplorável para as navegações portuguesas. Chegou há dias a nau de Macau que se esperava, tendo partido daqui há vinte meses, onde isso vai, ainda Sete-Sóis andava na guerra, e fez feliz jornada apesar de ser larga a viagem, que fica Macau muito para lá de Goa, terra de tantas bem-aventuranças, a China, que excede a todas as outras nos regalos e riqueza, e os géneros todos quanto pode ser baratos, e tem de mais o favorável e sadio do clima, tanto que de todo se ignoram achaques e doenças, por isso não há nela médicos nem cirurgiões, e morre cada um só de velho e desamparado da natureza, que não nos pode garantir sempre. Carregou a nau na China tudo rico e precioso, passou pelo Brasil a fazer negócio e meteu açúcares e tabacos, mais muita abundância de ouro, que para tudo isto deram os dois meses e meio que esteve no Rio e na Baía, e em cinquenta e seis dias de viagem veio de lá aqui, e houve causa milagrosa para que em jornada tão perigosa e dilatada nem adoeceu nem morreu um só homem que fosse, que parece que aproveitou a missa quotidiana que cá se ficou dizendo por intenção da viagem a Nossa Senhora da Piedade das Chagas, e nem errou o caminho, ignorando-o o piloto, se tal é crível, com o que já se vai dizendo que negócios bons são os da China. Mas, para não ser tudo perfeito, chegou a notícia de estar acesa a luta entre os do Pernambuco e os do Recife, todos os dias ali se dão batalhas, algumas muito sanguinolentas, e foram ao ponto de deitar fogo aos matos, queimando todos os açúcares e tabacos, que para el-rei é perda muito considerável.

Dão, se calha, estas e outras notícias a D. Maria Ana, mas ela está flutuando, indiferente, no seu torpor de grávida, dizerem-lhas ou calarem-lhas tanto faz, e até da sua primeira glória de ter fecundado não resta mais que uma ténue lembrança, pequena brisa do que foi vento de orgulho, quando nos primeiros tempos se sentia como aquelas figuras que à proa das naus se põem e que, não sendo as que mais longe observam, para isso lá está o óculo e lá está o gajeiro, são as que mais fundo veem. Uma mulher grávida, rainha ou comum, tem um momento na vida em que se sente sábia de todo o saber, ainda que intraduzível em palavras, mas depois, com o inchar excessivo da barriga e outras misérias do corpo, só para o dia de parir têm pensamentos, nem todos alegres, quantas vezes aterradas por agoiros, mas neste caso vai ser de grande ajuda a ordem franciscana, que não quer perder o prometido convento. Andam ao despique todas as congregações da Província da Arrábida, dizendo missas, fazendo novenas, promovendo orações, por intenção geral e particular, explícita e implícita, para que nasça bem o infante e numa boa hora, para que não traga defeito visível ou invisível, para que seja varão, com o que alguma mazela menor poderia desculpar-se, senão ver nela especial distinção divina. Mas, sobretudo, porque um infante macho daria maior contentamento a el-rei.

D. João V vai ter de contentar-se com uma menina. Nem sempre se pode ter tudo, quantas vezes pedindo isto se alcança aquilo, que esse é o mistério das orações, lançamo-las ao ar com uma intenção que é nossa, mas elas escolhem o seu próprio caminho, às vezes atrasam-se para deixar passar outras que tinham partido depois, e não é raro que alguma se acasalem, assim nascendo orações arraçadas ou mestiças, que não são nem o pai nem a mãe que tiveram, quando calha brigam, param na estrada a debater contradições, e por isso é que se pediu um rapaz e veio uma rapariga, vá lá saudável e robusta, e de bons pulmões, como se percebe pela gritaria. Mas o reino está gloriosamente feliz, não só porque nasceu o herdeiro da coroa e pelas luminárias festivas que por três dias foram decretadas, mas porque, havendo sempre que contar com os efeitos secundários que têm as preces sobre as forças naturais, podendo até acontecer que deem em grandes secas, como esta que há oito meses durava e só essa causa podia ter, nem se via que outra fosse, acabadas as orações deu em chover, enfim, que já se diz que o nascimento da infanta trouxe auspícios de felicidade, pois agora chove tanto que só Deus a pode estar mandando, por alívio seu da importunação que lhe fazíamos. Já andam os lavradores lavrando, vão para o campo mesmo debaixo de chuva, a leiva cresce da terra húmida como saem as crianças lá donde vêm, e, não sabendo gritar como elas, suspira ao sentir-se rasgada pelo ferro, e deita-se de lado, luzidia, oferecendo-se à água que continua a cair, agora muito devagar, quase poalha impalpável, para que não se perca a forma do alqueive, terra encrespada para o conchego da seara. Este parto é muito simples, mas não se pode fazer sem aquilo que os outros primeiro requereram, a força e a semente. Todos os homens são reis, rainhas são todas as mulheres, e príncipes os trabalhos de todos.

Porém, não convém perder de vista as diferenças, que são muitas. Foi a princesa a batizar, em dia de Nossa Senhora do Ó, dia por excelência contraditório, pois já está a rainha despejada da sua redondez, e logo se observa que, finalmente, nem todos os príncipes são príncipes por igual, como com muita clareza está mostrando a pompa e solenidade com que se dará o nome e o sacramento a este, ou esta, com todo o paço e capela real armados de panos e ouros, e a corte ajoujada de galas, que mal se distinguem as feições e os vultos debaixo de tanto adereço de franças e bandarras. Saiu o acompanhamento da câmara da rainha para a igreja, passando pela sala dos Tudescos, e atrás dele o duque de Cadaval, com a sua opa roçagando o chão, sob o pálio vai o duque, e às varas pegam, por distinção, títulos de primeira grandeza e conselheiros de Estado, e nos braços do duque, quem vai, vai a princesa, enfaixada de linhos, franzida de laços, escorrida de fitas, e atrás do pálio a nomeada aia, que é a condessa de Santa Cruz velha, e todas as damas do paço, as formosas e as não tanto, e enfim meia dúzia de marqueses e o duque filho, que trazem as insígnias da toalha, do saleiro, do óleo, e o resto, que para todos havia.

Sete bispos a batizaram, que eram como sete sóis de ouro e prata nos degraus do altar-mor, e ficou a chamar-se Maria Xavier Francisca Leonor Bárbara, logo ali com o título de Dona adiante, apesar de tão pequena ainda, está ao colo, baba-se e já é dona, que fará em crescendo, e leva, por começo, uma cruz de brilhantes que lhe deu seu padrinho e tio, o infante D. Francisco, cuja custou cinco mil cruzados, e o mesmo D. Francisco mandou à rainha sua comadre, de presente, uma pluma de toucar, estou que por galantaria, e uns brincos de diamantes, esses sim, de superlativo valor, perto de vinte e cinco mil cruzados, é obra, mas francesa.

Para este dia baixou el-rei da sua grandeza e majestade e assistiu, não por trás das rótulas, mas público, e não na sua tribuna, mas na da rainha, em mostra do muito respeito que lhe merecia, assim posta a feliz mãe ao lado do feliz pai, ainda que em cadeira mais baixa, e à noite houve luminárias. Sete-Sóis baixou com Blimunda do alto do castelo para ver as luzes e os adornos, o paço armado de colgaduras, os arcos mandados levantar pelos ofícios. Está mais cansado que de costume, talvez por ter carregado tanta carne para os banquetes que festejaram o nascimento e vão festejar o batizado. Dói-lhe a mão esquerda de tanto puxar, içar e arrastar. O gancho descansa no alforge que leva ao ombro. Blimunda segura-lhe a mão direita.

Em um qualquer destes meses que passaram, morreu de santa morte frei António de S. José. Salvo se vier a aparecer em sonhos a el-rei, já não poderá recordar-lhe a promessa, porém sosseguemos, a pobre não emprestes, a rico não devas, a frade não prometas, e D. João v é rei de palavra. Haveremos convento.

Dorme Baltasar no lado direito da enxerga, desde a primeira noite aí dorme, porque é desse lado o seu braço inteiro, e ao voltar-se para Blimunda pode, com ele, cingi-la contra si, correr-lhe os dedos desde a nuca até à cintura, mais abaixo ainda se os sentidos de um e do outro despertaram no calor do sono e na representação do sonho, ou já acordadíssimos iam quando se deitaram, que este casal, ilegítimo por sua própria vontade, não sacramentado na igreja, cuida pouco de regras e respeitos, e se a ele apeteceu, a ela apetecerá, e se ela quis, quererá ele. Talvez ande por aqui obra de outro mais secreto sacramento, a cruz e o sinal feitos e traçados com o sangue da virgindade rasgada, quando, à luz amarela do candil, estando ambos deitados de costas, repousando, e, por primeira infração aos usos, nus como suas mães os tinham parido, Blimunda recolheu da enxerga, entre as pernas, o vivíssimo sangue, e nessa espécie comungaram, se não é heresia dizê-lo ou, maior ainda, tê-lo feito. Meses inteiros se passaram desde então, o ano é já outro, ouve-se cair a chuva no telhado, há grandes ventos sobre o rio e a barra, e, apesar de tão próxima a madrugada, parece escura noite. Outro se enganaria, mas não Baltasar, que sempre acorda à mesma hora, muito antes de nascer o sol, hábito inquieto de soldado, e fica alerta a ver retirar-se devagar a escuridão de cima das coisas e das pessoas, a sentir aquele grande alívio que levanta o peito e é o suspiro do dia, o primeiro e impreciso traço grisalho das frinchas, até que um leve rumor acorda Blimunda e outro som começa e se prolonga, infalível, é Blimunda a comer o seu pão, e depois que o comeu abre os olhos, vira-se para Baltasar e descansa a cabeça sobre o ombro dele, ao mesmo tempo que pousa a mão esquerda no lugar da mão ausente, braço sobre braço, pulso sobre pulso, é a vida, quanto pode, emendando a morte. Mas hoje não será assim. Um dia e outro dia perguntou Baltasar a Blimunda por que comia todas as manhãs antes de abrir os olhos, perguntou ao padre Bartolomeu Lourenço que segredo era este, ela respondeu-lhe uma vez que se acostumara a isso em criança, ele disse que se tratava de um grande mistério, tão grande que voar faria figura de pequena coisa, comparando. Hoje se saberá.

Quando Blimunda acorda, estende a mão para o saquitel onde costuma guardar o pão, pendurado à cabeceira, e acha apenas o lugar. Tateia o chão, a enxerga, mete as mãos por baixo da travesseira, e então ouve Baltasar dizer, Não procures mais, não encontrarás, e ela, cobrindo os olhos com os punhos cerrados, implora, Dá-me o pão, Baltasar, dá-me o pão, por alma de quem lá tenhas, Primeiro me terás de dizer que segredos são estes, Não posso, gritou ela, e bruscamente tentou rolar para fora da enxerga, mas Sete-Sóis deitou-lhe o braço são, prendeu-a pela cintura, ela debateu-se brava, depois passou-lhe a perna direita por cima, e assim libertada a mão, quis afastar-lhe os punhos dos olhos, mas ela tornou a gritar, espavorida, Não me faças isso, e foi o grito tal que Baltasar a largou, assustado, quase arrependido da violência, Eu não te quero fazer mal, só queria saber que mistérios são, Dá-me o pão, e eu digo-te tudo, Juras, Para que serviriam juras se não bastassem o sim e o não, Aí tens, come, e Baltasar tirou o taleigo de dentro do alforge que lhe servia de travesseira. Cobrindo o rosto com o antebraço, Blimunda comeu enfim o pão. Mastigava devagar. Quando terminou, deu um grande suspiro e abriu os olhos. A luz cinzenta do quarto amanheceu de azul para aqueles lados, assim pensaria Baltasar se tivesse aprendido a pensar coisas destas, mas melhor que pensar finezas que poderiam servir nas antecâmaras da corte ou nos parlatórios das freiras, foi sentir o calor do seu próprio sangue quando Blimunda se virou para ele, os olhos agora escuros, e de repente uma luz verde passando, que importavam agora os segredos, melhor seria tornar a aprender o que já sabia, o corpo de Blimunda, ficará para outra ocasião, porque esta mulher, tendo prometido, vai cumprir, e diz, Lembras-te da primeira vez que dormiste comigo, teres dito que te olhei por dentro, Lembro-me, Não sabias o que estavas a dizer, nem soubeste o que estavas a ouvir quando eu te disse que nunca te olharia por dentro. Baltasar não teve tempo de responder, ainda procurava o sentido das palavras, e outras já se ouviam no quarto, incríveis, Eu posso olhar por dentro das pessoas.

Sete-Sóis soergueu-se na enxerga, incrédulo, e também inquieto, Estás a mangar comigo, ninguém pode olhar por dentro das pessoas, Eu posso, Não acredito, Primeiro, quiseste saber, não descansavas enquanto não soubesses, agora já sabes e dizes que não acreditas, antes assim, mas daqui para o futuro não me tires o pão, Só acredito se fores capaz de dizer o que está dentro de mim agora, Não vejo se não estiver em jejum, além disso fiz promessa de que a ti nunca te veria por dentro, Torno a dizer que estás a mangar comigo, E eu torno dizer que é verdade, Como hei de ter a certeza, Amanhã não comerei quando acordar, sairemos depois de casa e eu vou-te dizer o que vir, mas para ti nunca olharei, nem te porás na minha frente, queres assim, Quero, respondeu Baltasar, mas diz-me que mistério é este, como foi que te veio esse poder, se não estás a enganar-me, Amanhã saberás que falo verdade, E não tens medo do Santo Ofício, por muito menos têm outros pagado, O meu dom não é heresia, nem é feitiçaria, os meus olhos são naturais, Mas a tua mãe foi açoitada e degredada por ter visões e revelações, aprendeste com ela, Não é a mesma coisa, eu só vejo o que está no mundo, não vejo o que é de fora dele, céu ou inferno, não digo rezas, não faço passes de mãos, só vejo, Mas persignaste-te com o teu sangue e fizeste-me com ele uma cruz no peito, se isso não é feitiçaria, Sangue de virgindade é água de batismo, soube que o era quando me rompeste, e quando o senti correr adivinhei os gestos, Que poder é esse teu, Vejo o que está dentro dos corpos, e às vezes o que está no interior da terra, vejo o que está por baixo da pele, e às vezes mesmo por baixo das roupas, mas só vejo quando estou em jejum, perco o dom quando muda o quarto da lua, mas volta logo a seguir, quem me dera que o não tivesse, Porquê, Porque o que a pele esconde nunca é bom de ver-se, Mesmo a alma, já viste a alma, Nunca a vi, Talvez a alma não esteja afinal dentro do corpo, Não sei, nunca a vi, Será porque não se possa ver, Será, e agora larga-me, tira a perna de cima de mim, que me quero levantar.

Durante todo esse dia, Baltasar duvidou se tivera tal conversa, ou se a sonhara, ou se, simplesmente, estivera num sonho de Blimunda. Olhava os grandes animais suspensos dos ganchos de ferro antes de serem esquartejados, esforçava os olhos, mas não via mais que a carne opaca, esfolada ou lívida, e quando os pedaços e as postas se espalhavam nas bancadas ou eram atirados para os pratos das balanças, compreendia que o poder de Blimunda tinha mais de condenação que de prémio, porque o interior destes animais não era realmente um gosto para a vista, como não o seria o das pessoas que vêm à carne, nem o das que a vendem, ou cortam, ou carregam, que é o ofício de Baltasar. Aliás, viu na guerra o que está vendo aqui, que para averiguar o que dentro há é sempre preciso um cutelo ou um pelouro, um machado ou o fio duma espada, uma faca ou uma bala, então se rasga a frágil pele, ainda mais dorida virgindade, os ossos aparecem, e as tripas, e com este sangue não vale a pena benzer-nos, porque não é de vida, sim de morte. São pensamentos confusos, que isto diriam se pudessem ser postos por ordem, aparados de excrescências, nem vale a pena perguntar, Em que estás a pensar, Sete-Sóis, porque ele responderia, julgando dizer a verdade, Em nada, e contudo já pensou tudo isto, e mais ainda, que foi lembrar-se dos seus próprios ossos, brancos entre a carne rasgada, quando o levavam para a retaguarda, e depois a mão caída, arredada para o lado pelo pé do cirurgião, Venha outro, e aquele que aí vinha, coitado, bem pior iria ficar, se escapasse com vida, sem as duas pernas. Quer um conhecer os mistérios, e para quê, quando deveria bastar-lhe acordar de manhã e sentir, adormecida ou desperta, a mulher que veio com o tempo, o mesmo tempo que amanhã a levará, quem sabe se para outra cama, enxerga posta no chão, como esta, leito de embutidos e festões de ouro, que não faltam, dar e levar, trocar e trazer, e é loucura ou tentação do diabo perguntar-lhe, Por que comes tu pão, tendo fechados os olhos, se não o comendo és cega, não o comas para não veres tanto, Blimunda, porque ver como tu vês é a maior das tristezas, ou sentido que ainda não podemos suportar, E tu, Baltasar, em que pensas, Em nada, não penso em nada, nem sei se alguma vez pensei alguma coisa, Eh, Sete-Sóis, arrasta para aqui essa manta de toucinho.

Não dormiu ele, ela não dormiu. Amanheceu, e não se levantaram, Baltasar apenas para comer uns torresmos frios e beber um púcaro de vinho, mas depois tornou a deitar-se, Blimunda quieta, de olhos fechados, alargando o tempo do jejum para se lhe aguçarem as lancetas dos olhos, estiletes finíssimos quando enfim saírem para a luz do sol, porque este é o dia de ver, não o de olhar, que esse pouco é o que fazem os que, olhos tendo, são outra qualidade de cegos. Passou a manhã, foi hora de jantar, que é este o nome da refeição do meio-dia, não esqueçamos, e enfim levanta-se Blimunda, descidas as pálpebras, faz Baltasar a sua segunda refeição, ela para ver não come, ele nem assim veria, e depois saem de casa, o dia está tão sossegado que nem parece próprio para estes acontecimentos, Blimunda vai à frente, Baltasar atrás, para que o não veja ela, para que saiba ele o que ela vê, quando lho disser.

E isto lhe diz, A mulher que está sentada no degrau daquela porta tem na barriga um filho varão, mas o menino leva duas voltas de cordão enroladas ao pescoço, tanto pode viver como morrer, a sabê-lo não chego, e este chão que pisamos tem por cima barro encarnado, por baixo areia branca, depois areia preta, depois pedra cascalha, pedra granita no mais fundo, e nela há um grande buraco cheio de água com o esqueleto de um peixe maior que o meu tamanho, e este velho que passa está como eu estou, de estômago vazio, mas vai-se-lhe a vista, é o contrário de mim, e aquele homem novo que me olhou tem o seu membro de homem apodrecido de venéreo, purgando como uma bica, enrolado em trapos, e apesar disso sorri, é a sua vaidade de homem que o faz olhar e sorrir, prouvera que não tenhas tu destas vaidades, Baltasar, e sempre te aproximes de mim limpo, e ali vai um frade que leva nas tripas uma bicha solitária que ele tem de sustentar comendo por dois ou três, por dois ou três comeria mesmo que a não tivesse, e agora vê aqueles homens e aquelas mulheres ajoelhados diante do nicho de S. Crispim, o que tu podes ver são persignações, o que tu podes ouvir são pancadas no peito, e as bofetadas que por penitência dão uns nos outros e a si próprios, mas eu vejo sacos de excrementos e de vermes, e ali uma nascida que vai estrangular a garganta daquele homem, não o sabe ele ainda, amanhã saberá, e será tão tarde como já é hoje, porque é sem remédio, E como hei de eu acreditar que tudo isso é verdade, se tu vais explicando coisas que eu não posso ver com os meus olhos, perguntou Baltasar, e Blimunda respondeu, Faze com o teu espigão um buraco naquele lugar e encontrarás uma moeda de prata, e Baltasar fez o buraco e encontrou, Enganaste-te, Blimunda, a moeda é de ouro, Melhor para ti, e eu não deveria ter arriscado, porque sempre confundo a prata com o ouro, mas em ser moeda e valiosa acertei, que mais queres, tens a verdade e o lucro, e se a rainha por aqui passasse eu te diria que está outra vez prenha, mas que ainda é cedo para saber se ocupou de varão ou fêmea, já dizia minha mãe que a matriz das mulheres o mal é ter enchido uma vez, logo quer mais e sempre, e agora te digo que começou a mudar o quarto da lua, porque sinto os olhos a arderem-me e vejo umas sombras amarelas a passar diante deles, são como piolhos caminhando, remexendo as patas, e são amarelos, mordem-me os olhos, pela salvação da tua alma te peço, Baltasar, leva-me para casa, dá-me de comer, e deita-te comigo, porque aqui adiante de ti não te posso ver, e eu não te quero ver por dentro, só quero olhar para ti, cara escura e barbada, olhos cansados, boca que é tão triste, mesmo quando estás ao meu lado deitado e me queres, leva-me para casa, que eu irei atrás de ti, mas com os olhos baixos, porque uma vez jurei que nunca te veria por dentro, e assim será, castigada seja eu se alguma vez o fizer.

Levantemos agora os nossos próprios olhos, que é tempo de ver o infante D. Francisco a espingardear, da janela do seu palácio, à beirinha do Tejo, os marinheiros que estão empoleirados nas vergas dos barcos, só para provar a boa pontaria que tem, e quando acerta e eles vão cair no convés, sangrando todos, um que outro morto, e se a bala errou não se livram de um braço partido, dá o infante palmas de irreprimível júbilo, enquanto os criados lhe carregam outra vez as armas, bem pode acontecer que este criado seja irmão daquele marinheiro, mas a esta distância nem sequer a voz do sangue é possível ouvir, outro tiro, outro grito e queda, e o contramestre não se atreve a mandar descer os marujos para não irritar sua alteza e porque, apesar das baixas, a manobra tem de ser feita, e dizermos nós que ele não se atreve é ingenuidade de quem de longe está olhando, porque o mais certo é nem sequer pensar esta simples humanidade, Lá está aquele filho da puta a dar tiros nos meus marinheiros que vão para o mar a descobrir a Índia descoberta ou o Brasil encontrado, e em vez disso dá ordem para que venham lavar o convés, e sobre esta matéria não temos mais que dizer, que tudo viria a dar em repetição fastidiosa, afinal, se há de o marinheiro levar um tiro fora da barra, de um corsário francês, melhor é que lho deem aqui, morto ou ferido sempre está na sua terra, e por falarmos de corsário francês vão os nossos olhos mais longe, lá no Rio de Janeiro, onde entrou uma armada daqueles inimigos, e não precisaram de dar um tiro, estavam os portugueses a dormir a sesta, tanto os do governo do mar como do governo da terra, e tendo os franceses fundeado a seu bel-prazer, desembarcaram, eles sim que parecia que estavam na sua terra, a prova foi que o governador deu logo ordem formal para que ninguém tirasse nada de casa, lá teria as suas boas razões, pelo menos as que o medo dá, tanto que os franceses deram eles saque a tudo o que encontraram, e com o que não fizeram recolher aos navios armaram uma venda no meio da praça, que não faltou quem ali fosse comprar o que roubado lhe fora uma hora antes, não pode haver maior desprezo, e deitaram fogo à casa do fisco, e foram aos matos, por denúncia de judeus, a desenterrar o ouro que certas pessoas principais tinham escondido, e isto sendo os franceses apenas dois ou três mil e os nossos dez mil, porém estava o governador feito com eles, não há mais que saber, que entre portugueses traidores houve muitas vezes, ainda que nem tudo seja o que parece, por exemplo, aqueles soldados dos regimentos da Beira de quem dissemos que desertaram para o inimigo, não desertaram, antes foram para onde lhes dariam de comer, e outros houve que fugiram para as suas casas, se isso é traição, é o que está sempre a suceder, quem quiser soldados para entregar à morte há de ao menos dar-lhes de comer e de vestir, enquanto estiverem vivos, e não andarem por aí descalços, sem trabalhos de marcha e disciplina, mais gostosos de pôr o próprio capitão na mira da espingarda do que de estropiar um castelhano do outro lado, e agora, se quisermos rir do que estes nossos olhos veem, que a terra dá para tudo, consideremos o caso das trinta naus de França que já se disse estarem à vista de Peniche, ainda que não falte quem diga tê-las avistado no Algarve, que é perto, e na dúvida se guarneceram as torres do Tejo, e toda a marinha se pôs de olho alerta, até Santa Apolónia, como se as naus pudessem vir rio abaixo, de Santarém ou Tancos, que isto de franceses é gente capaz de tudo, e estando nós tão pobrezinhos de barcos pedimos a uns navios ingleses e holandeses que aí estão e eles foram pôr-se na linha da barra, à espera do inimigo que há de estar no espaço imaginário, já em tempos antes contados se deu aquele famoso caso da entrada dos bacalhaus, e agora veio-se a saber que eram vinhos comprados no Porto, e as naus francesas são afinal inglesas que andam no seu comércio, e de caminho vão-se rindo à nossa custa, bom prato somos para galhofas estrangeiras, que também as temos excelentes da nossa lavra, é bom que se diga, esta tão claramente vista à luz do dia que não foram precisos os olhos de Blimunda, e foi o caso que certo clérigo, costumeiro em andar por casas de mulheres de bem fazer e ainda melhor deixar que lhes façam, satisfazendo os apetites do estômago e desenfadando os da carne, e sempre pontualmente dizendo sua missa, quando lá lhe parecia alçava levando os bens que lhe estavam à mão, e tantas fez que um dia a ofendida, a quem muito mais se tirara do que o tudo que dera, tirou ela ordem de prisão, e indo os oficiais e agarradores a cumpri-la por ordem do corregedor do bairro, a uma casa onde o clérigo já estava vivendo com outras inocentes mulheres, entraram, mas tão desatentos à obrigação que não deram com ele, que estava metido numa cama, e foram a outra onde lhes pareceu que estaria, assim dando vaza para que o padre saltasse, nu em pelo, e, disparando escada abaixo, a murro e pontapé limpou o caminho, ficaram gemendo os quadrilheiros pretos, mas conforme puderam, cainçando, correram atrás do padre pugilista e garanhão, que já lá ia pela Rua dos Espingardeiros, e eram isto oito horas da manhã, começava bem o dia, gargalhadas pelas portas e janelas, ver o clérigo a correr como lebre, com os pretos atrás, e ele de verga tesa, e bem apeirado, benza-o Deus, que um homem tão dotado o lugar dele não é a servir nos altares mas na cama de serviço às mulheres, e com este espectáculo padeceram grande abalo as senhoras moradoras, coitadas, assim desprevenidas, como desprevenidas e isentas estariam as que se achavam rezando na igreja da Conceição Velha e viram entrar o padre resfolgando, em figura de inocente Adão, mas tão carregado de culpas, sacudindo badalo e guizos, à uma apareceu, às duas se escondeu, às três nunca mais foi visto, que nesse passe de mágica deu a diligência dos padres que o recolheram e deram fuga pelos telhados, já vestido, nem isto é sucesso que cause estranheza, se em cestos içam os franciscanos de Xabregas mulheres para dentro das celas e com elas se gozam, por seu próprio pé subia este padre a casa das mulheres que lhe apeteciam o sacramento, e para não fugirmos ao costumado fica tudo entre o pecado e a penitência, que não é só na procissão da quaresma que saem à rua as disciplinas excitantes, quantos maus pensamentos hão de ter de confessar as senhoras moradoras da baixa de Lisboa e as devotas da Conceição Velha por tão rico padre terem gozado com a vista, e os quadrilheiros atrás dele, agarra, agarra, quem pudera agarrá-lo para uma coisa que eu cá sei, dez padre-nossos, dez salve-

-rainhas, e dez réis de esmola ao nosso padre Santo António, e estar deitada uma hora inteira, com os braços em cruz, de barriga para baixo como à prosternação convém, de barriga para cima que é posição de mais celestial gozo, mas sempre levantando os pensamentos, não as saias, que isso ficará para o próximo pecado.

Usa cada qual os olhos que tem para ver o que pode ou lhe consentem, ou apenas parte pequena do que desejaria, quando não é por simples obra de acaso, como Baltasar, que por trabalhar no açougue veio com os mais moços de carga e cortadores ao terreiro, a ver chegar o cardeal D. Nuno da Cunha que vai receber o chapéu das mãos de el-rei, acompanha-o o enviado do papa numa liteira toda forrada de veludo carmesim com passamanes de ouro, dourados também os painéis, e ricamente, com as armas cardinalícias de um lado e do outro, traz um coche de respeito, que não leva ninguém dentro, só o respeito, mais uma estufa para o estribeiro e para o secretário doméstico, e também o capelão que leva a cauda quando a cauda tem de ser levada, e vêm dois coches caste-lhanos a deitar por fora capelães e pajens, e à frente da liteira doze lacaios, que somando a isto tudo os cocheiros e liteirei-ros é uma multidão para servir um cardeal só, quase íamos esquecendo o criado que lá vai adiante com a maça de prata, lembrou a tempo, feliz povo este que se regala de tais festas e desce à rua para ver desfilar a nobreza toda, que primeira-mente foi a casa do cardeal buscá-lo, depois o vem acompa-nhando até ao paço, aonde já Baltasar não pode ir nem en-tram os olhos que tem, mas conhecendo nós as artes de Blimunda, imaginemos que ela aqui está, veremos o cardeal subindo por entre fileiras de guardas, e entrando na última casa do dossel sai el-rei a recebê-lo e ele lhe deu água benta, e na casa seguinte ajoelha el-rei numa almofada de veludo, e o cardeal noutra, mais atrás, diante de um altar ricamente armado, onde logo diz missa um capelão do paço, com todas as cerimónias, e acabada ela tira o enviado do papa o breve de nomeação e o entrega a el-rei que o recebe e devolve para que o leia, por assim determinar o protocolo, não porque el- -rei não tenha seus fumos de latinista, feito o que recebe el- -rei das mãos do enviado o barrete cardinalício e o põe na cabeça do cardeal, esmagado de cristã humildade, claro está, que são cargas demasiadas para um pobre homem ser assim íntimo de Deus, mas não terminaram ainda as zumbaias, primeiro foi o cardeal mudar de roupas, e agora reaparece todo de vermelho vestido, como é próprio da sua dignidade, torna a entrar para falar a el-rei, este debaixo do dossel, por duas vezes tira e põe o barrete, por duas vezes faz el-rei o mesmo com o seu chapéu, e à terceira dá quatro passos a re- cebê-lo, enfim se cobrem ambos, e sentados, um mais acima, outro mais abaixo, dizem algumas poucas palavras, ditas já foram, são horas de despedir, tira chapéu, põe chapéu, mas dali ainda o cardeal vai ao quarto da rainha, onde as conti- nências se repetem, ponto por ponto, até que enfim desce o cardeal à capela onde se vai cantar o Te Deum laudamus, louvado seja Deus que tem de aturar estas invenções.

Chegando a casa, conta Baltasar o que viu a Blimunda, e como se anunciaram luminárias descem ao Rossio depois de cear, mas as tochas são poucas desta vez, ou o vento as apa- gou, o que importa é que já lá tem o cardeal o seu barrete, dormirá com ele à cabeceira, e se a meio da noite se levantar da cama para o contemplar sem testemunhas, não recrimi- nemos este príncipe da Igreja porque todos somos homens pela banda do orgulho, e um barrete de cardeal, vindo por mão própria de Roma e de propósito feito, se não anda aqui experimentação maliciosa da modéstia dos grandes, é porque afinal merece inteira confiança a humildade deles, humildes realmente são se lavam pés a pobres, como fez e fará o cardeal, como fizeram e farão o rei e a rainha, ora tem Baltasar as solas rotas e os pés sujos, primeira condição para que o cardeal ou rei se ajoelhem um dia diante dele, com toalhas de linho, bacias de prata e água de rosas, desde que a outra condição Baltasar satisfaça, que é a de ser ainda mais pobre do que até agora conseguiu ser, e à condição terceira, que é escolherem-no por virtuoso e cliente da virtude. Da tença que pediu, ainda não há sinal, de pouco têm servido as instâncias do padre Bartolomeu Lourenço, seu padrinho, do açougue o mandarão embora não tarda, por qualquer pretexto, mas lá estão os caldos da portaria, as esmolas das irmandades, é difícil morrer de fome em Lisboa, e este povo habituou-se a viver com pouco. Entretanto, nasceu o infante D. Pedro, que por vir segundo só teve quatro bispos a batizá-lo, mas ficou a ganhar por ter sido parte no batismo o cardeal, que ao tempo da sua mana ainda não havia, e veio notícia de que no cerco de Campo Maior morreram muitos soldados inimigos e poucos dos nossos, se amanhã não se disser que foram muitos dos nossos e poucos dos deles, ou ela por ela, que é o que virão a dar as contas quando, ao ir acabar-se o mundo, se contarem os mortos de todos os lados. Baltasar conta a Blimunda casos da sua guerra, e ela segura-lhe o gancho do braço esquerdo como se a verdadeira mão segurasse, é o que ele está sentindo, a memória da sua pele sentindo a pele de Blimunda.

El-rei foi a Mafra escolher o sítio onde há de ser levantado o convento. Ficará neste alto a que chamam da Vela, daqui se vê o mar, correm águas abundantes e dulcíssimas para o futuro pomar e horta, que não hão de os franciscanos de cá ser de menos que os cistercienses de Alcobaça em primores de cultivo, a S. Francisco de Assis lhe bastaria um ermo, mas esse era santo e está morto. Oremos.

Outro ferro anda agora no alforge de Sete-Sóis, é a chave da quinta do duque de Aveiro, que tendo vindo ao padre Bartolomeu Lourenço os falados ímanes, mas ainda não as substâncias de que faz segredo, podia enfim adiantar-se a construção da máquina de voar e pôr-se em obra material o contrato que fazia de Baltasar a mão direita do Voador, já que a esquerda não era precisa, tão pouco que o próprio Deus a não tem, consoante declarou o padre, que estudou essas reservadas matérias e há de saber o que diz. E sendo a Costa do Castelo longe de S. Sebastião da Pedreira, de mais para ir e vir todos os dias, decidiu Blimunda que deixaria a casa para estar onde estivesse Sete-Sóis. Não era a perda grande, um telhado e três paredes inseguras, solidíssima a quarta por ser a muralha do castelo, há tantos séculos implantada, se ninguém por ali passar e disser, Olha uma casa vazia, e dizendo, nela não se instalar, um ano não tardará que as paredes abatam, e o telhado, e então ficarão apenas alguns adobes partidos ou desfeitos em terra no lugar onde viveu Sebastiana

Maria de Jesus e onde abriu Blimunda pela primeira vez os olhos para o espetáculo do mundo, porque em jejum nasceu. Sendo os haveres tão poucos, uma viagem chegou para transportar, à cabeça de Blimunda e às costas de Baltasar, a trouxa e o atado a que se resumiu tudo. Descansaram aqui e além no caminho, calados, nem tinham que dizer, se até uma simples palavra sobra se é a vida que está mudando, muito mais que estarmos nós mudando nela. Quanto à leveza do fardo, assim deveria ser de cada vez, levarem consigo mulher e homem o que têm, e cada um deles ao outro, para não terem de tornar sobre os mesmos passos, é sempre tempo perdido, e basta. Num canto da abegoaria desenrolaram a enxerga e a esteira, aos pés delas encostaram o escano, fronteira a arca, como os limites de um novo território, raia traçada no chão e em panos levantada, suspensos estes de um arame, para que isto seja de facto uma casa e nela possamos encontrar-nos sós quando estivermos sozinhos. Em vindo o padre Bartolomeu Lourenço, poderá Blimunda, se não tem trabalhos de lavar ou cozinhar que ao tanque a levem ou ao forno a retenham, ou se não prefere assistir a Baltasar passando-lhe o martelo ou a turquês, a ponta do arame ou o feixe de vime, poderá Blimunda estar no seu resguardo de mulher de casa, que às vezes até a mais habituais aventureiras apetece, ainda quando não seja a aventura tanta como a que por derradeiro aqui se promete. Servem também os panos pendurados ao ato da confissão, posto o confessor deste lado de fora, postos os confitentes, um de cada vez, do lado de dentro, precisamente onde constantes pecados de luxúria ambos cometem, além de serem concubinos, se não é pior a palavra que a situação, aliás facilmente absolvida pelo padre Bartolomeu Lourenço que tem diante dos próprios olhos um maior pecado seu, aquele de orgulho e ambição de fazer levantar um dia aos ares, aonde até hoje apenas subiram Cristo, a Virgem e alguns escolhidos santos, estas espalhadas partes que trabalhosamente Baltasar vai conjugando, enquanto Blimunda diz do outro lado do pano, em voz alta bastante para que Sete-Sóis a ouça, Não tenho pecados a confessar.

Para o dever da missa não faltariam igrejas perto, a dos agostinhos descalços, por exemplo, que é a mais cerca, mas se o padre Bartolomeu Lourenço, como acontece, tem obrigações do seu ministério ou atenções e serviços na corte que o ocupem mais que o costumado de quem aqui nem precisaria vir todos os dias, se não acode o padre a espevitar o fogo da alma cristã que sem dúvida habita Blimunda e Baltasar, ele com os seus ferros, ela com o seu lume e a sua água, ambos com a ardência que os lança sobre a enxerga, não é raro esquecerem o sacrifício divino e do esquecimento não ficarem repesos, com o que passa a ser lícito duvidar se finalmente é cristã a suposta alma de ambos. Vivem dentro da abegoaria, ou saem a tomar o sol, cerca-os a grande quinta abandonada onde as árvores de fruto vão regressando à braveza natural, as silvas cobrindo os caminhos, e no lugar da horta encrespam-se florestas de milhãs e figueiras-do-inferno, mas já Baltasar, com a foice, rapou a maior, e Blimunda, com o enxadão, cortou e pôs ao sol as raízes, havendo tempo ainda esta terra dará alguma coisa do que deve ao trabalho. Mas também não faltam lazeres, por isso, quando a comichão aperta, Baltasar pousa a cabeça no regaço de Blimunda e ela cata-lhe os bichos, que não é de espantar terem-nos os apaixonados e os construtores de aeronaves, se tal palavra já se diz nestas épocas, como se vai dizendo armistício em vez de pazes. Blimunda é que não tem quem a cate.

Faz Baltasar o que pode, mas se lhe chegam mãos e dedos para filar o inseto, faltam-lhe dedos e mão que segurem os pesados, espessos cabelos de Blimunda, cor de mel sombrio, que mal ele os afasta logo regressam, e assim escondem a caça. A vida dá para todos.

Nem sempre o trabalho corre bem. Não é verdade que a mão esquerda não faça falta. Se Deus pode viver sem ela, é porque é Deus, um homem precisa das duas mãos, uma mão lava a outra, as duas lavam o rosto, quantas vezes já teve Blimunda de limpar o sujo que ficou agarrado às costas da mão e doutro modo não sairia, são os desastres da guerra, mínimos estes, porque muitos outros soldados houve que ficaram sem os dois braços, ou as duas pernas, ou as suas partes de homem, e não têm Blimunda para ajudá-los ou por isso mesmo a deixaram de ter. É excelente o gancho para travar uma lâmina de ferro ou torcer um vime, é infalível o espigão para abrir olhais no pano de vela, mas as coisas obedecem mal quando lhes falta a carícia da pele humana, cuidam que se sumiram os homens a quem se habituaram, é o desconcerto do mundo. Por isso, Blimunda vem ajudar, e, chegando ela, acaba-se a rebelião, Ainda bem que vieste, diz Baltasar, ou sentem-no as coisas, não se sabe ao certo.

Uma vez por outra, Blimunda levanta-se mais cedo, antes de comer o pão de todas as manhãs, e, deslizando ao longo da parede para evitar pôr os olhos em Baltasar, afasta o pano e vai inspecionar a obra feita, descobrir a fraqueza escondida do entrançado, a bolha de ar no interior do ferro, e, acabada a vistoria, fica enfim a mastigar o alimento, pouco a pouco se tornando tão cega como a outra gente que só pode ver o que à vista está. Quando isto fez pela primeira vez e Baltasar depois disse ao padre Bartolomeu Lourenço, Este ferro não serve, tem uma racha por dentro, Como é que sabes, Foi Blimunda que viu, o padre virou-se para ela, sorriu, olhou um e olhou outro, e declarou, Tu és Sete-Sóis porque vês às claras, tu serás Sete-Luas porque vês às escuras, e, assim, Blimunda, que até aí só se chamava, como sua mãe, de Jesus, ficou sendo Sete-Luas, e bem batizada estava, que o batismo foi de padre, não alcunha de qualquer um. Dormiram nessa noite os sóis e as luas abraçados, enquanto as estrelas giravam devagar no céu, Lua onde estás, Sol aonde vais.

Quando calha, vem o padre Bartolomeu Lourenço experimentar aqui os sermões que compôs, pela bondade do eco que as paredes têm, o bastante apenas para ficar redonda a palavra, sem a ressonância excessiva que encavala os sons e acaba por empastar o sentido. Assim é que deviam soar as imprecações dos profetas no deserto ou nas praças públicas, lugares sem paredes ou que as não têm próximas, e por isso inocentes das leis da acústica, está a graça no órgão que profere a palavra, não nos ouvidos que a ouvem ou nos muros que a devolvem. Porém, esta religião é de oratório mimoso, com anjos carnudos e santos arrebatados, e muitas agitações de túnica, roliços braços, coxas adivinhadas, peitos que arredondam, revirações dos olhos, tanto está sofrendo quem goza como está gozando quem sofre, por isso é que não vão os caminhos dar todos a Roma, mas ao corpo. Esforça-se o padre na oratória, tanto mais que logo ali está quem o ouça, mas, ou por efeito intimidativo da passarola ou por frieza egoísta dos auditores, ou por faltar o ambiente eclesial, as palavras não voam, não retumbam, enredam-se umas pelas outras, parece impróprio que tenha o padre Bartolomeu Lourenço tão grande fama de orador sacro, ao ponto de o terem comparado ao padre António Vieira, que Deus haja e o Santo Ofício houve. Aqui ensaiou o padre Bartolomeu Lourenço o sermão que foi pregar a Salvaterra de Magos, estando lá el--rei e a corte, aqui está provando agora o que pregará na festa dos desponsórios de S. José, que lho encomendaram os dominicanos, afinal não lhe desaproveita muito a fama que tem de voador e extravagante, que até os filhos de S. Domingos o requestam, de el-rei não falemos, que sendo tão moço ainda gosta de brinquedos, por isso protege o padre, por isso se diverte tanto com as freiras nos mosteiros e as vai emprenhando, uma após outra, ou várias ao mesmo tempo, que quando acabar a sua história se hão de contar por dezenas os filhos assim arranjados, coitada da rainha, que seria dela se não fosse o seu confessor António Stieff, jesuíta, por lhe ensinar resignação, e os sonhos em que lhe aparece o infante D. Francisco com marinheiros mortos pendurados dos arções das mulas, e que seria do padre Bartolomeu Lourenço se aqui entrassem os dominicanos que o sermão lhe encomendaram, e dessem com esta passarola, este maneta, esta feiticeira, este pregador a burilar palavras e talvez a esconder pensamentos, que esses não os veria Blimunda nem que jejuasse um ano inteiro.

Acaba o padre Bartolomeu Lourenço de dizer o sermão, nem quer saber do seu religioso efeito, só pergunta alheado, Então, gostaram, e os outros depois respondem, Lá isso, gostámos, sim senhor, mas este é um falar dos dentes para fora, que o coração não dá mostras de ter entendido o que ouviu, e se o coração não entendeu, não chega a ser mentira o falar da boca, mas sim ausência. Recomeçou Baltasar a bater nos seus ferros, Blimunda varreu para o pátio os fragmentos de vime que não serviam, pelo empenho pareciam dois trabalhos urgentes, mas o padre disse de súbito, como quem não pode segurar mais uma preocupação, Assim nunca chegarei a voar, disse-o em voz cansada, e fez um gesto de tão fundo desânimo que Baltasar teve a instantânea perceção da inutilidade do que estava fazendo, por isso largou o martelo, mas querendo emendar o que podia ser tomado por renúncia, disse, Temos de construir aqui uma forja, temperar os ferros, senão até o peso da passarola os fará vergar, e o padre respondeu, Não se me dá que verguem ou não, o caso é que ela voasse, e assim não pode voar se lhe falta o éter, Que é isso, perguntou Blimunda, É o onde se suspendem as estrelas, E como se há de ele trazer para cá, perguntou Baltasar, Pelas artes da alquimia, em que não sou hábil, mas sobre isto não dirão nunca uma palavra, suceda o que suceder, Então como faremos, Partirei breve para a Holanda, que é terra de muitos sábios, e lá aprenderei a arte de fazer descer o éter do espaço, de modo a introduzi-lo nas esferas, porque sem ele nunca a máquina voará, Que virtude é essa do éter, perguntou Blimunda, É ser parte da virtude geral que atrai os seres e os corpos, e até as coisas inanimadas, se os libertam do peso da terra, para o sol, Diga isso por palavras que eu perceba, padre, Para que a máquina se levante ao ar, é preciso que o sol atraia o âmbar que há de estar preso nos arames do teto, o qual, por sua vez, atrairá o éter que teremos introduzido dentro das esferas, o qual, por sua vez, atrairá os ímanes que estarão por baixo, os quais, por sua vez, atrairão as lamelas de ferro de que se compõe o cavername da barca, e então subiremos ao ar, com o vento, ou com o sopro dos foles, se o vento faltar, mas torno a dizer, faltando o éter, falta-nos tudo. E Blimunda disse, Se o sol atrai o âmbar, e o âmbar atrai o éter, e o éter atrai o íman, e o íman atrai o ferro, a máquina irá sendo puxada para o sol, sem parar. Fez uma pausa e perguntou como se falasse consigo própria, Que será o sol por dentro. Disse o padre, Não iremos ter ao sol, para o evitar lá estarão as velas de cima, que podemos abrir e fechar à vontade, de sorte que pararemos na altura que quisermos. Fez uma pausa também, e rematou, Quanto a saber como será o sol por dentro, levante-se da terra a máquina e o resto virá por acréscimo, querendo nós e não o contrariando insuportavelmente Deus.

É contudo um tempo de contrariedades. Agora sairão as freiras de Santa Mónica em extrema indignação, insubordinando-se contra as ordens de el-rei de que só pudessem falar nos conventos a seus pais, filhos, irmãos e parentes até segundo grau, com o que pretende sua majestade pôr cobro ao escândalo de que são causa os freiráticos, nobres e não nobres, que frequentam as esposas do Senhor e as deixam grávidas no tempo de uma ave-maria, que o faça D. João V, só lhe fica bem, mas não um joão-qualquer ou um josé-ninguém. Acudiu o provincial da Graça, querendo reduzi-las ao sossego e ao acatamento da real vontade, sob pena de excomunhão se a quebrassem, mas elas num rompante se amotinaram, trezentas mulheres catolicamente enfurecidas por assim as cortarem do mundo, primeira vez o fizeram, segunda vez tornam, agora se verá como forçam portas frágeis mãos femininas, e já saem as freiras, trazem consigo violentamente a madre prioresa, vêm com sua cruz alçada, em procissão pela rua fora, até que ao encontro lhes sai a comunidade dos frades da Graça e lhes rogam que, pelas Cinco Chagas, detenham o motim, e aí temos armado um santo colóquio entre frades e freiras, disputando cada qual suas razões, e foi ele caso que correu o corregedor do crime a el-rei, se havia ou não de suspender-se a ordem, e entre ir, chegar e debater o sucesso se passou a manhã, que, para começar-lhes o dia cedo, de madrugada se tinham levantado as protestativas, e enquanto o corregedor não volta, corregedor vai, corregedor vem, ficaram por ali as freiras, sentadinhas no chão natural as mais vetustas, alertas e vivíssimas as da última safra, a apanhar o bom solzinho da estação que faz subir os corações, olhando quem ia de passagem e por curiosidade parava, que pratos destes não os temos todos os dias, e conversando com quem bem apetecia, em modo de ali se terem fortalecido laços com proibidos visitantes que sabendo acorreram, e em acordos, requebros, horas combinadas, palavras de passe, sinais de dedos ou lencinho foi correndo o tempo até ao meio-dia, e porque enfim estava o corpo querendo alimento, ali mesmo comeram dos doces que traziam nos alforges, quem vai à guerra empadas leva, e ao cabo desta manifestação chegou contraordem do paço, que tudo voltava à moralidade primeira, posto o que recolheram vitoriosas as freiras a Santa Mónica entoando jubilosos cantos, ainda por cima consoladas com a absolvição do provincial que a mandou por portador, não em pessoa, porque bem podia apanhá-lo uma bala perdida, que isto de freiras amotinadas é a pior das batalhas. Metem, quantas vezes forçadamente, estas mulheres em reclusão conventual, aí ficas, por esta forma aliviando partições de heranças, favorecendo o morgadio e outros irmãos varões, e, estando assim presas, até o simples apertar de dedos à grade querem recusar-lhes, o clandestino encontro, o suave contacto, a doce carícia, mesmo trazendo ela tantas vezes consigo o inferno, abençoado seja. Porque, enfim, se o sol atrai o âmbar e o mundo a carne, alguém haverá de ganhar alguma coisa com isso, nem que seja para aproveitar os restos daqueles que nasceram para cobrar tudo.

Outra contrariedade esperada é o auto de fé, não para a Igreja, que dele aproveita em reforço piedoso e outras utilidades, nem para el-rei que, tendo saído no auto senhores de engenho brasileiros, aproveita da fazenda deles, mas para quem leva seus açoites, ou vai degredado, ou é queimado na fogueira, vá lá que desta vez saiu relaxada em carne só uma mulher, não será muito o trabalho de lhe pintar o retrato na igreja de S. Domingos, ao lado de outros chamuscados, assados, dispersos e varridos, que parece impossível como não serve de escarmento a uns o suplício de tantos, porventura gostarão os homens de sofrer ou estimam mais a convicção do espírito do que a preservação do corpo, Deus não sabia no que se metia quando criou Adão e Eva. Que se há de dizer, por exemplo, desta freira professa, que era afinal judia, e foi condenada a cárcere e hábito perpétuo, e também esta preta de Angola, caso novo, que veio do Rio de Janeiro com culpas de judaísmo, e este mercador do Algarve que afirmava que cada um se salva na lei que segue, porque todas são iguais, e tanto vale Cristo como Mafoma, o Evangelho como a Cabala, o doce como o amargo, o pecado como a virtude, e este mulataz da Caparica que se chama Manuel Mateus, mas não é parente de Sete-Sóis, e tem por alcunha Saramago, sabe-se lá que descendência a sua será, e que saiu penitenciado por culpas de insigne feiticeiro, com mais três moças que diziam pela mesma cartilha, que se dirá de todos estes e de mais cento e trinta que no auto saíram, muitos irão fazer companhia à mãe de Blimunda, quem sabe se ainda está viva.

Sete-Sóis e Sete-Luas, se nome tão belo lhe puseram, bom é que o use, não desceram de S. Sebastião da Pedreira ao Rossio para ver o auto de fé, mas não faltou o povo geral à festa, e de alguns que lá estiveram, mais os registos que sempre ficam apesar de incêndios e terramotos, ficou memória do que viram e a quem viram, queimados ou penitentes, a preta de Angola, o mulato da Caparica, a freira judia, os religiosos que diziam missa, confessavam e pregavam sem terem ordens para tal, o juiz de fora de Arraiolos com partes de cristão-novo por ambas as vias, ao todo cento e trinta e sete pessoas, que o Santo Ofício, podendo, lança as redes ao mundo e trá-las cheias, assim peculiarmente praticando a boa lição de Cristo quando a Pedro disse que o queria pescador de homens.

A grande tristeza de Baltasar e Blimunda é não haver uma rede que possa ser lançada até às estrelas e trazer de lá o éter que as sustenta, conforme afirma o padre Bartolomeu Lourenço, que vai partir um destes dias e não sabe quando volta. A passarola, que parecia um castelo a levantar-se, é agora uma torre em ruínas, uma babel cortada a meio voo, cordas, panos, arames, ferros confundidos, nem sequer ficou a consolação de abrir a arca e contemplar o desenho, porque já o padre o leva na sua bagagem, amanhã partirá, vai por mar e sem maior risco que o natural de viagens, porque finalmente foram as pazes com a França apregoadas, com solene procissão de juízes, corregedores e meirinhos, todos muito bem montados, e atrás os trombeteiros, de trombetas bastardas, depois os porteiros do paço com as suas maças de prata ao ombro, e por fim sete reis-de-armas, com as sobrevestiduras ricas, e o último deles levava na mão um papel, que era o pregão das pazes, primeiramente lido no Terreiro do Paço, debaixo das janelas onde estavam as majestades e altezas, à vista do mar de povo que enchia a praça, formada a companhia da guarda, e, depois de deitado aqui o pregão, foram deitá-lo outra vez ao adro da Sé, e dali terceiro ao Rossio, no adro do hospital, enfim estas pazes com a França estão feitas, agora venham as outras com os mais países, Mas nenhumas me tornam a dar a mão que perdi, diz Baltasar, Deixa lá, tu e eu temos três mãos, isto responde Blimunda.

Deitou o padre Bartolomeu Lourenço a bênção ao soldado e à vidente, eles beijaram-lhe a mão, mas no último momento se abraçaram os três, teve mais força a amizade que o respeito, e o padre disse, Adeus Blimunda, adeus Baltasar, cuidem um do outro e da passarola, que eu voltarei um dia com o que vou buscar, não será ouro nem diamante, mas sim o ar que Deus respira, guardarás a chave que te dei, e como vão partir para Mafra, lembra-te de vir aqui de vez em quando ver como está a máquina, podes entrar e sair sem receio, que a quinta confiou-ma el-rei e ele sabe o que nela está, e tendo dito, montou na mula e partiu.

Já lá vai pelo mar fora o padre Bartolomeu Lourenço, e nós que iremos fazer agora, sem a próxima esperança do céu, pois vamos às touradas, que é bem bom divertimento, Em Mafra nunca as houve, diz Baltasar e, não chegando o dinheiro para os quatro dias da função, que este ano foi arrematado caro o chão do Terreiro do Paço, iremos ao último, que é o fim da festa, com palanques ao redor todo da praça, até do lado do rio, que mal se veem as pontas das vergas dos barcos além fundeados, arranjaram bons lugares Sete-Sóis e Blimunda, e não foi por chegarem mais cedo que os outros, mas porque um gancho de ferro, na ponta de um braço, abre caminho tão fácil como a colubrina que veio da Índia e está na torre de S. Gião, sente um homem tocarem-lhe nas costas, volta-se para trás, é como se tivesse a boca de fogo apontada à cara. A praça está toda rodeada de mastros, com bandeirinhas no alto e cobertos de volantes até ao chão, que adejam com a brisa, e à entrada do curro armou-se um pórtico de madeira, pintada como se fosse mármore branco, e as colunas fingindo pedra da Arrábida, com os frisos e cornijas dourados. Ao mastro principal sustentam-no quatro grandíssimas figuras, pintadas de várias cores e sem avareza de ouro, e a bandeira, de folha de Flandres, mostra de um lado e do outro o glorioso Santo António sobre campos de prata, e as guarnições são igualmente douradas, com um grande penacho de plumas de muitas cores, tão bem pintadas que parecem naturais e verdadeiras, com que se remata o varão da bandeira. Estão as bancadas e os terrados formigando de povo, reservadamente acomodadas as pessoas principais, e as majestades e altezas miram das janelas do paço, por enquanto ainda andam os aguadores a aguar a praça, oitenta homens vestidos à mourisca, com as armas do Senado de Lisboa bordadas nas opas que trazem vestidas, impacienta-se o povinho que quer ver sair os touros, já se foram embora as danças, e agora retiraram-se os aguadores, ficou o terreiro um brinco, cheirando a terra molhada, parece que o mundo se acabou agora mesmo de criar, esperem-lhe pela pancada, não tardam aí o sangue e a urina, e as bostas dos touros, e os benicos dos cavalos, e se algum homem se borrar de medo oxalá o amparem as bragas, para não fazer má figura diante do povo de Lisboa e de D. João v.

Entrou o primeiro touro, entrou o segundo, entrou o terceiro, vieram os dezoito toureiros de pé que o Senado contratou em Castela a peso de muito dinheiro, e os cavaleiros saíram à praça, espetaram as suas lanças, e os de pé cravaram dardos enfeitados de papéis recortados, e aquele cavaleiro a quem o touro desfeiteou, fazendo-lhe cair o manto, atira o cavalo contra o animal e fere-o à espada, que é o modo de vingar a honra manchada. E entram o quarto touro, o quinto, o sexto, entraram já dez, ou doze, ou quinze, ou vinte, é uma sangueira por todo o terreiro, as damas riem, dão gritinhos, batem palmas, são as janelas como ramos de flores, e os touros morrem uns após outros e são levados para fora numa carroça de rodas baixas puxada a seis cavalos, como só para gente real ou de grande título se usa, o que, se não prova a realeza e a dignidade dos touros, está mostrando quanto eles são pesados, digam-no os cavalos, aliás bonitos e luzidamente aparelhados, encabuzados de veludo carmesim lavrado, com as mantas franjadas de prata falsa, assim como as cabeçadas e cobertas de pescoço, e lá vai o touro crivado de flechas, esburacado de lançadas, arrastando pelo chão as tripas, os homens em delírio apalpam as mulheres delirantes, e elas esfregam-se por eles sem disfarce, nem Blimunda é exceção, e por que havia de o ser, toda apertada contra Baltasar, sobe--lhe à cabeça o sangue que vê derramar-se, as fontes abertas nos flancos dos touros, manando a morte viva que faz andar a cabeça à roda, mas a imagem que se fixa e arrefece os olhos é a cabeça descaída de um touro, a boca aberta, a língua grossa pendendo, que já não ceifará, áspera, a erva dos campos, ou só os pastos de fumo do outro mundo dos touros, como haveremos de saber se inferno ou paraíso.

Paraíso será, se justiça houver, nem pode haver inferno depois do que sofrem estes, os das mantas de fogo, que são umas capas grossas, em camadas, recheadas de várias ordens de foguetes, e pelas duas pontas delas se lhes chega o lume, e então começa a manta a arder, e os foguetes rebentam, por largo espaço vão rebentando, estouram e resplandecem por toda a praça, é como assar o touro em vida, e assim vai o animal correndo o terreiro, louco e furioso, saltando e bramindo, enquanto D. João v e o seu povo aplaudem a mísera morte, que nem o touro, ao menos, se pode defender e morrer matando. Cheira a carne queimada, mas é um cheiro que não ofende estes narizes, habituados que estão ao churrasco do auto de fé, e ainda assim vai o boi ao prato, sempre é um final proveito, que do judeu só ficam os bens que cá deixou.

Trazem agora umas figuras de barro pintadas, de maior tamanho que o natural de homens citando de braços levantados, e põem-nas no meio do terreiro, que número será este, pergunta quem nunca viu, talvez descansassem da carnificina os olhos, enfim, se as figuras são de barro, o pior que pode sair disto é um monte de cacos, que depois terão de varrer tudo, está a festa estragada, é o que é, dizem os céticos e os violentos, venha outra manta de fogo para rirmos todos e el--rei, ou são assim tantas as ocasiões em que podemos rir juntos, e neste instante saem do curro dois touros que, pasmados, dão com a praça deserta, só aqueles manipansos de braços alevantados e sem pernas, redondos de bojo e sarapintados como demónios, nestes vingaremos todas as ofensas sofridas, e os touros investem, rebentam-se os potes com surdo estrondo e de dentro saem dezenas de coelhos espavoridos, correndo à disparada por todos os lados, perseguidos e mortos a porrete pelos capinhas e outros homens que saltaram à praça, um olho no bicho que foge, outro no bicho que marra, enquanto o povo ri, em gargalhadas estentóreas, de gente excessiva, subitamente mudam os clamores de tom porque de dois outros bonecos de barro, agora despedaçados, saem estalando bruscamente as asas bandos de pombas, desorientadas pelo choque, feridas pela lua cheia, algumas perdem o sentido do voo, não conseguem ganhar altura e vão esbarrar com os altos palanques onde caem em mãos sôfregas, não tanto por mira do salubre petisco que é o pombo estufado, mas para ler a quadra que vai escrita num papel atado ao pescoço da ave, como são estes exemplos, Eu tinha uma ruim prisão e que de boa escapei, mas aqui ditosa serei, se for dar em certa mão, Aqui me traz minha pena com bastante sobressalto, porque quem voa mais alto, a mais queda se condena, Ora já estou descansada, e se hei de morrer enfim, Deus, que o determina assim, me mate com gente honrada, Eu venho fugindo aos tombos dos que por matar-me morrem, que aqui, quando touros correm, também querem correr pombos, porém nem todos, que alguns abrem voos circulares, escapam ao vórtice das mãos e dos gritos, e sobem, sobem, acertam o bater das asas, colhem nas alturas a luz do sol, e quando se afastam, por cima dos telhados, são como pássaros de ouro.

Na madrugada seguinte, ainda noite, Baltasar e Blimunda, sem outro carrego que uma trouxa de roupa e alguma comida no alforge, saíram de Lisboa para Mafra.

Regressou o filho pródigo, trouxe mulher, e, se não vem de mãos vazias, é porque uma lhe ficou no campo de batalha e a outra segura a mão de Blimunda, se vem mais rico ou mais pobre não é coisa que se pergunte, pois todo o homem sabe o que tem, mas não sabe o que isso vale. Quando Baltasar empurrou a porta e apareceu à mãe, Marta Maria, que é o seu nome, abraçou-se ao filho, abraçou-o com uma força que parecia de homem e era só do coração. Estava Baltasar com o seu gancho posto, e era um dó de alma, uma aflição ver sobre o ombro da mulher um ferro torcido em vez da concha que os dedos fazem, acompanhando o contorno do que cingem, amparo que o será tanto mais, quanto mais se amparar. O pai não estava em casa, andava no trabalho do campo, a irmã de Baltasar, única, casou-se e já tem dois filhos, chama-se Álvaro Pedreiro o homem dela, puseram-lhe o ofício no nome, caso não raro, que razões teria havido, e em que tempos, para que a alguns tivesse sido dado, ainda que só de alcunha, o apelido de Sete-Sóis. Não passara Blimunda de entreportas, à espera da sua vez, e a velha não a via, mais baixa

que o filho, além de estar a casa muito escura. Moveu-se
Baltasar para deixar ver Blimunda, era o que ele pensava,
mas Marta Maria viu primeiro o que ainda não tinha visto,
talvez apenas pressentido no frio desconforto do ombro, o
ferro em vez da mão, porém ainda distinguiu o vulto à porta,
pobre mulher, dividida entre a dor que a mutilava naquele
braço e a inquietação doutra presença, de mulher também, e
então Blimunda afastou-se para que cada coisa acontecesse a
seu tempo e cá de fora ouviu as lágrimas e as perguntas, Meu
querido filho, como foi, quem te fez isto, o dia ia escurecendo, até que Baltasar veio à porta e a chamou, Entra, acendia-
-se dentro de casa uma candeia, Marta Maria ainda soluçava
de mansinho, Minha mãe, esta é a minha mulher, o nome
dela é Blimunda de Jesus.

Deveria isto bastar, dizer de alguém como se chama e
esperar o resto da vida para saber quem é, se alguma vez o
saberemos, pois ser não é ter sido, ter sido não é será, mas
outro é o costume, quem foram os seus pais, onde nasceu,
que idade tem, e com isto se julga ficar a saber mais, e às vezes tudo. Com a última luz do dia chegara o pai de Baltasar,
de seu nome João Francisco, filho de Manuel e Jacinta, aqui
nascido em Mafra, sempre nela vivendo, nesta mesma casa à
sombra da igreja de Santo André e do palácio dos viscondes,
e, para ficar a saber-se mais alguma coisa, homem tão alto
como o filho, agora um tanto curvado pela idade e também
pelo peso do molho de lenha que metia para dentro de casa.
Desajoujou-o Baltasar, e o velho encarou com ele, disse, Ah,
homem, deu logo pela mutilação, mas dela não falou, apenas
isto, Paciência, quem foi à guerra, depois olhou para Blimunda, compreendeu que era a mulher do filho, deu-lhe a mão a
beijar, daí a pouco estavam a sogra e a nora a tratar da ceia,

110

enquanto Baltasar explicava como tinha sido aquilo da batalha, a mão cortada, os anos de ausência, mas calando que estivera quase dois anos em Lisboa sem dar notícias, quando as primeiras e únicas só aqui tinham sido recebidas há poucas semanas, por carta que o padre Bartolomeu Lourenço ainda escrevera, enfim a pedido de Sete-Sóis, dizendo que estava vivo e ia voltar, ai a dureza de coração dos filhos, que estão vivos e fazem dos seus silêncios morte. Ficava por dizer quando tinha casado com Blimunda, se durante o tempo de soldado, se depois dele, e que casamento era esse, qual a eira e qual a beira, mas os velhos ou não se lembravam de perguntar ou preferiam não saber, subitamente conscientes do estranho ar da rapariga, com aquele cabelo ruço, injusta palavra, que a cor dele é a do mel, e os olhos claros, verdes, cinzentos, azuis quando lhes dava de frente a luz, e de repente escuríssimos, castanhos de terra, água parda, negros se a sombra os cobria ou apenas aflorava, por isso ficaram todos calados, era a altura de começarem todos a falar, Não conheci o meu pai, acho que já tinha morrido quando nasci, minha mãe foi degredada para Angola por oito anos, só passaram dois, e não sei se está viva, nunca tive notícias, Eu e Blimunda vamos ficar a viver aqui em Mafra, a ver se arranjo uma casa, Não vale a pena procurares, esta dá para os quatro, já cá viveu mais gente, e por que é que a sua mãe foi degredada, Porque a denunciaram ao Santo Ofício, Pai, Blimunda não é judia nem cristã-nova, isto do Santo Ofício, do cárcere e do degredo foi coisa de visões que a mãe dela dizia que tinha, e revelações, e que também ouvia vozes, Não há mulher nenhuma que não tenha visões e revelações, e que não ouça vozes, ouvimo-las o dia todo, para isso não é preciso ser feiticeira, Minha mãe não era feiticeira, nem eu o sou, Também tens visões, Só as que todas as mulheres têm, minha mãe, Ficas a ser minha filha, Sim, minha mãe, Juras então que não és judia nem és cristã-nova, Juro, meu pai, Sendo assim, bem-vinda sejas à casa dos Sete-Sóis, Ela já se chama Sete--Luas, Quem lhe pôs o nome, O padre que nos casou, Padre que tal lembrança tem, não costuma ser fruta que se dê nas sacristias, e com esta todos riram, uns sabendo mais, outros menos. Blimunda olhou para Baltasar e ambos viram no olhar do outro o mesmo pensamento, a passarola desfeita pelo chão, o padre Bartolomeu Lourenço a sair o portão da quinta, montado na mula, a caminho da Holanda. Ficava no ar a mentira de não ter Blimunda costela de cristã-nova, se mentira era, quando destes dois sabemos o pouco caso que fazem de tais casos, por salvar maiores verdades se mente às vezes.

O pai disse, Vendi a terra que tínhamos na Vela, não que a vendesse mal, treze mil e quinhentos réis, mas vai fazer--nos falta, Então por que a vendeu, Foi el-rei quem a quis, a minha e outras, E para que as quis el-rei, Vai mandar construir ali um convento de frades, não ouviste falar disso em Lisboa, Não senhor, não ouvi, Disse aí o vigário que foi por causa duma promessa que el-rei fez, se lhe nascesse um filho, quem agora pode ganhar bom dinheiro é o teu cunhado, vão precisar de pedreiros. Tinham comido feijões e couves, apartadas as mulheres e de pé, e João Francisco Sete-Sóis foi à salgadeira e tirou um bocado de toucinho, que dividiu em quatro tiras, pôs cada uma em sua fatia de pão e distribuiu em redor. Ficou a olhar alerta para Blimunda, mas ela recebeu a sua parte e começou a comer tranquilamente, Não é judia, pensou o sogro. Marta Maria também olhara, inquieta, depois encarou o marido com severidade, como se estivesse a recriminá-lo pela astúcia. Blimunda acabou de comer e sorriu, não adivinhava João Francisco que ela teria comido o toucinho mesmo que fosse judia, é outra a verdade que tem de salvar.

Baltasar disse, Tenho de procurar trabalho, e Blimunda também irá trabalhar, não podemos ficar às sopas, Para Blimunda não haja pressa, quero que ela fique aqui em casa por uns tempos, quero conhecer a minha filha nova, Está bem, mãe, mas eu preciso arranjar trabalho, Com essa mão a menos, que trabalhos farás, Tenho o gancho, pai, que é uma boa ajuda quando se está habituado, Será, mas cavar não podes, ceifar não podes, rachar lenha não podes, Posso tratar de animais, Sim, isso podes, E também posso ser carreiro, para segurar a soga basta o gancho, a outra mão fará o resto, Filho, estou muito contente por teres voltado, E eu já devia ter voltado, pai.

Nessa noite Baltasar sonhou que andava a lavrar com uma junta de bois todo o alto da Vela e que atrás dele ia Blimunda espetando no chão penas de aves, depois estas começaram a agitar-se como se fossem levantar voo, capaz a terra de ir com elas, surgiu o padre Bartolomeu Lourenço com o desenho na mão a apontar o erro que tinham cometido, vamos voltar ao princípio, e a terra apareceu outra vez por lavrar, estava Blimunda sentada e dizia-lhe, Vem-te deitar comigo, que já comi o meu pão. Era ainda noite fechada, Baltasar acordou, puxou para si o corpo adormecido, morna frescura enigmática, ela murmurou o nome dele, ele disse o dela, estavam deitados na cozinha, sobre duas mantas dobradas, e silenciosamente, para não acordarem os pais que dormiam na casa de fora, deram-se um ao outro.

Ao outro dia vieram a festejar a chegada, e a conhecer a

nova parenta, Inês Antónia, irmã de Baltasar, e o marido, que afinal se chama Álvaro Diogo. Trouxeram os filhos, um de quatro anos, outro de dois, só o mais velho vingará, porque ao outro hão de levá-lo as bexigas antes de passados três meses. Mas Deus, ou quem lá no céu decide da duração das vidas, tem grandes escrúpulos de equilíbrio entre pobres e ricos e, sendo preciso, até às famílias reais vai buscar contrapesos para pôr na balança, a prova é que, por compensação da morte desta criança, morrerá o infante D. Pedro quando chegar à mesma idade, e porque, querendo Deus, qualquer causa de morte serve, a que levará o herdeiro da coroa de Portugal será o tirarem-lhe a mama, só a infantes delicados isto aconteceria, que o filho de Inês Antónia, quando morreu, já comia pão e o mais que houvesse. Equilibrada a contagem, desinteressa-se Deus dos funerais, por isso em Mafra foi só um anjinho a enterrar, como a tantos outros sucede, mal se dá pelo acontecimento, mas em Lisboa não podia ser assim, foi outra pompa, saiu o infante da sua câmara, metido no caixãozito que os conselheiros de Estado levavam, acompanhado de toda a nobreza, e ia também el-rei, mais os irmãos, e se ia el-rei seria por dor de pai, mas principalmente por ser o falecido menino primogénito e herdeiro do trono, são as obrigações do protocolo, vieram descendo até ao pátio da capela, todos de chapéu na cabeça, e quando o caixão foi colocado nas andas que o haviam de transportar, descobriu-se el-rei e pai, e, tendo-se descoberto e coberto outra vez, voltou para o paço, são as desumanidades do protocolo. Lá seguiu o infante sozinho para S. Vicente de Fora, com o seu luzido acompanhamento, sem pai nem mãe, à frente o cardeal, depois a cavalo os porteiros da maça, os oficiais da casa e títulos, a seguir iam os clérigos e moços da capela, menos

114

os cónegos, que esses foram esperar o corpo a S. Vicente, todos de tochas acesas nas mãos, e logo a guarda em duas alas, adiante os seus tenentes, e agora sim, vem aí o caixão, coberto por uma riquíssima tela encarnada, que também cobre o coche de Estado, e atrás do caixão segue o duque de Cadaval velho, por ser mordomo-mor da rainha, cuja, se tem entranhas de mãe, estará chorando o seu filho, e, por ser dela estribeiro-mor, vai também o marquês das Minas, pelas lágrimas se lhe contará o amor, não pelos títulos que a servem, e os tais panos, mais os arreios e cobertas dos machos, ficarão para os frades de S. Vicente como é antigo costume, e pela serventia dos machos, que são dos ditos frades, foram pagos doze mil réis, é um aluguer como outro, não estranhemos, que machos não são os humanos, mesmo machos sendo, e também os alugam, e tudo isto junto faz pompa, circunstância e solenidade, pelas ruas por onde o funeral passa estão em alas os soldados, mais os frades de todas as ordens, sem exceção, além dos mendicantes como donos da casa que receberá o menino morto de desmame, privilégio que os frades muito merecem, como mereceram o convento que vai ser construído na vila de Mafra, onde há menos de um ano foi enterrado um rapazito de quem não chegou a averiguar-se o nome e que levou acompanhamento completo, iam os pais, e os avós, e os tios, outros parentes, quando o infante D. Pedro chegar ao céu e souber destas diferenças, vai ter um grande desgosto.

Enfim, sendo tão boas as disposições de maternidade da rainha, já el-rei lhe fez outro infante, este, sim, será rei, que daria matéria para outro memorial e outros abalos, e se alguém tiver curiosidade de saber quando equilibrará Deus este nascimento real com um popular nascimento, equilibrará sim, mas não por via destes homens mal conhecidos e destas mulheres por adivinhar, que não quererá Inês Antónia que outros filhos lhe morram, e Blimunda se desconfia que possui artes misteriosas para não os ter. Fiquemo-nos por estes mais crescidos, pelo repetitivo relato que Sete-Sóis tem de fazer da sua história militar, seu pequeno parágrafo dela, como foi a mão ferida e como lha cortaram, mostra os acrescentamentos de ferro, enfim, tornaram a ouvir-se as costumadas e não imaginativas lamentações, Aos pobres é que estas desgraças sempre sucedem, e nem é tão verdade assim, não falta aí morrerem ou ficarem estropiados cabos e capitães, Deus tanto compensa o pouco como reduz o muito, porém, passada uma hora já todos se habituaram à novidade, só os rapazinhos não desviam os olhos, fascinados, e arrepiam-se quando o tio, por divertimento, se serve do gancho para os levantar do chão, são modos, o que maior interesse mostra no exercício é o mais novo, aproveite aproveite enquanto é tempo, só tem três meses para brincar.

Nestes dias primeiros ajuda Baltasar ao pai no trabalho do campo, outra terra de que este é caseiro, tem de aprender tudo desde o princípio, é certo que não esqueceu os antigos gestos, mas agora como os fará. E, para prova de que em sonhos não há firmeza, se foi capaz de lavrar, sonhando, o alto da Vela, bastou-lhe olhar outra vez o arado para perceber o que vale uma mão esquerda. Ofício cabal, só o de carreiro, mas, não havendo carreiro sem carro e junta de bois, por agora servirão os do pai, ora eu, ora tu, amanhã terás que te pertença, E morrendo eu cedo, talvez venhas a forrar o dinheiro que juntares para comprar a junta e o carro, Pai, que não o ouça Deus. Vai também Baltasar à obra onde o cunhado está a trabalhar, é o muro novo da quinta dos viscondes de

Vila Nova da Cerveira, não se confunda a geografia, que o viscondado é de lá, mas o palácio está aqui, e se, como então, agora escrevêssemos bisconde e biscondado, não faltaria zombarem de nós pela vergonha de tal pronúncia do norte em terras do sul, nem parecemos aquele país civilizado que deu mundos novos ao mundo velho, quando o mundo tem todo ele a mesma idade, e, se vergonha realmente for, decerto não ficará maior se lhe chamarmos bergonha. A este muro não poderá Baltasar acrescentar pedra, afinal teria sido bem melhor se tivesse ficado sem uma perna, um homem tanto pode apoiar-se num pé como num pau, é a primeira vez que tal ideia lhe vem, mas lembra-se como ficaria sem jeito quando estivesse deitado com Blimunda, em cima dela, e acha que não senhor, o melhor foi ter-se ido a mão, muita sorte terem-lhe acertado na esquerda. Álvaro Diogo desce do andaime e, enquanto no resguardo duma sebe come o jantar que lhe traz Inês Antónia, diz que não irá faltar trabalho a pedreiros quando começarem as obras do convento, não precisará sair da terra a procurar serviço nos arredores da vila, semanas e semanas fora de casa, por muito vadio que de sua natureza um homem seja, a casa, se a mulher que nela está é estimada e os filhos amados, tem o gosto que tem o pão, não é para todas as horas, mas sente-se-lhe a falta se não for todos os dias.

Baltasar Sete-Sóis foi vadiar por perto, ao alto da Vela, donde se vê toda a vila de Mafra no seu buraco, ao fundo do vale. Aqui brincou quando tinha a idade do sobrinho mais velho, e depois, mas não por muito tempo, que cedo é preciso entregar os braços ao campo. O mar está longe e parece perto, brilha, é uma espada caída do sol, que o sol há de embainhar devagarinho quando descer no horizonte e enfim se sumir. São comparações inventadas por quem escreve para quem andou na guerra, não as inventou Baltasar, mas por alguma razão sua se lembrou da espada que tem guardada em casa dos pais, nunca mais a desembainhou, provavelmente já está coberta de ferrugem, um dia destes lhe passará a pedra e azeitará, nunca se sabe o dia de amanhã.

Haviam sido terras de cultivo, agora estão abandonadas. As estremas que ainda se mantêm visíveis, as sebes, os caniçados, os valados já não separam propriedades. Tudo isto pertence ao mesmo dono, a el-rei, que se ainda não pagou, pagará, que lá de boas contas é ele, faça-se-lhe essa justiça. João Francisco Sete-Sóis está à espera da sua parte, pena que não fosse tudo dele, ficava rico, até agora alcançam as escrituras de venda trezentos e cinquenta e oito mil e quinhentos réis, e com o andar dos tempos, ao que isto ainda está para crescer, passará de quinze milhões de réis, número que pesa muito nas fracas cabeças populares, por isso traduziremos em quinze contos e quase cem mil réis, um poder de dinheiro. Se o negócio é bom ou mau, isso depende, que o dinheiro não tem sempre o mesmo valor, ao contrário dos homens, que sempre valem o mesmo, tudo e coisa nenhuma. E o convento, vai ser coisa grande, perguntara Baltasar ao cunhado, e este respondeu, Primeiro falou-se em treze frades, depois subiu para quarenta, agora já andam os franciscanos da albergaria e da capela do Espírito Santo a dizer que hão de ser oitenta, Vai cair aí o poder do mundo, rematou Baltasar. Foi esta conversa quando já Inês Antónia se retirara, e por isso Álvaro Diogo pôde falar com liberdades de homem. Vêm para aí os frades fornicar as mulheres, como é costume deles, e então franciscanos, se um dia apanho algum com partes de atrevido, leva uma surra que fica com os ossos todos partidos, e o pedreiro desfazia a marteladas a pedra onde Inês Antónia estivera sentada. O sol já se pôs, Mafra, em baixo, é escura como um poço. Baltasar começa a descer, olha os marcos de pedra que delimitam os terrenos daquele lado, pedra branquíssima sobre que ainda mal caíram os primeiros frios, pedra que pouco sabe de grandes calores, pedra ainda espantada da luz do dia. Estas pedras são o primeiro alicerce do convento, alguém por ordem de el-rei mandou que as talhassem, pedras portuguesas afeiçoadas por portuguesas mãos, que ainda tempo não é de virem os Garvos milaneses a governar os alvenéis e canteiros que aqui se juntarão. Quando Baltasar entra em casa, ouve o murmúrio que vem da cozinha, é a voz da mãe, a voz de Blimunda, ora uma, ora outra, mal se conhecem e têm tanto para dizer, é a grande, interminável conversa das mulheres, parece coisa nenhuma, isto pensam os homens, nem eles imaginam que esta conversa é que segura o mundo na sua órbita, não fosse falarem as mulheres umas com as outras, já os homens teriam perdido o sentido da casa e do planeta, Deite-me a sua bênção, minha mãe, Deus te abençoe, meu filho, não falou Blimunda, não lhe falou Baltasar, apenas se olharam, olharem-se era a casa de ambos.

Há muitos modos de juntar um homem e uma mulher, mas, não sendo isto inventário nem vademeco de casamentar, fiquem registados apenas dois deles, e o primeiro é estarem ele e ela perto um do outro, nem te sei nem te conheço, num auto de fé, da banda de fora, claro está, a ver passar os penitentes, e de repente volta-se a mulher para o homem e pergunta, Que nome é o seu, não foi inspiração divina, não perguntou por sua vontade própria, foi ordem mental que lhe veio da própria mãe, a que ia na procissão, a que tinha visões e revelações, e se, como diz o Santo Ofício, as fingia, não fingiu estas, não, que bem viu e se lhe revelou ser este soldado maneta o homem que haveria de ser de sua filha, e desta maneira os juntou. Outro modo é estarem ele e ela longe um do outro, nem te sei nem te conheço, cada qual em sua corte, ele Lisboa, ela Viena, ele dezanove anos, ela vinte e cinco, e casaram-nos por procuração uns tantos embaixadores, viram-se primeiro os noivos em retratos favorecidos, ele boa figura e pelescurita, ela roliça e brancaustríaca, e tanto lhes fazia gostarem-se como não, nasceram para casar assim e não doutra maneira, mas ele vai desforrar-se bem, não ela, coitada, que é honesta mulher, incapaz de levantar os olhos para outro homem, o que acontece nos sonhos não conta.

Na guerra de João perdeu a mão Baltasar, na guerra da Inquisição perdeu Blimunda a mãe, nem João ganhou, que feitas as pazes ficámos como dantes, nem ganhou a Inquisição, que por cada feiticeira morta nascem dez, sem contar os machos, que também não são poucos. Cada qual tem sua contabilidade, seu razão e seu diário, escrituraram-se os mortos num lado da página, apuram-se os vivos do outro lado, também há modos diferentes de pagar e cobrar o imposto, com o dinheiro do sangue e o sangue do dinheiro, mas há quem prefira a oração, é o caso da rainha, devota parideira que veio ao mundo só para isso, ao todo dará seis filhos, mas de preces contam-se por milhões, agora vai à casa do noviciado da Companhia de Jesus, agora à igreja paroquial de S. Paulo, agora faz a novena de S. Francisco Xavier, agora visita a imagem de Nossa Senhora das Necessidades, agora vai ao convento de S. Bento dos Loios, e vai à igreja paroquial da Encarnação, e vai ao convento da Conceição de Marvila, e vai ao convento de S. Bento da Saúde, e vai visitar a imagem de Nossa Senhora da Luz, e vai à igreja do Corpo Santo, e vai à igreja de Nossa Senhora da Graça, e à igreja de S. Roque, e à igreja da Santíssima Trindade, e ao real convento da Madre de Deus, e visita a imagem de Nossa Senhora da Lembrança, e vai à igreja de S. Pedro de Alcântara, e à igreja de Nossa Senhora do Loreto, e ao convento do Bom Sucesso, quando está para sair do paço às suas devoções rufa o tambor e repenica o pífaro, não ela, claro está, que ideia, uma rainha a tamborilar e a repenicar, põem-se em ala os alabardeiros, e estando as ruas sujas, como sempre estão, por mais avisos e decretos que as mandem limpar, vão à frente da rainha os mariolas com umas tábuas largas às costas, sai ela do coche e eles colocam as tábuas no chão, é um corrupio, a rainha a andar sobre as tábuas, os mariolas a levá-las de trás para diante; ela sempre no limpo, eles sempre no lixo, parece a rainha nossa senhora Nosso Senhor Jesus Cristo quando caminhou sobre as águas, e desta milagrosa maneira vai ao convento das Trinas, e ao convento das Bernardas, e ao do Santíssimo Coração, e ao de Santo Alberto, e à igreja de Nossa Senhora das Mercês, que as faça, e à igreja de Santa Catarina, e ao convento dos Paulistas, e ao da Boa Hora dos agostinhos descalços, e ao de Nossa Senhora do Monte do Carmo, e à igreja de Nossa Senhora dos Mártires, que somos todos, e ao convento de Santa Joana Princesa, e ao convento do Salvador, e ao convento das Mónicas, que foram as tais, e ao real convento do Desagravo, e ao convento das Comendadeiras, mas aonde ela não se atreve a ir sabemos nós, é ao convento de Odivelas, todos adivinham porquê, é uma triste e enganada rainha que só de rezar não se desengana, todos os dias e todas as horas deles, ora com motivo, ora sem certeza de o ter, pelo marido leviano, pelos parentes tão longe, pela terra que não é sua, e filhos só por metade, ou ainda menos, como jura o infante D. Pedro no céu, pelo império português, pela peste que ameaça, pela guerra que acabou, por outra se começar, pelas infantas cunhadas, pelos cunhados infantes, por D. Francisco também, e a Jesus Maria José, pelas angústias da carne, pelo prazer entrevisto, se adivinhado entre pernas, pela custosa salvação, pelo inferno que a cobiça, pelo horror de ser rainha, pelo dó de ser mulher, pelas duas mágoas juntas, por esta vida que vai, por essa morte que vem. D. Maria Ana terá agora outros e mais urgentes motivos para rezar. El-rei anda muito achacado, sofre de flatos súbitos, debilidade que já sabemos antiga, mas agora agravada, duram-lhe os desmaios mais do que um vulgar fanico, aí está uma excelente lição de humildade ver tão grande rei sem dar acordo de si, de que lhe serve ser senhor de Índia, África e Brasil, não somos nada neste mundo, e quanto temos cá fica. Por costume e cautela acodem-lhe logo com a extrema-unção, não pode sua majestade morrer inconfessa como qualquer comum soldado em campo de batalha, lá aonde os capelães não chegam nem querem chegar, mas às vezes ocorrem dificuldades, como estar em Setúbal a ver de janela os touros, e sobrevir-lhe sem aviso o desmaio profundo, acode o médico que lhe toma o pulso e procura o sangradouro, vem o confessor com os óleos, mas ninguém sabe que pecados terá cometido D. João v desde a última vez que se confessou, e já foi ontem, quantos maus pensamentos e ações más se podem ter e cometer em vinte e quatro horas, além da impropriedade da situação de estarem a morrer touros na praça enquanto el-rei, de olho revirado para cima, não se sabe se morre ou não, e se morrer não será de ferida, como as que vão rasgando os bichos em baixo, ainda assim de vez em quando se vingando do inimigo, como agora mesmo aconteceu a D. Henrique de Almeida que foi pelos ares com o cavalo e já o levam com duas costelas quebradas. Enfim, el-rei abriu os olhos, escapou, não foi desta, mas fica com as pernas frouxas, as mãos trémulas, o rosto pálido, nem parece aquele galante homem que derruba freiras com um gesto, e quem diz freiras diz as que o não são, ainda o ano passado teve uma francesa um filho da sua lavra, se agora o vissem as amantes reclusas e libertas não reconheceriam neste murcho e apagado homenzinho o real e infatigável cobridor. Vai D. João v para Azeitão, a ver se com mezinhas e bons ares se cura desta melancolia, que assim chamam os médicos à sua doença, provavelmente o que sua majestade tem é os humores avariados, de que costumam resultar embaraços da tripa, flatulências, entupimentos da bílis, tudo achaques segundos da atrabile, que essa, sim, é a doença de el-rei, vá lá que não sofre das partes pudendas, apesar dos excessos amatórios e alguns riscos de gálico, caso em que lhe aplicariam sumo de consólida, remédio soberano para chagas da boca e das gengivas, dos testículos e adjacências superiores.

D. Maria Ana ficou em Lisboa a rezar e depois foi continuar a reza para Belém. Dizem que vai agastada por não querer D. João v confiar-lhe o governo do reino, realmente não está bem desconfiar assim um marido de sua mulher, são resistências de ocasião, lá mais para diante será regente a rainha enquanto el-rei se acaba de curar naqueles felizes campos de Azeitão, tendo a assisti-lo os franciscanos da Arrábida, e o marulhar das ondas é o mesmo, a mesma a cor do mar, a maresia o mesmo sortilégio, e o mato cheira como dantes, assim fica o infante D. Francisco sozinho em Lisboa, fazendo corte, e já começa a urdir a trama e a teia, deitando contas à morte do irmão e à sua própria vida, Se desta melancolia, que tão gravemente atormenta sua majestade, não houver remédio, e quiser Deus que tão cedo lhe acabe a vida terrenal para mais cedo principiar a eterna, eu poderia, como irmão que vem a seguir, portanto de família chegada, cunhado de vossa majestade e mui dedicado servidor de vossa beleza e virtude, eu poderia, ouso dizer, subir ao trono e, de caminho, ao vosso leito, casando nós em boa e canónica forma, que por méritos de homem posso garantir que não sou menos que meu irmão, ora essa, Ora essa, que conversa tão imprópria de cunhados, el-rei ainda está vivo e, pelo poder das minhas preces, se Deus mas ouve, não morrerá, para maior glória do reino, tanto mais que para a conta dos seis filhos que está escrito terei dele, ainda faltam três, Porém, vossa majestade sonha comigo quase todas as noites, que eu bem no sei, É verdade que sonho, são fraquezas de mulher guardadas no meu coração e que nem ao confessor confesso, mas, pelos vistos, vêm ao rosto os sonhos, se assim mos adivinham, Então, morrendo meu irmão, casamos, Se esse for o interesse do reino, e se daí não vier ofensa a Deus nem dano à minha honra, casaremos, Prouvera que ele morra, que eu quero ser rei e dormir com vossa majestade, já estou farto de ser infante, Farta estou eu de ser rainha e não posso ser outra coisa, assim como assim, vou rezando para que se salve o meu marido, não vá ser pior outro que venha, Acha então vossa majestade que eu seria pior marido que meu irmão, Maus, são todos os homens, a diferença só está na maneira de o serem, e com esta sábia e cética sentença se concluiu a conversação em palácio, primeira das muitas com que D. Francisco fatigará a rainha, em Belém onde ela agora está, em Belas para onde irá com demora, em Lisboa quando enfim for regente, em câmaras e em quintas discorrendo, a ponto de já não serem os sonhos de D. Maria Ana o que antes eram, tão deliciosos em geral, tão arrebatadores do espírito, tão pungidores do corpo, agora o infante só lhe aparece para dizer que quer ser rei, bom proveito lhe fizesse, para isto nem vale a pena sonhar, digo-o eu que sou rainha. Adoeceu tão gravemente el-rei, morreu o sonho de D. Maria Ana, depois el-rei sarará, mas os sonhos da rainha não ressuscitarão.

Além da conversa das mulheres, são os sonhos que seguram o mundo na sua órbita. Mas são também os sonhos que lhe fazem uma coroa de luas, por isso o céu é o resplendor que há dentro da cabeça dos homens, se não é a cabeça dos homens o próprio e único céu. Regressou o padre Bartolomeu Lourenço da Holanda, se sim ou não trouxe o segredo alquímico do éter, mais tarde o saberemos, ou não tem esse segredo que ver com alquimias de tempos passados, porventura uma simples palavra bastará para encher as esferas da máquina voadora, pelo menos Deus não fez mais que falar e tudo com esse pouco se criou, assim ensinaram ao padre no seminário de Belém da Baía, assim lho confirmaram, por outras argumentações e estudos mais avançados, na Faculdade de Cânones de Coimbra, antes de fazer subir ao ar os seus balões primeiros, e, agora que chegou de terras holandesas, vai tornar a Coimbra, um homem pode ser grande voador, mas é-lhe muito conveniente que saia bacharel, licenciado e doutor, e então, ainda que não voe, o consideram.

Bartolomeu Lourenço foi à quinta de S. Sebastião da Pedreira, três anos inteiros haviam passado desde que partira, estava a abegoaria em abandono, dispersos pelo chão os materiais que não valera a pena arrumar, ninguém adivinharia o que ali se andara perpetrando. Dentro do casarão esvoaçavam pardais, tinham entrado por um buraco do telhado, duas telhas partidas, ínfimas aves aquelas que nunca voariam mais alto que o mais alto freixo da quinta, o pardal é uma ave da terra e do terriço, do estrume e da seara, e quando morto se percebe que não poderia voar alto, tão frágil de asas, tão mesquinho de ossos, ao passo que esta minha passarola voará até onde cheguem olhos, veja-se o fortíssimo arcaboiço da concha que me há de levar, com o tempo enferrujaram os ferros, mau sinal, não parece que Baltasar aqui tenha vindo como lhe recomendei tanto, mas é verdade que veio, por estes sinais de pés descalços, não trouxe Blimunda, ou Blimunda morreu, e dormiu na enxerga, está puxada a manta para trás como se agora mesmo se tivesse acabado de levantar, nesta mesma enxerga me deito, com esta manta me cubro, eu padre Bartolomeu Lourenço que voltei da Holanda aonde fui averiguar se já na Europa sabem voar com asas, se nos estudos desta ciência vão mais adiantados do que eu estou no meu país de marinheiros, e em Zwolle, Ede e Nijkerk estudei com alguns sábios velhos e alquimistas, desses que sabem fazer nascer sóis dentro de retortas, mas depois morrem de morte estranha, vão ressequindo até não terem mais substância do que um feixe de palha estaladiça, e então como palha ardem, que isso é o que todos pedem à hora da morte, não mais que cinzas deixo, é por si próprios que se inflamam, e a mim me estava esperando aqui esta máquina voadora que ainda não voa, estas são as esferas que terei de encher com o éter celeste, cuidam as pessoas que sabem do que falam, olham para o céu e dizem, Éter celeste, eu sim sei o que ele é, afinal tão simples como ter Deus dito, Faça-se a luz, e a luz fez-se, é maneira de falar, que entretanto se fez noite, acendo esta candeia que Blimunda deixou, apago este pequenino sol que de mim depende atear ou extinguir, à candeia me reporto, não a Blimunda, nenhum ser humano pode ter quanto deseja nesta sua única vida terrestre, talvez sonhando, boas noites.

Passadas algumas semanas, com todas as disposições, licenças e matriculações necessárias, partiu o padre Bartolomeu Lourenço para Coimbra, cidade tão ilustre, de tão velhos sábios, que, se nela houvesse alquimistas, em coisa alguma ficaria a dever a Zwolle, e vai o Voador por agora cavalgando uma remansosa mula alquilada, como convém a sacerdote sem extremadas artes de ginete e apenas provido de bens medianos, chegando ao seu destino voltará a montada com outro cavaleiro, talvez um doutor acabado, ainda que a esta dignidade melhor coubesse a liteira de longo curso, é como ir balouçando sobre as ondas do mar, se não fosse o macho da dianteira tão incontinente de ventos. Até à vila de Mafra, aonde primeiro vai, não tem a viagem história, salvo a das pessoas que por estes lugares moram, claro está que não podemos deter-nos no caminho e perguntar, Quem és, o que fazes, onde te dói, e se o padre Bartolomeu Lourenço algumas vezes parou, foi parar e andar, não mais que o tempo de uma bênção que lhe pediam, a quantos destes irá suceder entortar-se-lhes a história que tinham para entrarem nesta que vamos contando, o simples encontro do padre é um sinal, porque, indo ele a Coimbra, não seria este o caminho se não tivesse de ir à vila de Mafra por lá estarem Baltasar Sete-Sóis e Blimunda Sete-Luas. Não é verdade que o dia de amanhã só a Deus pertença, que tenham os homens de esperar cada dia para saber o que ele lhes traz, que só a morte seja certa, mas não o dia dela, são ditos de quem não é capaz de entender os sinais que nos vêm do futuro, como este de aparecer um padre no caminho de Lisboa, abençoar porque a bênção lhe pediram, e seguir na direção de Mafra, quer isto dizer que o abençoado há de ir a Mafra também, trabalhará nas obras do convento real e ali morrerá por cair de parede, ou da peste que o tomou, ou da facada que lhe deram, ou esmagado pela estátua de S. Bruno.

É cedo ainda para estes acidentes. Quando o padre Bartolomeu Lourenço, na última volta do caminho, começou a descer para o vale, deu com uma multidão de homens, exagero será dizer multidão, enfim, umas centenas deles, e primeiro não entendeu o que se passava, porque toda aquela gente estava correndo a um lado, ouvia-se tocar uma trombeta, seria festa, seria guerra, deram então em rebentar tiros de pólvora, terra e pedras violentamente atiradas aos ares, foram os tiros vinte, tornou a tocar a trombeta, agora diferente toque, e os homens avançaram para o terreno revolvido, com carros de mão e pás, enchendo aqui, no monte, despejando além, na encosta para Mafra, ao passo que outros homens, de enxada ao ombro, desciam aos caboucos já fundos, neles desapareciam, enquanto mais homens lançavam cestos para dentro e depois os puxavam para cima, cheios de terra, e os iam despejar afastadamente, aonde outros homens iam por sua vez encher carros de mão, que lançavam no aterro, não há diferença nenhuma entre cem homens e cem formigas, leva-se isto daqui para ali porque as forças não dão para mais, e depois vem outro homem que transportará a carga até à próxima formiga, até que, como de costume, tudo termina num buraco, no caso das formigas lugar de vida, no caso dos homens lugar de morte, como se vê não há diferença nenhuma.

Com os calcanhares, o padre Bartolomeu Lourenço tocou para diante a mula, experiente animal que nem com a artilharia se assustara, é o que faz não ser de raça pura, estes já viram muito, a mestiçagem tornou-os pouco espantadiços, que é a maneira melhor de viverem neste mundo as bestas e os homens. Pelo caminho atascado de lama, sinal de que as fontes da terra andavam perdidas naquela comoção e surdiam onde não podiam aproveitar-se, ou em muito delgadas linfas se dividiam até de todo se separarem os átomos da água e ficar o monte seco, por esse caminho, tocando suavemente a mula, desceu o padre Bartolomeu Lourenço à vila e foi perguntar ao vigário onde moravam os Sete-Sóis. Tinha este pároco feito um bom negócio de terrenos por serem dele algumas das terras do alto da Vela, e, ou por valerem elas muito, ou por muito valer o proprietário, fez-se a avaliação pelo alto, cento e quarenta mil réis, nada que se possa comparar com os treze mil e quinhentos que foram pagos a João Francisco. É um vigário feliz, com a promessa de tão grande convento, oitenta frades confirmados, ali mesmo à porta de casa, com o que muito crescerá a vila em batizados, casamentos e passamentos, cada sacramento dispensando a sua parte material e espiritual, desta maneira tanto se reforçando a burra como a esperança de salvação, na direta razão dos vários atos e prestações, Pois, padre Bartolomeu Lourenço, é grande honra minha recebê-lo nesta casa, os Sete-Sóis moram aqui perto, tinham um terreno ao lado dos meus no alto da Vela, mais pequeno, deve-se dizer, agora o velho e a família vivem de granjear um casal que tinham de renda, quem voltou há quatro anos foi o filho, o Baltasar, veio da guerra maneta, maneta da guerra, quero dizer, e trouxe mulher, acho que não estão casados à face da Santa Igreja, e ela tem um nome nada cristão, Blimunda, disse o padre Bartolomeu Lourenço, Conhece-a, Fui eu que os casei, Ah, então sempre são casados, Fui eu que os casei, em Lisboa, e tendo o Voador agradecido, que ali não era conhecido por tal, as efusões do vigário só tinham que ver com as particulares recomendações do paço, saiu a procurar os Sete-Sóis, contente por assim ter mentido à face de Deus e saber que Deus não se importava, um homem tem de saber, por si próprio, quando as mentiras já nascem absolvidas.

Foi Blimunda quem veio abrir a porta. Estava escurecendo a tarde, mas ela reconheceu o vulto do padre que desmontava, quatro anos não é tanto tempo assim, beijou-lhe a mão, não andassem por ali vizinhos curiosos e seria diferente a saudação, que estes dois, estes três, quando estiver Baltasar, têm razões do coração que os governam, e, em tantas noites passadas, uma terá havido, pelo menos, em que sonharam o mesmo sonho, viram a máquina de voar batendo as asas, viram o sol explodindo em luz maior, e o âmbar atraindo o éter, o éter atraindo o íman, o íman atraindo o ferro, todas as coisas se atraem entre si, a questão é saber colocá-las na ordem justa, e então se quebrará a ordem, Esta é a minha sogra, senhor padre Bartolomeu, aproximara-se Marta Maria, intrigada por não ouvir palavras, sendo certo que Blimunda fora abrir a porta sem que alguém a ela batesse, e agora estava ali um padre novo que perguntava por Baltasar, não é assim que costumam passar-se as visitas deste tempo, mas há exceções, como em todos os tempos sempre se disse, vir um padre de Lisboa a Mafra para falar a um soldado manco, e a uma mulher que é visionária da pior maneira, porque vê o que existe,

131

como já secretamente o sabe Marta Maria que, queixando-se de ter uma nascida na barriga, Blimunda lhe respondeu que não tinha, mas era verdade que sim e ambas o sabiam, Come o teu pão, Blimunda, come o teu pão.

Estava o padre Bartolomeu Lourenço sentado ao lume, que a noite refrescava, quando chegaram Baltasar e o pai. Viram a mula à porta, ainda arreada, debaixo da oliveira, Quem terá vindo, perguntou João Francisco, e Baltasar não respondeu, mas adivinhou que seria padre, as mulas que carregam gente eclesiástica exibem uma certa e evangélica mansidão, quiçá induzida, que contrasta com o viço ainda rebelde das que só dão cavalaria a laicos, e sendo de padre a mula, com ar de vir de longe, não se esperando legado do papa nem aviso do núncio, tinha de ser Bartolomeu Lourenço, como logo se viu que era. A quem estranhar que tanto tivesse visto Baltasar Sete-Sóis quando já a noite se fechava, responda-se que o resplendor dos santos não é vã miragem do espírito perturbado dos místicos ou mera propaganda da fé em pintura a óleo, e que, de tanto dormir com Blimunda, e com ela quase todas as noites ter dares e tomares da carne, começava a haver em Baltasar um luzeiro espiritual de dupla visão, que, não dando para mais profundas penetrações, é quanto basta para observações sumárias como esta. Foi João Francisco tirar os arreios ao animal e voltou em tempo que estava o padre dizendo a Baltasar e Blimunda que cearia com o vigário, pois este o convidara, e em casa dele passaria a noite, primeiro, por não haver cómodos suficientes na morada dos Sete-Sóis, segundo, porque não faltaria estranhar Mafra que escolhesse padre vindo de longe, para albergue, este só, pouco mais abrigado que o telheiro de Belém, em vez dos mimos paroquiais ou o palácio dos viscondes, onde não se recusaria aposento a um futuro doutor em cânones, e Marta Maria disse, Se estivéssemos prevenidos de que vinha vossa reverência, ao menos matava-se o galo, o resto que temos não é coisa que se apresente, Disso mesmo que têm é que eu comeria com gosto, mas é melhor para todos que cá não fique nem coma, e quanto ao galo, senhora Marta Maria, deixe-o cantar, por melhor que ele soubesse depois de tirado da panela, muito maior alegria é o canto da sua garganta, nem era coisa que às galinhas fizéssemos. Com esta tirada riu João Francisco, Marta Maria não pôde porque lhe deu o ventre uma guinada de dor, Blimunda e Baltasar apenas sorriram, não precisavam mais, se bem sabiam que os ditos do padre sempre iam cair ao lado das palavras esperadas, como por estas outras novamente se averiguava, Amanhã, uma hora antes do nascer do sol, levam-me a mula ao presbitério, arreada, vão os dois porque teremos de falar antes de eu partir para Coimbra, e agora, senhor João Francisco, senhora Marta Maria, aí vos fica a minha bênção, se para alguma coisa serve aos olhos de Deus, que é forte presunção cuidarmos que somos nós os juízes da bondade das bênçãos, mais uma vez, não se esqueçam, uma hora antes de nascer o sol, e tendo dito saiu, foi Baltasar acompanhá-lo com uma candeia que pouco alumiava, era só como se fosse dizendo à noite, Sou uma luz, e durante o breve caminho nem falou um nem falou outro, regressou Baltasar às escuras, veem os pés onde assentam, e quando entrou na cozinha Blimunda perguntou, Então, disse o padre Bartolomeu o que queria, Não disse nada, amanhã o saberemos, e João Francisco, lembrando-se, ria, Teve sua graça a do galo. Quanto a Marta Maria estava adivinhando mistério, agora, Vamos cear, sentaram-se os dois homens à mesa, as mulheres de parte, o costume das famílias.

Dormiu cada qual como pôde, com os seus próprios e secretos sonhos, que os sonhos são como as pessoas, acaso parecidos, mas nunca iguais, tão pouco rigoso seria dizer Vi um homem, como Sonhei com água a correr, não chega isto para sabermos que homem era nem que água corria, a água que correu no sonho é água só do sonhador, não saberemos o que ela significa ao correr se não soubermos que sonhador é esse, e assim vamos do sonhador ao sonhado, do sonhado ao sonhador, perguntando, Um dia terão lástima de nós as gentes do futuro por sabermos tão pouco e tão mal, padre Francisco Gonçalves, isto dissera o padre Bartolomeu Lourenço antes de recolher ao seu quarto, e o padre Francisco Gonçalves, como lhe competia, respondeu, Todo o saber está em Deus, Assim é, respondeu o Voador, mas o saber de Deus é como um rio de água que vai correndo para o mar, é Deus a fonte, os homens o oceano, não valia a pena ter criado tanto universo se não fosse para ser assim, e a nós parece-nos impossível poder alguém dormir depois de ter dito ou ouvido dizer coisas destas.

Madrugada, chegaram Baltasar e Blimunda, traziam a mula pela arreata, mas o padre Bartolomeu Lourenço não precisou que o chamassem, abriu a porta mal ouviu bater as ferraduras nas pedras, e saiu logo, estavam as despedidas já feitas, ficava o vigário de Mafra com matéria para pensar, se Deus era fonte e os homens oceano, e que parte do saber geral lhe caberá de hoje em diante, que do saber passado esqueceu quase tudo, exceto, graças a uma continuada prática, o latim da missa e dos sacramentos e o caminho entre as pernas da ama, que esta noite, por causa do visitante, dormiu no vão da escada. Segurava Baltasar a mula, e Blimunda estava afastada alguns passos, de olhos baixos, com o bioco puxado para diante, Bons dias, disseram eles, Bons dias, disse o padre, e perguntou, Blimunda ainda não comeu, e ela, da sombra maior das roupas, respondeu, Não comi, afinal, sempre tinham dito alguma coisa Baltasar e o padre Bartolomeu, Dize a Blimunda que não coma, e assim lhe foi dito a ela, murmurado ao ouvido, quando já estavam deitados, para que não os ouvissem os velhos, para mistério bastava.

Pelas ruas escuras, foram subindo até ao alto da Vela, aquela não era a estrada para a aldeia da Paz, caminho obrigatório para o norte que o padre leva, porém, era como se tivessem de apartar-se dos lugares habitados, ainda que em todas estas barracas estejam homens dormindo, ou já acordando, são construções de fábrica precária, o mais que por aqui há são cabouqueiros, gente de muita força e pouco mimo, havemos de tornar a passar por estas bandas daqui por uns meses, mais ainda se forem anos, então veremos uma grande cidade de tábuas, maior que Mafra, quem viver verá, a isto e outras coisas, por agora bastem os toscos aposentos para neles descansarem os ossos os fatigados homens do alvião e da enxada, não tarda que toquem as cornetas, que também cá está a tropa, já não anda a morrer na guerra, e o que faz é guardar estas grosseiras legiões, ou ajudar onde não sofra a farda desdouro, em verdade mal se distinguem os guardas dos guardados, rotos uns, rasgados outros. O céu está cinzento e pérola para o lado do mar, mas, por cima dos cabeços que o defrontam, espalha-se lentamente uma cor de sangue aguado, depois vivo e vivíssimo, e em pouco virá o dia, oiro e azul, que a estação corre formosa. Blimunda é que nada vê, tem os olhos baixos, no bolso o bocado de pão que ainda não pode comer, Que será que vão querer de mim.

É o padre o que quer, não Baltasar, este sabe tão pouco como Blimunda. Em baixo, distingue-se confusamente o traçado dos caboucos, negro sobre sombra, há de ser ali a basílica. O terrapleno começa a encher-se de homens, estão a acender fogueiras, alguma comida quente para começar o dia, restos de ontem, daqui a pouco estarão bebendo o caldo das gamelas, molhando nele o pão grosso, só Blimunda terá de esperar a sua vez. Diz o padre Bartolomeu Lourenço, No mundo tenho-te a ti, Blimunda, a ti, Baltasar, estão no Brasil os meus pais, em Portugal meus irmãos, portanto pais e irmãos tenho, mas para isto não servem irmãos e pais, amigos se requerem, ouçam então, na Holanda soube o que é o éter, não é aquilo que geralmente se julga e ensina, e não se pode alcançar pelas artes da alquimia, para ir buscá-lo lá onde ele está, no céu, teríamos nós de voar e ainda não voamos, mas o éter, deem agora muita atenção ao que vou dizer-lhes, antes de subir aos ares para ser o onde as estrelas se suspendem e o ar que Deus respira, vive dentro dos homens e das mulheres, Nesse caso, é a alma, concluiu Baltasar, Não é, também eu, primeiro, pensei que fosse a alma, também pensei que o éter, afinal, fosse formado pelas almas que a morte liberta do corpo, antes de serem julgadas no fim dos tempos e do universo, mas o éter não se compõe das almas dos mortos, compõe-se, sim, ouçam bem, das vontades dos vivos.

Em baixo, começavam os homens a descer para os caboucos, onde mal se via ainda. Disse o padre, Dentro de nós existem vontade e alma, a alma retira-se com a morte, vai lá para onde as almas esperam o julgamento, ninguém sabe, mas a vontade, ou se separou do homem estando ele vivo, ou a separa dele a morte, é ela o éter, é portanto a vontade dos homens que segura as estrelas, é a vontade dos homens que Deus respira, E eu que faço, perguntou Blimunda, mas adivinhava a resposta, Verás a vontade dentro das pessoas, Nunca a vi, tal como nunca vi a alma, Não vês a alma porque a alma não se pode ver, não vias a vontade porque não a procuravas, Como é a vontade, É uma nuvem fechada, Que é uma nuvem fechada, Reconhecê-la-ás quando a vires, experimenta com Baltasar, para isso viemos aqui, Não posso, jurei que nunca o veria por dentro, Então comigo.

Blimunda levantou a cabeça, olhou o padre, viu o que sempre via, mais iguais as pessoas por dentro do que por fora, só outras quando doentes, tornou a olhar, disse, Não vejo nada. O padre sorriu, Talvez que eu já não tenha vontade, procura melhor, Vejo, vejo uma nuvem fechada sobre a boca do estômago. O padre persignou-se, Graças, meu Deus, agora voarei. Tirou do alforge um frasco de vidro que tinha presa ao fundo, dentro, uma pastilha de âmbar amarelo, Este âmbar, também chamado eletro, atrai o éter, andarás sempre com ele por onde andarem pessoas, em procissões, em autos de fé, aqui nas obras do convento, e quando vires que a nuvem vai sair de dentro delas, está sempre a suceder, aproximas o frasco aberto, e a vontade entrará nele, E quando estiver cheio, Tem uma vontade dentro, já está cheio, mas esse é o indecifrável mistério das vontades, onde couber uma, cabem milhões, o um é igual ao infinito, E que faremos entretanto, perguntou Baltasar, Vou para Coimbra, de lá, a seu tempo, mandarei recado, então irão os dois para Lisboa, tu construirás a máquina, tu recolherás as vontades, encontrar-nos-emos os três quando chegar o dia de voar, abraço-te Blimunda, não me olhes tão de perto, abraço-te Baltasar, até à volta. Montou a mula e começou a descer a ladeira. O sol aparecera por cima dos cabeços. Come o pão, disse Baltasar, e Blimunda respondeu, Ainda não, primeiro vou ver a vontade daqueles homens.

Vieram da missa e estão sentados debaixo do telheiro do forno. Cai uma chuva branda por entre o sol, outono precoce, por isso Inês Antónia diz ao filho, Sai daí, que te molhas, e a criança faz de contas que não ouve, já nestes tempos é o costume dos rapazes, enquanto não declaram desobediências mais radicais, e Inês Antónia, tendo dito uma vez, não insiste, se ainda há três meses lhe morreu o mais novo, para que há de atormentar agora este, deixá-lo brincar, ali, tão feliz, a meter os pés descalços nos charcos do quintal, Nossa Senhora o defenda das bexigas que levaram o irmão. Diz Álvaro Diogo, Já tenho uma promessa de trabalhar nas obras do convento real, era disto que estavam falando, só a mãe pensa no filho morto, assim dividem-se os pensamentos, e ainda bem, para não sobrecarregarem tanto, acabariam por tornar--se insuportáveis, como esta dor que Marta Maria sente, tenacíssima dor que lhe trespassa o ventre como as espadas trespassam o coração da Mãe de Deus, porquê o coração, se é no ventre que se geram as crianças, aí é o forno da vida, e como haveria de alimentar-se a vida senão com o trabalho, razão por que está Álvaro Diogo tão contente, um convento assim é obra para muitos e muitos anos, fica com o seu pão garantido quem souber de artes de pedreiro, trezentos réis de jornal, quinhentos em vindo a sazão, E tu, Baltasar, estás decidido a voltar para Lisboa, olha que fazes mal, porque aqui não vai faltar trabalho, Não haveriam de querer aleijados, tendo tanta gente por onde escolher, Com esse teu gancho fazes quase tudo quanto os mais fazem, Faria, se não é para me confortar que o dizes, mas precisamos voltar para Lisboa, não é, Blimunda, e Blimunda, que tem estado calada, acenou com a cabeça. Um pouco retirado, o velho João Francisco entrança uma soga de couro, ouve falar mas dá pouca atenção ao que estão dizendo, já sabe que o filho partirá uma destas semanas e quer-lhe mal por isso, ir-se outra vez embora, assim, depois de andar aqueles anos na guerra, Bem feito que tornasse sem a mão direita, é tal o amor que chegam a pensar-se coisas destas. Blimunda levantou-se, atravessou o quintal e saiu para o campo, debaixo das oliveiras que subiam pela encosta até aos marcos da obra, ia enterrando as tamancas grossas no alqueive que a chuva amaciara, se fosse descalça e pisasse pedras agudas, não as sentiria, como seria possível doer-lhe esse pouco, se toda ela está cheia do horror de ter ousado o que esta manhã ousou, aproximar-se da mesa da comunhão em jejum, fingiu comer o seu pão ainda deitada, como de costume e necessidade, mas não o comeu, depois andou sempre de olhos baixos, fingindo compungimento e devoção em casa, e assim entrou na igreja, esteve no ofício como se a prostrasse a presença de Deus, ouviu o sermão sem levantar a cabeça, esmagada, ao parecer, por todas as ameaças de inferno que caíam do púlpito, e enfim foi receber a sagrada partícula, e viu. Durante todos estes anos, desde que se revelara o dom que possuía, sempre comungara em pecado, com alimento no estômago, e hoje decidira, sem nada dizer a Baltasar, que iria em jejum, não para receber a Deus, mas para o ver, se ele lá estava.

Sentou-se na raiz levantada duma oliveira, via-se dali o mar confundido com o horizonte, decerto estaria chovendo com força sobre as águas, então encheram-se de lágrimas os olhos de Blimunda, um grande soluço lhe sacudiu os ombros, e Baltasar tocou-lhe na cabeça, aproximara-se e ela não o ouvira, Que foi que viste na hóstia, afinal não o iludira a ele, como seria possível se dormem juntos e todas as noites se procuram e encontram, quer dizer, não serão todas, é certo que há seis anos que vivem como marido e mulher, Vi uma nuvem fechada, respondeu ela. Baltasar sentou-se no chão, não chegara ali a relha do arado, havia ervas secas, agora húmidas da chuva, mas esta gente popular não é mimosa, senta-se ou deita-se onde calha, melhor se pode um homem pousar a cabeça no regaço da mulher, estou que foi esse o último gesto quando as águas do dilúvio já afogavam o mundo. E Blimunda disse, Esperava ver Cristo crucificado, ou ressurreto em glória, e vi uma nuvem fechada, Não penses mais no que viste, Penso, como não hei de pensar, se o que está dentro da hóstia é o que está dentro do homem, que é a religião, afinal, falta-nos aqui o padre Bartolomeu Lourenço, talvez ele soubesse explicar-nos este mistério, Talvez não soubesse, talvez nem tudo possa ser explicado, quem sabe, e, mal foram estas palavras ditas, pôs-se a chuva a cair com mais força, sinal de sim, sinal de não, o céu agora uma pegada nuvem, mulher e homem debaixo duma árvore, nenhum filho nos braços, afinal não é certo que as situações se repitam, e os lugares são outros, e os tempos também, diferente a própria árvore, mas da chuva diremos que é o mesmo consolo da pele e da terra, vida que sendo excessiva mata, mas a isso nos habituámos desde o começo do mundo, sendo o vento maneiro mói o cereal, mas se é ponteiro rasga as velas do moinho, Entre a vida e a morte, disse Blimunda, há uma nuvem fechada.

Pontualmente escrevera o padre Bartolomeu Lourenço quando se instalou em Coimbra, notícia só de ter chegado e bem, mas agora viera uma nova carta, que sim, seguissem para Lisboa tão cedo pudessem, que ele, aliviando o estudo, os iria visitar, tanto mais que tinha obrigações eclesiásticas na corte, e então se aconselhariam na obra magna em que estavam ocupados, E agora digam-me cá, como vamos nós de vontades, pergunta inocente, parecia que se informava das vontades deles, quando das outras é que queria saber, e dos que as perdiam, mas dizia-o sem contar com a resposta, é como nas guerras, grita o capitão ou manda dizer o clarim por ele, Em frente, e não vai ficar à espera que os soldados se consultem e respondam, Iremos, não iremos, não vamos, mas que avancem e sem demora, ou são levados a conselho de guerra, Partimos para a semana, declarou Baltasar, e afinal ainda se passaram dois meses porque entretanto começou a constar em Mafra, e foi confirmado pelo vigário no sermão, que vinha el-rei a inaugurar a obra da raiz dos caboucos para cima, colocando com as suas reais mãos a primeira pedra. Primeiro se anunciou que seria aos tantos de outubro, mas não houve tempo para cavar os alicerces até à sua conveniente fundura, apesar de serem seiscentos os homens, apesar dos muitos tiros de pólvora que a todas as horas do dia vão atroando os ares, será então em novembro, meados dele, depois não pode ser, que já seria como de inverno, andar aí el-rei enterrado na lama até às ligas das pernas. Venha pois sua majestade para que se comecem os dias gloriosos da vila de Mafra, para que os seus moradores levantem as mãos ao céu, eles que com os seus perecíveis olhos vão ver a quanto alcança a grandeza de um rei, monarca sublime, graças a quem podemos gozar estas antecâmaras do paraíso enquanto às celestiais moradas não acedermos, tarde seja, que mais apetece estar vivo que morto, Veremos a festa e depois partimos, decidiu Baltasar.

Já Álvaro Diogo está contratado, talha por enquanto a pedra que é trazida de Pero Pinheiro, grandes blocos transportados em carros puxados por dez ou vinte juntas de bois, enquanto outros operários partem com os malhos a outra pedra grosseira que há de servir para alicerces, este de quase seis metros de profundidade, metros é o que dizemos hoje, que então tudo se media a palmos, afinal continua a ser por eles que se medem os homens, os grandes e os pequenos, por exemplo, mais alto é Baltasar Sete-Sóis que D. João v, e não foi rei, e Álvaro Diogo, não sendo fraca figura, é pedreiro de obra grossa, ali está martelando a pedra, desbastando à face, mas este virá a fazer mais do que isto, tendo ajudado a pôr umas sobre outras, será no futuro canteiro e lavrante, porém é já real trabalho levantar uma parede direita, a fio de prumo, não esse ofício de sarrafos e pregos, como os carpinteiros que andam a carpinteirar aquela igreja de madeira, onde se celebrará o ato da bênção e da inauguração, quando el-rei vier. Leva a dita igreja uns altos e fortes mastros, dispostos pela mesma formalidade dos alicerces, quer dizer, segundo o perímetro que terá a basílica definitiva, e o teto será armado com velas de navios, forradas de pano de brim, planta em cruz, como igreja que se preza de ser, de madeira, sim, e provisória, mas com a dignidade de anunciadora da que de pedra aqui se construirá, e para ver estes preparos desmazelam os moradores da vila de Mafra os mesteres e os trabalhos da lavoura, tornados mesquinhos pela grande fábrica que se ergue no alto da Vela, e ainda agora estão no princípio. Há quem tenha melhores razões, é o caso de Baltasar e Blimunda, que levam o sobrinho a ver o pai, e sendo hora do jantar vem Inês Antónia com a panela das couves cozidas e o naco do toucinho, está aqui uma família completa, só faltam os velhos, se isto não fosse o que sabemos, resultado de voto piedoso por ter nascido um filho ao rei, diríamos que é tudo romaria, pagamento de promessas gerais, cada qual a sua, Mas o meu filho é que ninguém mo torna a dar, pensou Inês Antónia, e quase quer mal a este que anda a brincar entre as pedras.

Uns dias antes dera-se em Mafra um milagre, que foi ter vindo do mar uma grande tempestade de vento e deu com a igreja de madeira em terra, mastros, tábuas, vigas, barrotes, de confusão com os panos, foi como o sopro gigantesco de Adamastor, se Adamastor soprou, quando lhe dobravam o cabo dos seus e nossos trabalhos, e a quem se escandalizar por dar a isto nome de milagre, sendo destruição, que outro nome se lhe haveria de pôr, sabendo que el-rei, chegado a Mafra e informado do sucesso, se pôs, ele, a distribuir moedas de ouro, assim, com esta mesma facilidade com que o contamos, porque os oficiais da obra em dois dias tinham tornado a levantar tudo, multiplicaram-se as moedas, que foi bem melhor que terem-se multiplicado os pães. É el-rei um monarca previdente que sempre leva arcas de ouro para onde vá, na previsão destes e outros temporais.

Enfim, chegou o dia da inauguração, dormira D. João v

no palácio do visconde, guardando-lhe as portas o sargento-
-mor de Mafra, com uma companhia de soldados auxiliares,
posto o que não quis perder Baltasar o ensejo e foi falar aos
tropas, mas não lhe valeu a pena, ninguém o conhecia, e que
queria ele, que ideia foi aquela de vir falar de guerras em
tempo de paz, Homem, não me esteja a empachar a porta,
que daqui a pouco sai el-rei, dito o que subiu Baltasar ao alto
da Vela, ia Blimunda com ele, e tiveram sorte, que puderam
entrar na igreja, nem todos vieram a gabar-se disso, e era um
pasmo lá dentro, o teto todo toldado e forrado de tafetás en-
carnados e amarelos, repartidos em matizes vistosos, e as
ilhargas cobertas de ricos panos de rás, formando todas as
portas e janelas necessárias, à imitação da verdadeira igreja,
tudo em igual correspondência, armadas umas e outras de
cortinas de damasco carmesim, guarnecidas de galões e
franjas de ouro. Quando el-rei chegar, primeiro encarará com
as três largas portas da frontaria, tendo por cima um quadro
que representa os santos Pedro e João naquele ato de sararem
o mendigo que lhes pediu esmola à entrada do templo dito de
Jerusalém, insinuada esperança doutros milagres que venham a produzir-se aqui, mas nenhum tão sonante como o
das moedas de ouro já relatado, e, sobre aquele quadro, outro,
mostrando Santo António, que a este é a basílica dedicada,
por voto particular de el-rei, se não ficou dito já, sempre são
seis anos de casos acontecidos, alguma coisa havia de esquecer. Lá dentro, como já começou a ser dito, isto sim, é um
luxo, nem parece barraca para deitar abaixo depois de amanhã. Do lado do evangelho, quer-se dizer, do lado esquerdo
de quem esteja virado para o altar, que só não é mor porque é
único, e estas explicações não devem parecer mal, quem
cuida ele que nós somos, alguns ignorantes, dão-se estas

minúcias porque atrás de crença e ciência dela sempre vêm tempos incréus e ciências outras, sabe-se lá quem nos virá a ler, do lado do evangelho, sobre seis degraus, está um sitial decorado de tela branca preciosa e por cima um dossel, e fronteiramente, do lado da epístola, outro sitial, mas este assenta em só três degraus, em vez dos seis que solevantam o outro, o que se repete para que fique bem compreendida a diferença, e não tem sobrecéu, será para menos importante ocupação. É aqui que estão os paramentos de que D. Tomás de Almeida, o patriarca, se revestirá, e muita prataria para o serviço divino, tudo demonstrando a suma grandeza deste monarca que vem entrando. Não falta nada na igreja, à esquerda do cruzeiro armou-se um coro para os músicos, forrado de damasco carmesim, com um órgão que tocará nas ocasiões próprias, e ali estarão também, em bancada reservada, os cónegos da patriarcal, e do lado direito é a tribuna para onde D. João v se encaminha, dali assistirá à cerimónia, os fidalgos e outras pessoas de merecimento sentados em baixo, nos bancos. O pavimento foi coberto de juncos e espadanas, e por cima estenderam-se panos verdes, já vem de muito longe, como se observa, este gosto português pelo verde e pelo encarnado, que, em vindo uma república, dará bandeira.

Benzeu-se a cruz no primeiro dia, enorme pau com cinco metros de altura, que daria para um gigante, Adamastor ou outro, ou para o tamanho natural de Deus, e diante dela se prosternaram todos os presentes, e maximamente el-rei, derramando muito devotas lágrimas, e quando a adoração da cruz acabou, quatro sacerdotes levantaram-na em peso, cada qual seu extremo, e a arvoraram sobre uma pedra, adrede preparada, mas esta não a cortou Álvaro Diogo, com um buraco onde se lhe encaixou o pé, que, mesmo sendo a cruz divino emblema, não se aguenta se não ficar entalada, é o contrário dos homens, que mesmo sem pernas conseguem ficar direitos, a questão é quererem-no. Tocava airoso o órgão, sopravam os músicos, entoavam as vozes dos cantores, e, cá fora, o povo que não coubera ou estava sujo de mais para entrar, o povo que viera da vila e dos arredores, não admitido no sacro interior, contentava-se com os ecos das antífonas e das salmodias, e assim se acabou o primeiro dia.

Ai o dia seguinte, passado que foi aquele novo susto de repetir-se a rajada do vento do mar, que sacudiu toda a geringonça, mas enfim, soprou e passou, ai o dia seguinte, retome--se a exclamação, dezassete de novembro deste ano da graça de mil setecentos e dezassete, aí se multiplicaram as pompas e as cerimónias no terreiro, logo às sete da manhã, frio de rachar, se achavam reunidos os párocos de todas as freguesias em redor, com seus clérigos e muito povo, é forte presunção que tenha vindo desta ocasião o dizer, para uso dos séculos e das gazetas. Chegou el-rei pelas oito horas e meia, já tomado o chocolate matinal, serviu-o por suas próprias mãos o visconde, e então se formou a procissão, à frente sessenta e quatro religiosos arrábidos, depois o clero da terra, a cruz patriarcal, seis homens de opas roxas, os músicos, capelões de sobrepelizes, grande cópia de clérigos vários, um espaço livre a preparar o que aí vinha, e eram os cónegos de pluviais de tela branca e outras bordadas, adiante de cada um deles os seus criados nobres, empós, sustentando-lhes as caudas, os caudatários, e atrás o patriarca com preciosos paramentos e mitra do maior custo, adornada de pedras do Brasil, depois el-rei com a sua corte, juiz e vereadores da terra, corregedor da comarca, e grande número de gente, passante três mil, se não se enganou quem a contou, e tudo isto por causa de uma simples pedra, juntou-se aqui um poder de mundo, clarins e timbales atroando os ares superiores e inferiores, e a tropa de cavalaria e infantaria, mais a guarda alemã, e outra vez o povo, muito povo, tanto povo, nunca a vila de Mafra vira tal ajuntamento, porém, não cabendo todos na igreja, entram os grandes, e dos pequenos só os que cabem e tiveram artes de insinuar-se, antes fizeram os soldados as aclamações da ordenança, era isto ainda pela manhã, serenara de vez o vento forte e o que corria era apenas uma viraçãozinha do mar que fazia fraldejar as bandeiras e as saias das mulheres, ventinho fresco como próprio da estação, mas os corações ardiam de pura fé, exultavam as almas, e se, de extenuadas, já algumas vontades queriam retirar-se dos corpos, vinha Blimunda e não se perdiam nem subiam às estrelas.

Foi a pedra principal benzida, a seguir a pedra segunda e a urna de jaspe, que todas três iriam ser enterradas nos alicerces, e depois foi tudo levado em procissão, de andor, dentro da urna os dinheiros do tempo, ouro, prata e cobre, umas medalhas, ouro, prata e cobre, e o pergaminho onde se lavrara o voto, deu a procissão uma volta inteira para mostrar-se ao povo que ajoelhava à passagem, e, tendo constantemente motivos para ajoelhar-se, ora a cruz, ora o patriarca, ora el-rei, ora os frades, ora os cónegos, já nem se levantava, bem poderemos escrever que estava muito povo de joelhos. Enfim se encaminharam el-rei, o patriarca e alguns acólitos para o sítio onde se havia de colocar a pedra e as pedras, descendo por uma espaçosa escada de madeira que tinha trinta degraus, porventura em memória dos trinta dinheiros, e de largura mais de dois metros. Levava o patriarca a pedra principal, ajudado pelos cónegos, e outros destes a pedra segundeira e a urna de jaspe, atrás el-rei e o geral da Sagrada Ordem de S. Bernardo, como esmoler-mor, e que, por o ser, levava o dinheiro.

Assim desceu el-rei trinta degraus para o interior da terra, parece uma despedida do mundo, seria uma descida aos infernos se não estivesse tão bem defendido por bênçãos, escapulários e orações, e se aluíssem estas altas paredes que formam o cabouco, ora não tema vossa majestade, repare como as escorámos com a boa madeira do Brasil por maior fortaleza, aqui está um banco coberto de veludo carmesim, é uma cor que usamos muito em cerimónias de estilo e de estado, com o andar dos tempos vê-la-emos em sanefas de teatro, e sobre o banco está um balde de prata cheio de água benta, e também duas vassourinhas de urze verde com os cabos guarnecidos de cordão de seda e prata, e eu, mestre da obra, verto um cocho de cal, e vossa majestade, com esta colher de pedreiro de prata, perdão, senhor, de prata de pedreiro, se pedreiros a têm, estende a cal, mas antes a espargiu com a vassourinha molhada na água benta, e agora, ajudem-me aqui, podemos assentar a pedra, porém, sejam as mãos de vossa majestade as últimas a tocar-lhe, pronto, um toque mais para toda a gente ver, pode vossa majestade subir, cuidado não caia, que o resto do convento nós o construiremos, e agora podem ser postas as outras pedras, cada uma em sua cabeceira desta, e tragam os fidalgos mais doze, número de boa fortuna desde os apóstolos, e cochos de cal dentro de cestos de prata, assim ficará mais aconchegada a pedra principal, e o visconde da terra quer fazer como vê aos serventes de pedreiro, leva o cocho à cabeça, assim mostrando maior devoção, já que não foi a tempo de ajudar o Cristo a levar a cruz, despeja a cal que o haverá de comer, não seria mau o efeito de

149

estilo, porém esta cal não está viva, meu senhor, mas apagada, Como as vontades, dirá Blimunda.

Ao outro dia, depois de el-rei partir para a corte, deitou-se abaixo a igreja sem ajuda do vento, apenas chovia água que Deus a dava, puseram-se a um lado as tábuas e os mastros para necessidades menos reais, andaimes, por exemplo, ou tarimbas, ou beliches, ou mesa de comer, ou rastos de tamancos, e os panos, tafetás ou damascos, as velas dos navios, cada um tornou ao seu natural, as pratas para o tesouro, os fidalgos para a fidalguice, o órgão para outras solfas, e os cantores, os soldados a luzir semelhantes paradas, só ficaram os arrábidos de olho alerta, e sobre a pedra cavada, cinco metros de pau crucificado, a cruz. Para os caboucos alagados tornaram a descer os homens porque nem em todos os lugares se alcançara a fundura requerida, sua majestade não viu tudo, e apenas disse, por outras palavras, quando entrava no coche que o levaria, Agora despachem-se com isto, há mais de seis anos que fiz o voto, não estou para andar com os franciscanos à perna todo o tempo, então o nosso convento, por causa do dinheiro não sejam os atrasos, gasta-se o que for preciso. Mas em Lisboa dirá o guarda-livros a el-rei, Saiba vossa real majestade que na inauguração do convento de Mafra se gastaram, números redondos, duzentos mil cruzados, e el-rei respondeu, Põe na conta, disse-o porque ainda estamos no princípio da obra, um dia virá em que quereremos saber, Afinal, quanto terá custado aquilo, e ninguém dará satisfação dos dinheiros gastos, nem faturas, nem recibos, nem boletins de registo de importação, sem falar de mortes e sacrifícios, que esses são baratos.

Quando o tempo levantou, passada uma semana, partiram Baltasar Sete-Sóis e Blimunda Sete-Luas para Lisboa, na vida tem cada um sua fábrica, estes ficam aqui a levantar paredes, nós vamos a tecer vimes, arames e ferros, e também a recolher vontades, para que com tudo junto nos levantemos, que os homens são anjos nascidos sem asas, é o que há de mais bonito, nascer sem asas e fazê-las crescer, isso mesmo fizemos com o cérebro, se a ele fizemos, a elas faremos, adeus minha mãe, adeus meu pai. Apenas disseram adeus, nada mais, que nem uns sabem compor frases, nem os outros entendê-las, mas, passando tempo, sempre se encontrará alguém para imaginar que estas coisas poderiam ter sido ditas, ou fingi-las, e, fingindo, passam então as histórias a ser mais verdadeiras que os casos verdadeiros que elas contam, ainda que já seja difícil pôr palavras diferentes no lugar destas, que é quando Marta Maria diz, Adeus, que não os torno a ver, e isto sim, vai ser verdade estreme, ainda as paredes da basílica não terão um metro acima do chão e já Marta Maria estará enterrada. Então João Francisco, de repente duas vezes mais velho, irá sentar-se debaixo do telheiro do forno, de olhar vazio, como agora está, vendo afastar-se o filho Baltasar, a filha Blimunda, que nora é nome sem jeito, porém tem ainda ali perto Marta Maria, é certo que já ausente, com um pé noutra margem, as mãos cruzadas sobre o ventre onde se gerou vida e agora se está gerando morte. Saíram-lhe pela mina do corpo os filhos, uns morreram cá fora, escaparam dois, este não nascerá, é a morte dela, Já não se veem daqui, vamos para dentro, diz João Francisco.

É dezembro, os dias são curtos, estando o céu de nuvens mais cedo anoitece, por isso Baltasar e Blimunda dormirão uma noite no caminho, num palheiro de Morelena, disseram que vêm de Mafra e vão para Lisboa, viu o caseiro que eram gente honrada e emprestou-lhes uma manta para se cobrirem, a tanto pode chegar a confiança. Já sabemos que destes dois se amam as almas, os corpos e as vontades, porém, estando deitados, assistem as vontades e as almas ao gosto dos corpos, ou talvez ainda se agarrem mais a eles para tomarem parte no gosto, difícil é saber que parte há em cada parte, se está perdendo ou ganhando a alma quando Blimunda levanta as saias e Baltasar deslaça as bragas, se está a vontade ganhando ou perdendo quando ambos suspiram e gemem, se ficou o corpo vencedor ou vencido quando Baltasar descansa em Blimunda e ela o descansa a ele, ambos se descansando. Este é o melhor cheiro do mundo, o da palha remexida, dos corpos sob a manta, dos bois que ruminam na manjedoura, o cheiro do frio que entra pelas frinchas do palheiro, talvez o cheiro da lua, toda a gente sabe que a noite tem outro cheiro quando faz luar, até um cego, incapaz de distinguir a noite do dia, dirá, Está luar, pensa-se que foi Santa Luzia a fazer o milagre e afinal é só uma questão de fungar, Sim senhores, que lindo luar o desta noite.

De manhã, ainda não nascera o sol, levantaram-se. Blimunda já comeu o pão. Dobrou a manta, era apenas uma mulher repetindo um gesto antigo, abrindo e fechando os braços, segurando debaixo do queixo as dobras feitas, depois descendo as mãos até ao centro do seu próprio corpo e aí fazendo a dobra final, quem para ela olhasse não diria que tem estranhos poderes de ver, que, se esta noite estivesse fora do seu corpo, a si se veria debaixo de Baltasar, em verdade, de Blimunda se pode afirmar que vê os seus próprios olhos vendo. Quando o caseiro aqui entrar, verá a manta dobrada como sinal de agradecimento, e sendo homem faceto perguntará aos bois, Digam-me cá, houve missa esta noite, e eles virarão as cabeças mal armadas, sem surpresa, os homens sempre têm alguma coisa para dizer, e às vezes acertam, este foi o caso, que entre o amor dos que ali dormiram e a santa missa não há diferença nenhuma, ou, se a houvesse, a missa perderia.

Vão já Blimunda e Baltasar a caminho de Lisboa, ladeando as colinas onde se levantam moinhos, o céu está encoberto, mal saiu o sol logo se escondeu, o vento é do sul que vem, ameaça muita chuva, e Baltasar diz, Se começa a chover, não teremos onde recolher-nos, depois levanta os olhos para as nuvens, é uma única placa sombria, cor de ardósia, Se as vontades são nuvens fechadas, quem sabe se não ficarão presas nestas, tão escuras e grossas que nem o próprio sol se vê por trás delas, e Blimunda respondeu, Pudesses tu ver a nuvem fechada que dentro de ti está, Ou de ti, Ou de mim, pudesses tu vê-la, e saberias que é bem pouco uma nuvem do céu comparada com a nuvem que está dentro do homem, Mas tu nunca viste a minha nuvem, nem a tua, Ninguém pode ver a sua própria vontade, e de ti jurei que nunca te veria por dentro, mas tu, Baltasar Sete-Sóis, minha mãe não se enganou, quando me dás a mão, quando te encostas a mim, quando me apertas, não preciso ver-te por dentro, Se eu morrer antes de ti, peço-te que me vejas, Morrendo tu, vai-se-te a vontade do corpo, Quem sabe.

Não choveu todo o caminho. Só o grande teto escuro que se alongava para o sul e pairava sobre Lisboa, raso com as colinas no horizonte, parecia que levantando a mão se tocaria na primeira flor da água, às vezes é a natureza boa companhia, vai o homem, vai a mulher, as nuvens a dizerem umas para as outras, A ver se eles chegam a casa, depois já poderemos chover. Entraram Baltasar e Blimunda na quinta, na abegoaria, e enfim começou a chuva a cair, e como havia algumas telhas partidas, a água escorria em fio por ali, discretamente, apenas murmurando, Cá estou, chegaram bem. E quando Baltasar se aproximou da concha voadora e lhe tocou, rangeram os ferros, e os arames, é mais difícil saber o que quereriam dizer.

Enferrujam-se os arames e os ferros, cobrem-se os panos de mofo, destrança-se o vime ressequido, obra que em meio ficou não precisa envelhecer para ser ruína. Baltasar deu duas voltas à máquina voadora, nada contente de ver o que via, com o gancho do braço esquerdo puxou violentamente o esqueleto metálico, ferro contra ferro, a provar-lhe a resistência, e era pouca, Parece-me que melhor será desmanchar tudo e começar outra vez, Desmanchar, sim, respondeu Blimunda, mas, sem que venha o padre Bartolomeu Lourenço, não vale a pena pegares no trabalho, Podíamos ter continuado em Mafra por mais um tempo, Se ele disse que viéssemos é porque não tarda aí, quem sabe se cá esteve enquanto esperávamos o dia da festa, Não esteve, não há sinais disso, Oxalá, Deus queira, Sim, queira Deus.

Em menos de uma semana deixou a máquina de ser máquina ou seu projeto, quanto ali se mostrava poderia servir para mil diferentes coisas, não são muitas as matérias de que os homens se servem, tudo vai é da maneira de as compor, ordenar e juntar, veja-se a enxada, veja-se a plaina, um tanto de ferro, um tanto de madeira, e o que faz aquela, esta não faz. Disse Blimunda, Enquanto o padre Bartolomeu Lourenço não chega, construímos aqui a forja, E como iremos fazer o fole, Vais a um ferreiro, vês como é feito, se à primeira não sair bem, sairá à segunda, se não conseguires à segunda, conseguirás à terceira, ninguém espera por nós para fazermos outra coisa que não seja isto, Não seria preciso tanto trabalho, com o dinheiro que o padre nos deixou compraríamos o fole, E alguém haveria de querer saber para que quererá Baltasar Sete-Sóis um fole, se não é ferreiro nem ferrador, melhor é que o faças tu, nem que tenhas de teimar cem vezes. Baltasar não foi sozinho. Embora para esta diligência se não necessitassem visões duplas, Blimunda tinha mais rigor no olhar, mais precisão no traço, e não errava tão desastrosamente no que tocava às proporções das diferentes partes da obra. Com o dedo molhado no azeite fuliginoso do candil, desenhou na parede as várias peças, o couro segundo o corte que convinha, o bico por onde sairia o vento, a parte inferior e fixa de madeira, a outra parte articulada, só faltava um boneco a dar ao fole. Num canto afastado dispuseram pedras regulares, formando com elas quatro muros em quadrado, à altura do quadril de um homem, e escoraram-nos com arames que iam de lado a lado, por dentro, e por fora cingiam toda a construção, que depois encheram de terra e pedra miúda. Por causa disto ficou o duque de Aveiro com alguns muretes da quinta arruinados, mas esta obra, se não é, como o convento, de sua majestade, tem licença régia, provavelmente já esquecida, nem sequer lembrada para mandar D. João V averiguar se o padre Bartolomeu Lourenço ainda tem esperanças de voar um dia, ou se isto é apenas maneira de viverem três pessoas um sonho, quando tais pessoas poderiam ser mais utilmente empregadas, o padre a pregar a palavra de Deus, Blimunda a sondar nascentes de água, Baltasar a pedir esmola para abrir as portas do paraíso a quem lha desse, porque isso de voar está demonstrado que só o podem fazer os anjos e o Diabo, aqueles como ninguém ignora e por alguns foi testemunhado, este por certificação da própria sacra escritura, pois lá se diz que o Diabo levou Jesus ao pináculo do templo, portanto pelos ares o levou, não foram pela escada, e lhe disse, Lança-te daqui abaixo, e ele não lançou, não quis ser o primeiro homem a voar, Um dia voarão os filhos do homem, disse o padre Bartolomeu Lourenço quando chegou e viu a forja feita, mais a pia da água onde se temperarão os ferros, falta apenas o fole, a seu tempo soprará o vento, que o espírito já soprou neste lugar.

Quantas vontades recolheste até hoje, Blimunda, perguntou o padre nessa noite, quando ceavam, Não menos de trinta, disse ela, É pouco, e as mais são de homem ou de mulher, tornou a perguntar, As mais são de homem, parece que as vontades das mulheres resistem a separar-se do corpo, por que será. A isto não respondeu o padre, mas Baltasar disse, Quando a minha nuvem fechada está sobre a tua nuvem fechada, às vezes falta bem pouco para que a tua à minha se junte, Então me pareces tu mais vazio de vontade do que eu, respondeu Blimunda, ainda bem que o padre Bartolomeu Lourenço se não escandaliza com estas livres conversações, acaso também teve a sua parte de vontades desfalecidas, na Holanda por onde andou, ou a tem aqui, não o sabendo a Inquisição, ou fazendo de contas que o ignora, por não andar a falta acompanhada de pecados menos veniais.

Falemos agora a sério, disse o padre Bartolomeu Lourenço, sempre que puder aqui virei, mas a obra só pode adiantar-

-se com o trabalho de ambos, foi bom terem construído a forja, eu arranjarei modo de alcançar um fole para ela, não te hás de fatigar com essa canseira, porém terás de o observar muito bem porque vai ser preciso fazer os foles grandes, de que te darei o risco, para a máquina, faltando o vento na atmosfera trabalharão os foles e voaremos, e tu, Blimunda, lembra-te de que são precisas pelo menos duas mil vontades, duas mil vontades que tiverem querido soltar-se por as não merecerem as almas, ou os corpos as não merecerem, com essas trinta que aí tens não se levantaria o cavalo Pégaso apesar de ter asas, pensem como é grande a terra que pisamos, ela puxa os corpos para baixo, e sendo o sol tão maior como é, mesmo assim não leva a terra para si, ora, para que nós voemos na atmosfera serão precisas as forças concertadas do sol, do âmbar, dos ímanes e das vontades, mas as vontades são, de tudo, o mais importante, sem elas não nos deixaria subir a terra, e se queres recolher vontades, Blimunda, vai à procissão do Corpo de Deus, em tão numerosa multidão não hão de ser poucas as que se retirem, porque as procissões, bom é que o saibam, são ocasiões em que as almas e os corpos se debilitam, a ponto de não serem capazes, sequer, de segurar as vontades, já o mesmo não sucede nas touradas, e também nos autos de fé, há neles e nelas um furor que torna mais fechadas as nuvens fechadas que as vontades são, mais fechadas e mais negras, é como na guerra, treva geral no interior dos homens.

Disse Baltasar, E a máquina de voar, como a farei, Como a tínhamos começado, a mesma ave grande que está no meu risco, e estas são as partes de que se compõe, aqui te fica este outro desenho, com as indicações dos tamanhos das diferentes peças, irás construindo de baixo para cima, como se estivesses a fazer um navio, entrançarás o vime e o ferro, imagina que estás ligando penas a ossos, já te disse, virei sempre que puder, para comprares o ferro irás a este lugar, procurarás nos vimiais do termo o vime de que precisas, e ao açougue irás comprar as peles para os foles da máquina, eu te direi como deverás curti-las e cortá-las, esses desenhos que Blimunda fez são bons para foles de forja, não para foles de voar, e tens aqui mais este dinheiro, comprarás um burro, sem ele como transportarias todos os materiais necessários, e também mercarás uns seirões grandes, mas haverás sempre à mão ervas ou palhas para que possas esconder o que trouxeres dentro deles, lembrem-se de que toda esta nossa obra terá de ser feita em absoluto segredo, não o podem saber nem parente nem amigo, amigos mais que nós três não há, e se alguém aí vier com perguntas, dirão que estão a guardar a quinta por ordem de el-rei, e que perante el-rei o responsável sou eu, padre Bartolomeu Lourenço de Gusmão, De quê, perguntaram Blimunda e Baltasar ao mesmo tempo, De Gusmão, foi assim que passei a chamar-me, por via do apelido de um padre que no Brasil me educou, Bartolomeu Lourenço era quanto bastava, disse Blimunda, não me vou habituar a dizer Gusmão, Nem precisarás, para ti e Baltasar serei sempre o mesmo Bartolomeu Lourenço, mas a corte e as academias terão de chamar-me Bartolomeu Lourenço de Gusmão, pois quem, como eu, vai ser doutor em cânones precisa ter um nome que lhe assente à dignidade, Adão não teve outro nome, disse Baltasar, E Deus não tem nenhum, respondeu o padre, mas Deus, em verdade, não é nomeável, e no paraíso não havia outro homem de quem Adão houvesse de distinguir-se, E Eva não foi mais que Eva, disse Blimunda, Eva continua a não ser mais que Eva, estou que a mulher é uma só no mundo, só múltipla de aparência, por isso se escusariam outros nomes, e tu és Blimunda, diz-me se precisas de Jesus, Sou cristã, Quem o duvida, perguntou o padre Bartolomeu Lourenço, e rematou, Bem me entendes, mas dizer-se alguém de Jesus, crença ou nome, não é mais que vento da boca para fora, deixa-te ser Blimunda, não darás outra resposta quando fores perguntada.

Tornou o padre aos estudos, já bacharel, já licenciado, doutor não tarda, enquanto Baltasar chega os ferros à forja e os tempera na água, enquanto Blimunda raspa as peles trazidas do açougue, enquanto ambos cortam o vime e trabalham à bigorna, segurando ela a lamela com a tenaz, batendo ele com o malho, e têm de entender-se muito bem para que não se perca nenhuma pancada, ela apresentando o ferro rubro, ele desferindo o golpe certo, em força e direção, nem precisam falar. Assim foi o inverno passando, assim a primavera, algumas vezes veio o padre a Lisboa, chegava, guardava na arca as esferas de âmbar amarelo que trazia sem dizer donde, perguntava das vontades, olhava por todos os lados a máquina que ia ganhando dimensão e forma, a ponto de exceder o que era quando Baltasar a desmanchou, enfim dava conselhos e avisos, e regressava a Coimbra, às decretais e aos decretalistas, agora deixara de ser estudante, já estava lendo nas aulas, Iuris ecclesiastici universi libri tre, Colectanea doctorum tam veteram quam recentiorum in ius pontificum universum, Reportorium iuris civilis et canonici, et coetera, porém nada em que estivesse escrito, Voarás.

Aí está junho. Corre por Lisboa a não fausta notícia de que este ano a procissão do Corpo de Deus não trará as antigas figuras dos gigantes, nem a serpente silvante, nem o dragão flamejante, e que não sairão as tourinhas, e também não haverá danças da cidade, nem marimbas, nem charamelas, e não virá o rei David dançando adiante do pálio. Pergunta-se então o povo que procissão vem a ser essa, se não podem sair os foliões da Arruda atroando as ruas com o seu pandeiro, se estão as mulheres de Frielas proibidas de dançar a chacoina, se também não darão a dança das espadas, se não saem castelos, se não tocam a gaita e o tamboril, se não vêm brincando os sátiros e as ninfas os encobertos modos doutra brincadeira, se não se faz mais a dança da retorta, se não navegará aos ombros de homens a nau de S. Pedro, que procissão teremos, que gosto nos vão tirar, ainda se nos deixassem o carro dos hortelões, não tornaremos a ouvir o silvo da serpe, meu primo, que toda me arrepiava quando ela passava assobiando, nem sei explicar as tremuras que sentia, ai.

Desce o povo ao Terreiro do Paço, a ver os preparos da festa, e não está mal, não senhor, com esta colunata de sessenta e uma colunas e catorze pilares, que não têm menos de oito metros de altura, e em extensão excede o arranjo os seiscentos metros, só de frontispícios são quatro, e não têm conto as figuras, os medalhões, as pirâmides e mais ornatos. Começa o povo a apreciar o novo aparato, que por aqui se não fica, basta olhar essas ruas, todas toldadas, e os mastros que sustentam os toldos são enfeitados de seda e ouro, e os medalhões, que dos ditos toldos se dependuram, dourados, tendo de um lado o Sacramento entre resplendores e do outro o brasão do patriarca, isto uns, quanto aos outros, levam os brasões do Senado da Câmara, E as janelas, olha-me estas janelas, tem razão quem o disse, regalam-se os olhos nas cortinas e sanefas de damasco carmesim, franjado de ouro, Nunca tal víramos, já o povo se está meio conformando, tiraram-lhe uma festa, outra lhe darão, não é fácil decidir com qual delas se perde ou ganha, se calhar é consoante, por alguma razão disseram já os ourives do ouro que vão iluminar todo o arruamento, e talvez seja por razão igual que estão cobertas de sedas e damascos as cento e quarenta e nove colunas dos arcos da Rua Nova, porventura serão maneiras de vender, hoje assim, amanhã pior. Passa o povo, chega ao fim da rua e volta, mas não estende, sequer, a ponta dos dedos para tocar tantas riquezas de panos, contenta-se com espairecer os olhos neles e nos outros de rás que enfeitam as lojas debaixo dos arcos, parece que vivemos no reino da confiança, porém tem cada loja seu escravo preto à porta, de pau numa mão e espadim na outra, se alguém se atrever leva uma varada pelos lombos, e se a ousadia for a mais, não tardam aí os quadrilheiros, já não usam viseira nem elmo, nem escudo trazem, mas, dizendo o corregedor, Alto, para o Limoeiro, que remédio senão obedecer e perder a procissão, talvez por isto é que não haja muitos furtos no Corpo de Deus.

Também não se irão furtar vontades. É tempo de lua nova, Blimunda não tem por agora mais olhos que os de toda a gente, tanto lhe faria jejuar como comer, e isto lhe dá paz e alegria, deixar que as vontades façam o que quiserem, ficar no corpo ou partir, seja este o meu descanso, mas de repente perturba-se por causa de um pensamento que veio e a trespassou, Que outra nuvem fechada veria eu no Corpo de Deus, no seu carnal corpo, em voz baixa o disse a Baltasar, e ele respondeu, também segredando, Havia de ser tal, ela só, que levantaria a passarola, e Blimunda acrescentou, Quem sabe se tudo o que vemos não é a nuvem fechada de Deus.

São ditos de maneta e visionária, ele porque lhe falta, ela porque lhe sobra, há de se lhes perdoar não terem as medidas comuns e falarem de coisas transcendentes enquanto, noite já, vão passeando pelas ruas de entre Rossio e Terreiro do Paço, no meio de muita outra gente que hoje não se deitará e que, como eles, vai pisando a areia encarnada e as ervas que alcatifam o pavimento, trazidas pelos saloios, em modo tal que nunca se viu cidade mais limpa, esta que, no geral dos dias, não tem igual em sujidade. Por trás das janelas acabam as damas de armar os penteados, enormes fábricas de luzimentos e postiços, daqui a pouco vêm pôr-se em exposição à janela, nenhuma vai querer ser a primeira, é certo que imediatamente atrairia os olhares de quem passa ou se mostra na rua, mas esse gosto tão depressa vem, logo é perdido porque, ao abrir-se a janela da casa em frente e nela aparecendo dama que por ser vizinha é rival, desviam-se os olhares de quem me estiver contemplando, ciúme que não suporto, tanto mais que ela é mesquinhamente feia e eu divinamente bela, ela tem a boca grande e a minha é um botão, e antes que ela o diga, digo eu, Vai mote. Para este torneio estão mais bem servidas as que moram nos andares baixos, logo ali se põem os galantes a retorcer o mote nos bestuntos, palpitando a métrica e a rima, mas entretanto, do alto do prédio, outro mote desceu, gritado para bem se ouvir, enquanto o primeiro poeta diz para cima a glosa enfim armada, e os outros, de raiva e despeito, miram frios o concorrente que já recebe as graças da dama, suspeitando de estarem combinados glosa e mote por se haverem, doutras maneiras, combinado ela e ele. Isto se suspeita, isto se cala, porque disto se distribuem igualmente as culpas.

A noite está quente. Passa gente a tocar e a cantar, os rapazes correm uns atrás dos outros, é uma peste que anda a fazer isto desde o princípio do mundo, incurável, enrolam-se nas saias das mulheres, levam pontapés e cachações dos homens que as vão escudeirando, e depois, lá adiante, respondem com manguitos e caretas, para logo dispararem noutra carreira, noutra perseguição. Armam uma tourada de improviso, com uma tourinha simples, formada por dois cornos de carneiro, acaso desirmanados, e uma piteira cortada, tudo fixado numa tábua larga, com um punho à frente, a parte de trás encostada ao peito, e o que assim faz de toiro investe com nobreza magnífica, recebe berrando de dor fingida as bandarilhas de pau que se espetam na piteira, mas se o bandarilheiro falhou no golpe de vista e foi à mão do marrador, perde-se aí a nobreza da casta, é outra correria que rua fora se desmanda, perturbando os poetas que fazem repetir os motes, perguntando para cima, Que disse, e elas, com trejeitos, Mil passarinhos me trazem, assim nestes enleios, folguedos e tropeços vai a noite passando fora das casas, dentro há solaus e chocolate, e quando a madrugada se anuncia começam-se a reunir as tropas que hão de formar as alas à procissão, fardadas de novo em honra do Santíssimo Sacramento.

Em Lisboa ninguém dormiu. Acabaram os outeiros, as damas voltaram dentro a compor a pintura esmaecida ou esborratada, daqui a pouco regressarão à janela, outra vez gloriosas de carmim e alvaiade. O povo miúdo de brancos, pretos e mulatos de todas as cores, estes, aqueles e os outros, estende-se ao longo das ruas ainda turvas do primeiro amanhecer, só o Terreiro do Paço, aberto para o rio e para o céu, é azul nas sombras, e depois subitamente rubro do lado do paço e da igreja patriarcal, quando o sol rompe sobre as terras de além e desfaz a bruma com um sopro luminoso. É então que começa a sair a procissão. Vêm à frente as bandeiras dos ofícios da Casa dos Vinte e Quatro, primeiro que todas a dos carpinteiros, representando S. José, que desse ofício foi oficial, e as mais insígnias, grandes painéis, cada um com seu santo figurado, feitos de damasco brocado e com bordaduras de ouro, e tão excessivos de tamanho que são precisos quatro homens para sustentá-los, revezando-se com outros quatro, folgando ora uns ora outros, ainda bem que não está vento, é ao compasso da andadura que balouçam os cordões de ouro e seda, e as borlas do mesmo metal, suspensas das pontas refulgentes das varas. Atrás vem a imagem de S. Jorge, com todo o seu estado, os tambores a pé, os trombeteiros a cavalo, rufando uns, outros soprando, rataplã, rataplã, tataratará, tá, tatá, não assiste Baltasar no Terreiro do Paço, mas ouve as trombetas ao longe e arrepia-se como se estivesse no campo da batalha, a ver o inimigo disposto em linha de combate, atacam eles, atacamos nós, e então sente que a mão lhe dói, há quanto tempo lhe não doía, talvez seja porque hoje não colocou nem gancho nem espigão, o corpo tem destas e doutras lembranças e ilusões, Blimunda, se não fosses tu, quem teria eu à minha direita para cingir com este braço, és tu, aperto com a mão salva o teu ombro ou a tua cintura, posto que repare o povo por falta de costume de estarem assim homem e mulher. Passaram as bandeiras, afasta-se o alarido das trombetas e dos tambores, agora vem o alferes de S. Jorge, o rei-de-armas, o homem-de-ferro, de ferro vestido e calçado, com plumas no elmo e viseira derrubada, ajudante-de-santo nas batalhas, para lhe segurar a bandeira e a lança, para ir à frente a ver se saiu o dragão ou dorme, escusada prudência hoje, que não saiu e não estará dormindo, suspiroso sim de nunca mais poder vir à procissão do Corpo de Deus, não são coisas que se façam a dragões, nem a serpentes, nem a gigantes, triste mundo este, que assim vai consentindo que lhe roubem as belezas, enfim, algumas se terão preservado, ou são de beleza tanta que não se atrevem os reformadores das procissões a deixar, para só falar destes, os cavalos nas cavalariças, ou a abandoná-los, míseros lazarentos, nas longas campinas livremente, pastando o que puderem, e eis que aí vêm quarenta e seis, pretos e cinzentos, de formosos xairéis, condene-me Deus se não declarar que melhor vestem as bestas do que os homens que as veem passar, e isto é sendo o Corpo de Deus, trouxe cada um no seu próprio corpo o que de melhor tinha em casa, a roupinha de ver ao Senhor, que tendo-nos feito nus só vestidos nos admite à sua presença, vá lá a gente entender este deus ou a religião que lhe fizeram, é verdade que nus nem sempre somos belos, vê-se pela cara se a não pintam, imaginemos, por exemplo, que corpo terá o S. Jorge que aí vem se lhe tirarmos a armadura de prata e o gorro de plumas, um boneco de engonços, sem fio de pelo nos lugares onde os homens os têm, pode um homem ser santo e ter o que têm os outros homens, nem sequer devia ser concebível uma santidade que não conhecesse a força dos homens e a fraqueza que às vezes nessa força há, e ainda bem, como se há de explicar isto a S. Jorge que vem montado no seu cavalo branco, se é isto cavalo que mereça o nome, sempre vivendo nas reais cavalariças, com seu criado para o tratar e passear, cavalo só para o santo montar, cavalo que nunca o diabo montou, nem sequer o homem, triste besta que morrerá sem ter vivido, queira Deus que, morto e esfolado, sejas pele de tambor, e alguém rufando nela acorde o teu indignado coração, tão velho, porém tudo neste mundo se equilibra e compensa, como já foi verificado quando das mortes do menino de Mafra e do infante D. Pedro e mais se comprova hoje, é um menino escudeiro o pajem de S. Jorge e vem montado num cavalo preto, alçando lança e emplumando capacete, quantas mães, postas aos lados das ruas, olhando por cima dos ombros dos soldados a procissão, irão sonhar logo à noite que sobre aquele cavalo é seu filho que vai, pajem de S. Jorge na terra, e talvez no céu, só para isto valeu a pena tê-lo parido, e novamente S. Jorge se aproxima, agora num grande estandarte trazido pela irmandade da Real Igreja do Hospital Real, e enfim, para conclusão desta primeira glória, avançam timbaleiros e trombeteiros, de veludo vestidos e plumas brancas, agora uma pausa, brevíssima, porque já da capela real estão saindo as irmandades, homens e mulheres aos milhares, postos por ordem de pertença e de sexo, aqui não se misturam evas com adões, olha lá vai António Maria, e Simão Nunes, e Manuel Caetano, e José Bernardo, e Ana da Conceição, e António da Beja, e trivialmente José dos Santos, e Brás Francisco, e Pedro Caim, e Maria Caldas, tão variados são os nomes como as cores, capas vermelhas, azuis, brancas, negras e carmesins, opas cinzentas, murças castanhas, e azuis e roxas, e brancas e vermelhas, e amarelas, e carmesins, e verdes, e pretas, como pretos são alguns dos irmãos que passam, o pior é que esta fraternidade, mesmo indo na procissão, não chega aos degraus de Nosso Senhor Jesus Cristo, mas promete, basta que Deus um dia se disfarce de preto e proclame nas igrejas, Cada branco vale meio preto, agora arranjem-se para conseguir entrar no paraíso, por isso é que, um dia, as praias deste jardim, por acaso à beira-mar plantado, estarão cheias de postulantes a enegrecer os costados, ideia que hoje faria rir, alguns nem à praia irão, deixam-se ficar em casa e untam-se com untos vários, e quando saem não os reconhece o vizinho, Que faz aqui este cabra, essa é a grande dificuldade das irmandades de cor, por enquanto vão saindo estas, é o que se pode arranjar, a de Nossa

Senhora da Doutrina, a de Jesus Maria, a do Rosário, a de S. Benedito, o que come pouco e anda gordito, a de Nossa Senhora da Graça, a de S. Crispim, a da Madre de Deus de S. Sebastião da Pedreira, que é onde moram Baltasar e Blimunda, a da Via Sacra de S. Pedro e S. Paulo, outra também da Via Sacra, mas do Alecrim, a de Nossa Senhora da Ajuda, a de Jesus, a de Nossa Senhora da Lembrança, a de Nossa Senhora da Saúde, sem ela como haverá de ter virtude Rosa Maria, e a Severa que virtude teria, e vem depois a irmandade de Nossa Senhora da Oliveira, à sombra da qual Baltasar um dia comeu, a de Santo António das Franciscanas de Santa Marta, a de Nossa Senhora da Quietação das Flamengas de Alcântara, a do Rosário, a de Santo Cristo e Santo António, a de Nossa Senhora da Cadeia, a de Santa Maria Egipcíaca, fosse Baltasar soldado da guarda real e seria esta a sua irmandade de direito, pena não haver a dos manetas, e agora a irmandade da Piedade, esta poderia ser, outra da Nossa Senhora da Cadeia, mas é do convento do Carmo, a primeira era das Terceiras de S. Francisco, parece que vão faltando invocações e já as repetem, torna o Santo Cristo, porém da Trindade, era dos Paulistas o outro, e a irmandade do Bom Despacho, a Baltasar não o despachou o Desembargo do Paço, a de Santa Luzia, a de Nossa Senhora da Boa Morte, se alguma o pode ser, a de Jesus dos Esquecidos, por este pouco se descobre como está perdida uma religião que vai largando esquecidos e lhes manda um Jesus mal encomendado, fosse ele o autêntico acabavam-se os esquecimentos, e a das Almas da Igreja da Conceição, faça sol e chuva não, a de Nossa Senhora da Cidade, a das Almas de Nossa Senhora da Ajuda, a de Nossa Senhora da Pena, a de S. José dos Carpinteiros, a do Socorro, a da Piedade, a de Santa Catarina, a do Menino

Perdido, uns perdidos outros esquecidos, nem achados nem lembrados, que nem a Lembrança lhes vale, a de Nossa Senhora das Candeias, outra de Santa Catarina, primeiro dos livreiros, agora dos calceteiros, a de Santa Ana, a de Santo Elói, santinho rico dos ourives do ouro, a de S. Miguel e das Almas, a de S. Marçal, a de Nossa Senhora do Rosário, a de Santa Justa, a de Santa Rufina, a das Almas dos Mártires, a das Chagas, a da Madre de Deus de S. Francisco da Cidade, a de Nossa Senhora das Angústias, já cá faltavam, enfim a dos Remédios, que os remédios vêm sempre depois e às vezes tarde de mais, caso em que as esperanças, se ainda restam, são postas no Santíssimo Sacramento que lá vem, representado em estandarte, trazendo à frente, por ser o precursor, S. João Baptista em figura de menino, vestido de peles, com quatro anjos que vão espalhando flores, não é crível que haja outra terra onde mais circulem os anjos pelas ruas do vulgo, basta estender um dedo e logo se vê como são reais e verdadeiros, voar não voam, isso é verdade, e daí, voar não é prova bastante de angelidade, se o padre Bartolomeu de Gusmão, ou só Lourenço, chegar a voar um dia, não se tornará anjo por tão pouco, requerem-se outras qualidades, porém ainda é cedo para tais averiguações, ainda não estão recolhidas todas as vontades, por agora vai a procissão em meio, sente-se o calor da manhã adiantada, oito de junho de mil setecentos e dezanove, que é que vem agora aí, vêm as comunidades, mas as pessoas estão desatentas, passam frades e não se dá por eles, nem as irmandades foram todas assinaladas, Blimunda olhava para o céu, Baltasar para Blimunda, ela duvidando se seria lua nova, se não iria aparecer por cima do convento do Carmo o primeiro delgado crescente, curva navalha, afiadíssimo alfange que abriria aos seus olhos todos os corpos, e nisto passou a primeira comunidade, quem eram aqueles, não vi, não reparei, frades eram, terceiros de S. Francisco de Jesus, capuchinhos, religiosos de S. João de Deus, franciscanos, carmelitas, dominicanos, cistercienses, jesuítas de S. Roque e de Santo Antão, com tantos nomes e cores se esvai a cabeça e a retentiva, é a altura de comer o farnel trazido ou o alimento comprado, e enquanto se vai comendo vai-se falando do que já passou, as cruzes douradas, as mangas de bofes, os lenços brancos, as casacas compridas, as meias altas, os sapatos de fivela, os tufos, as toucas, as saias rodadas, os mantos de fantasia, as golas de renda, os casaquinhos, só os lírios do campo não sabem fiar nem tecer e por isso estão nus, se Deus quisesse que assim andássemos teria feito homens liliais, as mulheres felizmente já o são, mas vestidos lírios, Blimunda vestida ou não, que pensamentos são esses, Baltasar, que lembranças pecadoras, se agora vem a cruz da igreja patriarcal, e depois dela a comunidade da congregação das Missões, e a do Oratório, e a multidão inúmera do clero das paróquias, oh senhores, tanta gente cuidando de salvar--nos as almas e elas ainda por achar, não cuides tu, Baltasar, que por seres soldado, ainda que inválido, és da freiria destes que passam, figuras cento e oitenta e quatro da ordem militar de Santiago da Espada, figuras cento e cinquenta da ordem de Aviz, e outras tantas da ordem de Cristo, isto são freires que escolhem os que hão de ser seus irmãos, além de não querer Deus nos seus altares animais com defeito, maxime se são de sangue vulgar, por isso deixe-se ficar Baltasar onde está, a ver passar a procissão, os pajens, os cantores, os cubiculários, os dois tenentes da guarda real, um, dois, com prima farda, diríamos hoje de gala, e a cruz patriarcal levando ao lado as virgas rubras, os capelães de varas levantadas e molhos de cravos nas pontas delas, ai o destino das flores, um dia as meterão nos canos das espingardas, os meninos de coro, a basílica de Santa Maria Maior, que é sombreiro, e também a basílica patriarcal, ambas de gomos alternados, brancos e vermelhos, se daqui a duzentos ou trezentos anos começam a chamar basílicas aos chapéus-de-chuva, Tenho a minha basílica com uma vareta partida, Esqueci-me da minha basílica no autocarro, Mandei pôr um cabo novo na minha basílica, Quando ficará pronta a minha basílica de Mafra, pensa el-rei que vem aí atrás a segurar a uma vara do pálio, mas antes passou o cabido, primeiro os cónegos diáconos de dalmática branca, depois os presbíteros com planetas da mesma cor, enfim as dignidades, com amito, pluvial e formálio, que saberá o povo destes nomes, da mitra conhece a palavra e o feitio, que tanto está no cu da galinha como na cabeça dos cónegos, cada um destes assistido por três familiares de sua casa, um de tocha acesa, outro levando o chapéu, ambos trajados à cortesã, e o caudatário pega na cauda e veste simarra e cota, e agora sim, agora começa o cortejo do patriarca, vêm primeiramente seis fidalgos parentes dele com tochas acesas, depois o beneficiado assistente com o báculo, mais um capelão com a naveta do incenso, atrás dos acólitos gingando turíbulos de prata lavrada, e dois mestres de cerimónias, e doze escudeiros também levando tochas, Ah, gente pecadora, homens e mulheres que em danação teimais viver essas vossas transitórias vidas, fornicando, comendo, bebendo mais que a conta, faltando aos sacramentos e ao dízimo, que do inferno ousais falar com descaro e sem pavor, vós homens, que podendo ser apalpais o rabo às mulheres na igreja, vós mulheres, que só por derradeira vergonha não apalpais na igreja as partes aos homens, olhai o que

171

está passando, o pálio de oito varas, e eu, patriarca, debaixo dele, com a sagrada custódia na mão, ajoelhai, ajoelhai, pecadores, agora mesmo vos devíeis capar para não fornicardes mais, agora mesmo devíeis atar os queixos para não sujardes mais a vossa alma com a comilança e a bebedice, agora mesmo devíeis virar e despejar os vossos bolsos porque no paraíso não se requerem escudos, no inferno também não, no purgatório pagam-se as dívidas com rezas, aqui sim é que eles são precisos, para o ouro doutra custódia, para sustentar a prata toda esta gente, os dois cónegos que me levantam as pontas do pluvial e levam as mitras, os dois subdiáconos que me soerguem a fímbria da falda, os caudatários que vão atrás, por isso caudatários são, este meu mano, que é conde e me transporta a cauda do pluvial, os dois escudeiros com os flabelos, os maceiros com as varas de prata, o primeiro subdiácono com o véu da mitra aurifrigiata, a tal em que não se pode tocar com as mãos, tolo foi Cristo que nunca pôs mitra na cabeça, seria filho de Deus, não duvido, mas rústico era, porque desde sempre se sabe que nenhuma religião vingará sem mitra, tiara ou chapéu de coco, pusesse-o ele e passava logo a sumo sacerdote, teria sido governador em vez de Pôncio Pilatos, olha do que eu me livrei, assim é que o mundo está bem, não fosse ele como o fizeram e não me veriam patriarca, pagai portanto o devido, dai a César o que é de Deus, a Deus o que é de César, depois cá faremos as contas e distribuiremos o dinheiro, pataca a mim, a ti pataca, em verdade vos digo e hei de dizer, E eu, vosso rei, de Portugal, Algarves e o resto, que devotamente vou segurando uma destas sobredouradas varas, vede como se esforça um soberano para guardar, no temporal e no espiritual, pátria e povo, bem podia eu ter mandado em meu lugar um criado, um duque ou um marquês a fazer as vezes, porém, eis-me em pessoa, e também em pessoa os infantes meus manos e senhores vossos, ajoelhai, ajoelhai lá, porque vai passando a custódia e eu vou passando, Cristo vai dentro dela, dentro de mim a graça de ser rei na terra, ganhará qual dos dois, o que for de carne para sentir, eu, rei e varrasco, bem sabeis como as monjas são esposas do Senhor, é uma verdade santa, pois a mim como a Senhor me recebem nas suas camas, e é por ser eu o Senhor que gozam e suspiram segurando na mão o rosário, carne mística, misturada, confundida, enquanto os santos no oratório apuram o ouvido às ardentes palavras que debaixo do sobrecéu se murmuram, sobrecéu que sobre o céu está, este é o céu e não há melhor, e o Crucificado deixa pender a cabeça para o ombro, coitado, talvez dorido dos tormentos, talvez para melhor poder ver Paula quando se despe, talvez ciumento de se ver roubado desta esposa, flor de claustro perfumada de incenso, carne gloriosa, mas enfim, depois eu saio e lá lhe fica, se emprenhou, o filho é meu, não vale a pena mandar anunciar outra vez, vêm aí atrás os cantores entoando motetes e hinos sacros, e isso me está fazendo nascer uma ideia, não há como os reis para as terem, as ideias, senão como reinariam, virem as freiras de Odivelas cantar o Bendito ao quarto de Paula quando estivermos deitados, antes, durante e depois, amen.

Troaram salvas e descargas das naus, salvou também o baluarte do Terreiro do Paço, a dois passos, e indo-se comunicando os ecos daqui e dali, retumbaram os canhões dos fortes e das torres, apresentaram armas os regimentos da corte, de Peniche e de Setúbal, formados na praça. Anda o Corpo de Deus passeando-se na cidade de Lisboa, sacrificado cordeiro, senhor dos exércitos, contradição insolúvel, sol de ouro, cristal e custódia derrubadora de cabeças, divindade devorada e até às fezes digerida, quem se espantará de ver-te carne e unha com estes habitantes, degolados carneiros, soldados sem armas próprias, ossadas brancas no deserto, comedores de si próprios comidos, por isso se rojam pelas ruas as mulheres e os homens, dão bofetadas nas suas e próximas caras, batem cavamente nos peitos e ilhargas, estendem as mãos às fímbrias que passam, aos brocados e às rendas, aos veludos e aos laços, às fitas, aos bordados, e às joias, Pater noster que non estis in coelis.

Desce a tarde. No céu, luz subtilíssima, quase invisível, está o primeiro sinal da lua. Amanhã Blimunda terá os seus olhos, hoje é dia de cegueira.

Já o padre Bartolomeu Lourenço regressou de Coimbra, já é doutor em cânones, confirmado de Gusmão por apelativo onomástico e firma escrita, e nós, quem somos nós para nos atrevermos a taxá-lo do pecado de orgulho, maior bem nos faria à alma perdoar-lhe a falta de humildade em nome das razões que deu, assim possam ser-nos perdoados os nossos próprios pecados, esse e outros, que ainda o pior de tudo não será mudar de nome, mas de cara, ou de palavra. De palavra e cara não parece ele que tenha mudado, para Baltasar e Blimunda de nome também não, e se el-rei o fez fidalgo capelão de sua casa e académico da sua academia, são de tirar e pôr essas caras e palavras, que, com o nome adotado, ficam ao portão da quinta do duque de Aveiro, e não entram, embora se adivinhe o que fariam os três se chegassem à vista da máquina, diria o fidalgo que são trabalhos mecânicos, esconjuraria o capelão a obra diabólica ali manifesta, por ser isto coisa do futuro se retiraria o académico, para só voltar quando fosse coisa passada. Ora, este dia é hoje.

Vive o padre nas varandas do Terreiro do Paço, em casa

de uma mulher viúva há muitos anos, cujo marido foi porteiro da maça até acabar morto de estoque numa rixa, episódio passado em tempo que ainda reinava el-rei D. Pedro II, caso portanto antigo que só veio a talhe por viver a mulher onde o padre está vivendo, e mal parecer não mencionar dela ao menos este pouco, nem sequer o nome, que é o mesmo que nada, como foi já explicado. Mora o padre cerca do paço, e ainda bem, pois muito o frequenta, não tanto por obrigações firmes do seu título de capelão fidalgo, mais honorífico que efetivo, mas por lhe querer bem el-rei, que ainda não perdeu de todo as esperanças, e já vão onze anos passados, por isso pergunta, benévolo, Verei voar a máquina um dia, ao que o padre Bartolomeu Lourenço, honestamente, não pode responder mais do que isto, Saiba vossa majestade que a máquina um dia voará, Mas estarei cá para ver, Viva vossa majestade nem tanto quanto viveram os antigos patriarcas do Testamento velho, e não só verá voar a máquina, como nela voará. Parece ter seu quê de impertinente a resposta, mas el-rei não faz reparo, ou reparou e usa de indulgência, ou o distrai lembrar-se de que vai assistir à lição de música de sua filha, a infanta D. Maria Bárbara, isto terá sido, faz um sinal ao padre para que se junte ao séquito, nem todos se podem gabar destes favores.

Está a menina sentada ao cravo, tão novinha, ainda não fez nove anos e já grandes responsabilidades lhe pesam sobre a redonda cabeça, aprender a colocar os dedinhos curtos nas teclas certas, saber, se o sabe, que em Mafra se está construindo um convento, muito verdade é o que se diz, pequenas causas, grandes efeitos, por nascer uma criança em Lisboa levanta-se em Mafra um montanhão de pedra e vem de Londres contratado Domenico Scarlatti. À lição assistem as majestades, em pequeno estado, umas trinta pessoas, se tanto, contando os camaristas de semana dele e dela, aias, açafatas várias, mais o padre Bartolomeu de Gusmão, lá para trás, e outros eclesiásticos. Il maestro vai corrigindo a digitação, fá lá dó, fá dó lá, sua alteza apura-se muito, morde o beicinho, nisto não se distingue de qualquer criança, em paço nascida, ou noutras passagens, a mãe disfarça uma certa impaciência, o pai está real e severo, só as mulheres, tenros corações, se deixam embalar pela música, e pela menina, mesmo tocando ela tão mal, nem admira, que esperaria D. Maria Ana, milagres, ainda agora está no princípio, il signor Scarlatti só chegou há poucos meses, e por que hão de estes estrangeiros tornar os nomes difíceis, se tão pouco custa descobrir que é Escarlate o nome deste, e bem lhe fica, homem de completa figura, rosto comprido, boca larga e firme, olhos afastados, não sei que têm os italianos, e então este, em Nápoles nascido há trinta e cinco anos, É a força da vida, mana.

Terminou a lição, desfez-se a companhia, rei para um lado, rainha para outro, infanta não sei para onde, todos observando precedências e preceitos, cometendo plurais vénias, enfim, afastou-se a restolhada dos guarda-infantes e dos calções de fitas, e no salão de música apenas ficaram Domenico Scarlatti e o Padre Bartolomeu de Gusmão. O italiano dedilhou o cravo, primeiro sem destino, depois como se estivesse à procura de um tema ou quisesse emendar os ecos, e de repente pareceu fechado dentro da música que tocava, corriam-lhe as mãos sobre o teclado como uma barca florida na corrente, demorada aqui e além pelos ramos que das margens se inclinam, logo velocíssima, depois pairando nas águas dilatadas de um lago profundo, baía luminosa de Nápoles, secretos e sonoros canais de Veneza, luz refulgente e nova do Tejo, já lá vai el-rei, resguardou-se a rainha na sua câmara, a infanta debruça-se para o bastidor, de pequenina se aprende, e a música é um rosário profano de sons, mãe nossa que na terra estais. Senhor Scarlatti, disse o padre quando o improviso terminou e todos os ecos ficaram corrigidos, senhor Scarlatti, não me gabo de saber dessa arte, mas estou que até um índio da minha terra, que dela sabe ainda menos do que eu, haveria de sentir-se arrebatado por essas harmonias celestes, Porventura não, respondeu o músico, porque bem sabido é que há de o ouvido ser educado se quer estimar os sons musicais, como os olhos têm de aprender a orientar-se no valor das letras e sua conjunção de leitura, e os próprios ouvidos no entendimento da fala, São palavras ponderadas, essas, que emendam as levianas minhas, é um defeito comum nos homens, mais facilmente dizerem o que julgam querer ser ouvido por outrem do que cingirem-se à verdade, Porém, para que os homens possam cingir-se à verdade, terão primeiramente de conhecer os erros, E praticá-los, Não saberei responder à pergunta com um simples sim ou um simples não, mas acredito na necessidade do erro.

O padre Bartolomeu de Gusmão apoiou os cotovelos no tampo do cravo, olhou demoradamente Scarlatti, e, enquanto não falam, digamos nós que esta fluente conversação entre um padre português e um músico italiano não será, provavelmente, invenção pura, mas transposição admissível de frases e cumprimentos que sem dúvida trocaram um com o outro durante estes anos, no paço e fora dele, como adiante continuará a ver-se. E se alguém se surpreender de que este Scarlatti, em tão poucos meses, saiba assim falar português, primeiramente não nos esqueçamos de que é músico, e depois, fique dito que desde há sete anos lhe é familiar a língua, pois em Roma entrou ao serviço do nosso embaixador, e em suas andanças pelo mundo, por cortes reais e episcopais, não esqueceu o que aprendeu. Quanto ao caráter erudito do diálogo, pertinência e arredondado das palavras, alguém ajudou.

Tendes razão, disse o padre, mas, desse modo, não está homem livre de julgar abraçar a verdade e achar-se cingido com o erro, Como livre também não está de supor abraçar o erro e encontrar-se cingido com a verdade, respondeu o músico, e logo disse o padre, Lembrai-vos de que quando Pilatos perguntou a Jesus o que era a verdade, nem ele esperou pela resposta, nem o Salvador lha deu, Talvez soubessem ambos que não existe resposta para tal pergunta, Caso em que, sobre esse ponto, estaria Pilatos sendo igual de Jesus, Derradeiramente, sim, Se a música pode ser tão excelente mestra de argumentação, quero já ser músico e não pregador, Fico obrigado pelo cumprimento, mas quisera eu, senhor padre Bartolomeu de Gusmão, que a minha música fosse um dia capaz de expor, contrapor e concluir como fazem sermão e discurso, Ainda que, reparando bem no que se diz e como, senhor Scarlatti, se exponham e contraponham, as mais das vezes, fumo e nevoeiro, e se conclua coisa nenhuma. A isto não respondeu o músico, e o padre rematou, Todo o pregador honesto o sente quando baixa do púlpito. Disse o italiano, encolhendo os ombros, Fica o silêncio depois da música e depois do sermão, que importa que se louve o sermão e aplauda a música, talvez só o silêncio exista verdadeiramente.

Desceram Scarlatti e Bartolomeu de Gusmão ao Terreiro do Paço, aí se separaram, o músico foi inventar músicas pela cidade enquanto não eram horas de começar o ensaio na capela real, o padre recolheu a casa, à sua varanda donde se via o Tejo, na outra margem as terras baixas do Barreiro, as colinas de Almada e do Pragal, por aí fora, até, já invisível, à Cabeça Seca do Bugio, que dia luminoso, quando Deus andou a criar o mundo não disse Fiat, se assim fosse teria ficado o mundo todo por igual, uma palavra e basta, mas foi andando e fazendo, fez o mar e navegou nele, depois fez a terra para poder desembarcar, e em alguns lugares demorou-se, noutros passou sem olhar, aqui descansou, e, não havendo ninguém da humana espécie a espreitá-lo, tomou seu banho, por ainda se lembrarem disso é que as gaivotas se reúnem em tão grandes bandos perto da margem, continuam à espera de que Deus volte a banhar-se nas águas do Tejo, embora outras, uma vez ao menos, em paga de terem nascido gaivotas. E também querem saber se Deus envelheceu muito. Veio a viúva do porteiro da maça dizer ao padre que tinha o jantar servido, em baixo passou uma companhia de alabardeiros rodeando um coche. Desgarrada das suas irmãs, uma gaivota pairou sobre o beiral do telhado, sustentava-a o vento que soprava da terra, e o padre murmurou, Bendita sejas, ave, e em seu coração achou-se feito da mesma carne e do mesmo sangue, arrepiou-se como se estivesse sentindo que lhe nasciam penas nas costas, e, sumindo-se a gaivota, viu-se perdido num deserto, Caso em que Pilatos estaria sendo igual de Jesus, isto pensou de repente e regressou ao mundo, transido por se sentir nu, esfolado como se tivesse deixado a pele dentro do ventre da mãe, e então disse em voz alta, Deus é uno.

Todo esse dia ficou o padre Bartolomeu Lourenço fechado no quarto, gemendo, suspirando, fez-se a tarde noite, bateu a viúva do porteiro da maça à porta e disse que estava a ceia pronta, mas o padre não comeu, parecia que estava preparando o seu grande jejum, aguçando novos olhos de entendimento, embora não suspeitasse que coisas haveria mais que entender, depois de haver proclamado a unidade de Deus às gaivotas do Tejo, supremo arrojo, que seja Deus uno em essência é ponto que nem heresiarcas negam, mas ao padre Bartolomeu Lourenço ensinaram que Deus, se sim é uno em essência, é trino em pessoa, e hoje as mesmas gaivotas o fizeram duvidar. Fechou-se a noite por completo, a cidade dorme, e se não dorme calou-se, apenas se ouve a espaços gritarem alerta as sentinelas, não venham desembarcar por aí os corsários franceses, e Domenico Scarlatti, tendo fechado portas e janelas, senta-se ao cravo, que subtil música é esta que sai para a noite de Lisboa por frinchas e chaminés, ouvem-na os soldados da guarda portuguesa e da guarda alemã, e tanto a entendem uns como a entendem os outros, ouvem-na sonhando os marujos que dormem à fresca nos conveses e acordando a reconhecem, ouvem-na os vadios que se acoitam na Ribeira, debaixo dos barcos varados em terra, ouvem-na os frades e as freiras de mil conventos, e dizem, São os anjos do Senhor, terra esta para milagres ubérrima, ouvem-na os embuçados que vão a matar e os apunhalados que, ouvindo, não pedem mais confissão e morrem absolvidos, ouviu-a um preso do Santo Ofício, no seu fundo cárcere, e estando perto um guarda lhe jogou as mãos à garganta e o esganou, por este assassínio não terá pior morte, ouvem-na, tão longe daqui, Baltasar e Blimunda, que deitados perguntam, Que música é esta, ouviu-a primeiro que todos Bartolomeu Lourenço por morar perto, e levantando-se da cama acendeu o candil e abriu a janela para ouvir melhor. Também entraram grandes melgões que foram pousar-se no teto e ali ficaram, primeiro oscilando nas altas pernas, depois imóveis, como se a luz minúscula não pudesse atraí-los, talvez hipnotizados pelo ranger da pena, sentara-se o padre Bartolomeu Lourenço a escrever, Et ego in illo, E eu estou nele, quando amanheceu ainda escrevia, era o sermão do Corpo de Deus, e do corpo do padre não se alimentaram esta noite as melgas.

Dias passados, estando Bartolomeu de Gusmão na capela real, veio o italiano falar-lhe. Trocadas as palavras de primeira circunstância, saíram por uma das portas que, debaixo das tribunas do rei e da rainha, davam para a galeria por onde se entrava no palácio. Para lá e para cá discorreram, olhando vez por outra os panos de rás suspensos das paredes, a história de Alexandre Magno, os triunfos da Fé e do Sacramento, segundo os desenhos de Rubens, a história de Tobias, segundo os desenhos de Rafael, a conquista de Tunes, se um dia estes panos pegam fogo, nem um só fio de seda se salvará. Em tom que facilmente dava a entender não ser essa a matéria importante que ali se iria tratar, disse Domenico Scarlatti ao padre, El-rei tem na sua tribuna uma cópia da basílica de S. Pedro de Roma que ontem armou na minha presença, foi para mim honra grande, Com que a mim não me distinguiu nunca, mas não o digo por qualquer sentimento de inveja, antes me louvo de ver honrada num seu filho a nação italiana, Dizem-me que el-rei é grande edificador, será por causa disso este seu gosto de levantar com as suas próprias mãos a cabeça arquitetural da Santa Igreja, ainda que em escala reduzida, Muito diferente é a dimensão da basílica que está a ser construída na vila de Mafra, gigantesca fábrica que será o assombro dos séculos, Como se mostram variadas as obras das mãos do homem, são de som as minhas, Fala das mãos, Falo das obras, tão cedo nascem logo morrem, Fala das obras, Falo das mãos, que seria delas se lhes faltasse a memória e o papel em que as escrevo, Fala das mãos, falo das obras.

Parece apenas um gracioso jogo de palavras, um brincar com os sentidos que elas têm, como nesta época se usa, sem que extremamente importe o entendimento ou propositadamente o escurecendo. É o mesmo que gritar um pregador para a imagem de Santo António, clamar na igreja, Negro, ladrão, bêbedo, e, tendo assim escandalizado o auditório, explica a intenção e o artifício, mostra como toda a apóstrofe foi aparência, agora sim vai dizer porquê, Negro porque tivera a pele tisnada pelo demónio que lhe não conseguira enegrecer a alma, ladrão porque dos braços de Maria roubara seu divino filho, bêbedo porque vivera embriagado da divina graça, mas eu te direi, Cuidado, ó pregador, que quando fazes virar ao conceito os pés pela cabeça estás dando involuntária voz à tentação herética que dorme dentro de ti e se revolve no sono, e clamas outra vez, Maldito seja o Pai, maldito seja o Filho, maldito o Espírito Santo, e logo acrescentas, Bradam os demónios no inferno, e dessa maneira julgas escapar à condenação, mas aquele que tudo vê, não este cego Tobias, o outro para quem não existem as trevas e a cegueira, esse sabe que disseste duas verdades profundas, e das duas escolherá uma, a sua, porque nem tu nem eu sabemos qual é a verdade de Deus, muito menos se é verdadeiro Deus.

Parecem jogos de palavras, as obras, as mãos, o som, o voo, Disseram-me, padre Bartolomeu de Gusmão, que por obra dessas mãos se levantou ao ar um engenho e voou, Disseram a verdade do que então viram, depois ficaram cegos para a verdade que a primeira escondeu, Gostaria de entender melhor, Há doze anos que isso foi, desde então a verdade mudou muito, Repito que gostaria de entender, Que é um segredo, A essa pergunta responderei que, quanto imagino, só a música é aérea, Então iremos amanhã a ver um segredo.

Estão parados diante do último pano da história de Tobias, aquele onde o amargo fel do peixe restitui a vista ao cego, A amargura é o olhar dos videntes, senhor Domenico Scarlatti, Um dia se há de pôr isso em música, senhor padre Bartolomeu de Gusmão. No dia seguinte, cavalgou cada um sua mula e foram a S. Sebastião da Pedreira. Entre o palácio, de um lado, e o celeiro e a abegoaria, do outro, o pátio apresentava-se varrido. Corria água numa caleira, ouvia-se girar uma nora. Os canteiros próximos estavam cultivados, as árvores de fruto tinham sido limpas e podadas, à vista nada havia que pudesse lembrar a brava selva de há dez anos, quando pela primeira vez Baltasar e Blimunda aqui entraram. Lá para diante, a quinta continua inculta, por força assim tem de ser, se para trabalhar a terra só há três mãos, e essas ocupadas, grande parte do tempo, em obra que da terra não é. De dentro da abegoaria, portas abertas, vêm rumores de oficina. O padre Bartolomeu Lourenço pediu ao italiano que esperasse fora e entrou. Baltasar estava sozinho, desbastando com uma enxó um comprido barrote. Disse o padre, Boas tardes, Baltasar, trouxe hoje comigo um visitante a ver a máquina, Quem é esse, Uma pessoa do paço, Não pode ser el-rei, Um dia ele virá, ainda há poucos dias me chamou de parte para me perguntar quando veria voar a máquina, é outra a pessoa que veio, Ficará a saber o que era de tanto segredo, afinal não foi essa a nossa combinação, para que nos calámos durante tantos anos, Eu é que sou o inventor da passarola, eu decido do que convém, Mas somos nós quem a está construindo, se quiser podemos ir-nos embora, Baltasar, não te saberei explicar, mas sinto que a pessoa que trago é de grande confiança, por ela poria as mãos no fogo ou deixaria a alma como penhor, É mulher, É homem, italiano de nação, está há poucos meses na corte, e é músico, mestre de cravo da infanta, mestre da capela real, o nome dele é Domenico Scarlatti, Escarlate, Não é bem assim que se diz, mas a diferença é tão pouca que podes chamar-lhe Escarlate, afinal, é como toda a gente lhe chama, mesmo quando julgam estar a dizer certo. Dirigia-se o padre à porta, mas parou para perguntar, onde está a Blimunda, Anda na horta, respondeu Baltasar.

O italiano abrigara-se à sombra fresca de um grande plátano. Não parecia curioso do que o rodeava, olhava tranquilo as janelas fechadas do palácio, a cimalha onde cresciam ervas, a caleira da água por cima da qual passavam andorinhas rasando, à caça dos insetos. O padre Bartolomeu Lourenço aproximou-se, trazia na mão um pano que tirara do bolso, Só de olhos vendados se chega ao segredo, disse, sorrindo, e o músico respondeu, em tom igual, Quantas vezes assim mesmo se volta dele, Não seja este o caso, senhor Scarlatti, cuidado com a soleira, essa pedra mais alta, agora, antes de tirar a venda, quero dizer-lhe que vivem aqui duas pessoas, um homem chamado Baltasar Sete-Sóis, e uma mulher, Blimunda, a quem, por viver com Sete-Sóis, chamei Sete-Luas, são eles quem está construindo a obra que lhe vou mostrar, eu explico o que devem fazer, eles executam, e agora já pode desatar o pano, senhor Scarlatti. Sem precipitação, tão tranquilamente como antes estivera olhando as andorinhas, o italiano tirou a venda.

Na sua frente estava uma ave gigantesca, de asas abertas, cauda em leque, pescoço comprido, a cabeça ainda em tosco, por isso não se sabia se viria a ser falcão ou gaivota, É este o segredo, perguntou, Este é, até hoje de três pessoas, agora de quatro, aqui está Baltasar Sete-Sóis, e Blimunda não se demora, anda na horta. O italiano fez uma pequena vénia na direção de Baltasar, que respondeu com outra mais profunda, ainda que inábil, sempre era ele o mecânico, e além disso estava sujo, enfarruscado da forja, em todo ele só brilhava o gancho, do muito e constante trabalho. Domenico Scarlatti aproximou-se da máquina, que se equilibrava sobre uns espeques laterais, pousou as mãos numa das asas como se ela fosse um teclado, e, singularmente, toda a ave vibrou apesar do seu grande peso, cavername de madeira, lamelas de ferro, vime entrançado, se houver forças que façam levantar isto, então ao homem nada é impossível, Estas asas são fixas, Assim é, Nenhuma ave pode voar sem bater as asas, A isso Baltasar responderia que basta ter forma de ave para voar, mas eu respondo que o segredo do voo não é nas asas que está, E esse segredo não o posso saber eu, Não posso dar mais que mostrar o que aqui se vê, Já isso basta para que eu agradeça, mas, havendo esta ave de voar, como sairá, se não cabe na porta.

Baltasar e o padre Bartolomeu Lourenço olharam-se perplexos, e depois para fora. Blimunda estava ali, com um cesto cheio de cerejas, e respondia, Há um tempo para construir e um tempo para destruir, umas mãos assentaram as telhas deste telhado, outras o deitarão abaixo, e todas as paredes, se for preciso. Esta é que é Blimunda, disse o padre, Sete-Luas, acrescentou o músico. Ela tinha brincos de cerejas nas orelhas, trazia-as assim para se mostrar a Baltasar, e por isso foi para ele, sorrindo e oferecendo o cesto, É Vénus e Vulcano, pensou o músico, perdoemos-lhe a óbvia comparação clássica, sabe ele lá como é o corpo de Blimunda debaixo das roupas grosseiras que veste, e Baltasar não é apenas o tição negro que parece, além de não ser coxo como foi Vulcano, maneta sim, mas isso também Deus é. Sem falar que a Vénus cantariam todos os galos do mundo se tivesse os olhos que Blimunda tem, veria facilmente nos corações amantes, em alguma coisa há de um simples mortal prevalecer sobre as divindades. E sem contar que sobre Vulcano também Baltasar ganha, porque se o deus perdeu a deusa, este homem não perderá a mulher.

Sentaram-se todos em redor da merenda, metendo a mão no cesto, à vez, sem outro resguardar de conveniências que não atropelar os dedos dos outros, agora o cepo que é a mão de Baltasar, cascosa como um tronco de oliveira, depois a mão eclesiástica e macia do padre Bartolomeu Lourenço, a mão exata de Scarlatti, enfim Blimunda, mão discreta e maltratada, com as unhas sujas de quem veio da horta e andou a sachar antes de apanhar as cerejas. Todos eles atiram os caroços para o chão, el-rei que aqui estivesse faria o mesmo, é por pequenas coisas assim que se vê serem os homens realmente iguais. As cerejas são grossas, carnudas, algumas já vêm bicadas pelos pássaros, que cerejal haverá no céu para que também lá possa ir alimentar-se, chegando a hora, este outro pássaro que ainda não tem cabeça, porém, se vier a ser de gaivota ou falcão podem os anjos e os santos confiar que comerão as cerejas intactas, pois, como se sabe, aquelas são aves que desprezam o vegetal.

Disse o padre Bartolomeu Lourenço, Não irei revelar o segredo último do voo, mas, tal como escrevi na petição e memória, toda a máquina se moverá por obra de uma virtude atrativa contrária à queda dos graves, se eu largar este caroço de cereja, ele cai para o chão, ora, a dificuldade está em encontrar o que o faça subir, E encontrou, O segredo descobri-o eu, quanto a encontrar, colher e reunir é trabalho de nós três, É uma trindade terrestre, o pai, o filho e o espírito santo, Eu e Baltasar temos a mesma idade, trinta e cinco anos, não poderíamos ser pai e filho naturais, isto é, segundo a natureza, mais facilmente irmãos, mas, sendo-o, gémeos teríamos de ser, ora ele nasceu em Mafra, eu no Brasil, e as parecenças são nenhumas, Quanto ao espírito, Esse seria Blimunda, talvez seja ela a que mais perto estaria de ser parte numa trindade não terrenal, Trinta e cinco anos é também a minha idade, mas nasci em Nápoles, não poderíamos ser uma trindade de gémeos, e Blimunda, que idade tem, Tenho vinte e oito, e sem irmão ou irmã, e isto dizendo levantou Blimunda os olhos, quase brancos na meia penumbra da abegoaria, e Domenico Scarlatti ouviu ressoar dentro de si a corda mais grave duma harpa. Ostensivamente, Baltasar levantou o cesto quase vazio com o seu gancho, e disse, Acabou a merenda, vamos trabalhar.

O padre Bartolomeu Lourenço foi encostar uma escada à passarola, Senhor Scarlatti, se quiser ver por dentro a minha máquina de voar. Subiram ambos, o padre levava o desenho, e lá dentro, andando sobre o que parecia um convés de barco, explicou as posições e funções das diversas partes, os arames com o âmbar, as esferas, as lamelas de ferro, repetindo que tudo operaria por atração mútua, mas não falou do sol nem do que haveriam de conter as esferas, porém o músico perguntou, Que coisa atrairá o âmbar, Talvez Deus, em quem toda a força mora, respondeu o padre, O âmbar atrairá que coisa, o que estiver dentro das esferas, Esse é o segredo, Sim, esse é o segredo, É mineral, vegetal ou animal, Não é mineral, nem vegetal, nem animal, Tudo é mineral, ou vegetal, ou animal, Nem tudo, há coisas que o não são, a música, por exemplo, Padre Bartolomeu de Gusmão, decerto não quer dizer-me que estas esferas vão conter música, Não, mas quem sabe se com ela não subiria também a máquina, tenho de pensar nisso, afinal pouco falta para que me erga eu ao ar quando o ouço tocar no cravo, É um gracejo, Menos do que parece, senhor Scarlatti.

Entardecia quando o italiano se retirou. O padre Bartolomeu Lourenço passaria ali a noite, aproveitava a vinda para ensaiar o seu sermão, já poucos dias estavam faltando para a festa do Corpo de Deus. À despedida, disse, Senhor Scarlatti, quando o enfadar o paço, lembre-se deste lugar, Lembrarei, por certo, e, se com isso não perturbar o trabalho de Baltasar e Blimunda, trarei para cá um cravo e tocarei para eles e para a passarola, talvez a minha música possa conciliar-se dentro das esferas com esse misterioso elemento, Senhor Escarlate, disse Baltasar, tomando bruscamente a palavra, venha quando quiser, se o senhor padre Bartolomeu Lourenço autoriza, mas, Mas, No lugar da minha mão esquerda tenho este gancho, ou um espigão em vez dele, sobre o coração uma cruz de sangue, Sangue meu, acrescentou Blimunda, Sou o irmão de todos, disse Scarlatti, se me aceitarem. Baltasar acompanhou-o fora, ajudou-o a montar na mula, Senhor Escarlate, querendo que eu ajude a trazer o cravo, não tem mais que dizer.

Fez-se noite, ceou o padre Bartolomeu Lourenço com Sete-Sóis e Sete-Luas, sardinhas salgadas e uma fritada de ovos, a infusa da água, pão grosseiro e duro. Duas candeias mal alumiavam a abegoaria. Nos recantos, a escuridão parecia enovelar-se, avançando e recuando consoante as oscilações das pequenas e pálidas luzes. A sombra da passarola movia-se sobre a parede branca. Estava quente a noite. Pela porta aberta, acima do telhado do palácio fronteiro, viam-se estrelas no céu já côncavo. O padre saiu para o pátio, aspirou profundamente o ar, depois contemplou a estrada luminosa que atravessava a abóbada celeste de um lado a outro, caminho de Santiago, se não teriam sido antes os olhos dos peregrinos que, de tanto fixarem o céu, foram deixando nele a própria luz, Deus é uno em essência e em pessoa, gritou Bartolomeu Lourenço subitamente. Vieram Blimunda e Baltasar à porta saber que grito era aquele, não que estranhassem as declamações do padre, porém assim, fora, a clamar violento contra o céu, nunca acontecera. Houve uma pausa, mas os grilos não interromperam o seu estrilar, e depois a voz ergueu-se outra vez, Deus é uno em essência e trino em pessoa. Nada acontecera primeiro, nada aconteceu agora. Bartolomeu Lourenço voltou para a abegoaria e disse aos outros que o tinham seguido, Fiz duas afirmações contrárias entre si, respondam-me qual acham que é a verdadeira, Eu não sei, disse Baltasar, Nem eu, disse Blimunda, e o padre repetiu, Deus é uno em essência e pessoa, Deus é uno em essência e trino em pessoa, onde está a verdade, onde está a falsidade, Não sabemos, respondeu Blimunda, e não compreendemos as palavras, Mas acreditas na Santíssima Trindade, no Padre, no Filho e no Espírito Santo, falo do que ensina a Santa Igreja, não do que disse o italiano, Acredito, Então Deus, para ti, é trino em pessoa, Pois será, E se eu te disser agora que Deus é uma só pessoa, que era ele só quando criou o mundo e os homens, acreditarás, Se me diz que é assim, acredito, Digo-te apenas que acredites, em quê nem eu próprio sei, mas destas minhas palavras não fales a ninguém, e tu, Baltasar, qual é a tua opinião, Desde que comecei a construir a máquina de voar, deixei de pensar nessas coisas, talvez Deus seja

190

um, talvez seja três, pode bem ser que seja quatro, a diferença não se nota, se calhar Deus é o único soldado vivo de um exército de cem mil, por isso é ao mesmo tempo soldado, capitão e general, e também maneta, como me foi explicado, e isso, sim, passei a acreditar, Pilatos perguntou a Jesus o que era a verdade e Jesus não respondeu, Talvez ainda fosse muito cedo para o saber, disse Blimunda, e foi com Baltasar sentar-se numa pedra ao lado da porta, aquela mesma onde às vezes se catavam, agora o libertava ela das correias que prendiam o gancho, depois pousou-lhe o coto no regaço para o aliviar daquela grande e irreparável dor.

Et ego in illo, disse o padre Bartolomeu Lourenço dentro da abegoaria, pregoava assim o tema do sermão, mas hoje não procurava os efeitos da voz, os trémulos rolados que comoveriam os ouvintes, a instância das injunções, a suspensão insinuante. Dizia as palavras que escrevera, outras que de improviso lhe surgiam agora, e estas negavam aquelas, ou duvidavam-nas, ou faziam-nas exprimir sentidos diferentes, Et ego in illo, sim, e eu estou nele, eu Deus, nele homem, em mim, que sou homem, estás tu, que Deus és, Deus cabe dentro do homem, mas como pode Deus caber no homem se é imenso Deus e o homem tão pequena parte das suas criaturas, a resposta é que fica Deus no homem pelo sacramento, claro está, claríssimo é, mas, ficando no homem pelo sacramento, é preciso que o homem o tome, e assim Deus não fica no homem quando quer, mas quando o homem o deseja tomar, posto o que será dito que de alguma maneira o criador se fez criatura do homem, ah, mas então grande foi a injustiça que se cometeu contra Adão, dentro de quem Deus não morou porque ainda não havia sacramento, e Adão bem poderá arguir contra Deus que, por um só pecado, lhe proibiu para sempre a árvore da Vida e lhe fechou para sempre as portas do paraíso, ao passo que os descendentes do mesmo Adão, com tantos outros e mais terríveis pecados, têm Deus em si e comem da árvore da Vida sem nenhuma dúvida ou impedimento, se a Adão castigaram por querer assemelhar-se a Deus, como têm agora os homens a Deus dentro de si e não são castigados, ou o não querem receber e castigados não são, que ter e não querer ter Deus dentro de si é o mesmo absurdo, a mesma impossibilidade, e contudo Et ego in illo, Deus está em mim, ou em mim não está Deus, como poderei achar-me nesta floresta de sim e não, de não que é sim, do sim que é não, afinidades contrárias, contrariedades afins, como atravessarei salvo sobre o fio da navalha, ora, resumindo agora, antes de Cristo se ter feito homem, Deus estava fora do homem e não podia estar nele, depois, pelo sacramento, passou a estar nele, assim o homem é quase Deus, ou será afinal o próprio Deus, sim, sim, se em mim está Deus, eu sou Deus, sou-o de modo não trino ou quádruplo, mas uno, uno com Deus, Deus nós, ele eu, eu ele, Durus est hic sermo, et quis potest eum audire.

A noite refrescava. Blimunda adormecera, com a cabeça apoiada no ombro de Baltasar. Mais tarde, ele levou-a para dentro, deitaram-se. O padre saiu para o pátio, toda a noite ali ficou, de pé, olhando o céu e murmurando em tentação.

Meses passados, um frade consultor do Santo Ofício, na sua censura ao sermão, escreveu que, por tal papel, se ficavam a dever ao autor mais aplausos que sustos, mais admirações que dúvidas. Algum rebate de incomodidade há de ter experimentado este frei Manuel Guilherme, ao mesmo tempo que ia aprovando as admirações e reconhecendo os aplausos, algum fumozinho herético lhe terá passado à pituitária, para assim não conseguir calar os sustos e dúvidas que a leitura do sermão lhe teria lançado ao piedoso espulgar. E outro reverendo padre mestre, Dom António Caetano de Sousa, chegando-lhe a vez de ler e censurar, confirma que o revisto papel nada continha contra a santa fé ou bons costumes, não releva as dúvidas e os sustos que parece terem apoquentado a primeira instância, e, por argumento conclusivo, encarece as atenções com que a corte extensamente distingue o doutor Bartolomeu Lourenço de Gusmão, assim branqueando por via paça negruras doutrinais porventura reclamativas de mais fundo descasque. Porém, a palavra derradeira virá a ser encontrada pelo padre frei Boaventura de S. Gião, censor do paço, que, depois de desmanchar-se em louvores e pasmações, remata que só a voz do silêncio poderia ser a melhor expressão das suas vozes, que, diz ele, suspensas ficariam mais atentas, e emudecidas mais reverentes. Caso é para perguntarmos, nós que da verdade conhecemos parte maior, que outras atroadoras vozes ou mais terríveis silêncios responderiam às palavras que as estrelas ouviram na quinta do duque de Aveiro, enquanto Baltasar e Blimunda, cansados, dormiam, e a passarola, na escuridão da abegoaria, esforçava todos os ferros para entender o que estava dizendo lá fora o seu criador.

Três, se não quatro, vidas diferentes tem o padre Bartolomeu Lourenço, e uma só apenas quando dorme, que mesmo sonhando diversamente não sabe destrinçar, acordado, se no sonho foi o padre que sobe ao altar e diz canonicamente a missa, se o académico tão estimado que vai incógnito el-rei ouvir-lhe a oração por trás do reposteiro, no vão da porta, se o inventor da máquina de voar ou dos vários modos de esgotar sem gente as naus que fazem água, se esse outro homem conjunto, mordido de sustos e dúvidas, que é pregador na igreja, erudito na academia, cortesão no paço, visionário e irmão de gente mecânica e plebeia em S. Sebastião da Pedreira, e que torna ansiosamente ao sonho para reconstruir uma frágil, precária unidade, estilhaçada mal os olhos se lhe abrem, nem precisa estar em jejum como Blimunda. Abandonara a leitura consabida dos doutores da Igreja, dos canonistas, das formas variantes escolásticas sobre essência e pessoa, como se a alma já tivesse extenuada de palavras, mas porque o homem é o único animal que fala e lê, quando o ensinam, embora então lhe faltem ainda muitos anos para a homem ascender, examina miudamente e estuda o padre

Bartolomeu Lourenço o Testamento velho, sobretudo os cinco primeiros livros, o Pentateuco, pelos judeus chamado Tora, e o Alcorão. Dentro do corpo de qualquer de nós poderia Blimunda ver os órgãos, e também as vontades, mas não pode ler os pensamentos, nem ela a estes entenderia, ver um homem pensando, como em um pensamento só, tão opostas e inimigas verdades, e com isso não perder o juízo, ela se o visse, ele porque tal pensa. A música é outra coisa. Domenico Scarlatti trouxe para a abegoaria um cravo, não o carregou ele, mas dois mariolas, a pau, corda, chinguiço, e muito suor da testa, desde a Rua Nova dos Mercadores, onde foi comprado, até S. Sebastião da Pedreira, onde seria ouvido, veio Baltasar com eles para indicar o caminho, outra ajuda lhe não requereram, que este transporte não se faz sem ciência e arte, distribuir o peso, combinar as forças como na pirâmide da Dança da Bica, aproveitar o molejo das cordas e do pau para ritmar a passada, enfim, segredos de ofício que tanto valem como outros, e cuida cada qual que os do seu são máximos. O cravo foi deixado pelos galegos do lado de fora do portão, não faltava mais nada verem eles a máquina de voar, e para a abegoaria o levaram, com grande esforço, Baltasar e Blimunda, não tanto pelo peso, mas por lhes faltarem arte e ciência, sem contar que as vibrações das cordas pareciam queixumes magoados e por causa deles se lhes apertava o coração, também duvidoso e assustado de tão extrema fragilidade. Nessa mesma tarde veio Domenico Scarlatti, ali se sentou a afinar o cravo, enquanto Baltasar entrançava vimes e Blimunda cosia velas, trabalhos calados que não perturbavam a obra do músico. E tendo concluído a afinação, ajustado os saltarelos que o transporte havia desacertado, verificado as penas de pato uma por uma, Scarlatti pôs-se a tocar, primeiro deixando correr os dedos sobre as teclas, como se soltasse as notas das suas prisões, depois organizando os sons em pequenos segmentos, como se escolhesse entre o certo e o errado, entre a forma repetida e a forma perturbada, entre a frase e o seu corte, enfim articulando em discurso novo o que parecera antes fragmentário e contraditório. De música sabiam pouco Baltasar e Blimunda, a salmodia dos frades, raramente o estridor operático do Te Deum, toadas populares campestres e urbanas, cada qual suas, porém nada que se parecesse com estes sons que o italiano tirava do cravo, que tanto pareciam brinquedo infantil como colérica objurgação, tanto parecia divertirem-se anjos como zangar-se Deus.

Ao fim de uma hora levantou-se Scarlatti do cravo, cobriu-o com um pano de vela, e depois disse para Baltasar e Blimunda, que tinham interrompido o trabalho, Se a passarola do padre Bartolomeu de Gusmão chegar a voar um dia, gostaria de ir nela e tocar no céu, e Blimunda respondeu, Voando a máquina, todo o céu será música, e Baltasar, lembrando-se da guerra, Se não for inferno todo o céu. Não sabem, estes dois, ler nem escrever, e contudo dizem coisas assim, impossíveis em tal tempo e em tal lugar, se tudo tem a sua explicação, procuremos esta, se agora a não encontrarmos, outro dia será. Muitas vezes voltou Scarlatti à quinta do duque de Aveiro, nem sempre tocava, mas em certas ocasiões pedia que não se interrompessem os trabalhos ruidosos, a forja rugindo, o malho retumbando na bigorna, a água fervendo na tina, mal se ouvia o cravo no meio do grande clamor da abegoaria, e no entanto o músico encadeava serenamente a sua música, como se o rodeasse o grande silêncio do espaço onde desejara tocar um dia.

Procura cada qual, por seu próprio caminho, a graça, seja ela o que for, uma simples paisagem com algum céu por cima, uma hora do dia ou da noite, duas árvores, três se forem as de Rembrandt, um murmúrio, sem sabermos se com isto se fecha o caminho ou finalmente se abre, e para onde, para outra paisagem, ou hora, ou árvore, ou murmúrio, veja-se este padre que anda a tirar de si um Deus e a pôr outro, mal sabendo que proveito haverá na troca, e, se proveito houver, quem dele finalmente aproveitará, veja-se este músico que outra música que esta não saberia compor, que não estará vivo daqui a cem anos para ouvir a primeira sinfonia do homem, erradamente chamada Nona, veja-se este soldado maneta que, por ironia dos acasos, é fabricante de asas, nunca tendo passado da infantaria, alguma vez sabe o homem o que o espera, este menos que qualquer outro, veja-se a mulher dos olhos excessivos, que para descobrir vontades nasceu, não passavam de peloticas e bufarinhices as suas demonstrações de tumor, feto estrangulado e moeda de prata, agora, sim, é que se irão ver as obras maiores do seu destino, quando o padre Bartolomeu Lourenço chegar à quinta de S. Sebastião da Pedreira e disser, Blimunda, está Lisboa atormentada de uma grande doença, morrem pessoas em todas as casas, lembrei-me de que não teremos melhor ocasião para recolher as vontades dos moribundos, se as conservam ainda, mas é meu dever avisar-te de que correrás grandes perigos, não vais se não quiseres, nem eu te obrigaria, ainda que obrigar-te estivesse na minha mão, Que doença é essa, Dizem que foi trazida por uma nau do Brasil e que primeiro se manifestou na Ericeira. A minha terra fica perto, disse Baltasar, e o padre respondeu, Não há notícia de ter morrido gente em Mafra, mas, sobre a doença, pelos sinais que dá, é vómito negro ou febre-amarela, o nome importa pouco, o caso é que estão morrendo como tordos, que decides tu, Blimunda. Levantou-se Blimunda do mocho onde estava sentada, ergueu a tampa da arca e lá de dentro tirou o frasco de vidro, quantas vontades ali haveria, talvez umas cem, quase nada para as necessidades, e mesmo assim fora uma longa e custosa caçada, muito jejum, às vezes perdida num labirinto, onde está a vontade que a não vejo, só vísceras e ossos, a rede agónica dos nervos, o mar de sangue, a comida pastosa no estômago, o excremento final, Irás, perguntou o padre, Irei, respondeu ela, Mas não sozinha, disse Baltasar.

No dia seguinte, muito cedo, estava o tempo de chuva, saíram Blimunda e Baltasar da quinta, ela em jejum natural, ele transportando no alforge o sustento de ambos, para quando, pela extenuação do corpo ou por recolha satisfatória, já Blimunda puder ou tiver de alimentar-se. Durante muitas horas desse dia não verá Baltasar o rosto de Blimunda, ela sempre adiante, avisando se tem de voltar-se, é um estranho jogo o destes dois, nem um quer ver, nem o outro quer ser visto, parece tão fácil, e só eles sabem quanto lhes custa não se olharem. Por isso, lá para o fim do dia, quando Blimunda já tiver comido e os seus olhos regressarem à comum humanidade, Baltasar poderá sentir acordar o seu próprio e entorpecido corpo, menos cansado da caminhada que de não ser olhado.

Porém, antes visitou Blimunda os agonizantes. Aonde chega recebem-na com louvores e agradecimentos, nem lhe perguntam se é parenta ou amiga, se mora naquela mesma rua ou noutro bairro, e como esta terra é tão exercitada em obras de misericórdia, às vezes nem por ela dão, encheu-se o quarto do doente, está cheio o corredor, a escada é um sobe e

198

desce, um corrupio, o padre que deu ou vai dar a extrema-
-unção, o médico se valeu a pena chamá-lo e havia com que
pagar-lhe, o sangrador que vai de casa em casa apurando as
navalhas, e ninguém dá por entrar e sair uma ladra, com o
seu frasco de vidro enrolado em panos, colado no fundo dele
o âmbar amarelo a que as vontades furtadas se agarram
como pássaros ao visco. Entre S. Sebastião da Pedreira e a
Ribeira entrou Blimunda em trinta e duas casas, colheu vinte
e quatro nuvens fechadas, em seis doentes já as não havia,
talvez as tivessem perdido há muito tempo, e as restantes
duas estavam tão agarradas ao corpo que, provavelmente, só
a morte as seria capaz de arrancar de lá. Em cinco outras
casas que visitou, já não havia vontade nem alma, apenas o
corpo morto, algumas lágrimas ou muito alarido.

Por toda a parte se queimava alecrim para afastar a epidemia, nas ruas, nas entradas das casas, principalmente nos
quartos dos doentes, ficava o ar azulado de fumo, e cheiroso,
nem parecia a fétida cidade dos dias saudáveis. Havia grande
procura de línguas de S. Paulo, que são pedras com o feitio
de língua de pássaro, achadas nas praias que de S. Paulo vão
até Santos, será por santidade própria dos lugares ou por
santificação que os nomes lhes deem, o que toda a gente sabe
é que tais pedras, e umas outras, redondas, tamanho de
grãos-de-bico, são de soberana virtude contra as febres malignas justamente, porque, sendo feitas de subtilíssimo pó,
podem mitigar o demasiado calor, aliviar as areias, e algumas vezes provocar suor. O mesmo pó, resultante da moição
das pedras, é conclusivo contra o veneno, qualquer que seja e
qualquer que tenha sido a sua ministração, maxime em caso
de mordedura de bicho venenoso, basta colocar a língua de S.
Paulo ou o grão-de-bico sobre a ferida, num instante é chu-

pado o veneno. Quando assim, chama-se a tais pedras olhos-
-de-víbora.

Com tudo isto, parece impossível que ainda morra gente,
havendo tanto remédio e tanta salvaguarda, alguma irreparável falta, aos olhos de Deus, terá Lisboa cometido para virem
a morrer nesta epidemia quatro mil pessoas em três meses, o
que representa mais de quarenta cadáveres para enterrar todos os dias. Ficaram as praias sem pedras e caladas as línguas dos que morreram, impedidos estes de explicar que tal
farmácia os não curaria. Mas, que o dissessem, isso mesmo
demonstraria a sua impenitência, pois não devia ser causa de
espanto curarem pedras febres malignas só por se reduzirem
a pó e misturarem no cordial ou no caldo, quando tão divul-
gado foi o que aconteceu a madre Teresa da Anunciação, que
estando a fazer confeitos e faltando-lhe o açúcar, o mandou
pedir a uma religiosa doutro mosteiro, tendo esta respondido
que não valia a pena mandar-lho por ser de qualidade inferior, posto o que ficou madre Teresa em aflição extrema, e
agora que é que eu vou fazer da minha vida, pois farei caramelos, que é obra menos fina, entendamo-nos bem, não foi
da sua própria vida que ela fez caramelos, foi do açúcar, mas
assim que este tomou o ponto respetivo, abateu tanto e ficou
tão amarelo que mais parecia resina que doçura aproveitável,
ai que maior aflição, não há outro reclamar, voltou-se a madre para o Senhor e pô-lo diante das suas responsabilidades,
o método costuma resultar, lembremo-nos de Santo António
e das lâmpadas de prata, Vós bem sabeis que não tenho outro
açúcar, nem de onde me venha, a obra não é minha, senão
vossa, vós disponde o que fordes servido, a virtude a poreis
vós, não eu, e tendo dito, lembrando-se de que talvez não
bastasse a intimação, cortou uma partícula da corda que o

Senhor leva à cinta e deitou-a ao tacho, meu dito, meu feito, começa o açúcar, de amarelo e abatido que estava, a tornar-se tão branco e subido, que dali se fizeram caramelos como em tempo algum se vira na história dos mosteiros, ora toma. E se hoje não continuam a fazer-se milagres desta confeitaria, é porque logo ali se acabou a corda do Senhor, distribuída em pedacinhos por quantas congregações havia de freiras e doceiras, são tempos que nunca mais voltam.

Cansados da grande caminhada, de tanto subir e descer de escadas, recolheram-se Blimunda e Baltasar à quinta, sete mortiços sóis, sete pálidas luas, ela sofrendo uma insuportável náusea, como se regressasse de um campo de batalha, de ver mil corpos estraçalhados pela artilharia, e ele, se quiser adivinhar o que viu Blimunda, basta-lhe juntar numa só recordação a guerra e o açougue. Deitaram-se, e nessa noite não se quiseram os seus corpos, não tanto por fadiga, que bem sabemos quanto ela é, tantas vezes, boa conselheira dos sentidos, mas por uma como que consciência excessiva dos órgãos internos, como se estes lhes tivessem saído para fora da pele, talvez seja difícil de explicar, porém, é com a pele que os corpos se conhecem, reconhecem e aceitam, e se certas profundas penetrações, certos íntimos contactos são entre mucosa e pele, quase se não dá pela diferença, é como se se tivesse procurado e encontrado uma pele mais remota. Dormem os dois, cobertos por uma manta velha, nem se despiram, causa admiração ver tão grande empresa entregue a dois vagabundos, pior agora, que já se lhes apagou a frescura da mocidade, são como pedras de um alicerce, sujas da terra que reforçam, e também como elas esmagados sob o peso que há de vir. A lua, nessa noite, nasceu tarde, dormiam e não a viram, mas o luar entrou pelas frestas, percorreu

201

lentamente toda a abegoaria, a máquina de voar, e, ao passar, iluminou o frasco de vidro, distintamente se viam dentro dele as nuvens fechadas, talvez porque ninguém estivesse a olhar, talvez por ser esta luz da lua capaz de mostrar o invisível. Ficou o padre Bartolomeu Lourenço satisfeito com o lanço, era o primeiro dia, mandados assim à ventura, para o meio duma cidade afligida de doença e luto, aí estão vinte e quatro vontades para assentar no papel. Passado um mês, calcularam ter guardado no frasco um milheiro de vontades, força de elevação que o padre supunha ser bastante para uma esfera, com o que segundo frasco foi entregue a Blimunda. Já em Lisboa muito se falava daquela mulher e daquele homem que percorriam a cidade de ponta a ponta, sem medo da epidemia, ele atrás, ela adiante, sempre calados, nas ruas por onde andavam, nas casas onde não se demoravam, ela baixando os olhos quando tinha de passar por ele, e se o caso, todos os dias repetido, não causou maiores suspeitas e estranhezas, foi por ter começado a correr a notícia de que cumpriam ambos penitência, estratagema inventado pelo padre Bartolomeu Lourenço quando se ouviram as primeiras murmurações. Com um pouco mais de imaginação, teria feito do misterioso casal dois enviados do céu, propiciatórios de bom passamento para moribundos, reforço da extrema-unção porventura enfraquecida pelo continuado uso. Um nada é quanto basta para desfazer reputações, um quase nada as faz e refaz, a questão é encontrar o caminho certo para a credulidade ou para o interesse dos que vão ser eco inocente ou cúmplice.

Quando a epidemia terminou, já iam rareando os casos mortais e de repente passara-se a morrer doutra coisa, havia, bem contadas, duas mil vontades nos frascos. Então, Blimunda caiu doente. Não tinha dores, febre não se lhe sentia, apenas uma extrema magreza, uma palidez profunda que lhe tornava transparente a pele. Jazia na enxerga, de olhos sempre fechados, noite e dia, porém não como se dormisse ou repousasse, mas com as pálpebras crispadas e uma expressão de agonia no rosto. Baltasar não saía de junto dela, a não ser para preparar a comida ou para satisfazer necessidades expulsórias do corpo, não parecia bem fazê-lo ali mesmo. O padre Bartolomeu Lourenço, sombrio, sentava-se no mocho, e aí ficava horas. De vez em quando parecia rezar, mas nunca ninguém pôde compreender as palavras que murmurava nem a quem as dirigia. Deixou de os ouvir em confissão, por duas vezes que Baltasar, a isso se sentindo obrigado, fez vaga menção a pecados que, por se acumularem, vão esquecendo, respondeu que Deus vê nos corações e não precisa de que alguém absolva em seu nome, e se os pecados forem tão graves que não devam passar sem castigo, este virá pelo caminho mais curto, querendo o mesmo Deus, ou serão julgados em lugar próprio, quando o fim dos tempos chegar, se, entretanto, as boas ações não compensarem por si mesmas as más, também podendo vir a acontecer que tudo acabe em geral perdão ou castigo universal, apenas está por saber quem há de perdoar a Deus ou castigá-lo. Mas, olhando Blimunda, consumida e retirada do mundo, o padre mordia as unhas, arrependia-se de a ter mandado às instâncias vizinhas da morte com tanta continuidade que a sua própria vida teria de padecer, como se estava observando, essa outra tentação de passar para o lado de lá, sem nenhuma dor, apenas como quem desiste de se segurar às margens do mundo e se deixa afundar.

Todas as noites, o padre, quando se retirava para a cidade,

pelos caminhos escuros e azinhagas que desciam para Santa Marta e Valverde, punha-se a desejar, meio delirando, que lhe saltassem ao caminho facinorosos, talvez o próprio Baltasar, com a espada ferrugenta e o mortal espigão, para vingar Blimunda, assim se acabaria tudo. Mas Sete-Sóis, a essa hora, já estava deitado, cobria Sete-Luas com o braço são e murmurava, Blimunda, então o nome atravessava um largo e escuro deserto cheio de sombras, demorava muito tempo a chegar ao seu destino, depois outro tanto regressando, as sombras afastadas penosamente, os lábios moviam-se custosos, Baltasar, lá fora ouvia-se o ramalhar das árvores, às vezes um grito de ave noturna, bendita sejas tu, noite, que cobres e proteges o belo e o feio com a mesma indiferente capa, noite antiquíssima e idêntica, vem. Mudava-se a cadência da respiração de Blimunda, sinal de que adormecera, e Baltasar, extenuado de ansiedade, podia também entrar no sono para reencontrar o riso de Blimunda, que seria de nós se não sonhássemos.

Muitas vezes durante a doença, se doença foi, se não foi apenas um longo regresso da própria vontade, refugiada em confins inacessíveis do corpo, muitas vezes veio Domenico Scarlatti, primeiro apenas para visitar Blimunda, informar-se das melhoras que tardavam, depois demorando-se a conversar com Sete-Sóis, e um dia retirou o pano de vela que cobria o cravo, sentou-se e começou a tocar, branda, suave música que mal ousava desprender-se das cordas feridas de leve, vibrações subtis de inseto alado que, imóvel, paira, e de súbito passa de uma altura a outra, acima, abaixo, não tem isto nada que ver com os movimentos dos dedos sobre as teclas, como se uns aos outros se andassem perseguindo, não é deles que nasce a música, como poderia ser se o teclado tem uma primeira tecla e uma última tecla, e a música não tem fim nem princípio, vem deste além que está à minha mão esquerda, vai para aquele outro que está à minha mão direita, ao menos tem a música duas mãos, não é como certos deuses. Porventura seria esta a medicina que Blimunda esperava, ou, dentro dela, o que ainda estaria esperando alguma coisa, que cada um de nós, conscientemente, só espera o que conhece, ou tem parecenças, o que para cada caso nos disseram ter utilidade, uma sangria se a fraqueza não fosse tanta, uma língua de S. Paulo se a epidemia não tivesse deixado as praias joeiradas, umas bagas de alquequenge, uns troquiscos de Gordónio, uma raiz de cardo corredor, o elixir do Francês, se não fosse tudo isto uma inocente mixórdia que só tem de bom não fazer mal nenhum. Não esperaria Blimunda que, ouvindo a música, o peito se lhe dilatasse tanto, um suspiro assim, como de quem morre ou de quem nasce, debruçou-se Baltasar para ela, temendo que ali se acabasse quem afinal estava regressando. Nessa noite, Domenico Scarlatti ficou na quinta, tocando horas e horas, até de madrugada, já Blimunda estava de olhos abertos, corriam-lhe devagar as lágrimas, se aqui estivesse um médico diria que ela purgava os humores do nervo ótico ofendido, talvez tivesse razão, talvez as lágrimas não sejam mais que isso, o alívio duma ofensa.

Durante uma semana, todos os dias, sofrendo o vento e a chuva pelos caminhos alagados de S. Sebastião da Pedreira, o músico foi tocar duas, três horas, até que Blimunda teve forças para levantar-se, sentava-se ao pé do cravo, pálida ainda, rodeada de música como se mergulhasse num profundo mar, diremos nós, que ela nunca por aí navegou, o seu naufrágio foi outro. Depois, a saúde voltou depressa, se realmente faltara. E, não tornando o músico, por discreto ou finalmente retido pelas obrigações de mestre da capela real, acaso descuidadas, e pelas lições da infanta, esta decerto não queixosa das ausências, acharam Baltasar e Blimunda que estava em falta o padre Bartolomeu Lourenço e com isso se inquietaram. Uma manhã, tendo aliviado o mau tempo, desceram à cidade, agora um ao lado do outro, e, enquanto iam conversando, podia Blimunda olhar Baltasar e não ver mais do que ele, ainda bem, para alívio de ambos. As pessoas que encontravam no caminho eram arcas fechadas, cofres aferrolhados, se por fora sorriam ou mostravam má cara, tanto fazia, o olhador não deve saber daquele a quem olha mais do que o olhado. Por isso é que Lisboa parecia tão quieta, apesar dos pregões da rua, das zaragatas de vizinhas, dos diferentes toques dos sinos, das orações gritadas diante dos nichos, duma trombeta além, dum rufo de tambor, dum tiro de partida ou chegada das naus do Tejo, da ladainha e da sineta dos frades mendicantes. Quem tem vontade, que a guarde e use, quem a não tem, aguente-se com a falta, Blimunda não quer mais saber de contos, já lá tem na quinta a sua conta, só ela sabe quanto lhe custou.

O padre Bartolomeu Lourenço não estava em casa, talvez tivesse ido ao paço, disse a viúva do porteiro da maça, ou à academia, Se quiserem deixar algum recado, mas Baltasar respondeu que não, voltariam mais tarde ou ficariam ali pelo Terreiro, à espera. Enfim, lá pelo meio-dia apareceu o padre, emagrecido por outra espécie de doença, por outras visões, e, contra o seu costume, desmazelado de traje, como se dormisse vestido. Vendo-os ali, à porta da casa, sentados num poial, cobriu a cara com as mãos, mas logo as retirou, e foi para eles como se tivesse acabado de ser salvo de um grande perigo, não este que parecia pelas primeiras palavras que disse, Só tenho estado à espera de que Baltasar viesse para me matar, julgaríamos que temeu pela sua própria vida, e não é verdade, Não se faria justiça mais justa contra mim, Blimunda, se tivesses morrido, O senhor Escarlate sabia que eu estava melhor, Não o quis procurar, e quando me procurou ele, inventei pretextos para não o receber, fiquei à espera do meu destino, O destino chega sempre, disse Baltasar, não ter morrido Blimunda foi meu e nosso bom destino, e agora que faremos, se já lá vai a doença, se estão recolhidas as vontades, se está acabada a máquina, se não há mais ferros a bater, nem velas a coser e embrear, nem vimes a entrançar, se com o âmbar amarelo que temos se poderão fazer tantas bolas quantas vezes se cruzam os arames do teto, se está pronta a cabeça da ave, não é gaivota, mas parece-se, se enfim se concluiu o nosso trabalho, qual será o destino dele e de nós, padre Bartolomeu Lourenço. O padre tornou-se mais pálido, olhou em redor como se temesse que alguém estivesse ouvindo, depois respondeu, Terei de informar el-rei de que a máquina está construída, mas antes haveremos de experimentá-la, não quero que tornem a rir-se de mim, como há quinze anos fizeram, agora voltem para a quinta, breve lá irei.

Afastaram-se os dois alguns passos, depois Blimunda parou, Está doente, padre Bartolomeu Lourenço, tem a cara branca, os olhos pisados, nem ficou contente por saber a notícia, Fiquei, Blimunda, fiquei, mas as notícias do destino são sempre meias notícias, o que vem amanhã é que conta, hoje é sempre nada, Deite-nos a sua bênção, padre, Não posso, não sei em nome de que Deus a deitaria, abençoem-se antes um ao outro, é quanto basta, pudessem ser todas as bênçãos como essa.

Dizem que o reino anda mal governado, que nele está de menos a justiça, e não reparam que ela está como deve estar, com sua venda nos olhos, sua balança e sua espada, que mais queríamos nós, era o que faltava, sermos os tecelões da faixa, os aferidores dos pesos e os alfagemes do cutelo, constantemente remendando os buracos, restituindo as quebras, amolando os fios, e enfim perguntando ao justiçado se vai contente com a justiça que se lhe faz, ganhado ou perdido o pleito. Dos julgamentos do Santo Ofício não se fala aqui, que esse tem bem abertos os olhos, em vez de balança um ramo de oliveira, e uma espada afiada onde a outra é romba e com bocas. Há quem julgue que o raminho é oferta de paz, quando está muito patente que se trata do primeiro graveto da futura pilha de lenha, ou te corto, ou te queimo, por isso é que, havendo que faltar à lei, mais vale apunhalar a mulher, por suspeita de infidelidade, que não honrar os fiéis defuntos, a questão é ter padrinhos que desculpem o homicídio e mil cruzados para pôr na balança, nem é para outra coisa que a justiça a leva na mão. Castiguem-se lá os negros e os vilões para que não se perca o valor do exemplo, mas honre-se a gente de bem e de bens, não lhe exigindo que pague as dívidas contraídas, que renuncie à vingança, que emende o ódio, e, correndo os pleitos, por não se poderem evitar de todo, venham a rabulice, a trapaça, a apelação, a praxe, os ambages, para que vença tarde quem por justa justiça deveria vencer cedo, para que tarde perca quem deveria perder logo. É que, entretanto, vão-se mungindo as tetas do bom leite que é o dinheiro, requeijão precioso, supremo queijo, manjar de meirinho e solicitador, de advogado e inquiridor, de testemunha e julgador, se falta algum é porque o esqueceu o padre António Vieira e agora não lembra.

Estas são as justiças visíveis. Das invisíveis, o menos que se poderia dizer é que são cegas e desastradas, como ficou definitivamente demonstrado naufragando o barco em que vinham de caçar na outra banda do Tejo o infante D. Francisco e o infante D. Miguel, ambos manos de el-rei, deu-lhes uma rajada de vento sem avisar e virou-lhes a vela, caso foi ele que morreu afogado D. Miguel e se salvou D. Francisco, quando honrada justiça seria o contrário, conhecidas como são as maldades deste, desencaminhar a rainha, cobiçar o trono de el-rei, dar tiros em marinheiros, ao passo que do outro não constam, ou são de somenos. Porém, não devemos julgar com leviandade, quem sabe se não se arrependeu já D. Francisco, quem sabe se não pagou D. Miguel com a vida ter andado a cornear o mestre da barca ou a enganar-lhe a filha, a história das famílias reais está cheia destas ações.

O que, finalmente, veio a saber-se, foi ter perdido el-rei a demanda em que andava, não ele em pessoa, mas a coroa, com o duque de Aveiro, desde mil seiscentos e quarenta, durante mais de oitenta anos metidas em tribunais as duas casas, a casa de Aveiro e a casa real, e não se tratava de nenhuma brincadeira, nenhuma questão de águas ou estremas, duzentos mil cruzados de renda, imagine-se, três vezes os direitos que el-rei cobra pelos pretos que vão para as minas do Brasil. Afinal, sempre há justiça neste mundo, e por causa de haver ela vai ter agora el-rei de restituir ao duque de Aveiro todos os bens, que a nós importam pouco, incluindo a quinta de S. Sebastião da Pedreira, chave, poço, pomar e palácio, que ao padre Bartolomeu Lourenço não importam muito, o pior é a abegoaria. Mas, não vindo juntos todos os males, chegou a sentença em bom tempo, pois está rematada e pronta a máquina de voar, já podem ser dadas contas a el--rei, que tantos anos esperou sem que se lhe alterasse a real paciência, sempre afável de modos, sempre benévolo, porém agora está o padre naquela conhecida situação do criador que não pode separar-se da criatura, do sonhador que vai perder o sonho, Voando a máquina, que vou eu fazer depois, é certo que lhe não faltam ideias de invenção, o carvão feito de lama e mato, um novo modo de moer para os engenhos do açúcar, mas a passarola é que é a suprema invenção, jamais haverá asas que igualem estas, exceto, poderosas mais que todas, as que nunca chegam a ser sujeitas à prova do voo.

Em S. Sebastião da Pedreira, querem Baltasar e Blimunda saber que rumo hão de dar à vida, não tardam aí os criados do duque de Aveiro a tomar conta da quinta, Melhor seria voltarmos para Mafra. Mas o padre diz que não, que falará a el-rei por estes dias, far-se-á então a prova da máquina, e, correndo bem tudo, como se espera, para todos haverá glória e proveito, a fama levará a todas as partes do mundo notícia do feito português, com a fama virá a riqueza, O que meu for é de nós três, sem os teus olhos, Blimunda, não haveria passarola, nem sem a tua mão direita e a tua paciência, Baltasar. Mas o padre anda inquieto, dir-se-ia que não crê no que diz, ou tem o que diz tão pouco valor que não lhe alivia outras inquietações, por isso Blimunda pergunta, em voz muito baixa, é noite, a forja está apagada, a máquina ainda ali continua, mas parece ausente, Padre Bartolomeu Lourenço, de que é que tem medo, e o padre, assim interpelado diretamente, estremece, levanta-se agitado, vai até à porta, olha para fora, e, tendo voltado, responde em voz baixa, Do Santo Ofício. Entreolharam-se Baltasar e Blimunda, e ele disse, Não é pecado, que eu saiba, nem heresia, querer voar, ainda há quinze anos voou um balão no paço e daí não veio mal, Um balão é nada, respondeu o padre, voe agora a máquina e talvez que o Santo Ofício considere que há arte demoníaca nesse voo, e quando quiserem saber que partes fazem navegar a máquina pelos ares, não poderei responder-lhes que estão vontades humanas dentro das esferas, para o Santo Ofício não há vontades, há só almas, dirão que as mantemos presas, a almas cristãs, e as impedimos de subir ao paraíso, bem sabem que, querendo o Santo Ofício, são más todas as razões boas, e boas todas as razões más, e quando umas e outras faltem, lá estão os tormentos da água e do fogo, do potro e da polé, para fazê-las nascer do nada e à discrição, Mas, estando el-rei do nosso lado, o Santo Ofício não irá contra o gosto e a vontade de sua majestade, El-rei, sendo caso duvidoso, só fará o que o Santo Ofício lhe disser que faça.

Tornou Blimunda a perguntar, De que tem mais medo, padre Bartolomeu Lourenço, do que poderá vir a acontecer, ou do que está acontecendo, Que queres dizer, Que já o Santo Ofício acaso se está aproximando como se aproximou de minha mãe, conheço bem os sinais, é como uma aura que envolve aqueles que se tornaram suspeitos aos olhos dos inquisidores, ainda não sabem do que vão ser acusados e já parecem culpados, Eu sei do que me acusarão, se a minha hora chegar, dirão que me converti ao judaísmo, e é verdade, dirão que me entrego a feitiçarias, e também verdade é, se feitiçaria é esta passarola e outras artes em que não paro de meditar, e com o que acabo de dizer estou nas mãos de ambos e perdido estarei se me forem denunciar. Disse Baltasar, Perdesse eu a outra mão, se tal fizesse. Disse Blimunda, Se tal fizesse, não pudesse eu mais fechar os olhos e vissem sempre eles como em jejum constante.

Encerrados na quinta, Baltasar e Blimunda assistem ao passar dos dias. Agosto acabou, setembro vai em meio, já andam as aranhas a tecer os seus fios na passarola, levantando velas suas, acrescentando asas, o cravo do senhor Escarlate ao tempo que não toca, não há lugar mais triste no mundo que S. Sebastião da Pedreira. A estação arrefeceu, o sol esconde-se por muitas horas, como se há de fazer a prova da máquina estando o céu coberto, se o padre Bartolomeu Lourenço se esqueceu de que sem sol não se levantará do chão a máquina e aparece aí com el-rei, será a pior das vergonhas, capaz de pintar a minha cara de preto. Não veio el-rei, não veio o padre, o céu apareceu limpo outra vez, o sol brilhou, e Blimunda e Baltasar tornaram à mesma ansiosa espera. Então o padre chegou. Ouviram fora do portão os cascos da mula batendo com força, insólito caso, que isto não é animal de arrebatamentos, temos novidade, talvez finalmente venha assistir el-rei ao grande levantamento da passarola, mas assim, sem aviso, sem virem primeiro criados da sua casa averiguar da limpeza do lugar, assegurar as comodidades, levantar os pavilhões, há de ser outra coisa. Era outra coisa. O padre Bartolomeu Lourenço entrou violentamente na abegoaria, vinha pálido, lívido, cor de cinza, como um ressuscitado que já fosse apodrecendo, Temos de fugir, o Santo Ofício anda à minha procura, querem prender-me, onde estão os frascos. Blimunda abriu a arca, retirou umas roupas, Estão aqui, e Baltasar perguntou, Que vamos fazer. O padre tremia todo, mal podia sustentar-se de pé, Blimunda amparou-o, Que faremos, repetiu, e ele gritou, Vamos fugir na máquina, depois, como subitamente assustado, murmurou quase inaudivelmente, apontando a passarola, Vamos fugir nela, Para onde, Não sei, o que é preciso é fugir daqui. Baltasar e Blimunda olharam-se demoradamente, Estava escrito, disse ele, Vamos, disse ela.

São duas horas da tarde e há tanto trabalho a fazer, não se pode perder um minuto, retirar as telhas, cortar as ripas e os barrotes que não puderem ser arrancados, mas antes disso colocar as bolas de âmbar nos cruzamentos dos arames, abrir as velas superiores para que a luz do sol não caia cedo de mais sobre a máquina, transferir para as esferas as duas mil vontades, mil deste lado, mil daquele, não vão puxar umas mais que outras, com perigo de dar a máquina uma cambalhota no ar, se tiver de dá-la, que seja por razões que não podíamos prever. Tanto trabalho ainda, e tão pouco o tempo. Baltasar já está no telhado, retirando as telhas, e lança-as para baixo, vai um estrilho de cacos em redor da abegoaria, e o padre Bartolomeu Lourenço conseguiu vencer a prostração em que estava, e usa as suas fracas forças para arrancar, de dentro, as ripas mais delgadas, que os barrotes requerem um vigor que lhe falta, esses vão ter de esperar, enquanto Blimunda, calma como se em toda a sua vida não tivesse feito mais que voar, verifica o estado das velas, se o breu está espalhado por igual, e reforça algumas bainhas.

E agora que farás tu, Anjo Custódio, nunca tão necessário foste desde que te nomearam para esse lugar, aqui tens estes três que não tarda se erguerão aos ares, lá aonde nunca foram homens, e precisam de quem os proteja, eles por eles já fizeram quanto podiam, reuniram os materiais e as vontades, conjugaram o sólido e o evanescente, juntaram tudo à sua própria ousadia, estão prontos, é só acabar de tirar este telhado, fechar as velas, deixar entrar o sol, e adeus, cá vamos, se tu, Anjo Custódio, não ajudares ao menos um poucochinho, não és anjo nem coisa nenhuma, claro está que não faltam santos invocáveis, mas nenhum é, como tu, aritmético, tu sim, que sabes as treze palavras, e de uma a treze, sem falha, as enumeras, e sendo esta uma obra que requer todas as geometrias e matemáticas que se puderem reunir, podes começar já pela primeira palavra, que é a Casa de Jerusalém onde Jesus Cristo morreu por todos nós, é o que dizem, e agora as duas palavras, que são as duas Tábuas de Moisés onde Jesus Cristo pôs os pés, é o que dizem, e agora as três palavras, que são as três pessoas da Santíssima Trindade, é o que dizem, e agora as quatro palavras, que são os quatro evangelistas, João, Lucas, Marcos e Mateus, é o que dizem, e agora as cinco palavras, que são as cinco chagas de Jesus Cristo, é o que dizem, e agora as seis palavras, que são os seis círios bentos que Jesus Cristo teve no seu nascimento, é o que dizem, e agora as sete palavras, que são os sete sacramentos, é o que dizem, e agora as oito palavras, que são as oito bem-aventuranças, é o que dizem, e agora as nove palavras, que são os nove meses que Nossa Senhora trouxe o seu bendito filho no seu puríssimo ventre, é o que dizem, e agora as dez palavras, que são os dez mandamentos da lei de Deus, é o que dizem, e agora as onze palavras, que são as onze mil virgens, é o que dizem, e agora as doze palavras, que são os doze apóstolos, é o que dizem, e agora as treze palavras, que são os treze raios que tem a lua, e isto sim, não é preciso que o digam, porque pelo menos está Sete-Luas aqui, é aquela mulher que tem na mão um frasco de vidro, cuida dela, Anjo Custódio, se se parte o vidro, lá se vai a viagem e não poderá fugir aquele padre que pelos modos parece louco, cuida também do homem que está no telhado, falta-lhe a mão esquerda, foi culpa tua, estavas desatento lá na batalha, talvez ainda não soubesses bem a tua tabuada.

São quatro horas da tarde, a abegoaria é só paredes, parece imensa, a máquina de voar ao meio, a forja minúscula cortada por uma faixa de sombra, no outro extremo o canto da enxerga onde durante seis anos dormiram Baltasar e Blimunda, a arca já não está, transportaram-na para dentro da passarola, que mais nos falta, os alforges, alguma comida, e o cravo, que se há de fazer do cravo, pois que fique, são egoísmos que devemos compreender e desculpar, tanta é a aflição, nenhum destes três se lembra de que, ficando o cravo, as justiças eclesiásticas e seculares hão de sentir despertar a curiosidade, porquê e para quê está aqui um instrumento tão pouco adequado ao sítio, e se foi um tufão que arrancou as telhas e o travejamento, como é possível que não tenha destruído o cravo, tão delicado que até mesmo a ombro de carregadores se lhe desacertaram os saltarelos, Não tocará o senhor Escarlate no céu, disse Blimunda.

Agora, sim, podem partir. O padre Bartolomeu Lourenço olha o espaço celeste descoberto, sem nuvens, o sol que parece uma custódia de ouro, depois Baltasar que segura a corda com que se fecharão as velas, depois Blimunda, prouvera que adivinhassem os seus olhos o futuro, Encomendo-nos ao Deus que houver, disse-o num murmúrio, e outra vez num sussurro estrangulado, Puxa, Baltasar, não o fez logo Baltasar, tremeu-lhe a mão, que isto será como dizer Fiat, diz-se e aparece feito, o quê, puxa-se e mudamos de lugar, para onde. Blimunda aproximou-se, pôs as duas mãos sobre a mão de Baltasar, e, num só movimento, como se só desta maneira devesse ser, ambos puxaram a corda. A vela correu toda para um lado, o sol bateu em cheio nas bolas de âmbar, e agora, que vai ser de nós. A máquina estremeceu, oscilou como se procurasse um equilíbrio subitamente perdido, ouviu-se um rangido geral, eram as lamelas de ferro, os vimes entrançados, e de repente, como se a aspirasse um vórtice luminoso, girou duas vezes sobre si própria enquanto subia, mal ultrapassara ainda a altura das paredes, até que, firme, novamente equilibrada, erguendo a sua cabeça de gaivota, lançou-se em flecha, céu acima. Sacudidos pelos bruscos volteios, Baltasar e Blimunda tinham caído no chão de tábuas da máquina, mas o padre Bartolomeu Lourenço agarrara-se a um dos prumos que sustentavam as velas, e assim pôde ver afastar-se a terra a uma velocidade incrível, já mal se distinguia a quinta, logo perdida entre colinas, e aquilo além, que é, Lisboa, claro está, e o rio, oh, o mar, aquele mar por onde eu, Bartolomeu Lourenço de Gusmão, vim por duas vezes do Brasil, o mar por onde viajei à Holanda, a que mais continentes da terra e do ar me levarás tu, máquina, o vento ruge-me aos ouvidos, nunca ave alguma subiu tão alto, se me visse el-rei, se me visse aquele Tomás Pinto Brandão que se riu de mim em verso, se o Santo Ofício me visse, saberiam todos que sou filho predileto de Deus, eu sim, que estou subindo ao céu por obra do meu génio, por obra também dos olhos de Blimunda, se haverá no céu olhos como eles, por obra da mão direita de Baltasar, aqui te levo, Deus, um que também não tem a mão esquerda, Blimunda, Baltasar, venham ver, levantem-se daí, não tenham medo.

Não tinham medo, estavam apenas assustados com a sua própria coragem. O padre ria, dava gritos, deixara já a segurança do prumo e percorria o convés da máquina de um lado a outro para poder olhar a terra em todos os seus pontos cardeais, tão grande agora que estavam longe dela, enfim levantaram-se Baltasar e Blimunda, agarrando-se nervosamente aos prumos, depois à amurada, deslumbrados de luz e de vento, logo sem nenhum susto, Ah, e Baltasar gritou, Conseguimos, abraçou-se a Blimunda e desatou a chorar, parecia uma criança perdida, um soldado que andou na guerra, que nos Pegões matou um homem com o seu espigão, e agora soluça de felicidade abraçado a Blimunda, que lhe beija a cara suja, então, então. O padre veio para eles e abraçou-se também, subitamente perturbado por uma analogia, assim dissera o italiano, Deus ele próprio, Baltasar seu filho, Blimunda o Espírito Santo, e estavam os três no céu, Só há um Deus, gritou, mas o vento levou-lhe as palavras da boca. Então Blimunda disse, Se não abrirmos a vela, continuaremos a subir, aonde iremos parar, talvez ao sol.

Nunca perguntamos se haverá juízo na loucura, mas vamos dizendo que de louco todos temos um pouco. São maneiras de nos segurarmos do lado de cá, imagine-se, darem os doidos como pretexto para exigir igualdades no mundo dos sensatos, só loucos um pouco, o mínimo juízo que conservem, por exemplo, salvaguardarem a própria vida, como está fazendo o padre Bartolomeu Lourenço, Se abrirmos de repente a vela, cairemos na terra como uma pedra, e é ele quem vai manobrar a corda, dar-lhe a folga precisa para que se estenda a vela sem esforço, tudo depende agora do jeito, e a vela abre-se devagar, faz descer a sombra sobre as bolas de âmbar e a máquina diminui de velocidade, quem diria que tão facilmente se poderia ser piloto nos ares, já podemos ir à procura das novas Índias. A máquina deixou de subir, está parada no céu, de asas abertas, o bico virado para o norte, se se está movendo, não parece. O padre abre mais a vela, três quartas partes das bolas de âmbar estão já à sombra, e a máquina desce suavemente, é como estar dentro de um bote num lago tranquilo, um jeito no leme, um harpejo de remo, as coisas que um homem é capaz de inventar. Devagar, a terra aproxima-se, Lisboa distingue-se melhor, o retângulo torto do Terreiro do Paço, o labirinto das ruas e travessas, o friso das varandas onde o padre morava, e onde agora estão entrando os familiares do Santo Ofício para o prenderem, tarde piaram, gente tão escrupulosa dos interesses do céu e não se lembram de olhar para cima, é certo que, a tal altura, a máquina é um pontinho no azul, como levantariam os olhos se estão aterrados diante de uma Bíblia rasgada na altura do Pentateuco, de um Alcorão feito em pedaços indecifráveis, e já saem, vão na direção do Rossio, do palácio dos Estaus, a informar que fugiu o padre a quem iam buscar para o cárcere, e não adivinham que o protege a grande abóbada celeste aonde eles nunca irão, é bem verdade que Deus escolhe os seus favoritos, doidos, defeituosos, excessivos, mas não familiares do Santo Ofício. Desce a passarola um pouco mais, com algum esforço se observa a quinta do duque de Aveiro, é certo que estes aviadores são principiantes, falta--lhes a experiência que permitiria identificar de relance os acidentes principais, os cursos de água, as lagoas, as povoações como estrelas derramadas no chão, as escuras florestas, mas lá estão as quatro paredes da abegoaria, o aeroporto donde levantaram voo, lembra-se o padre Bartolomeu Lourenço de que tem um óculo na arca, em dois tempos o vai buscar e aponta, oh que maravilha é viver e inventar, vê-se claramente, a enxerga ao canto, a forja, só o cravo desapareceu, que foi que aconteceu ao cravo, nós o sabemos e vamos dizer, que indo Domenico Scarlatti à quinta, viu, já chegando perto, levantar-se de repente a máquina, num grande sopro de asas, que faria se elas batessem, e tendo entrado deu com os destroços da largada, as telhas partidas, espalhadas pelo chão, as ripas e os barrotes cortados ou arrancados, não há nada mais triste que uma ausência, corre o avião pista fora, levanta-se ao ar, só fica uma pungente melancolia, esta que faz sentar-se Domenico Scarlatti ao cravo e tocar um pouco, quase nada, apenas passando os dedos pelas teclas como se estivessem aflorando um rosto quando já as palavras foram ditas ou são de menos, e depois, porque muito bem sabe ser perigoso deixar ali o cravo, arrasta-o para fora, sobre o chão irregular, aos solavancos, gemem desencontradas as cordas, agora sim se desacertarão os saltarelos e vai ser para nunca mais, levou Scarlatti o cravo até ao bocal do poço, felizmente que é baixo, e levantando-o em peso, muito lhe custa, o precipita a fundo, bate a caixa duas vezes na parede interior, todas as cordas gritam, e enfim cai na água, ninguém sabe o destino para que está guardado, cravo que tão bem tocava, agora descendo, gorgolejando como um afogado, até assentar no lodo. Do alto já não se vê o músico, vai por aí, por essas azinhagas, porventura desviando o caminho, porventura olhando para cima, torna a ver a passarola, acena com o chapéu, uma vez só, melhor é disfarçar, fingir que não sabe nada, por isso não o viram da nave, quem sabe se tornarão a encontrar-se.

O vento está do sul, uma brisa que mal faz agitar os cabelos de Blimunda, com esta aragem não poderão ir a lado algum, seria o mesmo que querer atravessar o oceano a nado, por isso Baltasar pergunta, Dou ao fole, todas as moedas têm duas faces, primeiro proclamou o padre, Só há um Deus, agora quer Baltasar saber, Dou ao fole, primeiro o sublime, depois o trivial, quando Deus não sopra, tem o homem de fazer força. Mas o padre Bartolomeu Lourenço parece ter sido tocado por um ramo de estupor, não fala, não se mexe, apenas olha o grande círculo da terra, uma parte de rio e mar, uma parte de monte e planície, se aquilo não é espuma, além, será a vela branca duma nau, se não for farrapo de névoa é fumo de chaminé, e contudo dir-se-ia que o mundo acabou, os homens nele, o silêncio aflige, e o vento caiu, nem um cabelo de Blimunda se move, Dá ao fole, Baltasar, disse o padre.

É como a pedaleira de um órgão, tem umas sapatas para encaixe dos pés, e, à altura do peito, fixada ao cavername da máquina, há uma barra para apoio dos braços, não é nenhuma invenção complementar do padre Bartolomeu Lourenço, foi ir à sé patriarcal e imitar do órgão que lá está, a diferença é que neste não há música para ouvir, apenas o resfolgo do sopro atirado para as asas e para a cauda da passarola, que finalmente começa a mover-se, devagar, tão devagar que só de a ver assim cansa, e ainda não chegou a voar um tiro de besta já é Baltasar que está cansado, também desta maneira não vamos a parte alguma. De cara fechada, o padre avalia os esforços de Sete-Sóis, compreende que a sua grande invenção tem um ponto fraco, no espaço celeste não se pode fazer como na água, meter os remos ao ar quando falta o vento, Para, não dês mais aos foles, e Baltasar, esgotado, senta-se no fundo da máquina.

O susto, o júbilo, cada qual de sua vez, já passaram, agora vem o desânimo, subir e descer sabem eles, estão como homem que fosse capaz de levantar-se e deitar-se, mas não de andar. O sol vai baixando para o lado da barra, já se estendem as sombras na terra. O padre Bartolomeu Lourenço sente uma inquietação cuja causa não consegue discernir, mas dela o distrai a súbita observação de que se orientam para o norte as nuvens de fumo de uma queimada distante, quer isto dizer que, próximo da terra, o vento não deixou de soprar. Manobra a vela, estende-a um pouco mais, de modo a cobrir de sombra outra fileira de bolas de âmbar, e a máquina desce bruscamente, porém não o bastante para apanhar o vento. Mais uma fileira deixa de receber a luz do sol, a queda é tão violenta que o estômago parece querer saltar-lhes pela boca, e agora sim, o vento colhe a máquina com uma mão poderosa e invisível e lança-a para a frente, com tal velocidade que de repente fica Lisboa para trás, já no horizonte, diluída numa bruma seca, é como se finalmente tivessem abandonado o porto e as suas amarras para ir descobrir os caminhos ocultos, por isso se lhes aperta o coração tanto, quem sabe que perigos os esperam, que adamastores, que fogos de Santelmo, acaso se levantam do mar, que ao longe se vê, trombas-d'água que vão sugar os ares e o tornam a dar salgado. Então Blimunda perguntou, Aonde vamos, e o padre respondeu, Lá aonde não possa chegar o braço do Santo Ofício, se existe esse lugar.

Este povo, que tanto espera do céu, olha pouco para o alto onde se diz que o céu é. Anda gente a trabalhar nos campos, as pessoas, nas aldeias, entram e saem das casas, vão ao quintal, à fonte, agacham-se atrás dum pinheiro, só uma mulher que está deitada num restolho com um homem em cima de si cuida ver qualquer coisa a passar no céu, mas julga serem visões próprias de quem está a gostar tanto. Só as aves, curiosas, voam, e perguntam, girando em redor da máquina ansiosamente, que é, que é, talvez seja este o messias dos pássaros, em comparação, a águia não passa de um S. João Baptista qualquer, Após mim vem aquele que é mais forte do que eu, a história da aviação não acaba aqui. Durante algum tempo voaram acompanhados por um milhafre que assustara e fizera fugir todos os pássaros, iam só os dois, o milhafre adejando e pairando, percebe-se que voe, a passarola sem mover as asas, não soubéssemos nós que isto é feito de sol, âmbar, nuvens fechadas, ímanes e lamelas de ferro, e não acreditaríamos no que os nossos olhos veem, além de que não teríamos a desculpa da mulher que estava deitada no restolho e já não está, acabou-se-lhe o gosto, daqui nem o sítio se vê.

O vento mudou para sudeste, sopra com muita força, a terra passa em baixo como a superfície móvel de um rio que transportasse na corrente campos, bosques, aldeias, cores de verde e amarelo, ocres e castanhos, paredes brancas, velas de moinhos, e também fios de água sobre a água, que forças seriam capazes de fazer a separação dessas águas, o grande rio que passa e tudo leva consigo, os pequenos regatos que nele procuram caminho, água dentro da água, e não o sabem.

Estão os três voadores à proa da máquina, vão na direção do poente, e o padre Bartolomeu Lourenço sente que a inquietação regressou e cresce, é pânico já, enfim vai ter voz, e essa voz é um gemido, quando o sol se puser, descerá irremediavelmente a máquina, talvez caia, talvez se despedace e todos morrerão, É Mafra, além, grita Baltasar, parece o gajeiro a bradar do cesto da gávea, Terra, nunca comparação alguma foi tão exata, porque esta é a terra de Baltasar, reconhece-a, mesmo nunca a tendo visto do ar, quem sabe se por termos no coração uma orografia particular que, para cada um de nós, acertará com o particular lugar onde nascemos, o côncavo meu no teu convexo, no meu convexo o teu côncavo, é o mesmo que homem e mulher, mulher e homem, terra somos na terra, por isso é que Baltasar grita, É a minha terra, reconhece-a como um corpo. Passam velozmente sobre as obras do convento, mas desta vez há quem os veja, gente que foge espavorida, gente que se ajoelha ao acaso e levanta as mãos implorativas de misericórdia, gente que atira pedras, o alvoroço toma conta de milhares de homens, quem não chegou a ver, duvida, quem viu, jura e pede o testemunho do vizinho, mas provas já ninguém as pode apresentar porque a máquina afastou-se na direção do sol, tornou-se invisível contra o disco refulgente, talvez não tivesse sido mais que uma alucinação, já os céticos triunfam sobre a perplexidade dos que acreditaram.

Em poucos minutos, a máquina atinge a costa do mar, parece que a está puxando o sol para a levar ao outro lado do mundo. O padre Bartolomeu Lourenço compreende que vão cair na água, puxa violentamente a corda, a vela corre toda para um lado, fecha-se de golpe, e a subida é tão rápida que a terra se alarga de novo e o sol surge muito acima do horizonte. É demasiado tarde, porém. Para o lado do oriente já se avistam sombras, a noite está-se aproximando, não é possível fugir-lhe. Pouco a pouco, a máquina começa a derivar para nordeste, em linha reta, obliquando na direção da terra, sujeita a uma dupla atração, a da luz, que rapidamente enfraquece, mas ainda tem forças para a sustentar no espaço, e a da escuridão noturna, que já oculta os vales distantes. Agora não se sente o vento natural, vencido pela violenta corrente de ar provocada pela descida, pelo silvo agudo que a deslocação faz vibrar na cobertura de vime. O sol está pousado no horizonte do mar, como uma laranja na palma da mão, é um disco metálico retirado da forja para arrefecer, já o seu brilho não fere os olhos, foi branco, cereja, rubro, vermelho, ainda fulge, mas sombriamente, está a despedir-se, adeus, até amanhã, se houver amanhã para os três nautas aéreos que tombam como uma ave ferida de morte, mal equilibrada nas asas curtas, com o seu diadema de âmbar, em círculos concêntricos, queda que parece infinita e vai acabar. Na frente deles ergue-se um vulto escuro, será o adamastor desta viagem, montes que se erguem redondos da terra, ainda riscados de luz vermelha na cumeada. O padre Bartolomeu Lourenço olha indiferente, está fora do mundo, para além da própria resignação, espera o fim que não vai tardar. Mas de súbito Blimunda solta-se de Baltasar, a quem convulsa se agarrara quando a máquina precipitou a descida, e rodeia com os braços uma das esferas que contêm as nuvens fechadas, as vontades, duas mil são mas não chegam, cobre-as com o corpo, como se as quisesse meter dentro de si ou juntar-se a elas. A máquina dá um salto brusco, levanta a cabeça, cavalo a que puxaram o bridão, suspende-se por um segundo, hesita, depois recomeça a cair, mas menos depressa, e Blimunda grita, Baltasar, Baltasar, não precisou chamar três vezes, já ele se abraçara com a outra esfera, fazia corpo com ela, Sete-Luas e Sete-Sóis sustentando com as suas nuvens fechadas a máquina que baixava, agora devagar, tão devagar que mal rangeram os vimes quando tocou o chão, só bandeou para um lado, não havia ali espeques para a receber, é que não se pode ter tudo. Frouxos de membros, extenuados, os três viajantes escorregaram para fora, tentaram ainda segurar-se à amurada, não o conseguiram, e, rolando, acharam-se estendidos no chão, nem sequer feridos de raspão, é bem verdade que não se acabaram os milagres, e este foi dos bons, nem foi preciso invocar S. Cristóvão, ele lá estava, vigiando o trânsito, viu aquele avião desgovernado, deitou-lhe a grande mão e evitou a catástrofe, para seu primeiro milagre aéreo não esteve nada mal.

Despede-se o último ar de dia, não tarda que se feche a noite completamente, luzem no céu as primeiras estrelas, nem por terem estes chegado tão perto puderam alcançá-las, afinal das contas, que foi isto, o salto duma pulga, subimos ao ar em Lisboa, sobrevoámos a vila de Mafra e a obra do convento, estivemos prestes a cair ao mar, e agora, Onde estamos, perguntou Blimunda, e gemeu porque o estômago lhe doía muito, os braços tinha-os quebrados de forças, inertes, do mesmo se estava queixando Baltasar enquanto se punha de pé e tentava endireitar-se, cambaleando como os bois antes de caírem redondos com o crânio perfurado pela choupa, muita sorte a sua, que, ao contrário deles, passava da quase morte para a vida, não lhe faz mal nenhum cambalear, para que saiba quanto vale poder assentar os pés no chão, Não conheço onde estamos, nunca estive neste sítio, a mim parece-me uma serra, talvez o padre Bartolomeu Lourenço tenha informações. O padre estava a levantar-se, não lhe doíam os membros nem o estômago, apenas a cabeça, mas essa era como se um estilete lhe perfurasse de lado a lado as fontes, Estamos em tão grande perigo como se não tivéssemos chegado a sair da quinta, se ontem não nos encontraram, encontram-nos amanhã, Mas este lugar onde estamos, como se chama, Todo o lugar da terra é antecâmara do inferno, umas vezes vai-se morto a ele, outras vai-se vivo e a morte é depois que vem, Por enquanto ainda estamos vivos, Amanhã estaremos mortos.

Blimunda aproximou-se do padre, disse, Passámos por um grande perigo quando descemos, se fomos capazes de nos livrar desse, doutros também nos livraremos, diga para onde devemos ir, Não sei onde estamos, Quando nascer o dia, veremos melhor, subiremos a um destes montes, e de lá, orientando-nos pelo sol, acharemos caminho, e Baltasar acrescentou, Faremos subir a máquina, já conhecemos as manobras, se o vento nos não faltar, um dia inteiro dará para chegarmos longe, onde o Santo Ofício o não alcance. O padre Bartolomeu Lourenço não respondeu. Apertava a cabeça entre as mãos, depois fazia gestos como se conversasse com um ser invisível, e o seu vulto tornava-se cada vez mais impreciso na escuridão. A máquina pousara num espaço coberto de mato rasteiro, mas, a trinta passos para um lado e para outro, havia moitas altas que se recortavam contra o céu. Tanto quanto dali se podia julgar, não havia sinais de gente nas proximidades. A noite arrefecera muito, nem admirava, setembro estava no fim e o dia não fora quente. Na revessa da máquina, abrigado do vento, Baltasar acendeu um pequeno lume, mais por se sentirem acompanhados do que para se aquecerem, não convindo, aliás, fazer grande fogueira que poderia ser vista de longe. Sentaram-se, ele e Blimunda, a comer do que traziam no alforge, primeiro chamaram o padre, mas ele não respondeu nem se aproximou, via-se o seu vulto, de pé, agora quieto, talvez estivesse olhando as estrelas, talvez o vale profundo, as terras baixas onde não brilhava uma só luz, parecia que o mundo tinha sido abandonado pelos seus habitantes, afinal não faltavam por aí máquinas voadoras capazes de viajar com qualquer tempo, até de noite, foi-se toda a gente embora, ficaram estes três com um passaroco que não sabe para onde há de ir se lhe tiram o sol.

Depois de terem comido, deitaram-se sob o casco da máquina, cobertos com o capote de Baltasar e um pano de vela que tiraram da arca, e Blimunda murmurou, Está doente o padre Bartolomeu Lourenço, não parece o mesmo homem, Há muito tempo que não é o mesmo homem, que se lhe há de fazer, E nós, que faremos, Não sei, porventura tomará ele amanhã uma resolução. Ouviram o padre mexer-se, arrastar os pés no mato, ouviram-no murmurar, com isso se tranquilizaram, o pior de tudo era o silêncio, e, apesar do frio e do desconforto, adormeceram, mas não profundamente. Ambos sonhavam que viajavam pelo ar, Blimunda num coche puxado por cavalos com asas, Baltasar cavalgando um touro que levava uma manta de fogo, de repente os cavalos perdiam as asas e ateava-se o rastilho, começavam a rebentar os foguetes, e na aflição do pesadelo ambos acordaram, não tinham dormido muito, havia um clarão como se o mundo estivesse a arder, era o padre com um ramo inflamado que pegava fogo à máquina, já a cobertura de vime estalava, e de um salto Baltasar pôs-se de pé, foi para ele, e deitando-lhe os braços à cintura puxou-o para trás, mas o padre resistia, de modo que Baltasar o apertou com violência, atirou-o ao chão, calcou a pés o archote, enquanto Blimunda batia com o pano de vela as chamas que tinham alastrado ao mato e agora, aos poucos, se deixavam apagar. Vencido e resignado, o padre levantou-se. Baltasar cobria com terra a fogueira. Mal conseguiam ver-se no escuro. Blimunda perguntou em voz baixa, num tom neutro, como se conhecesse de antemão a resposta, Por que foi que deitou fogo à máquina, e Bartolomeu Lourenço respondeu, no mesmo tom, como se estivesse à espera da pergunta, Se tenho de arder numa fogueira, fosse ao menos nesta. Afastou-se para as moitas que ficavam da banda do declive, viram-no baixar-se rapidamente, e, olhando outra vez, já lá não estava, alguma necessidade urgente do corpo, se ainda as tem um homem que quis deitar fogo a um sonho. O tempo passava, o padre não reaparecia. Baltasar foi buscá--lo. Não estava. Chamou por ele, não teve resposta. A lua começava a nascer, cobria tudo de alucinações e de sombras, e Baltasar sentiu que se lhe arrepiavam os cabelos da cabeça e do corpo. Pensou em lobisomens, em avantesmas de feitio e porte vário, se andariam por ali almas penadas, acreditou firmemente que o padre tinha sido levado pelo demónio em pessoa, e antes que o mesmo demónio dali o levasse também a espernear, rezou um padre-nosso a Santo Egídio, santo auxiliar e intercessor em casos e situações de pânico, epilepsia, loucura e temores noturnos. Terá o santinho ouvido a invocação, pelo menos não veio o diabo buscar a Baltasar, porém os temores é que não se dissiparam, de repente toda a terra começou a murmurar, era o que parecia, talvez efeito da lua, melhor santa me será Sete-Luas, por isso a ela voltou, ainda a tremer do susto, Sumiu-se, e Blimunda declarou, Foi-se embora, não o tornaremos a ver.

Mal dormiram nessa noite. O padre Bartolomeu Lourenço não voltou. Ao amanhecer, nasceria o sol daí a pouco, Blimunda disse, Se não estenderes a vela, se não tapares bem tapadas as bolas de âmbar, a máquina vai-se sozinha, nem precisa de quem a governe, talvez fosse melhor deixá-la ir, porventura se encontraria em algum lugar da terra ou do céu com o padre Bartolomeu Lourenço, e Baltasar respondeu, num rompante violento, Ou no inferno, a máquina, onde está, fica, e foi estender a vela embreada, cobrir de sombra o âmbar, mas não ficou satisfeito, podia a vela rasgar-se, ser afastada pelo vento. Com a faca cortou ramos das moitas altas, cobriu com eles a máquina, e, passada uma hora, dia claro, quem de longe olhasse naquela direção não veria mais que um amontoado vegetal no meio de um espaço de mato rasteiro, não é tão raro assim, o pior vai ser quando tudo isto secar. Do que sobejara da véspera almoçou Baltasar um pouco, Blimunda antes, é sempre a primeira a comer, fechados os olhos, como estamos lembrados, hoje até escondera a cabeça debaixo do capote de Baltasar. Não têm mais que fazer aqui, E agora, perguntou um deles, e o outro respondeu, Não temos mais nada que fazer aqui, Então vamos, Descemos pelo sítio onde estava o padre Bartolomeu Lourenço quando desapareceu, talvez lhe encontremos o rasto. Durante toda a manhã procuraram daquele lado da serra, enquanto baixavam do alto, grandes montes redondos e silenciosos, que nome teriam, e nem um sinal descobriram, uma pegada que fosse, um farrapo preto que espinhos tivessem agarrado, parecia que o padre se sumira nos ares, onde irá a estas horas, E agora, esta foi a pergunta de Blimunda, Agora vamos em frente, o sol está além, para a direita fica o mar, em alcançando lugar de gente, saberemos onde estamos, que serra é esta, quando quisermos cá voltar, Isto aqui é a serra do Barregudo, lhes disse um pastor, légua andada, e aquele monte além, muito grande, é Monte Junto.

Levaram dois dias a chegar a Mafra, depois de um largo rodeio, por fingimento de que vinham de Lisboa. Andava procissão na rua, todos dando graças pelo prodígio que fora Deus servido fazer, mandando voar por cima das obras da basílica o seu Espírito Santo.

Vivemos em tempo que qualquer freira, como a mais natural coisa do mundo, encontra no claustro o Menino Jesus ou no coro um anjo tocando harpa, e, se está fechada em sua cela, onde, por causa do segredo, são mais corporais as manifestações, atormentam-na diabos sacudindo-lhe a cama, e assim lhe abalando os membros, os superiores em modo de lhe agitarem os seios, os inferiores tanto que freme e transpira a fenda que no corpo há, janela do inferno, se não porta do céu, esta por estar gozando, aquela porque gozou, e em tudo isto se acredita, porém, não pode Baltasar Mateus, o Sete-Sóis, dizer, Eu voei de Lisboa ao Monte Junto, tomá-lo-iam por doido, e vá com muita sorte, por tão pouco não se inquietaria o Santo Ofício, é o que por aí não falta, loucos varridos em terra que a loucura varreu. Dos dinheiros do padre Bartolomeu Lourenço tinham vivido Baltasar e Blimunda até agora, juntando-lhes as couves e o feijão da horta, um pedaço de carne enquanto foi tempo dela, sardinha salgada quando não chegava fresca, e quanto se gastasse e comesse era muito menos para sustentar o corpo próprio que para alimentar o crescimento da máquina voadora, se então realmente acreditavam que ela voaria.

Voou a máquina, se tal se crê, e hoje está reclamando o corpo o seu alimento, é para isto que sobem os sonhos alto, nem sequer o ofício de carreiro pode Sete-Sóis tomar, os bois foram vendidos, partiu-se o carro, não fosse Deus tão descuidado, e os bens dos pobres seriam eternos. Com junta de bois e carro seus, poderia Baltasar ir à vedoria-geral oferecer-se para trabalhar, e apesar de manco o aceitariam. Assim, duvidariam que fosse ele capaz, com uma só mão, de governar os animais de el-rei ou dos nobres e outros particulares, que, para obterem as boas graças da coroa, os haviam emprestado, Em que posso então eu trabalhar, irmão, isto perguntou Baltasar a Álvaro Diogo, seu cunhado, na noite mesma do dia em que chegaram, agora moradores todos na casa paterna, tinham acabado de cear, mas antes ouviram da boca de Inês Antónia, ele e Blimunda, o maravilhoso caso da passagem do Espírito Santo por cima da vila, Que com estes olhos que a terra há de comer o vi, mana Blimunda, e viu Álvaro Diogo, que estava na obra, pois não é verdade que viste, meu homem, e Álvaro Diogo, soprando um tição da fogueira, respondeu que sim, que passara uma coisa por cima da obra, Foi o Espírito Santo, insistiu Inês Antónia, disseram-no os frades para quem os quis ouvir, e tanto foi o Espírito Santo que se fez a procissão de graças, Pois seria, resignou-se o marido, e Baltasar, com os olhos em Blimunda que sorria, Ele há coisas no céu que não sabemos explicar, e Blimunda devolvendo a intenção, Soubéssemo-las nós e as coisas do céu teriam outros nomes. Ao canto da lareira dormitava o velho João Francisco, sem carro nem junta de bois, sem terra nem Marta Maria, parecia alheado da conversa, mas disse, e logo se ausentou outra vez para o sono, No mundo só há morte e vida, ficaram todos à espera do resto, por que será que os velhos se calam quando deveriam continuar falando, por isso os novos têm de aprender tudo desde o princípio. Há aqui mais quem esteja dormindo, por essa razão não poderia falar, mas, se acordado estivesse, talvez lho não consentissem, porque só tem doze anos, pode a verdade estar na boca das crianças, mas para a dizerem têm de crescer primeiro, e então passam a mentir, este é o filho que ficou, chega à noite morto de dar serventia, andaime acima, andaime abaixo, acaba de cear e adormece logo, Querendo, há trabalho para toda a gente, disse Álvaro Diogo, podes ir de servente ou fazer carretos com os carros de mão, o teu gancho é quanto basta para amparares o varal, são assim os tropeções da vida, um homem vai à guerra, volta de lá aleijado, depois voa por artes misteriosas, confidenciais, e enfim se quer ganhar o pobre pão de cada dia, é o que se vê, e pode gabar-se da sorte, que há mil anos, se calhar, ainda não se fabricavam ganchetas a fazer de mãozinha, como será daqui a outros mil.

Manhã cedo, saíram Baltasar e Álvaro Diogo, mais o rapaz, é a casa dos Sete-Sóis, como antes foi explicado, muito perto da igreja de Santo André e do palácio dos viscondes, moram aqui na parte mais antiga da vila, ainda se veem uns restos do castelo que os mouros levantaram no seu bom tempo, manhã cedo saíram, vão encontrando pelo caminho outros homens da terra, que Baltasar conhece, vai tudo para a obra, por isso, talvez, é que estão abandonados os campos, não chegam velhos e mulheres para o amanho, e, como Mafra está no fundo duma cova, têm aqueles de subir por carreiros que já não são os de antigamente, cobriu-os o entulho que do alto da Vela vem sendo despejado. Olhando cá de baixo, o que de paredes se vê não promete nenhuma torre de Babel, e, chegando mais ao sopé da vertente, de todo a construção se esconde, sete anos há que andam nisto, por este passo só no dia do juízo, e então não valeu a pena, A obra é grande, diz Álvaro Diogo, quando estiveres ao pé saberás, e Baltasar, que está desdenhando de canteiros e pedreiros, mete a viola no saco, não tanto pela pedraria já levantada, mas pela multidão de homens que cobrem o terreiro, é um formigueiro de gente que acorre de todos os lados, se tudo isto veio para trabalhar, então mordo a língua, falei antes de tempo. O rapazito já os deixou, foi ao serviço, acarretar cochos de cal, e os dois homens atravessam o terreiro para a banda da esquerda, vão à vedoria, dirá Álvaro Diogo que este aqui é meu cunhado, natural e morador em Mafra, que em Lisboa viveu muitos anos, mas agora voltou de vez à casa de seu pai, e quer trabalho, não que sirvam de muito recomendações, mas enfim, Álvaro Diogo está cá desde a primitiva, é operário capaz e cumpridor, uma palavrinha sempre conforta. Baltasar abre a boca de espanto, vem duma aldeia e entra numa cidade, bem está que Lisboa seja o que é, nem poderia ser de menos a cabeça de um reino senhor do Algarve, que é pequeno e perto, mas também doutras partes grandes e distantes, que são o Brasil, África e Índia, mais uns tantos lugares avulsos espalhados pelo mundo, bem está, digo, que seja Lisboa aquela desmedida e confusão, porém, este ajuntamento enorme de telheiros e casas de muitos e variados tamanhos, é coisa que só vendo ao perto se acredita, quando há três dias sobrevoou Sete-Sóis este lugar, levava tão agitada a alma que lhe pareceu ilusão dos sentidos o casario e arruamentos, e pouco maior que capela a principiada fábrica da basílica. Se Deus, que lá do alto vê tudo, vê tudo assim tão mal, então mais lhe valia andar cá pelo mundo, por seu próprio e divino pé, escusavam-se intermediários e recados que nunca são de fiar, a começar pelos olhos naturais, que veem pequeno ao longe o que é grande ao perto, salvo se usa Deus um óculo como o do padre Bartolomeu Lourenço, quem dera que me esteja olhando agora, se sim ou não me vão dar trabalho.

Álvaro Diogo já foi à sua vida, pôr pedra em cima de pedra, se demorasse mais perderia um quartel, grande prejuízo, agora tem Baltasar de acabar de convencer o escrivão da matrícula de que tanto vale um gancho de ferro como uma mão de carne e osso, mas o matriculador duvida, não pode assumir a responsabilidade, e vai perguntar dentro, pena não poder Baltasar apresentar a sua carta credencial de construtor de aeronaves, quando menos explicar que andou na guerra, se isso lhe serviria de alguma coisa, passaram catorze anos, vivemos felizmente em paz, que tem ele que vir para aqui falar de guerras, as guerras que acabaram é como se nunca tivessem acontecido. Voltou o matriculador, vem de boa cara, Como é que te chamas, e pega na pena de pato, molha-a na tinta castanha, afinal valeu a pena ter falado Álvaro Diogo, ou por ser da terra o pretendente, ou por estar ainda na força da vida, trinta e nove anos, embora com alguns cabelos brancos, ou simplesmente porque, tendo passado por aqui o Espírito Santo há três dias, havia Deus de ofender-se se logo fosse recusado trabalho a quem o pede, Como é que te chamas, Baltasar Mateus, de alcunha o Sete-Sóis, Podes vir trabalhar na segunda-feira, começas a semana, vais para os carros de mão. Baltasar agradeceu como devia ao matriculador e saiu da vedoria-geral, nem triste nem alegre, um homem deve ser capaz de ganhar o seu pão de qualquer ma-

235

neira e em qualquer lugar, mas se é o caso de esse pão não lhe alimentar também a alma, satisfez-se o corpo, a alma padece.

Sabia já Baltasar que o sítio onde se encontrava era conhecido pelo nome de Ilha da Madeira, e bem posto lhe fora, porque, tirando umas poucas casas de pedra e cal, todo o mais era de tabuado, mas construído para durar. Havia oficinas de ferreiros, bem que podia Baltasar ter mencionado a sua experiência de forja, nem tudo lembra, e outras artes de que nada sabia, mais tarde se juntarão as dos latoeiros, dos vidraceiros, dos pintores, e quantas mais. Muitas das casas de madeira tinham sobrados, em baixo acomodavam-se as bestas e os bois, em cima as pessoas de muita ou alguma distinção, os mestres da obra, os matriculadores e outros senhores da vedoria-geral, e oficiais da guerra que governavam os soldados. A esta hora da manhã estavam saindo das lojas os bois e as mulas, outros teriam sido levados mais cedo, o chão empapava-se de urina e excrementos, e, como em Lisboa, na procissão do Corpo de Deus, os rapazitos corriam pelo meio da gente e do gado, empurravam-se com violência, e um deles, querendo fugir a outro, caiu e rebolou para debaixo duma junta de bois, mas não foi pisado, estava lá o anjo custódio, livrou-se de boa, sem mais mazela que ficar todo sujo de bosta e malcheiroso. Baltasar riu como os outros, a obra tinha os seus divertimentos. A sua guarda também. Passavam nesta altura uns vinte soldados de infantaria, armados como para a guerra, serão manobras, ou irão à Ericeira rechaçar um desembarque de piratas franceses, tantas vezes hão de tentar que um dia vêm por aí abaixo, muitos e muitos anos depois de estar concluída esta babel, entrará Junot em Mafra, onde no convento apenas ficaram uns vinte frades velhos, a cair da tripeça, e mandando adiante o coronel Delagarde, ou capitão, tanto faz, quis este entrar no palácio e achou a porta fechada, visto o que foi mandado chamar frei Félix de Santa Maria da Arrábida, que era o guardião, mas o pobrezinho não tinha as chaves, isso era com a família real, que tinha fugido, e então o pérfido Delagarde, pérfido lhe chamou o historiador, desanda um bofetão no triste frade, cujo, ó evangélica mansidão, ó lição divina, lhe oferece incontinente a outra face, se quando Baltasar perdeu a mão esquerda em Jerez de los Caballeros tivesse oferecido a direita, não poderia agora segurar nos varais do carro. E, por falar de caballeros, também ali passavam cavaleiros, armados como os infantes que já lá vão no terreiro, agora se percebe, a colocar sentinelas, não há nada como trabalhar com guarda à vista.

Nestas grandes barracas de madeira dormem os homens, não comporta cada uma menos de duzentos, e, aqui onde está, não pode Baltasar contar os barracões todos, chegou a cinquenta e sete e perdeu-se, sem falar que ao cabo destes anos não melhorou em aritméticas, o melhor seria ir com um balde de cal e uma brocha, sinal neste, sinal naquele, para não repetir nem falhar, assim como quem prega cruzes de S. Lázaro nas portas, por causa do mal de pele. Numa esteira ou num beliche como estes é que Baltasar dormiria se não tivesse casa em Mafra, e mulher para dormir acompanhado, coitados de tantos, vindos de longe, diz-se que um homem não é de pau, muito pior e mais custoso de aguentar é justamente quando se arma o pau no homem, de certeza não vão chegar as viúvas de Mafra para satisfazer tanta precisão, como será. Deixou Baltasar as casas da acomodação e foi ver o campo militar, aí deu-lhe o coração um salto, tantas tendas de campanha, foi como se o tempo tivesse desandado para trás, talvez pareça impossível, mas há momentos em que um soldado retirado do serviço pode sentir saudades até da guerra, a Baltasar não é a primeira vez que tal sucede. Já lhe dissera Álvaro Diogo que estavam em Mafra muitos soldados, uns a auxiliar nos trabalhos das minas e do rebentamento dos tiros de pólvora, outros para guardar os trabalhadores e castigar as desordens, e, a julgar pelo número de tendas de campanha, os muitos eram milhares. Está um pouco azamboado Sete-Sóis, que nova Mafra é esta, cinquenta moradas lá em baixo, quinhentas cá em cima, sem falar noutras diferenças, como esta fiada de casas de pasto, barracões quase tão grandes como os dormitórios, com mesas e bancos corridos, fixados ao chão, e compridos mostradores, agora não se vê por aqui gente, mas lá para o meio da manhã põem-se ao lume os caldeirões para o jantar do meio-dia, e, tocando a corneta ao rancho, será uma carreira geral a ver quem chega primeiro, vêm sujos como estavam na obra, é uma algazarra de ensurdecer, amigos chamando amigos, senta-te aqui, guarda-me o lugar, mas carpinteiros sentam-se com carpinteiros, pedreiros com pedreiros, cabouqueiros com cabouqueiros, e a arraia-miúda de serventia acomoda-se lá à ponta, cada qual com seu igual, ainda bem que Baltasar pode ir comer a casa, com quem haveria ele de falar, se de carros de mão ainda nada sabe e de aviões é o único a saber.

Diga Álvaro Diogo o que disser, em abono seu e dos mais operários, a obra não está adiantada. Baltasar deu-lhe a volta por inteiro, com o vagar de quem observa a casa onde passará a viver, lá vão aqueles com os carros de mão, outros subindo aos andaimes, uns levando a cal e a areia, outros, aos pares, transportando as pedras a pau e corda pelas rampas suaves, e os mestres-de-obra vigiando de bastão em punho, e os olheiros com o olho na diligência do operário e na perfeição do serviço. As paredes não têm mais que três vezes a altura de Baltasar, e não abraçam todo o perímetro da basílica, mas são grossas como muralhas de guerra, não chegam a tanto as que restam do castelo de Mafra, também eram outros os tempos, sem artilharia, só a pedra que isto leva na largura justifica os vagares de crescimento na altura. Ali tombado está um carro de mão, quer Baltasar experimentar se lhe aprende facilmente o jeito, não custa nada, e se com uma goiva cavar uma meia-lua na parte inferior do varal esquerdo, então poderá medir meças a qualquer par de mãos. Enfim, desce pelo carreiro que subiu, por trás da encosta ficam escondidas a obra e a Ilha da Madeira, se não fosse estarem constantemente rolando do alto pedras e terra solta, poderia pensar-se que não iria haver basílica nenhuma, nem convento, nem palácio real, só Mafra outra vez, no seu tamanhinho de tantos séculos, ou pouco mais até hoje, no tempo dos romanos, que semearam decretos, dos mouros que vieram depois e plantaram hortas e pomares de que já mal se vê sombra e sítio, até nós, que nos tornámos cristãos por vontade de quem mandava, que, se Cristo em pessoa andou pelo mundo, aqui não chegou, porque nesse caso teria sido no alto da Vela o seu calvário, agora andam a fazer lá um convento, provavelmente é a mesma coisa. E, por pensar com mais afinco nestas coisas de religião, se em verdade são de Baltasar os pensamentos, mas de que serviria perguntar-lhe, lembra-se do padre Bartolomeu Lourenço, não é a primeira vez, claro está, a sós com Blimunda quase não têm outro assunto, lembra-se e tem uma dor no coração, arrepende-se de o ter maltratado com tal brutalidade na serra, naquela terrível noite, foi como se tivesse batido num irmão doente, bem sei que ele é padre, e eu nem soldado já sou, porém temos a mesma idade e fizemos a mesma obra. Repete Baltasar, para si próprio, que em dia favorável voltará à serra do Barregudo e ao Monte Junto, a ver se ainda lá estará a máquina, que bem podia ter acontecido regressar às escondidas o padre e sozinho levantar voo para terras mais propícias a invenções, como seja, para dar um exemplo, a Holanda, país por excelência dado a fenómenos aeronáuticos, como virá a comprovar um certo Hans Pfaall, que, por não ter sido perdoado de alguns insignificantes crimes, continua a viver na lua, até hoje. Não faltava mais nada que conhecer Baltasar estes acontecimentos futuros, e outros mais cabais, como já terem ido dois homens à lua, que todos os vimos lá, e não encontrarem Hans Pfaall, será porque não procuraram bem. Por serem custosos de encontrar os caminhos.

Estes são mais fáceis. Desde que o sol nasce até que se põe, Baltasar, e com ele, quantos mais, setecentos, mil, mil e duzentos homens, carregam os carros com terra e pedras, no caso de Baltasar o gancho ampara o cabo da pá, o braço direito anda há quase quinze anos a triplicar o jeito e a força, e depois, infindável procissão do Corpus Homini, vão uns atrás dos outros despejar o entulho pela encosta abaixo, e não é só mato o que vão cobrindo, também alguma terra de cultivo, além uma horta do tempo mourisco, vai-se-lhe acabar a vida, pobre dela, tantos séculos a dar couves tenras, alfaces que estalavam de frescura, orégãos, pezinhos de salsa e hortelã, primícias e primores, e agora adeus, já não correrá mais a água por estas regueiras, já não virá o hortelão puxar o comorozinho de terra para dar de beber ao canteiro que tem sede, enquanto o do lado se regala da sede que matou. E dando o mundo tantas voltas, muitas mais as dão os homens que nele vivem, talvez que aquele que lá em cima agora mesmo despejou um carro de mão, aí vêm as pedras aos saltos e rebolões, a terra escorregando, adiante a mais pesada, talvez seja ele o hortelão da horta, porém não deve de ser ele, se nem sequer as lágrimas lhe caem.

Passam os dias, as semanas, e as paredes mal crescem. Os tiros vão rebentando a rocha duríssima que os soldados andam a atacar agora, bom proveito ela daria, e pagamento do trabalho que dá, se pudesse servir, como outra, para encher as paredes, mas esta, que agarrada ao monte só consente desprender-se dele com grande violência, quando posta ao ar não demora a esfarelar-se, às lascas, em pouco tempo se tornaria terriço se não viesse o carro de mão deitá-la a fundo. Andam também no transporte carros maiores, com rodas de sege, puxados a mulas, não falta carregarem-nos em excesso, e, como nestes dias tem chovido, atascam-se as bestas no lamaçal, donde por fim se arrancam apertadas pelo chicote que lhes desaba nos lombos, na cabeça quando Deus não está a olhar, embora tudo isto seja para serviço e glória do mesmo Deus, e assim não se sabe se ele não estará desviando os olhos de propósito. Os homens dos carros de mão, porque levam menos carga, não se atolam tanto, além de terem feito, com tábuas que ficam ao desbarato quando se alteiam os andaimes, uns passadiços firmes, mas, não chegando estes para todos, há sempre uma guerra de espreita e corre, a ver quem primeiro chega, e, chegando a par, a ver quem mais empurra, e a partir daí já se conta que salte murro e pontapé, se não cortarem sarrafos o ar, momento em que avança a patrulha de soldados, manobra em geral suficiente para esfriar os ânimos aquecidos, ou, caso não, duas pranchadas, dois vergões na lombeira, como às mulas.

Vem chovendo, mas não tanto que o trabalho tenha de parar, exceto o dos pedreiros, pois a água desfaz a argamassa, empoça nas larguíssimas paredes, por isso recolhem-se os operários aos telheiros, à espera que levante, enquanto os canteiros, que são gente fina, batem abrigados o mármore, tanto para a cantaria como para o lavrado, provavelmente prefeririam descansar. A estes tanto faz que as paredes cresçam depressa como devagar, têm o risco da pedra a seguir, caneluras, acantos, festões, acrotérios, grinaldas, estando acabada a obra logo a levam os carregadores a pau e corda, para o telheiro onde com outras ficará guardada, chegando a hora a irão buscar do mesmo modo, salvo se for tão pesada que requeira cabrestante e plano inclinado. Mas têm os canteiros o privilégio de trabalhar pelo seguro, quer chova, quer faça sol, com o jornal sempre garantido, ali debaixo de telha, brancos do pó do mármore, parecem fidalgos de cabeleira, truca-truca, truca-truca, com o cinzel e a maceta, trabalho de duas mãos. Esta chuva de hoje não tem sido tão forte que mandassem os olheiros recolher toda a gente, sequer os dos carros de mão, menos afortunados que as formigas, que essas, estando o céu de aguagem, levantam a cabeça a farejar os astros, e recolhem aos buracos, não são nenhuns homens para terem de trabalhar à chuva. Enfim, vem do lado do mar, caminhando sobre os campos, uma escura cortina de água, largam os homens, mesmo sem ordem, os carros de mão, e debandam para os telheiros ou chegam-se à revessa das paredes, se vale a pena, mais molhados do que estavam não podem ficar. As mulas atreladas ficam quietas sob o grande chuveiro que cai, o pelo empapado de suor está agora ensopado da contínua água, os bois ruminam jungidos e indiferentes, quando a chuva bate com mais força sacodem as cabeças, quem haverá aí capaz de dizer o que sentem estes animais, que fibras lhes estremecem, e até onde, se no movimento que fazem se tocam os cornos luzidios, porventura apenas, Estás aí. Quando a chuva se afasta ou se tornou aturável, voltam os homens e tudo recomeça, carregar e descarregar, puxar e empurrar, arrastar e levantar, hoje não há tiros de pólvora por causa desta geral humidade, melhor para os soldados que gozam a folga debaixo dos telheiros, de gorra com as sentinelas também recolhidas, é a alegria da paz. E como a chuva voltou novamente, caindo de um céu escuríssimo, tão cedo não vai acabar, deu-se ordem para largarem os homens o trabalho, só os canteiros continuaram a bater a pedra, truca-truca, truca-truca, são largos os telheiros, nem os salpicos soprados pelo vento vêm macular o grão do mármore.

Baixou Baltasar à vila pelo carreiro escorregadio, um homem que descia à sua frente estatelou-se na lama e todos riram, de riso caiu outro, o que vale são estas distrações, que nesta terra de Mafra não há pátios de comédias, não há cantarinas nem representantes, ópera só em Lisboa, para vir o cinema ainda faltam duzentos anos, quando houver passarolas a motor, muito custa o tempo a passar, até que chegue a felicidade, olá. O cunhado e o sobrinho já terão chegado a casa, ainda bem para eles, não há nada que valha uma fogueira quando um homem está enregelado, aquecer as mãos à labareda alta, o coirato dos pés descalços rente ao brasido, e o frio a retirar-se dos ossos, devagarinho, como geada que se derrete ao sol. A bem dizer, melhor do que isto, que o há, só uma mulher na cama, e se a mulher é a que se quer, não precisa mais que aparecer no caminho, como agora vemos Blimunda, veio partilhar o mesmo frio e a mesma chuva, e traz uma saia das suas que lança sobre a cabeça do homem, este cheiro de mulher que faz subir lágrimas aos olhos, Estás cansado, perguntou ela, quanto basta para que o mundo se torne suportável, uma aba da saia cobre as duas cabeças, mal comparado é um céu, assim vivesse Deus com os nossos anjos.

A Mafra chegaram soltas notícias de que em Lisboa se sentiu um terramoto, sem outros estragos que caírem beirais e chaminés, e abrirem-se algumas rachas em paredes velhas, mas, como todo o mal traz de caminho o seu bem, fizeram negócio magnífico os cerieiros, foi um corrupio de velas para as igrejas, com particular preferência pelos altares de S. Cristóvão, santo de grande valimento em casos de peste, epidemias, raios, incêndios e tempestades, inundações, más viagens e tremores de terra, em concorrência com Santa Bárbara e Santo Eustáquio, que também não são pecos nestas proteções. Mas os santos são como os homens, estes que andam aqui a construir o convento, e quem diz estes diz outros, noutras construções e destruições, os santos cansam-se, estimam muito o seu repouso, que só eles sabem quanto trabalho dá segurar as forças naturais, fossem elas forças de Deus, e seria fácil, bastava ir a Deus pedir-lhe, Olhe lá, não sopre agora, não sacuda, não ateie e não alague, não deite praga nem ladrão à estrada, e só se ele fosse um deus de maldade é que não atenderia aos rogos, mas, como as forças o que são é naturais e os santos se distraem, mal acabámos de suspirar de alívio por ter sido benigno o abalo, aí temos uma tempestade como doutra não há memória, porém, sem chuva nem granizo, antes fosse, talvez lhe quebrassem esta força do vento que joga livremente com os navios ancorados, como cascas de noz, repuxando, esticando e rebentando as amarras, ou arrancadas do fundo as âncoras, e logo os arrasta dos surgidoiros, e vão bater uns contra os outros, arrombando-se os costados e indo a pique com os marinheiros clamando, só eles é que saberão a quem pedem socorro, ou encalhando em terra onde a força das águas derradeiramente os despedaça. Todos os cais se desmoronam rio acima, o vento e as vagas arrancam de raiz as pedras e lançam-nas para terra, arrombando janelas e portas como pelouros, que inimigo é este que fere sem ferro nem fogo. Na presunção de que seja o demónio o autor do distúrbio, tudo quanto é mulher, ama, criada ou escrava, está de joelhos no oratório, Maria Santíssima, Virgem Nossa Senhora, enquanto os homens, pálidos de morte, sem mouro ou tapuia em quem meter a espada, debulham as contas do rosário, padre-nosso, ave-maria, afinal, se tanto chamamos por estes, o que nos falta é pai e mãe. As ondas batem com tal força na praia deste sítio da Boavista, que os borrifos, levantados e levados pelo vento, vão cair de chapa, como chuveiros, contra os muros do convento das Bernardas e, mais longe ainda, do mosteiro de S. Bento. Se o mundo fosse barca e vogasse num grande mar, iria desta vez ao fundo, juntando-se água e águas num dilúvio enfim universal que não pouparia nem Noé nem a pomba. Desde a Fundição até Belém, quase légua e meia, não se viram mais que destroços nas praias, madeiras quebradas, e das cargas dos navios o que por seu peso não ia ao fundo, às praias vinha dar, com lastimosa perda de seus donos e muito prejuízo de el-rei. A alguns navios foram cortados os mastros para que não se virassem, e, mesmo assim, três naus de guerra foram empurradas para a praia, onde se perderiam se não lhes acudisse prontamente socorro particular. Não têm conto as barcas, muletas e lanchas que se despedaçaram nas praias, embarcações de maior porte foram cento e vinte as que encalharam e se perderam, e quanto a gente morta nem vale a pena falar, sabe-se lá quantos cadáveres a maré levou barra fora ou ficaram presos no fundo, o que se sabe é que nas praias, arrojados pelo mar, foram contados cento e sessenta, contas de um rosário que andam por aí a chorar as viúvas e os órfãos, ai o meu rico pai, são poucas as mulheres afogadas, algum homem dirá, ai a minha rica mulher, depois de mortos todos somos ricos. Sendo tantos os mortos, enterram-nos onde calha, ao acaso, alguns não se chegou a apurar quem eram, moravam longe os parentes, não vieram a tempo, mas, para grandes males, grandes remédios, se o terramoto passado tivesse sido maior, e extensa a mortandade, assim mesmo se faria, enterrar os mortos e cuidar dos vivos, fica o aviso para o futuro se tal calamidade vier a acontecer, livre-nos Deus.

Passam mais de dois meses que Baltasar e Blimunda chegaram a Mafra e cá vivem. Em um dia santo, parado o trabalho na obra, fez Baltasar uma jornada e foi ao Monte Junto ver a máquina de voar. Estava no mesmo sítio, na mesma posição, descaída para um lado e apoiada na asa, debaixo da sua cobertura de ramagens já secas. A vela superior, embreada, toda aberta, fazia sombra sobre as bolas de âmbar. Por causa da inclinação do casco, a chuva não empoçara na vela, e assim não havia perigo de esta apodrecer. Ao redor, pelo chão pedregoso, rebentava mato novo e alto, até silvas, caso sem dúvida singular por não ser este o tempo próprio nem o lugar adequado, parecia estar a passarola a defender--se por artes suas, tudo se deve esperar de uma máquina destas. Pelo sim, pelo não, deu Baltasar uma ajuda ao disfarce indo cortar ramos das moitas, como da primeira vez, mas agora com menos custo porque levara um podão, e, concluído o trabalho, deu a volta a esta outra basílica, e viu que estava bem. Depois subiu para a máquina, e, numa tábua do convés, com o bico do espigão, que nos últimos tempos não precisara usar, riscou um sol e uma lua, recado que ficará para o padre Bartolomeu Lourenço, se aqui voltar um dia verá este sinal dos seus amigos, não há confusão possível. Meteu Baltasar pés ao caminho, saíra de Mafra ao nascer do sol, chegou tinha-se fechado a noite, entre ir e voltar andara mais de dez léguas, quem corre de gosto não cansa, dizem, mas Baltasar chegou cansado e ninguém o obrigara a ir, se calhar, quem inventou o ditado tinha alcançado a ninfa e gozado com ela, assim não admira.

Meados de dezembro, voltava Baltasar para casa ao fim do dia, quando viu Blimunda, que, como quase sempre, o viera esperar ao caminho, porém, havia nela uma agitação e uma tremura não costumadas, só quem não conhece Blimunda não sabe que ela anda no mundo como se já o conhecesse de outras vidas anteriores, e chegando-se, perguntou, É meu pai que está pior, e ela respondeu, Não, e logo, baixando muito a voz, o senhor Escalarte está em casa do senhor visconde, que terá ele vindo cá fazer, Tens a certeza, viste-o, Com estes olhos, Seria talvez um homem parecido, É ele, a mim basta-me ver uma vez uma pessoa, vi-o muitas. Entraram em casa, cearam, depois foi cada qual à enxerga onde dormia, cada casal na sua, o velho João Francisco com o neto, tem este o sono desassossegado, toda a noite a escoicinhar, salvo seja, mas o avô não se importa, sempre é uma companhia para quem não consegue dormir. Por isso é que só ele ouviu, pelas tantas, tarde para quem se deita cedo, uma frágil música que entrava pelas frinchas da porta e do telhado, grande silêncio haveria nessa noite em Mafra para que um simples cravo, tocado no palácio do visconde, com portas e janelas fechadas por causa do frio, e frio não estivesse, assim impunha a decência, pudesse ser ouvido por um velho que a idade ia ensurdecendo, ainda se fossem Blimunda e Baltasar, esses diriam, É o senhor Escarlate que está a tocar, é bem verdade que pelo dedo se conhece o gigante, isto dizemos nós, uma vez que existe o provérbio e vem a propósito. Ao outro dia, no crepúsculo da madrugada, enquanto se acomodava ao canto da lareira, o velho disse, Esta noite ouvi uma música, não lhe ligaram importância Inês Antónia, nem Álvaro Diogo, nem o neto, isto de velhos estão sempre a ouvir coisas, mas Baltasar e Blimunda ficaram tristes de ciúme, se alguém ali tinha direito a ouvir músicas assim, eles eram, e mais ninguém. Foi ele para o trabalho, e ela ficou rondando durante toda a manhã o palácio.

Domenico Scarlatti pedira licença ao rei para ir ver as obras do convento. Recebeu-o o visconde em sua casa, não porque fosse excessivo o seu gosto pela música, mas, sendo o italiano mestre da capela real e professor da infanta D. Maria Bárbara, figurava, por assim dizer, uma emanação corpórea do paço. Nunca se sabe quando agasalhos rendem mercês e, não sendo casa de visconde hospedaria, vale a pena, em todo caso, fazer o bem olhando a quem. Tocou Domenico Scarlatti no cravo desafinado do visconde, à tarde o ouviu a viscondessa, tendo ao colo sua filha Manuela Xavier, só de três anos, de quantos estiveram no salão a mais atenta foi ela, agitava os deditos como via Scarlatti fazer, o que muito acabou por incomodar a mãe, por isso a passou para os braços da ama. Não vai haver muita música na vida desta criança, à noite estará dormindo quando Scarlatti tocar, daqui a dez anos morrerá e será sepultada na igreja de Santo André, onde ainda está, se no mundo há lugar e caminho para prodígios e maravilhas, talvez por baixo da terra lhe cheguem as músicas que a água estará dedilhando no cravo que foi lançado ao poço de S. Sebastião da Pedreira, se poço continua, que o fim dos mananciais é secarem e depois entulham-se as minas.

Saiu o músico a visitar o convento e viu Blimunda, disfarçou um, o outro disfarçou, que em Mafra não haveria morador que não estranhasse, e estranhando não fizesse logo seus juízos muito duvidosos, ver a mulher do Sete-Sóis conversando de igual com o músico que está em casa do visconde, que terá ele vindo cá fazer, ora veio ver as obras do convento, para quê se não é pedreiro nem arquiteto, para organista ainda o órgão nos falta, isso a razão há de ser outra, Vim-te dizer, e a Baltasar, que o padre Bartolomeu de Gusmão morreu em Toledo, que é em Espanha, para onde tinha fugido, dizem que louco, e como não se falava de ti nem de Baltasar, resolvi vir a Mafra saber se estavam vivos. Blimunda juntou as mãos, não como se rezasse, mas como quem estrangula os próprios dedos, Morreu, Foi essa a notícia que chegou a Lisboa, Na noite em que a máquina caiu na serra, o padre Bartolomeu Lourenço fugiu de nós e nunca mais voltou, E a máquina, Lá continua, que faremos com ela, Defendam-na, cuidem-na, pode ser que um dia volte a voar, Quando foi que morreu o padre Bartolomeu Lourenço, Diz-se que foi no dia dezanove de novembro, por sinal que nessa data houve em Lisboa uma grande tempestade, se o padre Bartolomeu de Gusmão fosse santo, seria um sinal do céu, Que é ser santo, senhor Escarlate, Que é ser santo, Blimunda.

Ao outro dia, Domenico Scarlatti partiu para Lisboa. Numa volta do caminho, fora da vila, esperavam-no Blimunda e Baltasar, este perdera um quartel para poder despedir--se. Aproximaram-se da sege como quem ia pedir uma esmola, Scarlatti mandou parar e estendeu-lhes as mãos, Adeus, Adeus. Ao longe ouvia-se o rebentar dos tiros de pólvora, parece uma festa, o italiano vai triste, não admira, se vem da festa, mas tristes vão os outros também, quem diria, se voltam para a festa.

Em seu trono entre o brilho das estrelas, com seu manto de noite e solidão, tem aos seus pés o mar novo e as mortas eras, o único imperador que tem, deveras, o globo mundo em sua mão, este tal foi o infante D. Henrique, consoante o louvará um poeta por ora ainda não nascido, lá tem cada um as suas simpatias, mas, se é de globo mundo que se trata e de império e rendimentos que impérios dão, faz o infante D. Henrique fraca figura comparado com este D. João, quinto já se sabe de seu nome na tabela dos reis, sentado numa cadeira de braços de pau-santo, para mais comodamente estar e assim com outro sossego atender ao guarda-livros que vai escriturando no rol os bens e as riquezas, de Macau as sedas, os estofos, as porcelanas, os lacados, o chá, a pimenta, o cobre, o âmbar cinzento, o ouro, de Goa os diamantes brutos, os rubis, as pérolas, a canela, mais pimenta, os panos de algodão, o salitre, de Diu os tapetes, os móveis tauxiados, as colchas bordadas, de Melinde o marfim, de Moçambique os negros, o ouro, de Angola outros negros, mas estes menos bons, o marfim, que esse, sim, é o melhor do lado ocidental da África, de São Tomé a madeira, a farinha de mandioca, as bananas, os inhames, as galinhas, os carneiros, os cabritos, o indigo, o açúcar, de Cabo Verde alguns negros, a cera, o marfim, os couros, ficando explicado que nem todo o marfim é de elefante, dos Açores e Madeira os panos, o trigo, os licores, os vinhos secos, as aguardentes, as cascas de limão cristalizadas, os frutos, e dos lugares que hão de vir a ser Brasil o açúcar, o tabaco, o copal, o indigo, a madeira, os couros, o algodão, o cacau, os diamantes, as esmeraldas, a prata, o ouro, que só deste vem ao reino, ano por ano, o valor de doze a quinze milhões de cruzados, em pó e amoedado, fora o resto, e fora também o que vai ao fundo ou levam os piratas, claro está que este todo não é o rendimento da coroa, rica sim, mas não tanto, porém, tudo somado, de dentro e de fora, entram nas burras de el-rei para cima de dezasseis milhões de cruzados, só o direito de passagem dos rios por onde se vai às Minas Gerais rende trinta mil cruzados, tanto trabalho teve Deus Nosso Senhor a abrir as valas por onde as águas haviam de correr e vem um rei português cobrar portagem gananciosa. Medita D. João V no que fará a tão grandes somas de dinheiro, a tão extrema riqueza, medita hoje e ontem meditou, e sempre conclui que a alma há de ser a primeira consideração, por todos os meios devemos preservá-la sobretudo quando a podem consolar também os confortos da terra e do corpo. Vá pois ao frade e à freira o necessário, vá também o supérfluo, porque o frade me põe em primeiro lugar nas suas orações, porque a freira me aconchega a dobra do lençol e outras partes, e a Roma, se com bom dinheiro lhe pagámos para ter o Santo Ofício, vá mais quanto ela pedir por menos cruentas benfeitorias, a troco de embaixadas e presentes, e se desta pobre terra de analfabetos, de rústicos, de toscos artífices não se podem esperar supremas artes e ofícios, encomendem-se à Europa, para o meu convento de Mafra, pagando-se, com o ouro das minhas minas e mais fazendas, os recheios e ornamentos, que deixarão, como dirá o frade historiador, ricos os artífices de lá, e a nós, vendo-os, aos ornamentos e recheios, admirados. De Portugal não se requeira mais que pedra, tijolo e lenha para queimar, e homens para a força bruta, ciência pouca. Se o arquiteto é alemão, se italianos são os mestres dos carpinteiros e dos alvenéus e canteiros, se negociantes ingleses, franceses, holandeses e outras reses todos os dias nos vendem e nos compram, está muito certo que venham de Roma, de Veneza, de Milão e de Génova, e de Liège, e da França, e da Holanda, os sinos e os carrilhões, e os candeeiros, as lâmpadas, os castiçais, os tocheiros de bronze, e os cálices, as custódias de prata sobredourada, os sacrários, e as estátuas dos santos de que el-rei é mais devoto, e os paramentos dos altares, os frontais, as dalmáticas, as planetas, os pluviais, os cordões, os dosséis, os pálios, as alvas de peregrinas, as rendas, e três mil pranchas de pau de nogueira para os caixões da sacristia e cadeiral do coro, por ser madeira muito estimada para esse fim por S. Carlos Borromeu, e dos países do norte navios inteiros carregados de tabuado para os andaimes, telheiros e casas de acomodação, e cordas e amarras para os cabrestantes e roldanas, e do Brasil pranchas de angelim, incontáveis, para as portas e janelas do convento, para o solho das celas, dormitórios, refeitório e mais dependências, incluindo as grades dos espulgadoiros, por ser incorrompível madeira, não como este rachante pinho português, que só serve para ferver as panelas e sentar-se nele gente de pouco peso e aliviada de algibeiras. Desde que na vila de Mafra, já lá vão oito anos, foi lançada a primeira pedra da basílica, essa de Pero Pinheiro graças a Deus, tudo quanto é Europa vira consoladamente a lembrança para nós, para o dinheiro que receberam adiantado, muito mais para o que hão de cobrar no termo de cada prazo e na obra acabada, ele é os ourives do ouro e da prata, ele é os fundidores dos sinos, ele é os escultores de estátuas e relevos, ele é os tecelões, ele é as rendeiras e bordadeiras, ele é os relojoeiros, ele é os entalhadores, ele é os pintores, ele é os cordoeiros, ele é os serradores e madeireiros, ele é os passamaneiros, ele é os lavrantes do couro, ele é os tapeceiros, ele é os carrilhadores, ele é os armadores de navios, se a vaca que tão dócil se deixa mungir não puder ser nossa, ou enquanto nossa não puder vir a ser, ao menos deixá-la ficar com os portugueses, que em pouco tempo estarão a comprar-nos, fiado, um quartilho de leite para fazerem farófias e papos de anjo, Querendo vossa majestade repetir, é só dizer, avisa madre Paula.

Vão as formigas ao mel, ao açúcar derramado, ao maná que cai do céu, são quê, quantas, talvez umas vinte mil, todas para o mesmo lado viradas, como certas aves marinhas que às centenas se reúnem nas praias para adorar o sol, tanto faz que o vento lhes dê de rabo, ao arrepio das penas, o que lhes importa é seguir o olho viajante do céu, e em carreirinhas curtas vão passando à frente umas das outras, até que se acaba a praia ou o sol se esconde, amanhã voltaremos a este mesmo lugar, se não viermos nós, nossos filhos virão. Dos vinte mil, quase todos são homens, as poucas mulheres ficam na periferia do ajuntamento, não tanto por causa do costume de se separarem os sexos na missa, mas porque, perdendo-se elas no meio da multidão, vivas, sim, talvez saíssem, mas violadas, como hoje diríamos, não tentarás o Senhor teu

Deus, e se o tentares não venhas depois queixar-te de que ficaste grávida. Já foi dito que é isto missa. Entre a obra e a Ilha da Madeira fica um espaço amplo, calcado pelo ir e vir dos operários, sulcado pelas rodeiras dos carros que vêm e vão, felizmente está agora tudo seco, é a virtude da primavera quando começa a chegar-se aos braços do verão, daqui a pouco os homens poderão ajoelhar-se sem temer demasiado pelas joelheiras dos calções, ainda que esta gente não seja da que mais cuida de limpezas, lavam-se com o próprio suor. Numa eminência ao fundo está posta uma capela de madeira, se julgam os assistentes que há milagre capaz de metê-los a todos lá dentro, redondamente se enganam, mais fácil foi multiplicar os peixes e os pães, ou caberem duas mil vontades num frasco de vidro, isso não é milagre nenhum, mas sim a mais natural coisa do mundo, querendo. Então rangem os cabrestantes, com este barulho, ou semelhante, se abrem as portas do céu e do inferno, cada qual de sua qualidade, cristal a da casa de Deus, bronze a da casa de Satã, logo se percebe pela diferença que fazem os ecos, porém, aqui, o estridor é só o da fricção das madeiras, levanta-se lentamente a frontaria da capela, vai-se levantando até se transformar a parede em alpendre, ao mesmo tempo que as partes laterais se afastam, é como se mãos invisíveis estivessem abrindo um sacrário, a primeira vez que isto aconteceu ainda não havia tanta gente na obra, mas sempre foram cinco mil pessoas a fazer Ah, em todos os tempos há de haver uma novidade que espante os homens, depois habituam-se, abriu-se enfim a capela de par em par, mostrando lá dentro o celebrante e o altar, será esta uma missa como outra qualquer, parece impossível, mas toda esta gente já se esqueceu de que Mafra foi um dia sobrevoada pelo Espírito Santo, diferentes são as missas que precedem as batalhas campais, quando se contarem e enterrarem os mortos sabe-se lá se não estarei entre eles, aproveitemos bem o santo sacrifício, salvo se o inimigo atacar antes, ou por ter ido à missa mais cedo ou por ser de uma religião que a dispensa. Da sua gaiola de madeira pregou o celebrante ao mar de gente, se fosse o mar de peixes, que formoso sermão se teria podido repetir aqui, com a sua doutrina muito clara, muito sã, mas, peixes não sendo, foi a pregação como a mereciam homens e só a ouviram os fiéis que mais ao perto estavam, porém, se é certo que o hábito não faz o monge, faz sem dúvida a fé, ouvindo o assistente réu já sabe que foi dito céu, se eterno inferno, se isto Cristo, se Zeus Deus, e se mais nada se ouve, palavra ou eco, é porque acabou o sermão e podemos debandar. Espantoso é ter-se acabado a missa e não terem ficado mortos no terreno, não os matou sequer o sol quando deu em cheio na custódia e faiscou, muito mudadas estão as eras, já vai tempo que estando os Betsamitas no campo a ceifar o seu trigo, levantaram por acaso os olhos do trabalho e viram que vinha a Arca da Aliança da terra dos Filisteus, pois foi quanto bastou para caírem ali redondos cinquenta mil e setenta, agora olharam vinte mil, estavas lá, não dei por ti. É uma religião de grandes lazeres, mormente estando reunidos tantos fiéis, onde é que se ia arranjar vagar e instalações para se confessarem todos ou todos comungarem, assim vão ficar por aí ao deus-dará, se der, bocejando muito, entrando em brigas, umbigando uma mulher atrás dum valado ou em lugares mais ribaldeiros, até amanhã, que é outra vez dia de trabalho.

Baltasar atravessa o terreiro, há homens que armam inocentes jogos de malha, outros que el-rei proíbe, como o caras--ou-cruzes, se vem por aí o corregedor na sua volta, não passam estes sem tronco. Esperam Baltasar, no sítio combinado, Blimunda e Inês Antónia, e ali irão ter também, ou já lá estão, Álvaro Diogo e o filho. Descem todos juntos ao vale, em casa espera-os o velho João Francisco que mal pode mexer as pernas, contenta-se com a missa discreta que o vigário diz na igreja de Santo André, assiste toda a casa do visconde, provavelmente por isso são os sermões menos aterradores, embora tenham a desvantagem de se terem de ouvir por inteiro e logo se notarem as desatenções de quem ouve, tão naturais quando os anos são muitos ou muito fatigaram. Acabam de jantar, Álvaro Diogo dorme a sesta, o filho vai aos pardais com outros da sua idade, as mulheres remendam e passajam discretamente, porque este dia é de guarda e portanto não quer Deus que se trabalhe, porém, se este rasgão não fosse remendado hoje, amanhã estaria maior, e se é verdade que Deus castiga sem pau nem pedra, verdade é também que, remendar, só com agulha e linha, ainda que não seja grande o meu jeito, nem é para admirar, quando Adão e Eva foram criados, tanto sabia um como sabia outro, e quando os expulsaram do paraíso, não consta que tenham recebido do arcanjo uma lista de trabalhos de homem e trabalhos de mulher, a esta só foi dito, Parirás com dor, mas até isso há de acabar um dia. Baltasar deixa em casa o espigão e o gancho, vai com o seu coto à fresca, quer ver se volta a sentir aquelas reconfortantes dores na mão, agora cada vez mais raras, e aquela comichãozinha na parte interna do dedo polegar, a sensação voluptuosa de o coçar com a unha do dedo indicador, não lhe venham dizer que tudo isso se passa na sua cabeça, ele responderia que dentro da cabeça não tem dedos,

Mas você, ó Baltasar, já não tem a mão, Disso é que ninguém pode ter a certeza, vá lá uma pessoa discutir com gente desta, capaz até de negar a própria realidade. É sabido que Baltasar vai beber, mas não se embriagará. Bebe desde que soube da morte do padre Bartolomeu Lourenço, triste morte, foi um abalo muito grande, como um terramoto profundo que lhe tivesse rachado os alicerces, deixando embora, à superfície, as paredes aprumadas. Bebe porque constantemente se lembra da passarola, lá na serra do Barregudo, numa encosta do Monte Junto, quem sabe se já encontrada por contrabandistas ou pastores, e só de pensar nisso sofre como se o estivessem a apertar no potro. Mas, bebendo, sempre chega o momento em que sente pousar sobre o seu ombro a mão de Blimunda, não é preciso mais nada, está Blimunda sossegada em casa, Baltasar pega no púcaro cheio de vinho, julga que o vai beber como bebeu os outros, mas a mão toca-lhe no ombro, é uma voz que diz, Baltasar, e o púcaro volta à mesa intacto, os amigos sabem que não beberá mais nesse dia. Ficará calado, ouvindo apenas, enquanto o torpor do vinho se desvanece lentamente e as palavras dos outros refazem um sentido, ainda que seja o da mesma e repetida história, O meu nome é Francisco Marques, nasci em Cheleiros, que é aqui perto de Mafra, umas duas léguas, tenho mulher e três filhos pequenos, toda a minha vida foi trabalhar de jornal, e, como da miséria não via jeito de sair, resolvi vir trabalhar para o convento, que até foi um frade da minha terra o da promessa, segundo ouvi contar, que nessa altura era eu um rapazito, assim como o teu sobrinho, mas vá lá que não tenho muitas razões de queixa, Cheleiros não é longe, de vez em quando meto pernas ao caminho, as duas que andam e a do meio, dá como resultado que a mulher está prenha outra vez, o dinheiro que eu forro lá lho deixo, mas os pobres como nós têm de comprar tudo, não lhes vem por negócio da Índia ou do Brasil, nem temos empregos ou comendas do paço, que é que eu posso fazer com os duzentos réis de jornal, tenho de pagar o que como aqui na casa de pasto e o púcaro de vinho que bebo, a vida vai boa é para os donos das vendas de comida, e se é verdade que vieram obrigados de Lisboa muitos deles, eu por necessidade vivo e necessitado continuo, O meu nome é José Pequeno, não tenho pai, nem mãe, nem mulher que minha seja, nem sei sequer se o nome certo é este, ou se tive algum antes, apareci numa aldeia ao pé de Torres Vedras, pelo seguro, o vigário batizou-me, José é o nome de pia, o Pequeno puseram-mo depois, porque não cresci muito, com esta corcunda às costas nenhuma mulher me quis para viver, mas todas pedem mais se calha deixarem que me ponha em cima delas, não tenho outra compensação, chega-te para cá, agora vai-te embora, se me vejo velho nem para isso sirvo, se a Mafra vim foi porque gosto de trabalhar com os bois, os bois andam emprestados neste mundo, como eu, não somos de cá, Chamo-me Joaquim da Rocha, nasci no termo de Pombal, lá tenho a família, só a mulher, filhos tive quatro, mas todos morreram antes de fazerem dez anos, dois de bexigas negras, os outros de espinhela caída e sangue chupado, tinha lá um cerrado de renda, mas o ganho não dava para comer, então disse à mulher, vou para Mafra, é trabalho garantido e por muitos anos, enquanto durar durou, agora há seis meses que não vou a casa, se calhar nem volto lá mais, mulheres não faltam, e a minha devia ser de má casta para assim ter parido quatro filhos e deixado morrer todos, O meu nome é Manuel Milho, venho dos campos de Santarém, um dia os oficiais do corregedor passaram por lá com pregão de haver bom jornal e bom passadio nestas obras de Mafra, vim eu, e mais alguns, dois que vieram comigo ficaram naquele aluimento de terras que houve o ano passado, não gosto dos sítios daqui, e não é por terem cá morrido dois patrícios meus, ao homem não é dado escolher o lugar onde há de morrer, salvo se é ele a escolher a sua própria morte, mas porque sinto a falta do rio da minha terra, bem sei que água tem-na o mar de sobra, vê-se daqui, mas digam-me o que pode um homem fazer daquela imensidão, sempre a onda a marrar nas pedras, sempre a bater na areia, ao passo que o rio corre entre duas margens, é como uma procissão penitente, ele é que vai rasteirinho, e nós, de pé, olhando, somos como os freixos e os choupos, e quando um homem quer ver como está a sua cara, se envelheceu muito, a água é o espelho que passa e está parado, e nós que estamos parados é que vamos passando, donde me vêm estas coisas à cabeça é que eu não sei dizer, O meu nome é João Anes, vim do Porto e sou tanoeiro, também para construir um convento são precisos tanoeiros, quem haveria de fazer e consertar as dornas, as pipas e os baldes, se um pedreiro está no andaime e lhe chegam o cocho da massa, tem de molhar as pedras com a vassoura para que façam boa presa a pedra que está e a outra que vai assentar, para isso é que lá tem o balde, e os animais bebem onde, bebem nas tinas, e quem fez as tinas, fizeram-nas os tanoeiros, não é por me gabar, mas não há ofício como o que eu tenho, até Deus foi tanoeiro, vejam-me essa grande dorna que é o mar, se a obra não estivesse perfeita, se as aduelas não estivessem tão bem ajustadas, entrava-nos o mar pela terra dentro, era aí outro dilúvio, sobre a minha vida não tenho muito que dizer, deixei a família no Porto, lá se vão governando, há dois anos que não vejo a mulher, às vezes sonho que estou deitado com ela, mas se sou eu não tenho a minha cara, no dia seguinte corre-me sempre mal o trabalho, gostava de me ver completo no sonho, em vez daquela cara sem boca nem feição, sem olhos nem nariz, que cara estará a minha mulher vendo nessa ocasião, não sei, era bom que fosse a minha, O meu nome é Julião Mau-Tempo, sou natural do Alentejo e vim trabalhar para Mafra por causa das grandes fomes de que padece a minha província, nem sei como resta gente viva, se não fosse termo-nos acostumado a comer de ervas e bolota, estou que já teria morrido tudo, é um dó de alma ver uma terra tão grande, só pode saber quem alguma vez por lá passou, e não é mais que charneca, poucas são as terras fabricadas e semeadas, o resto mato e solidão, e é um país de guerras, com os espanhóis entrando e saindo como em caça sua, agora está a paz em sossego, quem adivinhará por quanto tempo, mas os reis e os fidalgos, quando não é dia de nos fazerem correr e morrer a nós, fazem correr e morrer a caça, por isso ai do pobre que for apanhado com um coelho na saca, ainda que o tivesse achado já morto de doença ou velhice, o menos que lhe pode suceder é levar uma dúzia de vergastadas pelas costas, para aprender que quando Deus fez os coelhos foi para divertimento e panela dos senhores, só valiam a pena as vergastadas se pudéssemos ficar com a caça, eu se vim para Mafra foi porque o vigário da minha freguesia apregoava nas igrejas que quem viesse passava a ser criado de el-rei, não bem bem criado, mas como se o fosse, e que os criados de el-rei, isto dizia ele, não sofrem privações de boca e andam com as carnes tapadas, ainda melhor que no paraíso, porque se é certo que Adão, não tendo quem lhe disputasse a pitança, comia a seu gosto e conforme o apetite, já de vestidos andava pior, afinal saiu-me tudo mentira, do paraíso não falo, que não sou desse tempo, mas de Mafra sim, se não consigo morrer de fome é porque gasto tudo quanto ganho, roto ando como andava, e, quanto a ser criado de el-rei, ainda espero não morrer sem ver a cara do meu amo, a não ser que me agonie de estar tanto tempo longe da família, um homem, se tem filhos, também se alimenta de ver a cara deles, bom era que se alimentassem eles de ver a nossa cara, é o destino, acabar-se a vida a olharmos uns para os outros, quem és tu, que vieste cá fazer, quem eu seja e o que faça, já perguntei e não tive resposta, não, nenhum dos meus filhos tem os olhos azuis, mas tenho a certeza de que são todos meus filhos, isto dos olhos azuis é coisa que aparece de vez em quando na família, já a mãe da minha mãe tinha os olhos desta cor, O meu nome é Baltasar Mateus, todos me conhecem por Sete-Sóis, o José Pequeno sabe por que assim lhe chamam, mas eu não sei desde quando e porquê nos meteram os sete sóis em casa, se fôssemos sete vezes mais antigos que o único sol que nos alumia, então devíamos ser nós os reis do mundo, enfim, isto são conversas loucas de quem já esteve perto do sol e agora bebeu de mais, se me ouvirem dizer coisas insensatas, ou é do sol que apanhei, ou do vinho que me apanhou, o certo é ter nascido aqui, há quarenta anos feitos, se não me enganei a contar, minha mãe já morreu, chamava-se Marta Maria, meu pai mal pode andar, acho que lhe estão a nascer raízes nos pés, ou é o coração à procura de terra para descansar, tínhamos aí um cerrado, como o Joaquim da Rocha, mas, com tanto mexer de aterros, já lhe perdi o sítio, até eu levei alguma terra dele no carro de mão, quem haveria de dizer ao meu avô que um neto seu atiraria fora terra que foi cavada e semeada, agora põem-lhe um torreão em cima, são as voltas da vida, a minha também não tem dado poucas, enquanto moço cavei e semeei para os lavradores, o nosso cerrado era tão pequeno que o meu pai dava conta do trabalho em toda a volta do ano e ainda ficava com tempo para tratar duns bocados que trazia de renda, bem, fome, o que se chama fome, não passámos, mas fartura ou suficiência nunca soubemos o que era, depois fui para a guerra de el-rei, ficou-me lá a mão esquerda, só mais tarde é que soube que sem ela começava a ser igual a Deus, e como deixei de servir para a guerra, voltei a Mafra, mas estive uns anos em Lisboa, é só isto e nada mais, E em Lisboa, que fizeste, perguntou João Anes, por ser, de todos, o único oficial de um ofício, Estive no açougue do Terreiro do Paço, mas era só a acarretar a carne, E quando foi que estiveste perto do sol, isto quis Manuel Milho saber, provavelmente por ser ele o que costumava ver o rio passando, Essa, foi de uma vez que subi a uma serra muito alta, tão alta que estendendo o braço tocava-se no sol, nem sei se perdi a mão na guerra, se foi o sol que ma queimou, E que serra era, em Mafra não há serras que cheguem ao sol, e no Alentejo também as não há, que Alentejo conheço eu bem, perguntou Julião Mau-Tempo, Talvez tenha sido uma serra que nesse dia estava alta e agora está baixa, Se para arrasar um monte destes são precisos tantos mil tiros de pólvora, para fazer baixar uma serra alta gastava-se toda a pólvora que há no mundo, disse Francisco Marques, o que primeiro falara, e Manuel Milho teimou, Chegar perto do sol, só se tivesses voado como os pássaros, lá na lezíria veem-se às vezes uns milhafres que vão subindo, subindo, fazendo rodeios, e depois desaparecem, ficam tão pequenos que já não podem ser vistos, e então vão ao sol, nós é que não sabemos nem o caminho por onde se chega, nem a porta por onde se entra, mas tu és homem, não tens asas, A não ser que sejas bruxo, disse o José Pequeno, como uma mulher da terra onde fui achado, que se untava com unguentos, punha-se a cavalo numa vassoura e ia à noite de um sítio para outro, isto era o que se dizia, que eu, ver, nunca vi, Eu não sou bruxo, ponham-se a dizer essas coisas, e leva-me o Santo Ofício, e também ninguém me ouviu dizer que voei, Mas declaraste que estiveste perto do sol, e ainda outra coisa, que começaste a ser igual a Deus depois de teres ficado sem a mão, se tal heresia chega aos ouvidos do Santo Ofício, então é que não te salvas mesmo, Salvávamo-nos todos se nos fizéssemos iguais a Deus, disse João Anes, Se nos fizéssemos iguais a Deus poderíamos julgá-lo por não termos logo recebido dele essa igualdade, disse Manuel Milho, e Baltasar explicou enfim, com grande alívio de já não se estar falando de voar, Deus não tem a mão esquerda porque é à sua direita que senta os seus eleitos, e uma vez que os condenados vão para o inferno, à esquerda de Deus não vem a ficar ninguém, ora, se não fica lá ninguém, para que quereria Deus a mão esquerda, se a mão esquerda não serve, quer dizer que não existe, a minha não serve porque não existe, é só a diferença, Talvez à esquerda de Deus esteja outro deus, talvez Deus esteja sentado à direita doutro Deus, talvez Deus seja só um eleito doutro deus, talvez sejamos todos deuses sentados, donde é que estas coisas me vêm à cabeça, é que eu não sei, disse Manuel Milho, e Baltasar rematou, Então sou eu o último da fila, à minha esquerda é que não se pode sentar ninguém, comigo acaba-se o mundo, Donde vêm tais coisas à cabeça destes rústicos, analfabetos todos, menos João Anes, que tem algumas letras, é que nós não sabemos.

O sino da igreja de Santo André, no fundo do vale, deu as

trindades. Por sobre a Ilha da Madeira, nas ruas e terreiros, dentro das tabernas e casas de acomodação, ouve-se um murmúrio contínuo, como o do mar ao longe. Estariam vinte mil homens dizendo a oração da tarde, estariam contando uns aos outros as suas vidas, vá lá averiguar-se.

Terra solta, pedrisco, calhau que a pólvora ou o alvião arrancaram ao pedernal profundo, esse pouco o transportam por mão de homem os carrinhos, enchendo o vale com o que se vai arrasando do monte ou extraindo dos novos caboucos. Para o entulho de maior porte e arrastado peso andam os carros grandes, chapeados de ferro, que os bois e as bestas puxam sem mais pausa que carregar e descarregar. Aos andaimes, pelas travejadas rampas de madeira, sobem homens as pedras suspensas do jugo que sobre os ombros e a nuca lhes assenta, para sempre seja louvado quem inventou o chinguiço, alguém a quem lhe doía. São trabalhos já ditos, que mais facilmente se recapitulam por serem de força bruta, porém, é causa da sua reiteração não consentir que esqueçamos o que, por tão comum e de tão mínima arte, se costuma olhar sem mais consideração que distraidamente vermos os nossos próprios dedos escrevendo, assim de um modo e outro ficando oculto aquele que faz sob aquilo que é feito. Muito melhor veríamos, e muito mais, se olhássemos de alto, por exemplo, pairando na máquina voadora sobre este lugar de

Mafra, o passeado monte, o conhecido vale, a Ilha da Madeira que as estações escureceram de chuva e sol, e alguns tabuados apodrecem já, o derrubamento das árvores no pinhal de Leiria e nos termos de Torres Vedras e Lisboa, os fumos diurnos e noturnos dos fornos de tijolo e cal que entre Mafra e Cascais são centenas, os barcos que outros tijolos trazem do Algarve e de Entre-Douro-e-Minho e os vão descarregar, Tejo adentro, por um canal aberto a braço, ao cais de Santo António do Tojal, os carros que por Monte Achique e Pinheiro de Loures trazem estas e outras matérias ao convento de sua majestade, e aqueles outros que carregam as pedras de Pero Pinheiro, não há melhor miradouro que este onde estamos, não faríamos ideia da grandeza da obra se o padre Bartolomeu Lourenço não tivesse inventado a passarola, a nós nos sustentam no ar as vontades que Blimunda juntou dentro das esferas de metal, lá em baixo outras vontades andam, presas ao globo terra pela lei da gravidade e da necessidade, se pudéssemos contar os carros que se movem por estes caminhos de ir e voltar, próximos ou mais longe, chegaríamos aos dois mil e quinhentos, vistos daqui parece que estão parados, é por ser tão pesada a carga. Mas os homens, se os quisermos ver, tem de ser de mais perto.

Durante muitos meses, Baltasar puxou e empurrou carros de mão, até que um dia se achou cansado de ser mula de liteira, ora à frente, ora atrás, e, tendo prestado públicas e boas provas perante oficiais do ofício, passou a andar com uma junta de bois, das muitas que el-rei tinha comprado. Fora de boa ajuda na promoção o José Pequeno, a cuja corcundice o abegão achava sua graça, ao ponto de dizer que o boieiro ficava com a cara à altura do focinho dos bois, e era quase verdade, mas, se pensou que com isso o ofendeu, muito enganado estava, porque o José Pequeno, pela primeira vez, ganhou consciência do gosto que lhe dava poder olhar a direito com os seus olhos de homem os imensos olhos dos animais, imensos e mansos, onde via refletida a sua própria cabeça, o tronco, e, lá para baixo, sumindo-se na fímbria inferior da pálpebra, as pernas, quando um homem cabe inteiro no olho de um boi, pode-se enfim reconhecer que o mundo está bem construído. Fora de boa ajuda o José Pequeno porque instou com o abegão que passasse Baltasar Sete-Sóis a boieiro, se já andava com os bois um aleijado, podiam andar dois, fazem companhia um ao outro, e se ele não se entender com o trabalho, não arrisca nada, volta para os carros de mão, em um dia se verá a habilidade do homem. De bois sabia Baltasar o bastante, mesmo não lidando com eles há tantos anos, e em dois trajetos logo se viu que o gancho não era defeito e que a mão direita não esquecera nenhuma cláusula da arte da aguilhada. Quando nessa noite chegou a casa, ia tão contente como quando, em garoto, descobrira o primeiro ovo num ninho, quando homem estivera com a primeira mulher, quando soldado ouvira o primeiro toque de trombeta, e de madrugada sonhou com os seus bois e a mão esquerda, nada lhe faltava, se até Blimunda ia montada num dos animais, entenda isto quem souber de sonhos sonhados.

Estava Baltasar há pouco tempo nesta sua nova vida, quando houve notícia de que era preciso ir a Pero Pinheiro buscar uma pedra muito grande que lá estava, destinada à varanda que ficará sobre o pórtico da igreja, tão excessiva a tal pedra que foram calculadas em duzentas as juntas de bois necessárias para trazê-la, e muitos os homens que tinham de ir também para as ajudas. Em Pero Pinheiro se construíra o carro que haveria de carregar o calhau, espécie de nau da

Índia com rodas, isto dizia quem já o tinha visto em acabamentos e igualmente pusera os olhos, alguma vez, na nau da comparação. Exagero será, decerto, melhor é julgarmos pelos nossos próprios olhos, com todos estes homens que se estão levantando noite ainda e vão partir para Pero Pinheiro, eles e os quatrocentos bois, e mais de vinte carros que levam os petrechos para a condução, convém a saber, cordas e calabres, cunhas, alavancas, rodas sobressalentes feitas pela medida das outras, eixos para o caso de se partirem alguns dos primitivos, escoras de vário tamanho, martelos, torqueses, chapas de ferro, gadanhas para quando for preciso cortar o feno dos animais, e vão também os mantimentos que os homens hão de comer, fora o que puder ser comprado nos lugares, um tão numeroso mundo de coisas carregando os carros, que quem julgou fazer a cavalo a viagem para baixo, vai ter de fazê-la por seu pé, nem é muito, três léguas para lá, três para cá, é certo que os caminhos não são bons, mas tantas vezes já fizeram os bois e os homens esta jornada com outros carregos, que só de pôr no chão a pata e a sola logo veem que estão em terra conhecida, ainda que custosa de subir e perigosa de descer. Daqueles homens que conhecemos no outro dia, vão na viagem José Pequeno e Baltasar, conduzindo cada qual sua junta, e, entre o pessoal peão, só para as forças chamado, vai o de Cheleiros, aquele que lá tem a mulher e os filhos, Francisco Marques é o nome dele, e também vai o Manuel Milho, o das ideias que lhe vêm e não sabe donde. Vão outros Josés, e Franciscos, e Manuéis, serão menos os Baltasares, e haverá Joões, Álvaros, Antónios e Joaquins, talvez Bartolomeus, mas nenhum o tal, e Pedros, e Vicentes, e Bentos, Bernardos e Caetanos, tudo quanto é nome de homem vai aqui, tudo quanto é vida também, sobretudo se atribulada, principalmente se miserável, já que não podemos falar-lhes das vidas, por tantas serem, ao menos deixemos os nomes escritos, é essa a nossa obrigação, só para isso escrevemos, torná-los imortais, pois aí ficam, se de nós depende, Alcino, Brás, Cristóvão, Daniel, Egas, Firmino, Geraldo, Horácio, Isidro, Juvino, Luís, Marcolino, Nicanor, Onofre, Paulo, Quitério, Rufino, Sebastião, Tadeu, Ubaldo, Valério, Xavier, Zacarias, uma letra de cada um para ficarem todos representados, porventura nem todos estes nomes serão os próprios do tempo e do lugar, menos ainda da gente, mas, enquanto não se acabar quem trabalhe, não se acabarão os trabalhos, e alguns destes estarão no futuro de alguns daqueles, à espera de quem vier a ter o nome e a profissão. De quantos pertencem ao alfabeto da amostra e vão a Pero Pinheiro, pese-nos deixar ir sem vida contada aquele Brás que é ruivo e camões do olho direito, não tardaria que se começasse a dizer que isto é uma terra de defeituosos, um marreco, um maneta, um zarolho, e que estamos a exagerar a cor da tinta, que para heróis se deverão escolher os belos e formosos, os esbeltos e escorreitos, os inteiros e completos, assim o tínhamos querido, porém, verdades são verdades, antes se nos agradeça não termos consentido que viesse à história quanto há de belfos e tartamudos, de coxos e prognatas, de zambros e epiléticos, de orelhudos e parvos, de albinos e de alvares, os da sarna e os da chaga, os da tinha e do tinhó, então sim, se veria o cortejo de lázaros e quasímodos que está saindo da vila de Mafra, ainda madrugada, o que vale é que de noite todos os gatos são pardos e vultos todos os homens, se Blimunda tivesse vindo à despedida sem ter comido o seu pão, que vontade veria em cada um, a de ser outra coisa.

Mal o sol nasceu, logo se pôs quente o dia, nem admira,

se julho é. Três léguas, para este povo de andarilhos, não é jornada de matar, tanto mais que o comum do pessoal regula o passo pela andadura dos bois, e estes não sabem de nenhum motivo para ir depressa. Soltos de carga, apenas jungidos aos pares, vão desconfiados da fartura e quase sentem inveja dos manos que vêm puxando os carros dos petrechos, é como estar na engorda antes do matadouro. Os homens, já se disse, vão devagar, calados uns, outros conversando, cada qual puxado aos amigos que tem, mas a um deles chegou-se-lhe o fogo ao rabo e, mal saiu de Mafra, largou num trote curto, parecia que ia a Cheleiros salvar o pai da forca, era o Francisco Marques que aproveitava a ocasião para ir enforcar-se entre as pernas da mulher, agora que ela já despejou, ou não será tal a ideia, talvez queira apenas estar com os filhos, dar uma palavra à esposa, cortejá-la somente, sem pensar em fornicações que teriam de ser apressadas porque os companheiros vêm aí atrás, e pelo menos a Pero Pinheiro convém que chegue ao mesmo tempo que eles, já à nossa porta estão passando, afinal sempre me deitei contigo, o menino está a dormir, não dá por nada, os outros mandámo-los ver se está a chover, e eles entendem que o pai quer estar com a mãe, que seria de nós se el-rei tem mandado fazer o convento no Algarve, e ela perguntou, Já te vais, e ele respondeu, Que remédio, mas na volta, acampando nós perto, fico toda a noite contigo.

Quando Francisco Marques chegou a Pero Pinheiro, a deitar os bofes pela boca, de perna fraca, já estava armado o arraial, enfim, não havia barracas, não havia tendas, os soldados eram apenas os da vigilância costumada, mas parecia aquilo uma feira de gado, mais de quatrocentas cabeças, e os homens andando pelo meio dos bois, apartando-os para um lado, e com isso espantavam-se alguns animais, davam grandes cabeçadas, aparatosas, mas sem malícia, depois acomodaram-se a comer o feno que estava a ser descarregado dos carros, iam ter muito que esperar, agora comiam rapidamente os homens da pá e da enxada, que esses eram precisos lá adiante. A manhã estava em meio, o sol batia já violento no chão duro e seco, coberto de miúdos fragmentos de mármore, lascas, esquírolas, e, a um lado e outro do rebaixo fundo da pedreira, grandes blocos esperavam a sua vez de ser levados a Mafra. Estava-lhes certa a viagem, mas hoje não.

Alguns homens tinham-se juntado no meio do caminho, os de trás tentavam olhar por cima das cabeças dos outros, ou forcejavam por furar pelo meio deles, e Francisco Marques aproximou-se, compensando o atraso com o empenho de saber, que é que estão a ver além, por acaso foi o ruivo que lhe respondeu, É a pedra, e outro acrescentou, Nunca vi uma coisa assim em dias da minha vida, e abanava a cabeça, abismado. Nisto vieram os soldados, e com ordens e empurrões afastaram o ajuntamento, Cheguem-se para lá, os homens são tão curiosos como os cachopos, e veio o oficial da vedoria que tinha encargo deste transporte, Apartem-se, deem campo, lá se afastaram os homens atropelando-se, e ela apareceu, bem tinha dito o Brás ruivo e zarolho, A pedra.

Era uma laje retangular enorme, uma brutidão de mármore rugoso que assentava sobre troncos de pinheiro, chegando mais perto sem dúvida ouviríamos o gemer da seiva, como ouvimos agora o gemido de espanto que saiu da boca dos homens, neste instante em que a pedra desafogada apareceu em seu real tamanho. Aproximou-se o oficial da vedoria e pôs-lhe a mão em cima, como se estivesse tomando posse dela em nome de sua majestade, mas se estes homens e estes bois não fizerem a força necessária, todo o poder de el-rei será vento, pó e coisa nenhuma. Porém, farão a força. Foi para isso que vieram, para isso deixaram terras e trabalhos seus, trabalhos que eram também de força em terras que a força mal amparava, pode o vedor estar sossegado que aqui ninguém se irá negar.

Os homens da pedreira aproximam-se, vão terminar e apurar o corte da pequena elevação para onde a pedra havia sido arrastada, em modos de fazer-lhe uma parede vertical, à face do lado mais estreito da laje. É aqui que virá acostar a nau da Índia, mas primeiro terão os homens vindos de Mafra de abrir uma larga avenida por onde baixará o carro, uma rampa que suavemente vá até à estrada, só depois a viagem poderá começar. Armados de alviões e pás, os homens de Mafra avançaram, já o oficial riscou no chão o traçado deste rebaixo, e Manuel Milho, que estava ao lado do de Cheleiros, medindo-se com a laje agora tão próxima, disse, É a mãe da pedra, não disse que era o pai da pedra, sim a mãe, talvez porque viesse das profundas, ainda maculada pelo barro da matriz, mãe gigantesca sobre a qual poderiam deitar-se quantos homens, ou ela esmagá-los a eles, quantos, faça as contas quem quiser, que a laje tem de comprimento trinta e cinco palmos, de largura quinze, e a espessura é de quatro palmos, e, para ser completa a notícia, depois de lavrada e polida, lá em Mafra, ficará só um pouco mais pequena, trinta e dois palmos, catorze, três, pela mesma ordem e partes, e quando um dia se acabarem palmos e pés por se terem achado metros na terra, irão outros homens a tirar outras medidas e encontrarão sete metros, três metros, sessenta e quatro centímetros, tome nota, e porque também os pesos velhos levaram o caminho das medidas velhas, em vez de duas mil cento e doze arrobas, diremos que o peso da pedra da varanda da casa a que se chamará de Benedictione é de trinta e um mil e vinte e um quilos, trinta e uma toneladas em números redondos, senhoras e senhores visitantes, e agora passemos à sala seguinte, que ainda temos muito que andar. Entretanto, durante todo o dia, os homens cavaram a terra. Vieram os boieiros dar uma ajuda, Baltasar Sete-Sóis tornou ao carro de mão, sem desdouro, é bom que não esqueçamos os trabalhos pesados, ninguém está livre de voltar a precisar deles, imaginemos que amanhã se perde o sentido da alavanca, não haverá mais remédio que meter o ombro e o braço, até que ressuscite Arquimedes e diga, Deem-me um ponto de apoio para vocês levantarem o mundo. Quando o sol se pôs estava aberta a avenida, numa extensão de cem passos até à estrada calcetada, que mais folgadamente fora andada durante a manhã. Cearam os homens e foram dormir, espalhados por estes campos, debaixo das árvores, ao abrigo dos blocos de pedra, alvíssimos, que se tornaram fulgurantes quando a lua nasceu. A noite estava quente. Se algumas fogueiras ardiam, era apenas para companhia dos homens. Os bois ruminavam, deixando coar o fio de baba que devolvia à terra os sucos da terra, aquela aonde tudo volta, até as pedras com tanto trabalho alçadas, os homens que as erguem, as alavancas que as suportam, os calços que as amparam, nem os senhores imaginam a soma de trabalho que está neste convento.

Escuro ainda, tocou a corneta. Os homens levantaram-se, enrolaram as mantas, os boieiros foram jungir os bois, e da casa onde dormira desceu o vedor à pedreira com os seus ajudantes, mais os olheiros, para saberem estes que ordens haveriam de dar e para quê. Descarregaram-se dos carros as cordas e os calabres, dispuseram-se as juntas de bois pelo caminho acima, em dois cordões. Mas ainda faltava vir a nau da Índia. Era uma plataforma de grossos madeiros assente sobre seis rodas maciças, de eixos rígidos, no tamanho um pouco maior que a laje que teria de transportar. Vinha puxada a braço, em grande alarido de quem fazia a força e de quem a mandava fazer, um homem distraiu-se, deixou ficar um pé debaixo da roda, ouviu-se um berro, um grito de dor insuportada, a viagem começa mal. Baltasar estava perto com os seus bois, viu o sangue esguichar, e num repente achou-se em Jerez de los Caballeros, quinze anos atrás, como o tempo passa. Com ele costumam passar as dores, mas para passarem estas é cedo ainda, o homem já lá vai, gritando sempre, levam-no num esquife para Morelena onde há uma enfermaria, talvez escape com menos um bocado da perna, merda. Também em Morelena dormiu Baltasar uma noite com Blimunda, é assim o mundo, junta no mesmo lugar o grande gosto e a grande dor, o bom cheiro dos humores sadios e o podre fétido da ferida gangrenada, para inventar céu e inferno não seria preciso mais que conhecer o corpo humano. Já não se vê sinal do sangue que ficou no chão, passaram as rodas do carro, pisaram os pés dos homens, as patas patudas dos bois, a terra sugou e confundiu o resto, só um calhau que foi arredado para o lado ainda conserva alguma cor.

A plataforma desceu muito devagar, amparada no declive pelos homens que prudentemente iam folgando as cordas, até finalmente entestar com a parede de terra que os pedreiros tinham alisado. Agora sim, se veriam ciência e arte. Com grandes pedras foram calçadas as rodas todas do carro, para que não se afastasse da parede quando a laje fosse puxada de cima dos troncos e descaísse e deslizasse sobre a plataforma.

Toda a superfície desta foi coberta de barro para reduzir o atrito da pedra contra a madeira, e enfim começaram a ser passados os calabres, de modo a abraçarem a laje no sentido do comprimento, um de cada lado, por fora dos troncos, outro que a cingia em toda a sua largura, assim se formando seis pontas que na dianteira do carro se juntaram e ataram a um rijo madeiro reforçado de cintas de ferro, donde nasciam dois outros calabres, mais grossos, que eram os tirantes principais, sucessivamente acrescentados com ramos de menor grossura, a que deviam puxar os bois. Não é este, aqui, o caso de levar menos tempo a fazer do que a explicar, pelo contrário, o sol já nasceu, já se levantou por cima daqueles montes que além vemos, e ainda agora estão a ser reforçados os últimos nós, deitou-se água para cima do barro que entretanto secara, mas primeiro é preciso dispor as juntas de bois a boa distância, tensas todas as cordas o bastante para que não se perca a força de arrastamento por causa dos desencontros, puxo eu, puxas tu, tanto mais que, afinal, não há espaço que chegue para as duzentas juntas e a tração tem de ser exercida a direito, em frente e para cima, É um bico de obra, disse o José Pequeno, que era o primeiro do cordão da esquerda, se de Baltasar veio alguma opinião, não chegou a ser ouvida porque está mais longe. Lá no alto, o mestre da manobra vai dar a voz, um grito que começa arrastado e depois acaba secamente como um tiro de pólvora, sem ecos, Êeeeeeiii-ô, se os bois puxarem mais de um lado que do outro, estamos mal aviados, Êeeeeeiii-ô, agora saiu o grito, duzentos bois agitaram-se, puxaram, primeiro de esticão, depois com uma força contínua, logo interrompida, porque há os que escorregam, outros inclinam para fora ou para dentro, questão de ciência do boieiro, as cordas roçam asperamente os costados, enfim, entre clamores, insultos, incitamentos, acertou-se a tração por alguns segundos e a laje avançou um palmo, trilhando debaixo de si os troncos. O primeiro puxão foi certo, o segundo errou, o terceiro teve de ajustar os dois, agora só puxam estes, aqueles aguentam, finalmente a laje começou a avançar sobre a plataforma, ainda mantida acima dela pela altura dos troncos, até que se desequilibrou, desceu bruscamente e caiu para o carro, tumba, a aresta rugosa mordeu os madeiros e aí se imobilizou a pedra, ter ou não ter estendido ali o barro seria o mesmo que nada, se não aparecessem outras providências. Subiram homens à plataforma com longas e fortíssimas alavancas, esforçadamente soergueram a pedra ainda instável, e outros homens introduziram-lhe debaixo calços com o rasto de ferro, que puderam deslizar sobre o barro, agora vai ser fácil, Êeeeeeiii-ô, Êeeeeeiii-ô, Êeeeeeiii-ôô, todo o mundo puxa com entusiasmo, homens e bois, pena é que não esteja D. João V no alto da subida, não há povo que puxe melhor que este. Já os calabres laterais foram largados, toda a tração se exerce naquele que abraça a pedra no sentido da largura, é quanto basta, parece a laje leve, tão facilmente escorrega sobre a plataforma, só quando enfim descai por inteiro se ouve retumbar o peso, todo o arcaboiço do carro range, se não fosse estar o chão naturalmente calcetado, calhaus sobre calhaus, enterrar-se-iam as rodas até aos cubos. Foram retirados os grandes blocos de mármore que serviam de calços, já não há perigo que o carro fuja. Agora avançam os carpinteiros, com maços, trados e formões abrem, a espaços, na espessa plataforma, ao rente da laje, janelas retangulares onde vão encaixando e batendo cunhas, depois fixam-nas com pregos grossos, é um trabalho que leva o seu tempo, o resto do pessoal está por aí, descansando pelas sombras, os bois ruminam e sacodem os moscardos, o calor é muito. Tocara para o jantar quando os carpinteiros acabaram a tarefa, e o vedor vem dar ordens para se atar a laje ao carro, é operação que está a cargo dos soldados, talvez por causa da disciplina e da responsabilidade, talvez por estarem habituados com a artilharia, em menos de meia hora a pedra fica solidamente atada, cordas e mais cordas, como se fizesse corpo com a plataforma, aonde uma for, vai a outra. Não há nada a emendar, é obra asseada. Visto de largo, o carro é um bicho de carapaça, um cágado atarracado, sobre pernas curtas, e, como está sujo de barro, parece ter acabado de sair da terra funda, é ele próprio terra que prolonga a elevação a que ainda está encostado. Os homens e os bois já estão no seu jantar, depois será a hora da sesta, se a vida não tivesse tão boas coisas como comer e descansar, não valia a pena construir conventos.

Diz-se que o mal não atura, embora, pela fadiga que traz consigo, pareça às vezes que sim, mas o que nenhuma dúvida tem, é não durar o bem sempre. Está um homem em suavíssimo torpor, ouvindo as cigarras, não foi a comida fartura, mas um estômago avisado sabe encontrar muito no pouco, e além disso temos o sol, que também alimenta, eis senão quando ressoa a corneta, se estivéssemos no vale de Josafá mandávamos acordar os mortos, assim não há outro remédio que levantarem-se os vivos. Recolhem-se aos carros os petrechos diversos, que de tudo é preciso dar contas no inventário, verificam-se os nós, faz-se a ligação dos calabres ao carro, e, à nova voz de Êeeeeeiii-ô, os bois, em desencontrada agitação, começam a puxar, fincam os cascos no solo irregular da pedreira, as aguilhadas picam os cachaços, e o carro, como se estivesse a ser arrancado do forno da terra, move-se devagar, as rodas trituram os fragmentos de mármore que juncam o chão, pedra como esta de hoje é que nunca daqui saiu. O vedor e certos seus auxiliares graduados já montaram nas mulas, outros deles farão o caminho a pé por necessidade da obrigação, são subalternos, mas todos têm uma parte de ciência e outra de mando, a ciência por causa do mando, o mando por causa da ciência, não é o caso deste arraial de homens e bois, que são mandados só, uns e outros, e o melhor é sempre o que mais força for capaz de fazer. Aos homens pede-se, por acrescentamento, algum jeito, não puxar ao contrário, meter a tempo o calço à roda, dizer as palavras que estimulam os animais, saber juntar a força à força e multiplicar ambas, o que, enfim, não é despicienda ciência. O carro já subiu até meio da rampa, cinquenta passos, se tanto, e continua, oscilando duramente nos ressaltos das pedras, que isto não é coche de alteza nem sege de eclesiástico, esses molejam como Deus manda. Aqui os eixos são rígidos, as rodas trambolhos, não luzem arreios nas lombeiras dos bois nem os homens apuram librés nos encontros, é uma tropa-fandanga que não irá aos triunfais cortejos nem seria admitida na procissão do Corpus Christi. Uma coisa é transportar a pedra para a varanda donde o patriarca, daqui por uns anos, nos há de abençoar a todos, outra e melhor seria sermos nós a bênção e o abençoador, assim como semear pão e comê-lo.

Vai ser uma grande jornada. Daqui a Mafra, mesmo tendo el-rei mandado consertar as calçadas, o caminho é custoso, sempre a subir e a descer, ora ladeando os vales, ora empinando-se para as alturas, ora mergulhando a fundo, quem fez as contas aos quatrocentos bois e aos seiscentos homens, se as errou, foi na falta, não que estejam de sobra. Os moradores de Pero Pinheiro desceram à estrada para admirar o aparato, nunca se viu tanta junta de bois desde que começou a obra, nunca se ouviu tão alto vozear, e há quem comece a ter saudades de ver partir aquela tão formosa pedra, criada aqui nesta nossa terra de Pero Pinheiro, oxalá não se parta pelo caminho, para isso não valia a pena ter nascido. O vedor já seguiu à frente, é como um general de batalha com o seu estado-maior, os seus ajudantes-de-campo, os seus ordenanças, vão reconhecer o terreno, medir a curva, calcular o declive, prever o acampamento. Depois regressam ao encontro do carro, quanto andou, se de Pero Pinheiro saiu, em Pero Pinheiro ainda está. Neste primeiro dia, que foi só a tarde, não avançaram mais que quinhentos passos. A estrada era estreita, atropelavam-se nela as juntas de bois, um cordão de cada lado, sem espaço de manobra, metade da força de tração perdia-se por não haver igualdade no arranque, as ordens ouviam-se mal. E lá estava o peso assombroso da pedra. Quando o carro tinha de parar, ou porque uma roda se metesse numa cova do caminho, ou porque o esforço compassado dos bois se medisse de repente com uma subida e obrigasse a uma pausa, parecia que já não seria possível movê-lo mais. E quando, finalmente, avançava, todos os madeiros rangiam como se fossem libertar-se das cintas e dos grampos de ferro. E esta ainda era a parte mais fácil da viagem.

Nessa noite, os bois foram descangados, mas deixaram-nos na estrada, não os reuniram em malhada. A lua nasceu mais tarde, muitos homens já dormiam, com a cabeça em cima das botas, os que as tinham. A alguns chamava-os a luz fantasmal, ficavam a olhar o astro, e nele viam distintamente o vulto do homem que foi cortar silvas em dia de domingo e a quem o Senhor castigou, obrigando-o a carregar por toda a eternidade o molho que juntara antes que o fulminasse a sentença, assim ficando, em desterro lunar, a servir de emblema visível da justiça divina, para escarmento de irreverentes. Baltasar fora à procura de José Pequeno, os dois encontraram Francisco Marques, e, com mais alguns, arrumaram-se em redor duma fogueira, que a noite arrefecia. Mais tarde chegou-se-lhes Manuel Milho que contou uma história, Era uma vez uma rainha que vivia com o seu real marido em palácio, mais os filhos, que eram um infante e uma infanta, assim deste tamanho, e então diz-se que o rei gostava muito de ser rei, mas a rainha é que não sabia se gostava, ou não, de ser o que era, porque nunca lhe tinham ensinado a ser outra coisa, por isso não podia escolher e dizer, gosto mais de ser rainha, ainda se ela fosse como o rei, que esse gostava de ser o que era porque outra coisa também lhe não tinham ensinado, mas a rainha era diferente, se fosse igual não haveria história, então aconteceu que lá no reino havia um ermitão que correra muitas aventuras e, depois de levar anos e anos a corrê-las, foi meter-se naquela cova, ele vivia numa cova do monte, não sei se já tinha dito, e não era ermitão desses de reza e penitência, chamavam-lhe ermitão porque vivia sozinho, a comida dele era o que apanhava, se lhe davam outra não recusava, mas pedir nunca pediu, ora uma vez a rainha foi passear ao monte com o seu séquito e disse à aia mais velha que queria falar ao ermitão para lhe fazer uma pergunta, e a aia respondeu, saiba vossa majestade que este ermitão não é de igreja, é homem como os outros, a diferença é que vive sozinho num buraco, isto disse a aia, mas nós já sabíamos, e a rainha respondeu, a pergunta que quero fazer não é de religião, e então foram andando e quando chegaram à boca da cova um pajem gritou para dentro e o ermitão apareceu, era um homem já avançado na idade, mas robusto, assim como uma árvore de encruzilhada, e quando apareceu perguntou, quem me chama, e o pajem disse, sua majestade a rainha, e pronto, por hoje acabou-se a história, vamos dormir. Protestaram os outros, queriam saber o resto do conto da rainha e do ermitão, porém Manuel Milho não se deixou convencer, que amanhã também era dia, tiveram de conformar-se, foi cada qual ao seu sono, cada qual pensando, antes que ele chegasse, consoante as suas conhecidas inclinações, José Pequeno que o rei se calhar já não se atrevia com a rainha, mas se o ermitão é velho, como é que vai ser, Baltasar que a rainha é Blimunda e ele próprio o ermitão, nisto se confirma por ser a história de homem e mulher, embora as diferenças sejam tantas, Francisco Marques que como esta história vai acabar sei eu, em chegando a Cheleiros explico. A lua já acolá vai, não é que pese muito um molho de silvas, o pior são os espinhos, mal parece vingar-se Cristo da coroa que lhe puseram.

O dia seguinte foi de grandes aflições. A estrada alargava-se um pouco, podiam portanto as juntas de bois manobrar mais à vontade, sem atropelos, mas o carro, pelo seu tamanho, pela rigidez dos eixos, e também pela carga que suportava, virava dificultosamente nas curvas, por isso tinham de arrastá-lo lateralmente, primeiro à frente, depois atrás, as rodas resistiam, empeçavam nas pedras, que era preciso desfazer a malho, e ainda assim não se queixavam os homens se havia espaço para desatrelar e tornar a atrelar os bois suficientes para deslocar o carro, de modo a entestá-lo novamente com o caminho. As subidas, se não havia curvas, resolvia-as a força bruta, tudo a puxar, os bois esticando as cabeças para diante, quase a tocarem com os focinhos os quartos traseiros dos da frente, resvalando às vezes na bosta e na urina que faziam regueiros em valetas abertas aos poucos pelo calcar das patas e pelo trilhar das rodas. A cada duas juntas de bois ia um homem, viam-se-lhes as cabeças e as aguilhadas até longe, entre as armações dos animais, por sobre os dorsos fulvos, só do José Pequeno se não distinguia o vulto, nem admira, estaria falando à orelha dos seus bois, manos na altura, Puxem, boizinhos, puxem. Mas a aflição tornava-se agonia se o caminho era a descer. A todo o momento o carro se escapava, era preciso meter-lhe logo os calços, desatrelar as juntas quase todas, três ou quatro de cada lado chegavam para mover a pedra, mas então tinham os homens de pegar às cordas da traseira da plataforma, centenas de homens como formigas, de pés fincados no chão, corpos inclinados para trás, músculos retensos, sustentando o carro que ameaçava arrastá-los para o vale, lançá-los para fora da curva como uma chicotada. Os bois, mais acima ou mais abaixo, ruminavam sossegadamente, olhando a agitação, as correrias dos homens que davam ordens, o vedor a cavalo na mula, os rostos congestionados e alagados de suor, e eles ali, quietos, à espera da sua vez, tão tranquilos que nem a aguilhada se movia, apoiado contra o jugo. Alguém teve a ideia de atrelar bois à parte de trás da plataforma, mas tiveram de desistir porque o boi não compreende uma aritmética de esforço que venha a resultar em dois passos em frente e três à retaguarda. O boi, ou vence a rampa e faz subir o que deveria descer, ou é arrastado sem resistência e chega esfacelado onde deveria poder repousar.

Neste dia, desde o nascer do sol até ao fim da tarde, fizeram uns mil e quinhentos passos, menos de meia légua das nossas, ou, se quisermos julgar por comparação, o equivalente a duzentas vezes o comprimento da laje. Tantas horas de esforço para tão pouco andar, tanto suor, tanto medo, e aquele monstro de pedra a resvalar quando devia estar parado, imóvel quando deveria mexer-se, amaldiçoado sejas tu, mais quem da terra te mandou tirar e a nós arrastar por estes ermos. Os homens deitam-se no chão, sem forças, ficam arquejando de barriga para cima, olhando o céu que devagar vai escurecendo, primeiramente de um modo que parece estar o dia a nascer e não a chegar ao fim, depois tornando-se transparente à medida que a luz vai a diminuir, e de repente onde havia um cristal surge uma espessura profunda e aveludada, é a noite. A lua, hoje, virá muito mais tarde, já minguante, todo o acampamento estará a dormir. Come-se à luz das fogueiras, e a terra está fazendo concorrência ao céu, onde lá há estrelas, aqui estão lumes, porventura ao redor delas, no princípio do tempo, se teriam também sentado os homens que arrastaram as pedras com que se fez a abóbada celeste, quem sabe se teriam estes mesmos rostos fatigados, estas barbas crescidas, estas grossas e calosas mãos, sujas, as unhas negras de luto, como é costume dizermos, este intenso suor. Então Baltasar pediu, Conta lá, Manuel Milho, que foi que a rainha perguntou quando o ermitão apareceu à boca da cova, e José Pequeno deitou-se a adivinhar, Se calhar mandou embora as aias e os pajens, este José Pequeno é malicioso, enfim, deixemo-lo entregue à penitência que o confessor lhe mandará fazer, se for o confitente homem para boa e reta confissão, do que convém duvidar, e dêmos atenção a Manuel Milho que está dizendo, Quando o ermitão apareceu à boca da cova, a rainha avançou três passos e perguntou, se uma mulher é rainha, se um homem é rei, que hão de fazer para se sentirem mulher e homem, e não só rainha e rei, isto foi o que ela perguntou, e o ermitão respondeu com outra pergunta, se

284

um homem é ermitão, que haverá de fazer para sentir-se homem e não só ermitão, e a rainha pensou um bocado e disse, deixará a rainha de ser rainha, o rei não será rei, o ermitão sairá do ermitério, isso é o que terão de fazer, mas agora farei eu outra pergunta, que mulher e homem serão esses que não são rainha nem ermitão, e só mulher e homem, que é ser homem e mulher não sendo estes ermitão e rainha, que é ser não sendo o que se é, e o ermitão respondeu, ninguém pode ser não sendo, homem e mulher não existem, só existe o que forem e a rebelião contra o que são, e a rainha declarou, eu rebelo-me contra o que sou, diz-me agora tu se te rebelas contra o que és, e ele respondeu, ser ermitão é o contrário de ser, pensam os que vivem no mundo, mas ainda é ser alguma coisa, e ela, então onde está o remédio, e ele, se é mulher que queres ser, deixa de ser rainha, o resto só saberás depois, e ela, se queres ser homem, por que continuas ermitão, e ele, porque o que mais se teme é ser homem, e ela, sabes tu que é ser homem e mulher, e ele, ninguém sabe, com esta resposta se retirou a rainha, levando atrás de si o séquito que murmurava, amanhã direi o resto. Bem fez Manuel Milho em calar-se, porque dois dos ouvintes, José Pequeno e Francisco Marques, já ressonavam, enrolados nas mantas. As fogueiras iam-se apagando. Baltasar pôs-se a olhar para Manuel Milho insistentemente, Essa história não tem pés nem cabeça, não se parece nada com as histórias que se ouvem contar, a da princesa que guardava patos, a da menina que tinha uma estrela na testa, a do lenhador que achou uma donzela no bosque, a do touro azul, a do diabo do Alfusqueiro, a da bicha de sete cabeças, e Manuel Milho disse, Se no mundo houvesse um gigante tão grande que chegasse ao céu, dirias que os pés eram montanhas e a cabeça a estrela-da-manhã, para homem

285

que declarou ter voado e ser igual a Deus, és muito desconfiado. Com esta censura ficou Baltasar emudecido, depois deu as boas-noites, virou-se de costas para o lume e em pouco tempo adormeceu. Manuel Milho ainda ficou acordado, A pensar no modo melhor de sair da história em que se tinha metido, se o ermitão se faria rei, se a rainha se faria ermitoa, por que será que os contos têm de acabar sempre assim. Tão grande fora o sofrimento durante este arrastado dia, que todos diziam, Amanhã não pode ser pior, e no entanto sabiam que iria ser pior mil vezes. Lembravam-se do caminho que descia para o vale de Cheleiros, aquelas apertadas curvas, aqueles declives espantosos, aquelas empinadas encostas que caíam quase a pique sobre a estrada, Como será que vamos passar, murmuravam para si próprios. Em todo aquele verão não houve dia mais quente, a terra parecia uma braseira, o sol uma espora cravada nas costas. Os aguadeiros corriam a longa fila, levando quartões de água ao ombro, iam buscá-la aos poços que por ali havia, nas terras baixas, às vezes muito afastados, e tinham de trepar monte acima por carreiros de pé posto, para encher as dornas, não podem as galés ser piores do que isto. Perto da hora de jantar chegaram a um alto donde se via Cheleiros, no fundo do vale. Com isto mesmo é que Francisco Marques vinha contando, quer conseguissem descer quer não, esta noite em companhia da mulher é que ninguém lha tiraria. Levando consigo os ajudantes, o vedor desceu até ao ribeiro que lá em baixo passava, foi de caminho assinalando os lugares mais perigosos, os sítios onde o carro deveria ser encostado para garantir os repousos e maior segurança da pedra, e finalmente tomou a decisão de mandar desatrelar os bois e conduzi-los para um espaço desafogado, depois da terceira curva, bastante afastados para não empataram a manobra, suficientemente próximos para serem trazidos sem maior demora se a mesma manobra o pedisse. Assim, a plataforma ia descer a pulso. Não havia outra maneira. Enquanto estavam a ser levadas as juntas, os homens, espalhados pela crista do monte, à torreira do sol, olhavam o vale sossegado, as hortas, as sombras frescas, as casas que pareciam irreais, tão aguda era a impressão de calma que irradiava delas. Pensariam isso ou não, talvez apenas esta simplicidade, Se me apanho lá em baixo, ainda vou julgar que é mentira.

Como foi, digam-no outros que mais saibam. Seiscentos homens agarrados desesperadamente aos doze calabres que tinham sido fixados na traseira da plataforma, seiscentos homens que sentiam, com o tempo e o esforço, ir-se-lhes aos poucos a tesura dos músculos, seiscentos homens que eram seiscentos medos de ser, agora sim, ontem aquilo foi uma brincadeira de rapazes, e a história de Manuel Milho uma fantasia, que é realmente um homem quando só for a força que tiver, quando mais não for que o medo de que lhe não chegue essa força para reter o monstro que implacavelmente o arrasta, e tudo por causa de uma pedra que não precisaria ser tão grande, com três ou dez mais pequenas se faria do mesmo modo a varanda, apenas não teríamos o orgulho de poder dizer a sua majestade, É só uma pedra, e aos visitantes, antes de passarem à outra sala, É uma pedra só, por via destes e outros tolos orgulhos é que se vai disseminando o ludíbrio geral, com suas formas nacionais e particulares, como esta de afirmar nos compêndios e histórias, Deve-se a construção do convento de Mafra ao rei D. João v, por um voto que fez se lhe nascesse um filho, vão aqui seiscentos homens que não fizeram filho nenhum à rainha e eles é que pagam o voto, que se lixam, com perdão da anacrónica voz.

Descesse a estrada a direito para o vale e tudo se reduziria a um jogo alternado, acaso divertido jogo, de libertação e retenção deste papagaio de pedra, dar-lhe a guita e enrolá-la, deixá-lo deslizar enquanto a aceleração não se tornasse indominável, travá-lo a tempo para que não se precipitasse no vale, de caminho esfacelando os homens que não tivessem conseguido libertar-se, eles, papagaios destas e doutras guitas. Mas há o pesadelo das curvas. Enquanto o caminho era plano, foram os bois utilizados consoante se explicou, puxando alguns lateralmente a dianteira do carro até conseguir alinhá-lo com a reta, breve ou extensa, em que a curva se prolongava. Era apenas um trabalho de paciência, que de tão repetido se tornara rotineiro, desatrelar, atrelar, desatrelar, atrelar, dos bois era a maior fadiga, os homens pouco mais faziam que gritar. Agora gritariam estes de desespero diante da diabólica combinação de curva e declive que vão ter de vencer muitas vezes, mas gritar, em tal caso, seria perder o fôlego, e ele já não é muito. Estude-se antes o jeito, deixemos os gritos para quando puderem ser de alívio. O carro vai descendo até à entrada da curva, tão encostado à parte interior dela quanto possível, e aí é calçada a roda da frente desse mesmo lado, porém, não há de o calço ser tão sólido que por si só trave o carro inteiro, nem tão frágil que se deixe esmagar pelo peso, se achar que não tem o caso supremas dificuldades é porque não levou esta pedra de Pero Pinheiro a Mafra e apenas assistiu sentado, ou se limita a olhar de longe, do lugar e do tempo desta página. Assim perigosamente travado, o carro pode ter o demoníaco capricho de ficar tão quieto como se tivesse todas as rodas cravadas no chão. É o mais comum. Só em raríssimas condições conjuntas de inclinação da curva para o lado de fora, mínimo atrito do terreno, acentuação conveniente do declive, tudo na boa conta, só assim a plataforma cederá sem dificuldade ao impulso lateral que será dado na sua parte de trás, ou, milagre ainda maior, por si própria rodará sobre o seu único ponto de apoio, lá à frente. A regra é outra, a regra é outra vez a enorme força que vai ser preciso aplicar nos sítios ótimos, pelo tempo rigorosamente necessário, para que o movimento não seja demasiado amplo, e portanto fatal, ou, a Deus graças pelo mal menor, exigindo novo e penoso esforço em sentido contrário. Aplicam-se as alavancas às quatro rodas posteriores, tenta-se deslocar o carro, meio palmo que seja, para o lado exterior da curva, os homens que trabalham às cordas ajudam puxando na mesma direção, é uma balbúrdia, com os das alavancas de fora entre uma floresta de calabres esticados e tensos como fios de lâmina, com os das cordas às vezes dispostos pela encosta abaixo, não raro escorregando e rolando, por enquanto sem maior mal. Cedeu finalmente o carro, deslocou-se um ou dois palmos, mas, lá à frente, pelo tempo que esta manobra durou, a roda do lado de fora foi sucessivamente calçada e descalçada, para prevenir o perigo de se desmandar a plataforma no meio de um destes movimentos, naquele segundo em que está como suspensa e desamparada, e sem homens suficientes para segurá-la, pois os mais deles, com todas estas confusas operações, nem espaço têm para se mover. Em cima deste valado está o diabo assistindo, pasmando da sua própria inocência e misericórdia por nunca ter imaginado suplício assim para coroação dos castigos do seu inferno.

Um dos homens que trabalham aos calços é Francisco Marques. Provou já a sua destreza, uma curva má, duas péssimas, três piores que todas, quatro só se fôssemos doidos, e por cada uma delas vinte movimentos, tem consciência de que está a fazer bem o trabalho, por acaso agora nem pensa na mulher, a cada coisa seu tempo, toda a atenção se fixa na roda que vai começar a mover-se, que será preciso travar, não tão cedo que torne inútil o esforço que lá atrás estão fazendo os companheiros, não tão tarde que ganhe o carro velocidade e se escape ao calço. Como agora aconteceu. Distraiu-se talvez Francisco Marques, ou enxugou com o antebraço o suor da testa, ou olhou cá do alto a sua vila de Cheleiros, enfim se lembrando da mulher, fugiu-lhe o calço da mão no preciso momento em que a plataforma deslizava, não se sabe como isto foi, apenas que o corpo está debaixo do carro, esmagado, passou-lhe a primeira roda por cima, mais de duas mil arrobas só a pedra, se ainda estamos lembrados. Diz-se que uma desgraça nunca vem só, e costuma ser verdade, diga-o qualquer de nós, porém, desta vez, o mandador delas achou que era bastante ter morto um homem. O carro, que bem poderia ter-se precipitado, aos cambulhões, pela encosta abaixo, parou logo adiante, presa a roda numa cova da calçada, nem sempre as salvações estão onde deveriam estar.

Tiraram Francisco Marques de debaixo do carro. A roda passara-lhe sobre o ventre, feito numa pasta de vísceras e ossos, por um pouco se lhe separavam as pernas do tronco, falamos da sua perna esquerda e da sua perna direita, que da outra, a tal do meio, a inquieta, aquela por amor da qual fez Francisco Marques tantas caminhadas, dessa não há sinal, nem vestígio, nem um simples farrapito. Trouxeram um esquife, puseram-lhe o corpo em cima, enrolado numa manta que ficou logo empapada em sangue, dois homens pegaram aos varais, outros dois para revezamento os acompanharam, os quatro para dizer à viúva, Trazemos aqui o seu homem, vão declará-lo a esta mulher que assomou agora ao postigo, que olha o monte onde está seu marido, e diz aos filhos, Vosso pai esta noite dorme em casa. Quando a pedra chegou ao fundo do vale, as juntas de bois tornaram a ser atreladas. Porventura o mandador das desgraças se arrependeu da parcimónia primeira, foi o caso que a plataforma desandou sobre um afloramento de rocha e entalou dois animais contra a encosta a pique, partindo-lhes as pernas. Foi preciso acabar com eles, à machadada, e quando a notícia correu vieram os moradores de Cheleiros ao bodo, ali mesmo foram os bois esfolados e desmanchados, corria o sangue pela estrada, em regueiros, de nada serviram os soldados e as pranchadas que deram, enquanto houve carne agarrada aos ossos esteve o carro parado. Entretanto, anoiteceu. Naquele lugar se armou o acampamento, uns ainda caminho acima, outros espalhados pela margem da ribeira. O vedor e alguns seus auxiliares foram dormir debaixo de telha, os mais na forma do costume, enrolados nas mantas, extenuados da grande descida ao centro da terra, espantados de ainda estarem vivos, uns que outros resistindo ao sono, com medo de ser isso a morte. Os mais chegados de amizade a Francisco Marques foram velá-lo, Baltasar, José Pequeno, Manuel Milho, uns tantos daqueles, Brás, Firmino, Isidro, Onofre, Sebastião, Tadeu, e outro de quem não se chegou a falar, Damião. Entravam, olhavam o morto, como é possível morrer homem de tão violenta morte e tão sereno estar, mais do que se dormisse, sem pesadelos nem apoquentações, depois murmuravam uma oração, aquela mulher ali é que é a viúva, não sabemos que nome tem, nem adiantaria nada à história ir lá perguntar-lhe, se alguma coisa adiantou escrever Damião, só por escrever. Amanhã, antes de nascer o sol, recomeçará a pedra a sua viagem, em Cheleiros ficou um homem para enterrar, fica também a carne de dois bois para comer. Não se nota a falta deles. O carro vai ladeira acima, tão devagar como tem vindo, se Deus houvesse piedade dos homens teria feito um mundo rasinho como a palma da mão, levariam as pedras menos tempo a chegar. Esta já vai no seu quinto dia, agora por melhor caminho, quando estiver vencida a encosta, mas sempre em desassossego de espírito, que do corpo não vale a pena falar, doem todos os músculos dos homens, mas quem se queixa, se para isto mesmo lhes foram dados. A boiada não argumenta nem se lastima, apenas se nega, faz que puxa e não puxa, o remédio é deixá-los descansar um migalho, chegar-lhes ao focinho um manípulo de palha, daí a pouco estão como se folgassem desde ontem, ondulam as garupas alceiras pelo caminho fora, é um gosto vê-los. Enquanto não aparece outra descida, outra subida. Então agrupam-se as hostes, repartem-se os esforços, tantos para aqui, tantos para além, puxem lá, Êeeeeeiii-ô, berra a voz, taratatá-tá, sopra a corneta, verdadeiramente isto é um campo de batalha, nem lhe faltam os seus mortos e os seus feridos, não sendo todos da mesma qualidade, como diríamos, quatro cabeças, que é boa maneira de contar.

À tarde caiu um aguaceiro, e foi bem-vindo. Tornou a chover já quando se fechara a noite, mas ninguém praguejou. Esta é a melhor sabedoria, não ligar importância ao que o céu manda, chuva ou sol, salvo se passa a mais, e mesmo assim, que não bastou um dilúvio para afogar todos os homens, nem a seca é alguma vez tão grande que não se salve um fio de erva ou a esperança de o encontrar. Choveu assim uma hora, se tanto, depois as nuvens afastaram-se, até as nuvens se agastam de não lhes ligarem importância. Alargaram-se as fogueiras, homem houve que se despiu em pelote para secar as roupas, por pouco se diria ser este um ajuntamento pagão, quando sabemos que é a mais católica das ações, levar a pedra a Garcia, a carta a Mafra, o esforço avante, a fé a quem a pudesse merecer, condição sobre a qual infinitamente discutiríamos se não fosse estar Manuel Milho a contar a sua história, falta aqui um ouvinte, só eu, e tu, e tu, damos pela ausência, outros nem sabiam quem fosse Francisco Marques, alguns o viram morto, a maior parte nem isso, não se vá julgar que desfilaram seiscentos homens diante do cadáver em última e comovida homenagem, são coisas que só acontecem nas epopeias, vamos nós então à história, Um dia a rainha sumiu-se do palácio, onde vivia com o marido rei e os filhos infantes, e, como tinham corrido zunzuns de que a conversa na cova não fora como a têm rainhas e ermitões costumadamente, antes parecera passo de dança e cauda de pavão, entrou o rei em furor ciumento e foi a correr à cova, já se imaginando enxovalhado na sua honra, que os reis são assim, têm uma honra maior que a dos outros homens, nota-se logo pela coroa, e quando chegou não viu ermitão nem rainha, mas isso ainda o deixou mais enfurecido porque seria certo sinal de terem fugido os dois, posto o que mandou o exército à procura dos fugitivos, por todo o reino, e enquanto eles procuram vamos nós dormir, que são horas. José Pequeno protestou, Nunca se ouviu história assim, em bocadinhos, e Manuel Milho emendou, Cada dia é um bocado de história, ninguém a pode contar toda, e Baltasar ia pensando, Quem havia de gostar deste Manuel Milho era o padre Bartolomeu Lourenço.

Ao outro dia, que foi domingo, houve missa e sermão. Para ser ouvido com mais proveito, pregou o frade de cima do carro, tão airoso como se estivesse de púlpito, e não se dava conta o imprudente de que cometia a maior das profanações, com as sandálias ofendendo esta pedra de ara, que o é por lhe ter sido sacrificado sangue inocente, o sangue do homem de Cheleiros que tinha filhos e mulher, o que ficou sem o pé em Pero Pinheiro, ainda o préstito não saíra, e os bois, não devemos esquecer os bois, pelo menos não vão esquecê-los tão cedo os moradores que foram à carniça e que hoje mesmo, domingo, fazem refeição melhorada. Pregou o frade e disse, como dizem todos, Amados filhos, dos altos céus nos vê Nossa Senhora e o seu Divino Filho, dos altos céus nos contempla também o nosso padre Santo António, por amor de quem levamos esta pedra à vila de Mafra, é certo que pesada, mas muito mais pesados são os vossos pecados, e contudo andais com eles no coração como se vos não carregassem, por isso deveis tomar esta transportação como penitência, e também amorosa oferta, singular penitência, oferta estranha, pois não só vo-las pagam com o salário do contrato, como também vo-las remunerará a indulgência do céu, porque em verdade vos digo que levar esta pedra a Mafra é obra tão santa como foi a dos antigos cruzados quando partiram a libertar os Santos Lugares, sabei que todos quantos lá morreram gozam hoje da vida eterna, e juntamente com eles, contemplando a face do Senhor, já lá está aquele vosso companheiro que morreu anteontem, precioso sucesso que foi ter sido a sua morte a uma sexta-feira, sem dúvida morreu sem confissão, não houve tempo de chegar-lhe um confessor à cabeceira, já estava morto quando fostes por ele, mas salvou-o ser cruzado desta cruzada, como salvos estão os que em Mafra têm morrido nas enfermarias ou se despenharam das paredes, exceto aqueles irredimíveis pecadores que foram levados por vergonhosas doenças, e é tanta a misericórdia do céu que se abrem as portas do paraíso até àqueles que morrem de facadas, nessas brigas em que sempre andais metidos, nunca se viu gente tão crente e tão desordeira, mas vá lá que a obra vai continuando, Deus nos dê a nós paciência, a vós força e a el-rei dinheiro para a levar a termo, que muito necessário é este convento para fortalecimento da ordem e alargado triunfo da fé, amen. Acabou-se o sermão, baixou o frade à terra, e como era domingo, dia de guarda e santificado, não havia mais que fazer, uns foram confessar--se, outros comungaram, não todos, nem seria bastante a reserva de sagradas partículas, salvo se se desse ali o milagre da multiplicação das hóstias, caso não verificado. Para o fim da tarde armou-se uma zaragata entre cinco cruzados desta cruzada, episódio que passa sem mais desenvolvido relato, não passou de murros e algum sangue do nariz. Tivessem morrido que iam logo direitos ao paraíso.

Nessa noite contou Manuel Milho o fim da história. Perguntara-lhe Sete-Sóis se os soldados do rei sempre tinham conseguido apanhar a rainha e o ermitão, e ele respondeu, Não apanharam, correram o reino de ponta a ponta, buscaram casa por casa, e não os encontraram, e tendo dito isto, calou-se. Perguntou José Pequeno, E então, é isso história que se ande a contar há quase uma semana, e Manuel Milho respondeu, O ermitão deixou de ser ermitão, a rainha deixou de ser rainha, mas não se averiguou se o ermitão chegou a fazer-se homem e se a rainha chegou a fazer-se mulher, eu por mim acho que não foram capazes, senão tinha-se dado por isso, quando uma coisa dessas um dia acontecer não passará sem dar um grande sinal, mas estes não, foi o caso há tantos anos que já não podem estar vivos, nem um nem outro, e com a morte sempre se acabam as histórias. Baltasar bateu com o gancho de ferro numa pedra solta. José Pequeno esfregou o queixo, áspero da barba, e perguntou, Como é que um boieiro se faz homem, e Manuel Milho respondeu, Não sei. Sete-Sóis atirou o calhau para a fogueira e disse, Talvez voando. Dormiram ainda outra noite no caminho. Entre Pero Pinheiro e Mafra gastaram oito dias completos. Quando entraram no terreiro, foi como se estivessem chegando duma guerra perdida, sujos, esfarrapados, sem riquezas. Toda a gente se admirava com o tamanho desmedido da pedra, Tão grande. Mas Baltasar murmurou, olhando a basílica, Tão pequena.

Desde que a máquina voadora descera no Monte Junto, contavam-se por seis, ou eram sete, as vezes que Baltasar Sete-Sóis metera pés ao caminho para ver e remediar, quanto podia, os estragos que o tempo ia causando, ali à descoberta, apesar da proteção do mato e dos silvados. Quando deu por que se enferrujavam as lâminas de ferro, levou uma panela de sebo e untou-as cuidadosamente, renovando a operação de cada vez que lá voltava. Também se habituara a transportar às costas um molho de vimes, que cortava numa terra meio alagadiça que lhe ficava em viagem, e com eles remendava as falhas e os rasgões do entrançado, nem sempre de causa natural, como quando encontrara dentro da carcaça da passarola uma toca com seis raposinhos. Matou-os como se fossem coelhos, dando-lhes com o gancho no alto da cabeça, e depois atirou-os para longe, uns aqui, outros além, ao acaso. O pai e a mãe dariam com os filhos mortos, cheirariam o sangue, o mais certo era nunca mais tornarem àquele lugar. Durante a noite ouviu-lhes o regougo. Tinham-lhe sentido o rasto. Quando encontraram os cadáveres fizeram alarido, coitados, e, como não sabiam contar, ou, sabendo, não tinham a certeza de estarem mortos todos os filhotes, aproximaram-se do que tinha sido fojo seu e era máquina de voar alheia, ainda que pousada, prudentemente se vieram chegando, medrosos do cheiro do homem, e enfim farejaram outra vez o derramado sangue do seu sangue e recuaram, de pelo eriçado, a rosnar. Não apareceram mais. Porém, o remate do caso poderia ter sido diferente, se em vez de ser conto de raposas fosse história de lobos. E por assim pensar é que Sete-Sóis, a partir desse dia, levava consigo a espada, já basto comida de ferrugem no fio, mas ainda muito capaz de degolar lobo e loba.

Ia sempre sozinho, sozinho está pensando que novamente irá, mas hoje Blimunda diz-lhe, em três anos é a primeira vez, Vou também, e ele estranhou, A jornada é comprida, vais-te cansar, Quero conhecer o caminho, se alguma vez tiver de lá ir sem ti. Era uma boa razão, ainda que Baltasar não esquecesse a probabilidade do lobo, Aconteça o que acontecer, não vás nunca sozinha, os caminhos são ruins, o sítio ermo, se ainda te lembras, e não estás livre de que te assaltem feras, e Blimunda respondeu, Jamais se diga aconteça o que acontecer, porque sempre podem primeiro acontecer coisas com que não contávamos quando dissemos aconteça o que acontecer, Pois sim, até pareces o Manuel Milho a falar, Quem é esse Manuel Milho, Andava comigo na obra, mas resolveu voltar para a terra, disse que antes queria morrer afogado numa cheia do Tejo que ficar esborrachado debaixo duma pedra de Mafra, que ao contrário do que se costuma dizer a morte não é toda igual, o que é igual é estar morto, e assim ia para a sua terra, onde as pedras são pequenas e poucas, e é doce a água.

Não quis Baltasar sujeitar Blimunda à grande caminhada a pé, por isso foi alugar um burro, e, feitas as despedidas, lá seguiram, deixando sem resposta as perguntas de Inês Antónia e do cunhado, Aonde é que vão, por causa dessa viagem perdes dois jornais, e se acontecer alguma fatalidade não sabemos para onde havemos de avisar, provavelmente a fatalidade de que falava Inês Antónia era a morte de João Francisco, que lhe andava a rondar a porta, dava um passo para entrar, arrependia-se, talvez a intimidasse o silêncio do velho, como se há de dizer a um homem, Vem comigo, se ele não pergunta nem responde, apenas olha, com um olhar assim até a morte se acobarda. Não sabe Inês Antónia, não sabe Álvaro Diogo, o filho deles está na idade de só querer saber de si próprio, que a João Francisco foi Baltasar dizer aonde iam, Meu pai, vou com Blimunda à serra do Barregudo, ao Monte Junto, ver como está a máquina em que voámos de Lisboa, lembra-se, quando aí se disse que o Espírito Santo tinha passado pelos ares, por cima da obra, não foi Espírito Santo nenhum, fomos nós, com o padre Bartolomeu Lourenço, lembra-se, aquele padre que esteve cá em casa quando a mãe ainda era viva, e ela quis matar o galo, mas ele não deixou, que muito melhor que comer o galo era ouvi-lo cantar, nem seria coisa que se fizesse às galinhas. Ouviu estas recordações João Francisco, e ele, que costumava não falar, disse, Lembro-me de tudo, e tu vai descansado, que eu ainda não estou para morrer, quando chegar a ocasião serei contigo onde estiveres, Mas o pai acredita que eu voei, É quando somos velhos que as coisas que estão para vir começam a acontecer, e uma razão de ser assim é que já somos capazes de acreditar naquilo de que duvidávamos, e mesmo não podendo acreditar que tenha sido, acreditamos que será, Eu voei, pai, Filho, eu acredito.

Toque-toque-toque, lindo burriquito, deste não o diria o verso, que tem, o verso não, não poucas maduras debaixo do albardão, mas caminha contente o asno, a carga é leve e faz-se ligeira, onde já vai a esbelteza aérea de Blimunda, dezasseis anos passaram desde que a vimos pela primeira vez, mas desta maturidade se fariam admiráveis mocidades, não há nada que conserve tanto a juventude como guardar um segredo. Chegaram ao alagadiço, Baltasar cortou um molho de vimes, entretanto colhia Blimunda lírios-de-água, com eles teceu uma capela que enfiou nas orelhas do burro, e como ficou gracioso, nunca tal festa lhe haviam feito, parece isto um episódio da Arcádia, o pastor, ainda que manco, a zagala, guardadora de vontades, o asno que em geral não entra em histórias destas, mas agora veio, alugado, porque não quis o pastor que se cansasse a zagala, e quem achar que isto é aluguer comum, é porque não sabe como tantas vezes andam contrariados os burros, com erradas cargas, por isso lhes crescem as maduras e atormentam as matações. Enfeixados e atados os vimes, aumentou a carga, mas quem de gosto carrega não cansa, menos ainda se Blimunda resolve descer do burro e seguir a pé, são três que vão a passeio, um leva as flores, os outros acompanham.

O tempo é de primavera, cobre-se o campo de brancos malmequeres, rasteirinhos, se para atalhar caminho cortam os viajantes pelo meio deles, rufam as duras cabeças das flores nos pés descalços de Baltasar e Blimunda, têm um e outro sapatos ou botas, mas vão guardados no alforge para quando o caminho for de pedras, e do chão sobe um cheiro acre, é a seiva do malmequer, perfume do mundo no primeiro dia, antes de Deus ter inventado a rosa. Está um lindo tempo para ir ver uma máquina de voar, passam no céu grandes nuvens brancas, que bom seria levantar-se a passarola uma vez mais que fosse, subir pelos ares fora, rodear aqueles castelos suspensos, ousar o que aves não ousam, entrar por eles gloriosamente, tremer de medo e de frio, e depois sair para o azul e para o sol, ver a terra formosa e dizer, Terra, que bela é Blimunda. Mas este caminho é pedestre, Blimunda menos bela, até o burro deixou cair os lírios, mortos murchos de sede, vamos sentar-nos aqui a comer o duro pão do mundo, comemos e seguimos logo, que ainda temos muito que andar. Vai Blimunda tomando nota do caminho na sua memória, aquele monte, aquela mata, quatro pedras alinhadas, seis colinas em redondo, as vilas como se chamam, foi Codeçal e Gradil, Cadriceira e Furadouro, Merceana e Pena Firme, tanto andámos que chegámos, Monte Junto, passarola.

Era assim nos contos antigos, dizia-se uma palavra secreta e diante da gruta maravilhosa levantava-se um bosque de carvalhos, impenetrável para quem não soubesse a outra palavra mágica, aquela que poria no lugar do bosque um rio e no rio uma barca com seus remos. Neste lugar também foram ditas palavras, Se tenho de morrer numa fogueira, fosse ao menos esta, disse-as louco o padre Bartolomeu Lourenço, porventura serão estes silvados o bosque de carvalhos, este mato florido os remos e o rio, será barca a ave magoada, que palavra se dirá que dê sentido a isto. Tirou-se a albarda ao burro, deitou-se-lhe uma peia às mãos para que não se afastasse de mais, e agora coma do que puder e quiser, se alguma escolha pode encontrar-se no simples possível, e entretanto foi Baltasar desimpedir a passagem que através das silvas leva à protegida máquina, é um trabalho de todas as vezes feito, porém, mal ele vira costas avançam os rebentos, os enleios, muito custa defender aqui um espaço de passagem, um túnel, por dentro e ao redor, sem ele como se restaurariam os entrançados de vimes, como se amparariam as asas que o tempo afrouxou, a ereta cabeça se descai, a sustentação da cauda, a afinação dos lemes, é verdade que estamos, nós e a máquina, caídos no chão, mas preparados. Laborou Baltasar por muito tempo, ferindo as mãos nos espinhos, e depois que ficou fácil o acesso chamou Blimunda, mesmo assim ela teve de avançar rastejando sobre os joelhos, enfim chegou, estavam imersos numa sombra verde, translúcida, talvez por causa dos braços mais novos que passavam por cima da vela negra sem a esconderem, tenras folhas que ainda deixavam coar a luz, e sobre esta cúpula, outra de silêncio, e sobre o silêncio uma abóbada de luz azul, apercebida em pedaços, rasgões, confidências. Subindo pela asa que se apoiava no chão, chegava-se ao convés da máquina. Lá estavam o sol e a lua, numa tábua inscritos, nenhum outro sinal se lhes juntara, era como se não houvesse mais ninguém neste mundo. Em alguns lugares o soalho apodrecera, outra vez teria Baltasar de trazer algum tabuado da obra do convento, sarrafos desprezados dos andaimes, de nada valeria cuidar das lamelas de ferro e do cesto exterior se debaixo dos pés se esboroavam as madeiras. Luziam mortiças as bolas de âmbar sob a sombra da vela, como olhos que não pudessem fechar-se, ou resistissem ao sono para não perderem a hora da partida. Mas há em tudo isto um ar de abandono, as folhas mortas escurecem na água que empoçou e ainda resiste aos primeiros calores, se não fosse a constância de Baltasar, encontraríamos aqui uma triste ruína, os ossos de um pássaro morto.

Só as esferas, fabricadas de misteriosa liga, brilham como

no primeiro dia, foscas mas luminosas, nítidas as nervuras, precisos os encaixes, não se acreditaria que estão aqui vai para quatro anos. Blimunda aproximou-se de uma delas, pôs-lhe a mão em cima, não estava quente, não estava fria, foi como se tivesse juntado as duas mãos, não sente frio, não sente calor, apenas que ambas estão vivas, Ainda aqui dentro viverão as vontades, de certeza não saíram, se vejo inteiras as esferas, incorrupto o metal, coitadas delas, fechadas há tanto tempo, à espera de quê. Baltasar já estava trabalhando em baixo, ouviu uma parte qualquer da pergunta, ou adivinhou-a, Se as vontades saíram das esferas, a máquina não serve para nada, nem valia a pena cá voltar, e Blimunda disse, Amanhã o saberei. Trabalharam ambos até ao pôr do sol. Com ramos de arbustos, Blimunda fez uma vassoura para varrer as folhas e os detritos, depois ajudou Baltasar a substituir os vimes partidos, a untar com sebo as lamelas. Coseu, seu trabalho de mulher, a vela que se esgarçava em dois lugares, como Baltasar fizera outras vezes, seu trabalho de soldado, e agora rematava cobrindo de breu a superfície restaurada. Fez-se entretanto noite. Baltasar foi despear o burro para que o coitado não ficasse por ali tão incomodamente travado, e prendeu-o perto da máquina, daria sinal se viesse bicho. Já antes tinha inspecionado o interior da passarola, descendo por uma abertura do convés, escotilha desta nave aérea, ou aeronave, nome facilmente formável no futuro, quando for preciso. Não havia sinais de vida, nem uma cobra, nem a simples lagartixa que em todo o oculto corre, de aranhas nem fio de teia, que moscas ali viriam. Era como o dentro de um ovo, a casca dele, o silêncio que lá está. Ali se deitaram, numa cama de folhagem, servindo as próprias roupas despidas de abrigo e enxerga. Em profunda escuridão se procuraram, nus, sôfrego entrou ele nela, ela o recebeu ansiosa, depois a sofreguidão dela, a ânsia dele, enfim os corpos encontrados, os movimentos, a voz que vem do ser profundo, aquele que não tem voz, o grito nascido, prolongado, interrompido, o soluço seco, a lágrima inesperada, e a máquina a tremer, a vibrar, porventura não está já na terra, rasgou a cortina de silvas e enleios, pairou na alta noite, entre as nuvens, Blimunda, Baltasar, pesa o corpo dele sobre o dela, e ambos pesam sobre a terra, afinal estão aqui, foram e voltaram.

Quando a primeira luz do dia começou a coar por entre os vimes, Blimunda, desviando os olhos de Baltasar, levantou-se devagarinho, nua como dormira, e passou pela escotilha. Arrepiou-se ao ar frio da manhã, arrepiou-a talvez mais a já quase esquecida visão de um mundo feito de transparências sucessivas, por trás da amurada da máquina a rede dos silvados e das trepadeiras, o vulto irreal do burro, e através dele matos e árvores que pareciam flutuar, enfim a mais sólida espessura do monte próximo, se ali não estivesse veríamos os peixes do mar distante. Blimunda aproximou-se de uma das esferas e olhou. Lá dentro, circularmente, movia-se uma sombra, como um turbilhão de vento visto a grande distância. Na outra esfera havia uma sombra igual. Blimunda tornou a descer pela escotilha, mergulhou na penumbra do ovo, procurou entre as roupas o seu bocado de pão. Baltasar não acordara, tinha o braço esquerdo meio oculto pela folhagem, à vista homem inteiro. Blimunda adormeceu outra vez. Era dia claro quando sentiu que despertava com o contacto instante de Baltasar. Antes de abrir os olhos, disse, Podes vir, já comi o pão, e então Baltasar entrou nela sem medo, porque ela não entraria nele, assim fora prometido. Quando saíram do interior da máquina e se vestiam, Baltasar perguntou, Foste ver as vontades, Fui, respondeu ela, E estão lá, Estão, Às vezes penso que devíamos abrir as esferas, e deixá-las ir, Se as deixarmos ir, será o mesmo que se não tivesse acontecido nada, será como se não tivéssemos nascido, nem tu, nem eu, nem o padre Bartolomeu Lourenço, Continuam a parecer-se com nuvens fechadas, São nuvens fechadas. Pelo meio da manhã acabaram o trabalho. Mais por a terem cuidado homem e mulher do que por terem sido dois os cuidadores, a máquina parecia renovada, tão esperta como no seu primeiro voo. Puxando e enredando ramagens do silvado, Baltasar tapou a passagem da entrada. Afinal de contas, isto é mesmo um conto de fadas. Diante da gruta está um bosque de carvalhos, se o que vemos não é antes um rio sem barca nem remos. Só do alto se veria o singular teto negro da gruta, só uma passarola que passasse lá em cima, mas a única que no mundo existe está aqui derrubada, e as aves comuns, as que Deus fez ou mandou fazer, passam e tornam a passar, olham e tornam a olhar, e não entendem. Também o burro não sabe ao que veio. Besta alugada, vai aonde o levam, carrega quanto lhe ponham no lombo, todas as viagens se equivalem para ele, mas todas as da sua vida fossem como esta, que o mais do caminho veio escoteiro, de lírios nas orelhas, algum dia havia de ser a primavera dos burros.

Desceram a serra, tomaram por prudência outros caminhos, Lapaduços e Vale Benfeito, sempre descendo, e porque quanto mais entre gente menos dariam nas vistas, ladearam por Torres Vedras, depois para o sul, ribeira de Pedrulhos, se não houvesse tristeza nem miséria, se em todo o lugar corressem águas sobre as pedras, se cantassem aves, a vida podia ser apenas estar sentado na erva, segurar um malmequer e não lhe arrancar as pétalas, por serem já sabidas as respostas, ou por serem estas de tão pouca importância, que descobri--las não valeria a vida duma flor. Há também outros simples e rústicos prazeres, como lavarem Baltasar e Blimunda os pés na água, ela levantando as saias até à curva da perna, melhor será que as desça, porque para cada ninfa que se banha há sempre um fauno espreitando, e este está perto e arremete. Blimunda foge da água rindo, ele agarra-a pela cintura, ambos caem, qual de baixo, qual de cima, nem parecem pessoas deste século. O burro levanta a cabeça, fitando as orelhas compridas, mas não vê o que nós vemos, apenas um remexer de sombras, as árvores cinzentas, o mundo de cada um é os olhos que tem. Baltasar levanta Blimunda ao colo, vai sentá-la no albardão, arre burro, toque, toque. É a hora da tardinha, não corre vento, nem brisa, nem aragem, sente a pele o suspiro do ar como outra pele, não se encontra diferença alguma entre Baltasar e o mundo, entre o mundo e Blimunda que diferença haveria. Em Mafra, é noite quando chegam. Ardem fogueiras no alto da Vela. Se as chamas se alongam e alargam, veem-se as paredes da basílica, irregulares, os nichos vazios, os andaimes, os buracos negros das janelas, mais ruína que construção nova, é sempre assim quando se ausenta o trabalho dos homens.

Fatigosos dias, mal dormidas noites. Por estes barracões repousam os operários, passam de vinte mil, acomodados em beliches toscos, para muitos, em todo caso, melhor cama que a nenhuma das suas casas, só a esteira no chão, o dormir vestido, a capa por inteiro agasalho, ao menos, em tempo de frio, se aquecem aqui os corpos uns aos outros, pior é quando vem o calor, com o bichedo de pulga e percevejo a chupar o sangue, e também o piolho da cabeça, o outro do corpo, os torturantes pruridos. E o comichar do sexo, o engorgitamento dos humores, as descargas seminais do sonho, o vizinho de beliche resfolgando, se não há mulheres que faremos. É certo que há mulheres, porém não chegam a todos. Os mais afortunados são os da primitiva, os que se juntaram com viúvas e abandonadas, mas Mafra é terra pequena, em pouco tempo não ficou mulher devoluta, agora a preocupação dos homens é defenderem de tentações e assaltos o seu jardim, ainda que de poucos ou nenhuns encantos. Algumas facadas têm sido trocadas por razões desta qualidade. Em caso de morte, vem o corregedor do crime, vêm os quadrilheiros, se preciso a tropa ajuda, vai o matador para a prisão, posto o que, de duas uma, se o criminoso foi o homem da mulher, em pouco tempo tem sucessor, se da mulher era o homem morto, em menos tempo ainda sucessor tem.

E os outros, que fazem os outros. Esses rondam por estas ruas sempre lamacentas das águas despejadas, vão a certos becos onde as casas são também de tábuas, talvez construídas pela previdência da vedoria, que não ignora o que são precisões de homem, talvez pela usura de um empreiteiro de bordéis, quem fez a casa vendeu, quem a comprou alugou, quem alugou alugou-se, mais afortunado foi o burro que Baltasar e Blimunda levaram, a ele puseram-lhe lírios-de--água na cabeça, a estas mulheres, por trás das suas meias--portas, ninguém leva flores, apenas um sexo impaciente que às escuras entrou e saiu, quantas vezes trazendo consigo o princípio da podridão, o gálico, e então gemem os pobres tão desgraçados como as desgraçadas que os contaminaram, escorre o pus pelas pernas abaixo em intérmino fluxo, não é doença que os cirurgiões admitam nas enfermarias, o remédio, se o for, é aplicar nas partes o sumo da consólida, milagrosa e já referida planta que dá para tudo e não cura nada. Vieram para aqui rapagões que hoje, passados três ou quatro anos, estão podres dos pés à cabeça. Vieram limpas mulheres que mal acabaram de morrer tiveram de ser enterradas fundo porque se desfaziam em trampa e envenenavam o ar. No dia seguinte a casa tem nova inquilina. A enxerga é a mesma, os trapos nem foram lavados, um homem bate à porta e entra, não há perguntas a fazer nem respostas a dar, o preço é conhecido, desaperta-se ele, ela levanta as saias, gemeu ele o seu gozo, ela não precisa fingir, estamos entre gente séria.

Passam de largo os frades do hospício, por aparência de virtude, não tenhamos dó destes, que jamais se viu congregação tão conhecedora de como se alternam e compensam as mortificações e as consolações. Vão de olhos baixos, chocalhando as camândulas, as do rosário que levam à cintura, as do troço que ocultamente dão a rezar às confitentes, e se algum cilício de crina lhes cinge os rins, ou de puas, em caso extravagante, podemos apostar que a eles os não cingem os rins ciliciosamente, isto se devendo ler com muita atenção para que não escape ao entendimento. Se não acodem a outras obras e obrigações, vão assistir às dolências do hospital, a soprar e chegar o caldo, a encarreirar os moribundos, que dias há de se finarem dois e três, sem que lhes valham os santos da invocação das enfermarias, a saber, S. Cosme e S. Damião, padrons dos médicos, Santo António, tão capaz de colar ossos como de remendar bilhas, S. Francisco, por saber de estigmas, S. José, para carpinteirar muletas, S. Sebastião, porque muito resiste à morte, S. Francisco Xavier, por ser entendido em medicinas orientais, Jesus Maria José, a sagrada família, porém em tudo apartada a relé das pessoas de distinção e dos oficiais militares, que esses têm enfermaria à parte, e por esta desigualdade, sabendo os frades donde lhes vem o convento, se podem avaliar as diferenças de tratamento e extrema-unção. Atire-lhes a segunda pedra quem não caiu nunca em pecados afins, o mesmo Cristo favoreceu a Pedro e amimou a João, e eram doze os apóstolos. Um dia se averiguará que Judas traiu por ciúme e abandono. Em uma hora destas morreu João Francisco Sete-Sóis. Esperou que o filho descesse da obra, primeiro entrara Álvaro Diogo que tinha pressa de comer e voltar para o telheiro da pedraria, estava desfazendo pão na sopa quando Baltasar entrou, Boas noites, a sua bênção, meu pai, parecia esta noite igual às outras noites, só faltava o mais novo da família, que é sempre o último a aparecer, talvez que já se vá demorando pelas ruas das mulheres, às escondidas, como se arranjará para pagar o que deve, se tem de entregar ao pai o jornal inteiro, sem quebra de um real, e é Álvaro Diogo quem justamente está perguntando, Ainda não chegou o Gabriel, imagine-se, há tantos anos que conhecemos o moço e só agora lhe ouvimos o nome, foi preciso ter-se feito um homem, e Inês Antónia responde, encobridora, Não tarda aí, é uma noite igual às outras, são as mesmas palavras, e ninguém repara no espanto que apareceu na cara de João Francisco, sentado ao pé da lareira apesar do calor que faz, nem Blimunda, distraída com Baltasar que entrou, deu as boas-noites ao pai e pediu-lhe a bênção sem reparar se ele lha dava, quando se é filho durante muitos anos cai-se nestas desatenções, foi assim, A sua bênção, meu pai, e o velho levanta devagar a mão, o devagar de quem só para isso ainda tem forças, é o seu último gesto, não concluído, não rematado, caiu a mão junto da outra, sobre as dobras da capa, e quando Baltasar enfim se volta

309

para o pai, vai receber a bênção, vê-o apoiado à parede, com as mãos abertas, a cabeça derrubada para o peito, Está doente, é uma pergunta escusada, não faltariam agora assombros se João Francisco respondesse, Estou morto, e esta seria a maior das verdades ditas. Choraram-se as naturais lágrimas, Álvaro Diogo não foi trabalhar, e quando Gabriel entrou em casa não teve mais remédio que mostrar-se triste, ele que tão contente vinha do paraíso, oxalá o não queime o inferno entre as pernas. João Francisco Mateus deixou um quintal e uma casa velha. Tinha um cerrado no alto da Vela. Levou anos a limpá--lo de pedras até que a enxada pudesse cavar em terra fofa. Não valeu a pena, as pedras já lá estão outra vez, afinal para que vem um homem a este mundo.

S. Pedro de Roma não tem saído muito das arcas nestes últimos anos. É que, ao contrário do que geralmente acredita o vulgo ignaro, os reis são tal e qual os homens comuns, crescem, amadurecem, variam-se-lhes os gostos com a idade, quando por comprazimento público se não ocultam de propósito, outros por necessidade política se vão às vezes fingindo. Além disso, é da sabedoria das nações e da experiência dos particulares que a repetição traz a saciedade. A basílica de S. Pedro já não tem segredos para D. João V. Poderia armá-la e desarmá-la de olhos fechados, sozinho ou com ajuda, começando pelo norte ou pelo sul, pela colunata ou pela abside, peça por peça ou em partes conjuntas, mas o resultado final é sempre o mesmo, uma construção de madeira, um legos, um meccano, um lugar de fingimento onde nunca serão rezadas missas verdadeiras, embora Deus esteja em todo o lado.

O que vale, ainda assim, é prolongar-se o homem nos filhos que tem, e se é certo que, por despeito de velho ou vizinhança desse estado, nem sempre estima ver continuados atos seus que tenham sido pedra de escândalo ou argueiro por de mais visível, igualmente sucede deleitar-se o homem quando persuade os filhos a repetirem alguns gestos seus, alguns passos de vida, palavras até, assim em aparência recuperando novo fundamento o que ele próprio foi e fez. Os filhos, claro está, fingem. Por outros dizeres, oxalá mais claros, não sentindo D. João v já gosto que valha o trabalho de armar a basílica de S. Pedro, ainda encontrou modo indireto de o reaver, no mesmo movimento provando o seu amor paternal e real, ao chamar a virem auxiliá-lo seus filhos D. José e D. Maria Bárbara. De ambos se falou já, de ambos se tornará a falar, agora dela ficando apenas dito que, coitada, a desfiguraram muito as bexigas, mas têm as princesas tanta sorte que não perdem casamento por serem bexigosas e feias, assim convenha à coroa do senhor seu pai. Claro que nisto de armar S. Pedro de Roma não fazem os infantes muita força. Se D. João v tinha camaristas que o ajudavam a levantar e assentar a cúpula de Miguel Ângelo, a propósito se recordando como profeticamente ressoou a grande arquitetura na noite em que o rei foi ao quarto da rainha, maior ajuda necessitam as fracas crianças, ela de dezassete anos, ele de catorze. Porém, aqui, o que conta é o espetáculo, está meia corte reunida para assistir ao brinquedo dos infantes, suas majestades sentadas debaixo do dossel, os frades segredando satisfações conventuais, os fidalgos compondo a expressão para que ela exprima, ao mesmo tempo, o respeito devido a príncipes, o enternecimento pela pouca idade que é a sua, a devoção pelo santo lugar que em cópia ali se mostra, tudo isto numa cara só, e tudo isto concordando, não é para admirar que pareçam estar sofrendo duma dor oculta e talvez imprópria. Quando D. Maria Bárbara leva por suas próprias mãos uma das estatuazinhas que ornamentam a cimalha, a corte aplaude. Quando por suas mãos próprias colocar D. José a cruz cimeira do zimbório, pouco falta para que se ajoelhem todos quantos estão, que este infante é que é o herdeiro. Suas majestades sorriem, depois D. João v chama os filhos, louva-os pela habilidade e deita-lhes a bênção, que eles recebem de joelhos. O mundo está de uma tal harmonia, que parece, ao menos nesta sala, reflexo desse espelho de perfeição que é o céu. Cada gesto aqui feito é nobre, porventura divino na sua gravidade e pausa, e as palavras dizem-se como partes duma frase que não tem pressa de acabar nem motivo para acabar-se. Assim falam e procedem os moradores das habitações celestes quando saem às diamantinas ruas, quando os recebe em audiência o pai dos universos no seu palácio dourado, quando em corte reunidos assistem ao brinquedo do filho, que faz, desfaz e torna a fazer uma cruz de pau.

Deu D. João v ordem para que não fosse desarmada a basílica, e assim inteira a deixaram ficar. A corte saiu, retirou-se a rainha, foram-se os infantes, os frades atrás ladainhando, agora está el-rei medindo gravemente com o olhar a construção, enquanto os fidalgos de semana fazem por imitar-lhe a gravidade, é sempre o mais seguro. Não menos que meia hora permaneceram rei e acompanhantes nesta contemplação. Dos pensamentos dos camaristas não cuidemos averiguar, sabe-se lá o que estará passando por aquelas cabeças, a impressão de cãibra numa perna, a lembrança da cadela preferida que deve parir amanhã, a abertura na alfândega dos fardos vindos de Goa, o súbito apetite de caramelos, a mãozinha macia da freira à grade do convento, a comichão por baixo da cabeleira, tudo quanto se quiser, exceto a sublimidade do pensamento real, que era este, Quero ter uma basílica igual na minha corte, por esta não esperávamos nós.

No dia seguinte, D. João V mandou chamar o arquiteto de Mafra, um tal João Frederico Ludovice, que é alemão escrito à portuguesa, e disse-lhe sem outros rodeios, É minha vontade que seja construída na corte uma igreja como a de S. Pedro de Roma, e, tendo assim dito, olhou severamente o artista. Ora, a um rei nunca se diz não, e este Ludovice, que enquanto viveu em Itália se chamou Ludovisi, assim já por duas vezes abandonando o nome familiar de Ludwig, sabe que uma vida, para ser bem sucedida, haverá de ser conciliadora, sobretudo por quem a viva entre os degraus do altar e os degraus do trono. Porém, há limites, este rei não sabe o que pede, é tolo, é néscio, se julga que a simples vontade, mesmo real, faz nascer um Bramante, um Rafael, um Sangallo, um Peruzzi, um Buonarroti, um Fontana, um Della Porta, um Maderno, se julga que basta vir dizer-me, a mim, Ludwig, ou Ludovisi, ou Ludovice, se é para orelhas portuguesas, Quero S. Pedro, e S. Pedro aparece feito, quando eu o que sei fazer é só Mafras, artista sou, é verdade, e muito vaidoso, como todos, mas conheço a medida do meu pé, e também o jeito desta terra, onde há vinte e oito anos vivo, muita rompança, pouca perseverança, o que é preciso é dar-lhe a boa resposta, aquele não que mais lisonjeia do que o sim lisonjearia, ainda por cima trabalhoso, que Deus me livre dessa, A vontade de vossa majestade é digna do grande rei que mandou edificar Mafra, porém, as vidas são breves, majestade, e S. Pedro, entre a bênção da primeira pedra e a consagração, consumiu cento e vinte anos de trabalhos e riquezas, vossa majestade, que eu saiba, nunca lá esteve, julga pelo modelo de armar que aí tem, talvez nem daqui a duzentos e quarenta anos o conseguíssemos, estaria vossa majestade morta, mortos estariam vossos filho, neto, bisneto, trineto e tetraneto, o que eu pergunto, com todo o respeito, é se vale a pena estar a construir uma basílica que só ficará terminada no ano dois mil, supondo que nessa altura ainda há mundo, no entanto vossa majestade decidirá, De haver ainda mundo, Não, majestade, de outra vez se fazer S. Pedro em Lisboa, embora a mim me pareça ser mais fácil chegar o mundo ao seu fim que repetir-se a basílica de Roma, Hei de então não satisfazer esta minha vontade, Vossa majestade viverá eternamente na lembrança dos vossos súbditos, eternamente viverá na glória dos céus, mas a memória não é bom terreno para nela se abrirem alicerces, antes vão caindo aos poucos as paredes, e os céus são uma só igreja onde S. Pedro de Roma não faria mais vulto que um grão de areia, Se assim é, por que construímos nós igrejas e conventos na terra, Porque não compreendemos que a terra já era uma igreja e um convento, lugar de fé e de responsabilidade, lugar de clausura e de liberdade, Entendo mal o que estou a ouvir, E eu não entendo bem o que estou a dizer, mas, para voltar ao caso, se vossa majestade quer chegar ao fim da vida vendo ao menos levantado um palmo de parede, tem de dar já as necessárias ordens, senão nunca passará dos caboucos, Tão pouco assim viverei, A obra é longa, a vida é curta.

Podiam ficar a falar o resto do dia, mas D. João v, que em geral não admite resistências ao seu arbítrio, caiu em melancolia ao ver, na imaginação, o mortuário cortejo dos seus descendentes, filho, neto, bisneto, trineto, tetraneto, morrendo cada um deles sem ver a obra acabada, para isto nem vale a pena começar. João Frederico Ludovice disfarça o contentamento, já percebeu que não haverá S. Pedro de Lisboa, para

315

trabalho bastam-lhe a capela-mor da Sé de Évora e as obras de S. Vicente de Fora, que são coisas à escala portuguesa, tudo se quer na sua conta. Estão numa pausa, o rei não fala, o arquiteto não diz, desta maneira se desvanecem no ar os grandes sonhos, e nunca viríamos a saber que D. João V quis um dia construir S. Pedro de Roma no Parque Eduardo VII, se não fosse a inconfidência de Ludovice, que disse ao filho, e este em segredo o transmitiu a uma sua amiga freira de quem era visita, que disse ao confessor, que disse ao geral da ordem, que disse ao patriarca, que o foi perguntar ao rei, que respondeu que se alguém voltasse a falar no assunto incorreria na sua cólera, e assim aconteceu, todos se calaram, e se hoje vem o projeto a lume foi porque a verdade caminha sempre por seu próprio pé na história, é só dar-lhe tempo, e um dia aparece e declara, Aqui estou, não temos outro remédio senão acreditar nela, vem nua e sai do poço como a música de Domenico Scarlatti, que ainda vive em Lisboa.

Enfim o rei bate na testa, resplandece-lhe a fronte, rodeia-a o nimbo da inspiração, E se aumentássemos para duzentos frades o convento de Mafra, quem diz duzentos, diz quinhentos, diz mil, estou que seria uma ação de não menor grandeza que a basílica que não pode haver. O arquiteto ponderou, Mil frades, quinhentos frades, é muito frade, majestade, acabávamos por ter de fazer uma igreja tão grande como a de Roma, para lá poderem caber todos, Então, quantos, Digamos trezentos, e mesmo assim já vai ser pequena para eles a basílica que desenhei e está a ser construída, com muitos vagares, se me é permitido o reparo, Sejam trezentos, não se discute mais, é esta a minha vontade, Assim se fará, dando vossa majestade as necessárias ordens.

Foram dadas. Mas primeiro se juntaram, em outro dia, o

rei com o provincial dos franciscanos da Arrábida, o almoxarife, e novamente o arquiteto. Ludovice levou os seus desenhos, estendeu-os sobre a mesa, explicou a planta, Aqui é a
igreja, para norte e sul estas galerias e estes torreões são o
palácio real, da parte de trás ficam as dependências do convento, ora, para satisfazer as ordens de sua majestade teremos
de construir, ainda mais atrás, outros corpos, há aqui um
monte de pedra rija que vai ser o cabo dos trabalhos minar e
rebentar, tanto nos custou já morder a falda dele para endirei-
tar o chão. Ao ouvir que queria el-rei ampliar o convento
para tão grande número de frades, de oitenta para trezentos,
imagine-se, o provincial, que fora ali sem ainda saber da novidade, derrubou-se no chão dramaticamente, beijou com
abundância as mãos da majestade, e enfim declarou, com a
voz estrangulada, Senhor, ficai seguro de que neste mesmo
momento está Deus mandando preparar novos e mais sump-
tuosos aposentos no seu paraíso para premiar quem na terra
o engrandece e louva em pedras vivas, ficai seguro de que
por cada novo tijolo que for colocado no convento de Mafra,
uma oração será dita em vossa intenção, não pela salvação da
alma, que vos está garantidíssima pelas obras, mas sim como
flores da coroa com que haveis de apresentar-vos perante o
supremo juiz, queira Deus que só daqui por muitos anos,
para que não esmoreça a felicidade dos vossos súbditos e
perdure a gratidão da igreja e ordem que sirvo e represento.
D. João v levantou-se da sua cadeira, beijou a mão do provincial, humildando o poder da terra ao poder do céu, e quando
se tornou a sentar repetiu-se-lhe o halo em redor da cabeça,
se este rei não se acautela acaba santo. O almoxarife enxuga
os olhos húmidos de boa lágrima, Ludovice conserva a ponta
do dedo indicador da mão direita sobre o lugar da planta que

figura o tal monte que tanto vai custar a arrasar, o provincial levanta os olhos ao teto, suposto representar aqui o empíreo, e a todos os três o rei olha sucessivamente, grande, pio, fidelíssimo que há de ser, isto é o que se lê no rosto magnânimo, não é todos os dias que se ordena a ampliação de um convento de oitenta frades para trezentos, o mal e o bem à face vem, diz o povo, neste caso de hoje veio o melhor.

Retirou-se rasando vénias João Frederico Ludovice para ir reformar os desenhos, recolheu-se o provincial à província para ordenar os atos congratulatórios adequados e dar a boa nova, ficou o rei, que está em sua casa, agora esperando que regresse o almoxarife que foi pelos livros da escrituração, e quando ele volta pergunta-lhe, depois de colocados sobre a mesa os enormes in-fólios, Então diz-me lá como estamos de deve e haver. O guarda-livros leva a mão ao queixo parecendo que vai entrar em meditação profunda, abre um dos livros como para citar uma decisiva verba, mas emenda ambos os movimentos e contenta-se com dizer, Saiba vossa majestade que, haver, havemos cada vez menos, e dever, devemos cada vez mais, Já o mês passado me disseste o mesmo, E também o outro mês, e o ano que lá vai, por este andar ainda acabamos por ver o fundo ao saco, majestade, Está longe daqui o fundo dos nossos sacos, um no Brasil, outro na Índia, quando se esgotarem vamos sabê-lo com tão grande atraso que poderemos então dizer, afinal estávamos pobres e não sabíamos, Se vossa majestade me perdoa o atrevimento, eu ousaria dizer que estamos pobres e sabemos, Mas, graças sejam dadas a Deus, o dinheiro não tem faltado, Pois não, e a minha experiência contabilística lembra-me todos os dias que o pior pobre é aquele a quem o dinheiro não falta, isso se passa em Portugal, que é um saco sem fundo, entra-lhe o dinheiro pela boca e sai-lhe pelo cu, com perdão de vossa majestade, Ah, ah, ah, riu o rei, essa tem muita graça, sim senhor, queres tu dizer na tua que a merda é dinheiro, Não, majestade, é o dinheiro que é merda, e eu estou em muito boa posição para o saber, de cócoras, que é como sempre deve estar quem faz as contas do dinheiro dos outros. Este diálogo é falso, apócrifo, calunioso, e também profundamente imoral, não respeita o trono nem o altar, põe um rei e um tesoureiro a falar como arrieiros em taberna, só faltava que os rodeassem inflamâncias de maritornes, seria um desbocamento completo, porém, isto que se leu é somente a tradução moderna do português de sempre, posto o que disse o rei, A partir de hoje, passas a receber vencimento dobrado para que te não custe tanto fazer força, Beijo as mãos de vossa majestade, respondeu o guarda-livros.

Mesmo ainda antes de terminar João Frederico Ludovice os desenhos do convento acrescentado, galopou um correio real para Mafra com ordens imperiosas de que imediatamente se começasse a arrasar o monte, assim se ganhando algum tempo. Apeou-se o correio à porta da vedoria-geral, mais a escolta, sacudiu-se da poeira, subiu a escada, entrou pelo salão, o doutor Leandro de Melo, era este o nome do vedor, Eu sou, lhe diz o tal senhor, Trago cartas de sua majestade em grande velocidade, aqui estão, e passe-me vossa mercê recibo e quitação, que à corte volto logo, não me tarde. Assim se fez, foram-se o correio e a escolta, agora a passo, e o vedor abriu as suas ordens, depois de reverentemente ter beijado o selo, mas quando acabou de as ler empalideceu, tanto que o subvedor julgou que vinha ali destituição de cargo, com o que talvez pudesse aproveitar a sua própria carreira, mas logo se desenganou, já o doutor Leandro de Melo se levantava, já dizia, Vamos à obra, vamos à obra, e em poucos minutos se reuniram o tesoureiro, o mestre dos carpinteiros, o mestre dos alvenéus, o mestre dos canteiros, o abegão-mor, o engenheiro das minas, o capitão da tropa, todos quantos em Mafra tinham vara de mando, e estando reunidos falou-lhes o vedor-geral, Senhores, sua majestade determinou, em sua piedade e alargada sabedoria, que seja aumentada a lotação do convento para trezentos frades e que desde logo se comecem as obras de arrasamento do monte que está a nascente, por ser aí que se levantará o novo corpo de construção, consoante medidas aproximadas que vêm nestas cartas, e como as ordens de sua majestade são para se cumprir, vamos todos à obra ver como se há de pôr mão na empresa. Disse o tesoureiro que para pagar as despesas subsequentes não precisava avaliar o monte, disse o mestre dos carpinteiros que o seu ofício era madeira, apara e serradura, disse o mestre dos alvenéus que para levantar paredes e assentar pavimentos o chamassem, disse o mestre dos canteiros que só lidava com pedra arrancada, não por arrancar, disse o abegão-mor que os bois e as bestas lá iriam em sendo precisos, e estas respostas, que parecem de gente indisciplinada, são só de gente sensata, de que serviria ir todo este pessoal olhar um monte, quando bem sabiam qual, e quanto ia custar a arrancar de lá. Tomou o vedor por muito boas as explicações, e enfim saiu levando consigo o engenheiro das minas, que era o da responsabilidade, e o capitão da tropa, por ser o desmonte, principalmente, tarefa dos soldados.

Numa parte do terreno por trás das paredes levantadas do lado nascente, já o frade hortelão do hospício plantara árvores de fruto, e havia canteiros vários, uns legumes, umas bordaduras de flores, por enquanto apenas promessa de pomar e horta, suspiro de jardim. Tudo isto iria ser arrancado. Os trabalhadores viram passar o vedor-geral e o espanhol das minas, depois olharam a avantesma do monte, pois logo havia corrido a notícia de que o convento ia ser aumentado para aquela banda, parece impossível a rapidez com que se divulgam ordens que deviam ser de alguma confidência, pelo menos enquanto o destinatário delas as não publicasse. Quase se acredita que, antes de escrever ao doutor Leandro de Melo, mandou D. João v aviso a Sete-Sóis, ou ao José Pequeno, dizendo, Tenham lá paciência, veio-me esta ideia de pôr aí trezentos frades em vez dos oitenta combinados, por outra parte é bom para todos quantos trabalham na obra, ficam com o emprego garantido por mais tempo, que o dinheiro, ainda há dias mo disse o meu almoxarife, que é de confiança, esse não falta, fiquem sabendo que somos a nação mais rica da Europa, não devemos nada a ninguém e pagamos a todos, e com isto não enfado mais, dá lembranças aos meus queridos trinta mil portugueses que aí andam a fazer pela vida, tanto se esforçando por dar ao seu rei o supremo gosto de ver alçado aos ares e tempos o maior e mais formoso monumento sacro da história, que até me disseram já que comparado com isso S. Pedro de Roma é uma capela, adeus, até qualquer dia, saudades à Blimunda, da máquina voadora do padre Bartolomeu Lourenço é que nunca mais soube nada, tanta proteção lhe dei, tanto dinheiro gasto, o mundo anda cheio de gente ingrata, agora é que é certo, adeus.

O doutor Leandro de Melo está sucumbido ao pé do monte, desmarcado acidente que se empina mais alto que as paredes que ainda hão de ser, e sendo de seu ofício apenas corregedor de Torres Vedras, acolhe-se ao amparo do engenheiro das minas, que, por ser andaluz e hiperbólico, fala claro,

Aunque fuera la Sierra Morena, yo la arrancaría con mis brazos y la precipitaría en la mar, traduzindo, Deixem o caso comigo, que em pouco tempo se abrirá neste lugar um rossio que fará inveja ao de Lisboa. Durante todos estes anos, onze já vão vencidos, se têm sobressaltado os ecos das quebradas de Mafra com os continuados tiros de pólvora, espaçadamente nos últimos tempos, só quando renitente esporão de pedra se interpõe no solo já rendido. Um homem nunca sabe quando a guerra acaba. Diz, Olha, acabou, e de repente não se acabou, recomeça, e vem diferente, a puta, ainda ontem eram floreios de espada e hoje são arrombações de pelouro, ainda ontem se derrubavam muralhas e hoje se desmoronam cidades, ainda ontem se exterminavam países e hoje se rebentam mundos, ainda ontem morrer um era uma tragédia e hoje é banalidade evaporar-se um milhão, não será bem o caso de Mafra, onde nunca veremos reunida tanta gente, apesar de muita, mas, para quem se habituara a ouvir uns cinquenta, cem estoiros por dia, parecia agora o fim do mundo a atroação tremebunda dos mil tiros que se davam entre o nascer do sol e a noitinha, em rosários de vinte, com tal violência atirando terras e pedras ao ar que tinham os trabalhadores da obra que abrigar-se na revessa das paredes ou acolher-se à proteção dos andaimes, e mesmo assim alguns ficaram feridos, para não falar daquelas cinco minas que rebentaram inesperadamente e fizeram em pedaços três homens inteiros.

Sete-Sóis ainda não respondeu ao rei, vai adiando sempre, acanha-se de pedir a alguém que lhe escreva a missiva, mas, se um dia vence a vergonha, assim é que notará, Meu querido rei, cá recebi a sua carta e nela vi tudo quanto tinha para me dizer, o trabalho aqui não tem faltado, só paramos

quando chove tanto que até os patos diriam basta, ou quando se atrasou a pedra no caminho, ou quando os tijolos saíram de má qualidade e ficamos à espera que venham outros, agora anda tudo aqui em grande confusão com a tal ideia de alargar o convento, é que o meu querido rei nem imagina o tamanho daquele monte e a soma de homens que requer, tiveram de largar a obra da igreja e do palácio, vai ser um atraso, até canteiros e carpinteiros andam a acarretar pedra, eu umas vezes com os bois, outras vezes com o carro de mão, tive foi pena dos limoeiros e dos pessegueiros que foram arrancados, os amores-perfeitos foi um ar que lhes deu, não valia a pena ter semeado flores para depois as tratar com tanta crueldade, mas enfim, como o meu querido rei diz que não devemos nada a ninguém, sempre é uma satisfação, é como a minha mãe que dizia, paga a dívida bem, não olhes a quem, coitada, já morreu, e não verá o maior e mais formoso monumento sacro da história, como me disse na sua carta, ainda que, para ser-lhe franco, nas histórias que conheço nunca se fala de monumentos sacros, só de mouras encantadas e tesouros escondidos, e por falar em tesouros e mouras, a Blimunda está bem, muito obrigado, já não é tão bonita como foi, mas quem dera a muitas novas estarem como ela, o José Pequeno manda perguntar quando é o casamento do infante D. José, que lhe quer mandar um presente, se calhar é por terem ambos o mesmo nome, e os trinta mil portugueses recomendam-se muito e agradecem, a saúde deles vai assim-
-assim, no outro dia houve aí uma caganeira tão geral que Mafra fedia três léguas em redor, alguma coisa que comemos e nos assentou mal, eram os gorgulhos mais que a farinha, ou as varejeiras mais que a carne, mas teve graça, ver um ror de gente de rabo à vela, com a frescura que vinha do mar, muito

aliviadora, e quando uns acabavam havia logo outros tantos, às vezes era tal a urgência que onde estavam ali davam de corpo, ah, é verdade, ia-me esquecendo, também nunca mais ouvi falar da máquina voadora, talvez a tenha levado o padre Bartolomeu Lourenço para Espanha, quem sabe se a tem agora o rei de lá, que, segundo ouço dizer, vai ser seu compadre, acautele-se, com isto não enfado mais, lembranças à rainha, adeus, meu querido rei, adeus.

Esta carta nunca foi escrita, mas os caminhos da comunicação das almas são muitos, quantos ainda misteriosos, e de tantas palavras que Sete-Sóis não chegou a ditar, algumas foram ferir o coração do rei, tal como aquela fatal sentença que, para aviso de Baltasar, apareceu gravada a lume numa parede, pesado, contado, dividido, esse Baltasar não é o Mateus que conhecemos, mas sim aquele outro que foi rei de Babilónia, e que, tendo profanado, num festim, os vasos sagrados do templo de Jerusalém, por isso veio a ser punido, morto às mãos de Ciro, que para a execução dessa divina sentença tinha nascido. As culpas de D. João v são outras se a alguns vasos profana são os das esposas do Senhor, mas elas gostam e Deus não se importa, adiante. Aos ouvidos de D. João v, o que soou como um dobre foi aquela passagem, quando Baltasar, falando da mãe, muito a lastima por já não poder ver o maior e mais formoso dos monumentos sacros, Mafra. Subitamente, el-rei compreende que a sua vida será curta, que curtas são todas as vidas, que muita gente morreu e morrerá antes que se acabe de construir Mafra, que ele próprio poderá amanhã fechar os olhos para todo o sempre. Recorda-se de que desistiu de edificar S. Pedro de Roma justamente por tê-lo convencido Ludovice dessa mesma curteza das vidas, e que o mesmo S. Pedro, palavras ditas, entre a bênção da primeira pedra e a consagração consumiu nada menos que cento e vinte anos de trabalhos e riquezas. Ora, Mafra já engoliu onze anos de trabalho, das riquezas nem se deve falar, Quem me garante que estarei vivo quando se fizer a sagração, se ainda aqui há uns poucos anos ninguém dava nada por mim, com aquela melancolia que me ia levando antes de tempo, o caso é que a mãe do Sete-Sóis, coitada, viu o princípio, mas não verá o fim, um rei não se livra de lhe suceder o mesmo. D. João v está numa sala do torreão, virada ao rio. Mandou sair os camaristas, os secretários, os frades, uma cantarina da comédia, não quer ver ninguém. Tem desenhado na cara o medo de morrer, vergonha suprema em monarca tão poderoso. Mas esse medo de morrer não é o de se lhe abater de vez o corpo e ir-se embora a alma, é sim o de que não estejam abertos e luzentes os seus próprios olhos quando, sagradas, se alçarem as torres e a cúpula de Mafra, é o de que não sejam já sensíveis e sonoros os seus próprios ouvidos quando soarem gloriosamente os carrilhões e as solfas, é o de não palpar com as suas mãos os paramentos ricos e os panos da festa, é o de não cheirar o seu nariz o incenso dos turíbulos de prata, é o de ser apenas o rei que mandou fazer e não o que vê feito. Vai além um barco, quem sabe se chegará a porto, Passa uma nuvem no céu, porventura não a veremos em chuva derramada, Sob aquelas águas, o cardume nada ao encontro da rede. Vaidade das vaidades, disse Salomão, e D. João v repete, Tudo é vaidade, vaidade é desejar, ter é vaidade.

Mas o vencimento da vaidade não é a modéstia, menos ainda a humildade, é antes o seu excesso. Desta meditação e agonia não saiu el-rei para vestir o burel da penitência e da renúncia, mas para fazer voltar os camaristas, os secretários e os frades, a cantarina viria mais tarde, a estes perguntando se era realmente verdade, consoante julgava saber, que a sagração das basílicas se deve fazer aos domingos, e eles responderam que sim, segundo o Ritual, e então el-rei mandou apurar quando cairia o dia do seu aniversário, vinte e dois de outubro, a um domingo, tendo os secretários respondido, após cuidadosa verificação do calendário, que tal coincidência se daria daí a dois anos, em mil setecentos e trinta, Então é nesse dia que se fará a sagração da basílica de Mafra, assim o quero, ordeno e determino, e quando isto ouviram foram os camaristas beijar a mão do seu senhor, vós me direis qual é mais excelente, se ser do mundo rei, se desta gente.

Deitaram reverentemente alguma água na fervura João Frederico Ludovice e o doutor Leandro de Melo, chamados à pressa de Mafra, aonde o primeiro tinha ido e onde o segundo assistia, os quais, com a memória fresca do que lá viam, disseram que o estado da obra não consentia tão feliz previsão, tanto no que tocava ao convento, cujo segundo corpo se ia levantando lentamente de paredes, como à igreja, por sua natureza de delicada construção, um assembramento de pedras que não poderia ser feito à ligeira, vossa majestade o sabe melhor que ninguém, se tão harmoniosamente concilia e equilibra as partes de que se forma a nação. Carregou-se o sobrecenho de D. João v, porque a cansada lisonja em nada o aliviara, e indo abrir a boca para responder com secura, preferiu chamar outra vez os secretários e perguntar-lhes em que data voltaria a cair a um domingo o seu aniversário, passada esta de mil setecentos e trinta, pelos vistos não bastante prazo. Trabalharam eles afanosamente as suas aritméticas e com alguma dúvida responderam que o acontecimento tornaria a dar-se dez anos depois, em mil setecentos e quarenta.

Estavam ali oito ou dez pessoas, entre rei, Ludovice, Leandro, secretários e fidalgos de semana, e todos acenaram gravemente a cabeça, como se o próprio Halley tivesse acabado de explicar a periodicidade dos cometas, as coisas que os homens são capazes de descobrir. Porém, D. João v teve um pensamento negro, viu-se-lhe na cara, e faz rápidas contas, mentais, com ajuda dos dedos, Em mil setecentos e quarenta terei cinquenta e um anos, e acrescentou lugubremente, Se ainda for vivo. E por alguns terríveis minutos tornou a subir este rei ao Monte das Oliveiras, ali se agoniou com o medo da morte e o pavor do roubo que lhe seria feito, agora acrescentando um sentimento de inveja, imaginar seu filho já rei, com a rainha nova que está para vir de Espanha, gozando ambos as delícias de inaugurar e ver sagrar Mafra, enquanto ele estaria apodrecendo em S. Vicente de Fora, perto do infantezinho D. Pedro, morto tão pequenino da brutalidade do desmame. Estavam os circunstantes olhando o rei, Ludovice com alguma curiosidade científica, Leandro de Melo indignado contra a severidade da lei do tempo que nem as majestades respeita, os secretários duvidando de terem acertado nos bissextos, os camaristas avaliando as suas próprias probabilidades de sobrevivência. Todos esperavam. E então D. João v disse, A sagração da basílica de Mafra será feita no dia vinte e dois de outubro de mil setecentos e trinta, tanto faz que o tempo sobre como falte, venha sol ou venha chuva, caia a neve ou sopre o vento, nem que se alague o mundo ou lhe dê o tranglomango.

Tirando as expressões enfáticas, esta mesma ordem já fora dada antes, parece não ser mais que uma declaração solene para a história, como aquela, tão conhecida, Pai, nas tuas mãos entrego o meu espírito, ora toma, afinal Deus não é maneta, não senhor, andou aí o padre Bartolomeu Lourenço em domésticos sacrilégios, afastando Baltasar Sete-Sóis do reto caminho, quando bastaria ter ido perguntar ao Filho, que tem obrigação de saber quantas mãos o Pai tem, mas, ao que D. João v já disse, se deverá acrescentar agora o que vem de sabermos nós quantas mãos os filhos sujeitos têm e para que servem eles e elas, Ordeno que a todos os corregedores do reino se mande que reúnam e enviem para Mafra quantos operários se encontrarem nas suas jurisdições, sejam eles carpinteiros, pedreiros ou braçais, retirando-os, ainda que por violência, dos seus mesteres, e que sob nenhum pretexto os deixem ficar, não lhes valendo considerações de família, dependência ou anterior obrigação, porque nada está acima da vontade real, salvo a vontade divina, e a esta ninguém poderá invocar, que o fará em vão, porque precisamente para serviço dela se ordena esta providência, tenho dito. Ludovice acenou a cabeça gravemente, como quem acabasse de verificar a regularidade duma reação química, os secretários escrituraram velocíssimas notas, os camaristas entreolharam-se e sorriram, isto é que é um rei, o doutor Leandro de Melo estava a salvo desta nova obrigação porque na sua comarca já não havia quem trabalhasse em ofícios que não servissem o convento, por via direta ou indireta.

Foram as ordens, vieram os homens. De sua própria vontade alguns, aliciados pela promessa de bom salário, por gosto de aventura outros, por desprendimento de afetos também, à força quase todos. Deitava-se o pregão nas praças, e, sendo escasso o número de voluntários, ia o corregedor pelas ruas, acompanhado dos quadrilheiros, entrava nas casas, empurrava os cancelos dos quintais, saía ao campo a ver onde se escondiam os relapsos, ao fim do dia juntava dez, vinte, trinta homens, e quando eram mais que os carcereiros atavam-nos com cordas, variando o modo, ora presos pela cintura uns nos outros, ora com improvisada pescoceira, ora ligados pelos tornozelos, como galés ou escravos. Em todos os lugares se repetia a cena, Por ordem de sua majestade, vais trabalhar na obra do convento de Mafra, e se o corregedor era zeloso, tanto fazia que estivesse o requisitado na força da vida como já lhe escorregasse o rabo da tripeça, ou pouco mais fosse que menino. Recusava-se o homem primeiro, fazia menção de escapar, apresentava pretextos, a mulher no fim do tempo, a mãe velha, um rancho de filhos, a parede em meio, a arca por confortar, o alqueive necessário, e se começava a dizer as suas razões não as acabava, deitavam-lhe a mão os quadrilheiros, batiam-lhe se resistia, muitos eram metidos ao caminho a sangrar.

Corriam as mulheres, choravam, e as crianças acresciam o alarido, era como se andassem os corregedores a prender para a tropa ou para a Índia. Reunidos na praça de Celorico da Beira, ou de Tomar, ou em Leiria, em Vila Pouca ou Vila Muita, na aldeia sem mais nome que saberem-no os moradores de lá, nas terras da raia ou da borda do mar, ao redor dos pelourinhos, no adro das igrejas, em Santarém e Beja, em Faro e Portimão, em Portalegre e Setúbal, em Évora e Montemor, nas montanhas e na planície, e em Viseu e Guarda, em Bragança e Vila Real, em Miranda, Chaves e Amarante, em Vianas e Póvoas, em todos os lugares aonde pôde chegar a justiça de sua majestade, os homens, atados como reses, folgados apenas quanto bastasse para não se atropelarem, viam as mulheres e os filhos implorando o corregedor, procurando subornar os quadrilheiros com alguns ovos, uma galinha, míseros expedientes que de nada serviam, pois a moeda com que el-rei de Portugal cobra os seus tributos é o ouro, é a esmeralda, é o diamante, é a pimenta e a canela, é o marfim e o tabaco, é o açúcar e a sucupira, lágrimas não correm na alfândega. E se para isso tiveram tempo, quadrilheiros houve que se gozaram das mulheres dos presos, que a tanto se sujeitaram as pobres para não perder os seus maridos, porém desesperadas os viam depois partir, enquanto os aproveitadores se riam delas, Maldito sejas até à quinta geração, de lepra se te cubra o corpo todo, puta vejas a tua mãe, puta a tua mulher, puta a tua filha, empalado sejas do cu até à boca, maldito, maldito, maldito. Já vai andando a récua dos homens de Arganil, acompanham-nos até fora da vila as infelizes, que vão clamando, qual em cabelo, Ó doce e amado esposo, e outra protestando, Ó filho, a quem eu tinha só para refrigério e doce amparo desta cansada já velhice minha, não se acabavam as lamentações, tanto que os montes de mais perto respondiam, quase movidos de alta piedade, enfim já os levados se afastam, vão sumir-se na volta do caminho, rasos de lágrimas os olhos, em bagadas caindo aos mais sensíveis, e então uma grande voz se levanta, é um labrego de tanta idade já que o não quiseram, e grita subindo a um valado que é púlpito de rústicos, Ó glória de mandar, ó vã cobiça, ó rei infame, ó pátria sem justiça, e tendo assim clamado, veio dar-lhe o quadrilheiro uma cacetada na cabeça, que ali mesmo o deixou por morto.

Quanto pode um rei. Está sentado em seu trono, alivia-se consoante a necessidade, na peniqueira ou no ventre das madres, e daí, daqui ou dacolá, se o requerem os interesses do Estado, cujo ele é, despacha ordens para que de Penamacor venham os homens válidos, ou nem tanto, a trabalhar neste meu convento de Mafra, levantado porque o reclamavam os franciscanos desde mil seiscentos e vinte e quatro, e por enfim ter ocupado a rainha duma filha, que nem rainha de Portugal vai ser, mas de Espanha, por interesses dinásticos e particulares. E os homens, que nunca viram o rei, os homens que o rei nunca viu, os homens, mesmo não o querendo vêm, entre soldados e quadrilheiros, soltos se são de ânimo pacífico ou já se resignaram, atados como foi explicado, se rebeldes, atados sempre se por malícia viloa mostraram ir de vontade e depois tentaram fugir, pior ainda se algum conseguiu escapar-se. Atravessam os campos, de terra em terra, pelas poucas entradas reais, às vezes por aquelas que os romanos fizeram construir, quase sempre por carreiros de pé posto, e o tempo é o variável, sol de estarrecer, chuva de alagar, frio que gela, em Lisboa sua majestade espera que cada um cumpra o seu dever.

Às vezes, há encontros. Vinham uns mais do norte, outros mais do nascente, aqueles de Penela, esses de Proença-a-
-Nova, juntaram-se em Porto de Mós, nenhum deles sabe que lugares são estes no mapa, nem que forma tem Portugal, se é quadrado, ou redondo, ou aos bicos, se é ponte de passar ou corda de enforcar, se grita quando lhe batem ou se se esconde pelos cantos. Das duas levas se faz uma, e tendo já seus requintes a arte carcereira, emparelharam-se os homens de modo místico, um de Proença, outro de Penela, assim se dificultando as subversões, com o evidente benefício de dar Portugal a conhecer aos portugueses, Então como é a tua terra, e enquanto falam disto não pensam noutra coisa. A não ser que morra algum pelo caminho. Pode cair fulminado por um ataque, espumando pela boca, ou nem isso, apenas derrubando-se e arrastando na queda o companheiro da frente e o companheiro de trás, subitamente e em pânico atados a um

morto, pode adoecer no descampado e vai de charola, tran-
galhando pernas e braços, até morrer adiante e ser enterrado
à beira do caminho, com uma cruz de pau espetada do lado
da cabeça, ou afortunadamente recebe em povoado os últimos sacramentos, enquanto os degredados esperam sentados
no chão que o caso se deslinde, Hoc est enim corpus meum,
este corpo cansado de tantas léguas andadas, este corpo esfolado dos atritos da corda, este corpo gastado da comida ainda
menos que a pouca costumada. As noites são dormidas em
palheiros, em portarias de conventos, em tercenas despejadas, e, querendo Deus e o bom tempo, ao ar livre, assim se
juntando a liberdade do ar e a prisão dos homens, extensas
filosofias aqui se debateriam se tivéssemos tempo para isso.
De madrugada, muito antes de nascer o sol, e ainda bem,
porque estas horas são sempre as mais frias, levantam-se os
trabalhadores de sua majestade, enregelados e famintos, felizmente os libertaram das cordas os quadrilheiros, porque
hoje entraremos em Mafra e causaria péssimo efeito o cortejo de maltrapilhos, atados como escravos do Brasil ou récua
de cavalgaduras. Quando de longe avistam os muros brancos
da basílica, não gritam, Jerusalém, Jerusalém, por isso é
mentira o que disse aquele frade que pregou quando foi levada de Pero Pinheiro a pedra a Mafra, que todos estes homens
são cruzados duma nova cruzada, que cruzados são estes que
tão pouco sabem da sua cruzadia. Fazem alto os quadrilheiros, para que desta eminência possam os trazidos apreciar o
amplo panorama no meio do qual vão viver, à direita, o mar
onde navegam as nossas naus, senhoras do líquido elemento,
em frente, para o sul, está a famosíssima serra de Sintra, orgulho de nacionais, inveja de estrangeiros, que daria um bom
paraíso no caso de Deus fazer outra tentativa, e a vila, lá em

baixo na cova, é Mafra, que dizem os eruditos ser isso mesmo o que quer dizer, mas um dia se hão de retificar os sentidos e naquele nome será lido, letra por letra, mortos, assados, fundidos, roubados, arrastados, e não sou eu, simples quadrilheiro às ordens, quem a tal leitura se vai atrever, mas sim um abade beneditino a seu tempo, e essa será a razão que tem para não vir assistir à sagração da bisarma, porém, não antecipemos, ainda há muito trabalho para acabar, por causa dele é que vocês vieram das longes terras onde vivíeis, não façam caso da falta de concordância, que a nós ninguém nos ensinou a falar, aprendemos com os erros dos nossos pais, e, além disso, estamos em tempo de transição, e agora que já viram o que vos espera, sigam lá para adiante, que nós, ficando vocês entregues, vamos buscar mais.

Para chegarem à obra, vindos donde vêm, têm de atravessar a vila, passam à sombra do palácio do visconde, rasam a soleira dos Sete-Sóis, e tanto sabem de uns como sabem dos outros, apesar de genealogias e memoriais, Tomás da Silva Teles, bisconde de Vila Nova da Cerveira, Baltasar Mateus, fabricante de aviões, com o rodar dos tempos veremos quem vai ganhar esta guerra. As janelas do palácio não se abrem para ver passar o cortejo dos miseráveis, só o cheiro que deitam, senhora biscondessa. Abriu-se, sim, o postigo da casa dos Sete-Sóis e veio Blimunda olhar, não é nenhuma novidade, quantas levas já por aqui passaram, mas, estando em casa, sempre vem ver, é uma maneira de receber quem chegou, e quando à noite Baltasar regressa, ela diz, Por aqui passaram hoje mais de cem, perdoe-se a imprecisão de quem não aprendeu a contar rigoroso, foram muitos, foram poucos, é como quando se fala de anos, já passei dos trinta, e Baltasar diz, Ao todo ouvi dizer que chegaram quinhentos, Tantos,

333

espanta-se Blimunda, e nem um nem outro sabem exatamente quantos são quinhentos, sem falar que o número é de todas as coisas que há no mundo a menos exata, diz-se quinhentos tijolos, diz-se quinhentos homens, e a diferença que há entre tijolo e homem é a diferença que se julga não haver entre quinhentos e quinhentos, quem isto não entender à primeira vez não merece que lho expliquem segunda. Juntam-se os homens que entraram hoje, dormem onde calhar, amanhã serão escolhidos. Como os tijolos. Os que não prestarem, se foi de tijolos a carga, ficam por aí, acabarão por servir a obras de menos calado, não faltará quem os aproveite, mas, se foram homens, mandam-nos embora, em hora boa ou hora má, Não serves, volta para a tua terra, e eles vão, por caminhos que não conhecem, perdem-se, fazem-se vadios, morrem na estrada, às vezes roubam, às vezes matam, às vezes chegam.

Porém, ainda se encontram famílias felizes. A real de Espanha é uma. A de Portugal é outra. Casam-se filhos daquela com filhos desta, da banda deles vem Mariana Vitória, da banda nossa vai Maria Bárbara, os noivos são o José de cá e o Fernando de lá, respectivamente, como se costuma dizer. Não são combinações do pé para a mão, os casamentos estão feitos desde mil setecentos e vinte e cinco. Muita conversa para a conversa, muito embaixador, muito regateio, muitas idas e vindas de plenipotenciários, discussões sobre as cláusulas dos contratos de matrimónio, as prerrogativas, os dotes das meninas, e não podendo estas uniões ser feitas à ligeira, nem à porta do talho, onde grosseiramente se diz que são combinados os amianços, só agora, quase um lustro passado, se fará a troca das princesas, uma a ti, outra a mim.

Maria Bárbara tem dezassete anos feitos, cara de lua cheia, bexigosa como foi dito, mas é uma boa rapariga, musical a quanto pode chegar uma princesa, pelo menos não caíram em cesto roto as lições do seu mestre Domenico Scarlatti, que com ela seguirá para Madrid, donde não volta. Espera-a

335

um noivo que é mais novo dois anos, o tal Fernando, que será o sexto da tabela espanhola e de rei pouco mais terá que o nome, informação que apenas de passagem fica, para que não se insinue que estamos interferindo nas questões internas do país vizinho. Do qual, assim ficando excelentemente feita a ligação à história deste nosso, do qual, repetimos, virá Mariana Vitória, uma garotinha de onze anos, que, apesar da pouca idade, já tem uma dolorosa experiência de vida, basta dizer que esteve para casar-se com Luís XV de França e foi por ele repudiada, palavra que parece excessiva e nada diplomática, mas que outra se há de usar se uma criança, na tenra idade de quatro anos, vai viver para a corte francesa a fim de se educar para o dito casamento, e dois anos depois é mandada para casa porque de repente deu a febre ao prometido, ou aos interesses de quem o orientava, de ter rapidamente herdeiros a coroa, necessidade que a pobrezinha, por inabilitação fisiológica, não poderia satisfazer antes de decorridos uns oito anos. Veio devolvida a coitada, magrinha e delicada, um pisco a comer, com o mal inventado pretexto de visitar os pais, rei Filipe, rainha Isabel, e pronto, ficou em Madrid, à espera de que lhe arranjassem noivo menos apressado, calhou ser o nosso José, agora com quinze anos, a fazer. Dos prazeres de Mariana Vitória não há muito que dizer, gosta de bonecas, adora confeitos, nem admira, está na idade, mas já é habilíssima caçadora, e, crescendo, estimará a música e a leitura. Há quem governe mais sabendo menos.

A história dos casamentos está cheia de gente que ficou do lado de fora da porta, por isso, para evitar vexames, se avisa que a boda, e também a batizado, não vás sem ser convidado. Convidado não foi, decerto, aquele João Elvas amigo de Sete-Sóis pelo tempo que este viveu em Lisboa antes de conhecer Blimunda e a ela se juntar, chegou a dar-lhe abrigo na barraca onde dormia, com outros meio vadios, ali ao convento da Esperança, como todos estamos lembrados. Já então não era novo, hoje está um velho, sessenta anos subitamente mordidos pela saudade de voltar à terra onde nasceu e de que havia tomado o nome, são desejos que justamente dão aos velhos quando já não vão podendo ter outros. De meter pernas ao caminho é que duvidava, não por se temer da fraqueza delas, ainda rijíssimas para a idade, mas por causa daqueles grandes descampados de Alentejo, ninguém está livre de maus encontros, haja vista o que aconteceu a Baltasar Sete-Sóis nos pinheirais de Pegões, embora neste caso se deva dizer que mau encontro foi o do salteador que lá ficou, exposto aos corvos e aos cães, se depois o não foi enterrar o camarada. Mas, em verdade, um homem nunca sabe para o que está guardado, que parte de bem e mal o espera. Quem diria a João Elvas, nos seus antigos tempos de soldadia, e nestes agora de vadiagem, ainda que pacífica, que havia de chegar-lhe a hora de acompanhar o rei de Portugal na sua ida ao rio Caia para levar uma princesa e trazer outra, sim, quem diria. Ninguém lho disse, ninguém previu, só o sabia o acaso que de longe vinha escolhendo e atando os fios do destino, diplomáticos e dinásticos os das duas cortes, de saudades da terra e desamparo os do soldado velho. Se um dia chegarmos a decifrar estas malhas cruzadas, endireitaremos o fio da vida e atingiremos a sabedoria suprema, se na existência de tal coisa insistimos em acreditar.

Claro está que João Elvas não vai de coche nem a cavalo. Já ficou dito que tem boas pernas para andar, sirva-se então delas. Mas, ou mais à frente, ou mais atrás, sempre D. João V lhe fará companhia, como igualmente lha farão a rainha e os

337

infantes, o príncipe e a princesa, e todo o poder do mundo que na viagem vai. Nunca a suma grandeza destes senhores suspeitará que vai escoltando um vagabundo, segurando-lhe a vida e os bens, tão perto de se acabarem. Mas, para que não se acabem cedo de mais, sobretudo a vida, bem precioso, não convém muito a João Elvas que se intrometa no cortejo, sabido como é terem a mão leve os soldados, e pesada, benza-os Deus, se lhes passa pela cabeça que corre perigo a também preciosa segurança de sua majestade.

Assim acautelado, largou João Elvas de Lisboa e passou a Aldegalega nos primeiros dias deste mês de janeiro de mil setecentos e vinte e nove, e ali se demorou assistindo ao desembarque das carruagens e cavalgaduras que vão servir no caminho. Para sua ilustração ia fazendo perguntas, que é isto, donde veio, quem fez, quem vai usar, parecem despropositadas indiscrições, mas a este velho de aspeto venerando, ainda que sujo, qualquer criado de cavalariça entende dever resposta, e, crescendo a confiança, até do abegão se colhem informações, basta mostrar-se piedoso João Elvas, que, se de rezas sabe pouco, conhece de fingimento quanto sobra. E se, em vez de resposta plausível, veio empurrão, mau modo e soco vesgo, por aí mesmo se adivinhará o que não foi dito, no fim se acertarão as contas dos erros com que se faz a história. Assim, quando D. João v atravessou o rio, no dia oito de janeiro, para principar a sua grande viagem, havia em Aldegalega, à sua espera, para cima de duzentas viaturas, entre estufas, caleças, seges de campo, galeras, carromatos, andas, uns que tinham vindo de Paris, outros feitos de propósito em Lisboa para a ocasião, sem falar nos coches reais, com as douraduras frescas, os veludos renovados, as borlas e sanefas penteadas. Da real cavalariça, só em bestas, eram quase duas mil, não se incluindo nelas os cavalos da guarda do corpo e os dos regimentos de tropa que acompanham o cortejo. Aldegalega, que, por ser ponto obrigatório de passagem para o Alentejo, tem visto muito, nunca viu tanto, basta este pequeno rol de servidores, cozinheiros são duzentos e vinte e dois, archeiros duzentos, reposteiros setenta, moços da prata cento e três, criados das cavalariças mais de mil, e um ror incontável de outros criados e escravos de diversos tons de preto. Aldegalega é um mar de gente, e muito maior seria se aqui estivessem os fidalgos e outros senhores que já lá vão adiante, a caminho de Elvas e do Caia, nem tinham outro remédio, se todos partissem ao mesmo tempo casavam-se os príncipes e ainda o último convidado estaria a entrar em Vendas Novas.

Passou el-rei no seu bergantim, primeiro tinha ido visitar a imagem da Senhora da Madre de Deus, e com ele desembarcaram o príncipe D. José, o infante D. António, mais os criados que os serviam, que eram o senhor duque de Cadaval, o senhor marquês de Marialva, o senhor marquês de Alegrete, um gentil-homem do senhor infante, e outros senhores, não há que estranhar chamarem-lhes criados, que sê-lo da família real é honra. João Elvas estava no meio do povo que abria alas e aclamava, real, real, por D. João v, rei de Portugal, se não era assim que diziam, então seria aquele vozear que só pelo tom permite distinguir entre o aplauso e o apupo, livrasse-se alguém de lançar um doesto, nem aliás se imagina que venha a ser possível faltar ao respeito que se deve a um rei, mormente sendo português. D. João v foi aposentar-se nas casas do escrivão da câmara, João Elvas já sofrera o seu primeiro desengano quando veio a descobrir que não faltavam pedintes e outros vadiantes para acompanhar o cortejo, na mira de sobejos e de esmolas. Paciência.

Donde estes comessem, também ele comeria, mas, de todas, era a razão da sua viagem a mais merecedora.

Madrugada, escuro ainda, eram umas cinco e meia, saiu el-rei para Vendas Novas, mas primeiro que ele saiu João Elvas, porque queria, com os seus olhos, ver passar a comitiva em aparato completo, não o confuso arraial da partida, com as viaturas a tomar os seus lugares, às ordens do mestre de cerimónias, entre berros de sotas e cocheiros, gente pouco travada de língua, como geralmente é conhecido. Não sabia João Elvas que el-rei ainda ia ouvir missa à Senhora da Atalaia, por isso, tardando-lhe o cortejo, já manhã clara, abrandou o passo e enfim parou, onde raio se teriam metido eles, sentou-se num valado, abrigado da brisa matinal por um renque de piteiras. O céu estava encoberto, com nuvens baixas, a prometer chuva, o frio cortava. João Elvas enrolou-se melhor no capote, derrubou as abas do chapéu para as orelhas, e pôs-se à espera. Passou assim uma hora, talvez mais, na estrada raros passavam, nem parece isto dia de festa.

Mas a festa vem aí. Já se ouvem ao longe toques de trombetas e bumbos de atabales, acelera-se o velho sangue militar de João Elvas, são emoções esquecidas que de repente voltam, é como ver passar uma mulher quando delas não há mais que lembranças, e, ou por um riso, ou por um bandear de saia, ou por um jeito dos cabelos, sente um homem derreterem-se-lhe os ossos, leva-me, faz de mim o que quiseres, tal qual como se nos chamasse a guerra. E eis que passa o triunfal cortejo. João Elvas só vê cavalos, gente e viaturas, não sabe quem está dentro nem quem vai fora, mas a nós não nos custa nada imaginar que ao lado dele se foi sentar um fidalgo caridoso e amigo de bem-fazer, que os há, e como esse fidalgo é daqueles que tudo sabem de corte e cargos, ouçamo-

-lo com atenção, olha, João Elvas, depois do tenente e dos trombetas e atabaleiros que já passaram, mas esses conhecias tu, que foste da arte, vem agora o aposentador da corte com os seus subalternos, é ele quem tem a responsabilidade dos cómodos, aqueles seis a cavalo são correios de gabinete, levam e trazem as informações e as ordens, agora passa a berlinda com os confessores do rei, do príncipe e do infante, não imaginas a carga de pecados que ali vai, pesam muito menos as penitências, depois aparece a berlinda com os moços do guarda-roupa, para que é esse espanto, sua majestade não é pobretão como tu, que só tens o que trazes em cima do corpo, coisa estranha, ter só o que se traz em cima do corpo, e outra vez não te espantes com essas duas berlindas cheias de clérigos e padres da Companhia de Jesus, nem sempre galinha, nem sempre sardinha, umas vezes companhia de Jesus, outras vezes companhia de João, ambos reis, mas estas acolitâncias não são de sabor menor, e por falar disto, aí tens a berlinda do estribeiro-menor, as três que vêm atrás são do corregedor da corte e dos fidalgos da casa de el-rei, segue-se a estufa do estribeiro-mor, depois os coches dos camaristas dos infantes, e agora atenção, agora é que começa a valer a pena, estes coches e estufas vazios que passam são os coches e estufas de respeito das reais pessoas, a seguir, a cavalo, aparece o estribeiro-menor, enfim, chegou o momento, põe o joelho em terra, João Elvas, que estão passando el-rei e o príncipe D. José, e o infante D. António, é o teu rei quem passa, papagaio real que vai à caça, vê que majestade, que presença incomparável, que gracioso e severo semblante, assim Deus estará no céu, não duvides, ai João Elvas, João Elvas, por muitos anos que ainda tenhas para viver nunca hás de esquecer este momento de felicidade perfeita, quando viste D. João v passando no seu coche, estando tu de joelhos ao pé destas piteiras, guarda bem na memória estas imagens, ó privilegiado, e agora podes-te levantar, já passaram, já lá vão, iam também seis moços de estribeira, a cavalo, estas quatro estufas, aqui, levam a câmara de sua majestade, depois vem a sege do cirurgião, se vão tantos dos que tratam das almas, alguém havia de vir para cuidar do corpo, daí para trás é que já não há muito que ver, seis seges de reserva, sete cavalos de mão, a guarda de cavalaria com o seu capitão, e mais vinte e cinco seges que são do barbeiro de el-rei, dos copeiros, dos moços de câmara, dos arquitetos, dos capelães, dos médicos, dos boticários, dos oficiais de secretaria, dos reposteiros, dos alfaiates, das lavadeiras, do cozinheiro-mor, e do menor, e mais e mais, duas galeras que levam o guarda--roupa de el-rei e do príncipe, e, a fechar, vinte e seis cavalos de mão, alguma vez viste um cortejo como este, João Elvas, agora junta-te a esse rebanho de pedintes, que lá é o teu lugar, e não me agradeças a caridade de te ter explicado tudo, todos somos filhos do mesmo Deus.

Juntou-se João Elvas à tropa dos vagabundos, mais sabedor de cortes que todos eles, e não foi muito bem recebido, esmola dividida por cem não é igual a esmola que cento e um dividam, mas o grosso cajado que leva ao ombro como uma lança, e certa marcialidade de passo e gesto, acabaram por intimidar a quadrilha. Meia légua andada, todos eram irmãos. Quando chegaram aos Pegões, já el-rei estava jantando, uma refeição leve, de pé, umas adéns estufadas com marmelos, uns pastelinhos de tutano, uma olha moura, quanto bastava para aconchegar a cova dum dente. Entretanto, mudavam-se os cavalos. A falperra de pedintes ajuntou-se à porta das cozinhas, armou o seu coro de padre-nossos e salve-rainhas, e enfim manjou do caldeirão. Alguns, só porque comeram hoje, deixaram-se ficar por ali, a esmoer, imprevidentes. Outros, ainda que fartos, sabendo que o pão de agora não mata a fome de ontem, muito menos a de amanhã, seguiram a pitança que já lá ia no caminho. João Elvas, por suas próprias razões, puras e impuras, foi com eles.

Pelas quatro horas da tarde, chegou el-rei a Vendas Novas, pelas cinco João Elvas. Daí a pouco fez-se noite, o céu carregou-se, parecia que levantando o braço se chegava às nuvens, acho que já uma vez dissemos isto, e quando, à hora da ceia, distribuíram comida, preferiu o antigo soldado fornecer-se de alimentos sólidos para ir comer em paz e sozinho debaixo de um telheiro qualquer, de um carro de lavoura, se possível longe da conversa dos lazarentos, que o enfadava. Parece não ter que ver o ameaço da chuva com o desejo de isolamento de João Elvas, é não pensar em quanto de estranho há em certos homens, sozinhos toda a vida e que amam a solidão, muito mais se está chovendo e é dura a côdea.

Às tantas, não sabia João Elvas se estava acordado ou adormecera, sentiu um restolhar na palha, alguém se aproximava trazendo na mão um candil. Pela cor e qualidade da meia e do calção, pelo estofo da capa, pela laçaria dos sapatos, percebeu João Elvas que o visitante era fidalgo, e logo o reconheceu como aquele que tão seguras informações lhe dera em cima do valado. Esbaforida e queixosa, sentou-se a nobre pessoa, Estou cansado de andar à tua procura, corri as Vendas Novas todas, onde está o João Elvas, onde está o João Elvas, ninguém me sabia dar resposta, por que será que os pobres não dizem uns aos outros quem são, enfim, já te encontrei, vinha contar-te como é o palácio que el-rei mandou fazer para esta passagem, olha que se trabalhou nele durante dez meses, de noite e de dia, só para o trabalho noturno se gastaram mais de dez mil archotes, e aqui andaram para cima de dois mil homens, entre pintores, ferreiros, entalhadores, ensambladores, serventes, soldados de infantaria e cavalaria, e sabes tu que a pedra de alvenaria vinha de três léguas de distância, carretas de transporte passaram de quinhentas, e outras de menor porte, foi assim que veio todo o necessário, a cal, as vigas, os tabuados, as cantarias, os tijolos, as telhas, as cavilhas, as ferragens, e as cavalgaduras de tiro foram mais de duzentas, de maior vulto que isto só o convento de Mafra, não sei se conheces, mas valeu a pena e o trabalho, e também o dinheiro, digo-te em confidência, mas disto não farás uso, que neste palácio e na casa que viste em Pegões se gastou um milhão de cruzados, sim, um milhão, claro que não imaginas o que é um milhão de cruzados, João Elvas, porém, não sejas mesquinho, nem sequer saberias o que havias de fazer a tanto dinheiro, ao passo que el-rei sabe-o muito bem, aprendeu desde pequenino, os pobres não sabem gastar, os poderosos sim, o que lá vai de pinturas e de armações sumptuosas, com acomodações para o cardeal e para o patriarca, e tem casa de dossel, gabinete e câmara para o senhor D. José, e aposentos iguais para a infanta D. Maria Bárbara quando cá passar, e as duas alas, uma é para a rainha, outra para o rei, assim ficam à vontade, escusam de dormir apertados, em todo caso largueza de cama como a tua é que não se vê muitas vezes, parece que tens a terra inteira para teu uso, aí ressonando como um porco, salvo seja, de braços e pernas abertos em cima da palha, capote a cobrir, e não cheiras nada bem, João Elvas, deixa lá que se nos tornarmos a encontrar, trago-te um frasquinho de água-da-hungria, e estas são as novas que tinha para te dar, não te esqueças de que el-rei sai para Montemor às três da madrugada, se quiseres ir com ele, não te deixes dormir. Deixou-se dormir João Elvas, quando acordou passava das cinco e chovia se Deus a dava. Pelo clarear da manhã percebeu que el-rei, se pontualmente saíra, já iria longe. Enrolou-se no capote, encolheu as pernas como se ainda estivesse dentro da barriga da mãe, e dormitou ao calor da palha, no bom cheiro dela quando a aquece um corpo humano. Há gente fidalga, ou nem tanto, que não suporta cheiros assim, disfarçam se podem os seus próprios cheiros naturais, e ainda falta vir o tempo de com falso perfume de rosa se ungirem rosas falsas, e dizerem esses, Que bem que cheiram. Qual fosse o motivo por que lhe estavam vindo à ideia estes pensamentos, não o sabia João Elvas, duvidoso de estar sonhando ou em devaneio acordado. Enfim abriu os olhos, saiu do sono. A chuva caía com força, vertical e sonora, coitadas de suas majestades, sujeitas a terem de viajar com um tempo destes, os filhos nunca poderão agradecer os sacrifícios que os pais fazem por eles. A caminho de Montemor ia D. João V, sabe Deus com que coragem lutando contra as dificuldades, os enxurros, os lamaçais, as ribeiras de engrossadas águas, aperta-se o coração só de imaginar o susto daqueles senhores, os camaristas e confessores, os clérigos e fidalgos, aposto que meteram os trombeteiros as trombetas no saco para não se engasgarem e que os atabales não precisam das macetas para se lhes ouvir o rufo, tão forte cai a chuva. E a rainha, que terá acontecido à rainha, a estas horas já saiu de Aldegalega, vem com a infanta D. Maria Bárbara, mais o infante D. Pedro, este é outro, com o mesmo nome do primeiro, frágeis mulheres, criança frágil, expostas aos agravos do mau tempo, ainda dizem que o céu está com os poderosos, vede, vede como é para todos a chuva quando cai.

João Elvas passou todo este dia no quente das tabernas, adubando com a malga do vinho as viandas do alforge, prodigamente abastecido pela ucharia de sua majestade. No geral, os pedintes do coice tinham-se deixado ficar pela vila, esperando que estiasse para irem no encalce do cortejo. Mas a chuva não parou. Caía a noite quando as primeiras viaturas da comitiva de D. Maria Ana começaram a entrar em Vendas Novas, mais parecendo um exército em debandada que cortejo real. As cavalgaduras, derreadas, mal podiam arrastar as berlindas e os coches, algumas iam-se abaixo das mãos e morriam ali mesmo, presas aos arreios. Os criados e os moços de cavalaria agitavam archotes, a vozearia atroava, e foi a confusão tamanha que se achou ser impossível encaminhar aos seus respetivos aposentos todos os acompanhantes da rainha, de modo que muitos deles tiveram de voltar para Pegões, onde finalmente se instalaram, sabe Deus em que deplorável estado. Foi uma noite de grande desastre. No dia seguinte, deitaram-se contas e viu-se que tinham morrido dezenas de bestas, não contando as que ficaram pelo caminho, com os peitos rebentados ou os membros partidos. As damas davam-lhes esvaimentos de cabeça e delíquios, os senhores disfarçavam a estafa rodando a capa pelos salões, e a chuva continuava a inundar tudo, como se Deus, por alguma zanga particular não comunicada à humanidade, tivesse, à falsa fé, decidido repetir o dilúvio universal, agora definitivo.

Quisera a rainha seguir para Évora nessa mesma madrugada, mas foi-lhe representado o perigo da empresa, além de virem atrasadas muitas carruagens, o que resultaria em prejuízo da dignidade do cortejo, E os caminhos, saiba vossa majestade, estão que não se pode, quando el-rei por eles passou, foi uma calamidade, que fará agora, com a interminável chuva que caiu, dia e noite, noite e dia, mas já está despachada ordem ao juiz de fora de Montemor para que mande juntar homens que vão reparar os caminhos, cegar os atoleiros e aplainar as quebradas, vossa majestade descansa este dia onze em Vendas Novas, no majestoso palácio que el-rei mandou construir, tem aqui todas as comodidades, distrai-se com a princesa e aproveita para lhe dar os últimos conselhos de mãe, Olha, minha filha, os homens são sempre uns brutos na primeira noite, nas outras também, mas esta é pior, eles bem nos dizem que vão ter muito cuidado, que não vai doer nada, mas depois, credo em cruz, não sei o que lhes passa pela cabeça, põem-se a rosnar, a rosnar, como uns dogues, salvo seja, e as pobrezinhas de nós não temos mais remédio que sofrer-lhes os assaltos até conseguirem os seus fins, ou então ficam em pouco, às vezes sucede, e nesse caso não devemos rir-nos deles, não há nada que mais os ofenda, o melhor é fingir que não demos por nada, porque se não for na primeira noite, é na segunda, ou na terceira, do sofrimento ninguém nos livra, e agora vou mandar chamar o senhor Scarlatti para nos distrair dos horrores desta vida, a música é uma grande consolação, minha filha, a oração também, acho que tudo é música, se não é oração tudo.

Enquanto foram dados os conselhos e se dedilhou o cravo, aconteceu ser João Elvas engajado para o conserto dos caminhos, são azares a que nem sempre se pode escapar, vai um homem a correr de um beiral para outro, a fugir à chuva, e ouve uma voz, Alto, é um quadrilheiro, conhece-se logo pelo tom, e tão supitânea foi a interpelação que nem deu tempo a João Elvas de fingir-se velho caduco, a autoridade ainda hesitou ao dar com mais cabelos brancos do que esperava, mas finalmente prevaleceu a agilidade da corrida, quem assim é capaz de se mexer, pode bem com pá e enxada. Quando João Elvas, com outros apanhados, chegou ao descampado onde o caminho desaparecia entre charcos e lodaçais, já lá andavam muitos homens carreando terra e pedras dos cômoros mais enxutos, era um trabalho de tirar dali e lançar aqui, outras vezes abriam-se canais para escoamento das águas, cada homem era um fantasma de barro, um fantoche, um espantalho, em pouco tempo ficou João Elvas como os outros, melhor teria feito se se tivesse deixado ficar em Lisboa, por mais que uma pessoa se esforce, não pode voltar à infância. Todo o dia andaram na dura faina, a chuva abrandou, e essa foi a melhor ajuda, pois assim ganharam os aterros alguma consistência, se não vier de noite outro temporal desfazer tudo. D. Maria Ana dormiu bem, debaixo do seu alto cobertor de penas, que para todo o lado leva, embalada no suave sono pela chuva que caía, mas, como as mesmas causas não produzem sempre os mesmos efeitos, depende das pessoas, das ocasiões, dos cuidados que se levam para a cama, aconteceu à princesa D. Maria Bárbara prolongarem--se-lhe pela noite dentro os ecos das bátegas que tombavam do céu, ou seriam as palavras inquietantes que ouvira da mãe. Dos que tinham andado na estrada, uns dormiram bem, outros mal, dependia do cansaço, que quanto a agasalho e alimento não se podiam queixar, sua majestade não regateou cómodos e comida quente, à estimação do mérito dos trabalhadores.

Manhã cedo, enfim, saiu de Vendas Novas a comitiva da rainha, já com as carruagens que tinham ficado para trás, nem todas, perdidas essas para sempre ou de mais demorado conserto, mas vai tudo com um ar pingão, empapados os panos, desluzidos os ouros e as cores, se não vier um arzinho de sol, será o casamento mais triste que alguma vez se viu. Agora não está a chover, mas o frio aperta e queima as carnes, não faltam frieiras por essas mãos, apesar dos regalos e das mantas, falamos das damas, claro está, tão entanguidas e constipadas que fazem dó. À frente do cortejo vai a pandilha cantoneira, em carros de bois, e, havendo atoleiro, ribeira transbordada ou aluimento, saltam abaixo e vão remediar, entretanto fica parado o comboio, esperando no meio da grande desolação da natureza. De Vendas Novas e outros lugares ao redor vinham vindo juntas de bois, não uma nem duas, dezenas, para tirarem dos lamaçais as seges, as berlindas, as galeras, os coches que neles constantemente se atolavam, passava-se o tempo nisto, desatrelar as mulas e os cavalos, atrelar os bois, puxar, desatrelar os bois, atrelar os cavalos e as mulas, no meio de muita gritaria e chicotada, e quando o coche da rainha se atascou até aos cubos das rodas e foi preciso tirá-lo do atoleiro com seis juntas de bois, um homem que ali estava e viera da sua terra por mandado do juiz de fora, disse, como se consigo próprio falasse, mas estava João Elvas perto e ouviu, Até parece que estamos aqui a puxar a pedra de Mafra. Sendo altura de se esforçarem os bois, folgavam um pouco os homens, por isso João Elvas perguntou, Que pedra era essa, homem, e o outro respondeu, Era uma pedra do tamanho duma casa, que foi levada de Pero Pinheiro para a obra do convento de Mafra, só a vi quando chegou, mas ainda dei uma ajuda, foi no tempo em que eu lá andava, E era grande, Era a mãe da pedra, isto dizia um amigo que a trouxe da pedreira e que depois foi para a terra dele, eu vim logo a seguir, não quis mais. Os bois, atascados até à barriga, puxavam sem esforço aparente, como se quisessem, às boas, convencer a lama a deixar de fazer presa.

Enfim, as rodas do coche assentaram em firme e a grande maquineta foi arrancada do atoleiro, entre aplausos, enquanto a rainha sorria, a princesa acenava e o infante D. Pedro, garoto, disfarçava o seu grande desgosto de não poder patinhar na lama.

Foi assim todo o caminho até Montemor, menos de cinco léguas que levaram quase oito horas de contínuo trabalho, de extenuamento de homens e bestas, cada qual segundo a sua especialidade. Bem desejava a princesa D. Maria Bárbara dormitar, repousar daquela aflita insónia, mas os solavancos do coche, a gritaria dos atletas da força, o tropear dos cavalos que iam e vinham com ordens, atordoavam-lhe a pobre cabecinha, punham-na em grande angústia, que trabalhos, meu Deus, tanta confusão para casar uma mulher, é certo que princesa. A rainha vai murmurando orações, menos para esconjurar os limitados perigos do que para passar o tempo, e como já anda cá neste mundo há não poucos anos, habituou--se, uma vez por outra desliza para o sono, donde logo regressa, e torna às orações desde o princípio, como se nada fosse. Do infante D. Pedro, por enquanto, não há mais que dizer.

Mas a conversa entre João Elvas e o homem que falara da pedra continuou mais adiante, disse o velho, De Mafra era um amigo meu de há muitos anos, nunca mais tive notícias dele, vivia em Lisboa, um dia desapareceu-me da vista, coisas que acontecem, quem sabe se teria voltado para a terra, Se voltou para lá, talvez eu o tivesse encontrado, que nome era o dele, Chamava-se Baltasar Sete-Sóis e era maneta da mão esquerda, ficou-lhe na guerra, Sete-Sóis, Baltasar Sete--Sóis, não conheci eu outra pessoa, fomos camaradas no trabalho, Fico muito contente, afinal o mundo é bem pequeno, Viemos dar os dois a esta estrada, e temos o mesmo amigo, Sete-Sóis era um bom homem, Terá morrido, Não sei, acho que não, com uma mulher como a dele, uma tal Blimunda, que tinha uns olhos de que nunca se sabia bem a cor, com uma mulher daquelas, um homem agarra-se à vida, não a larga nem que tenha só a mão direita, À mulher não a conheci, Sete-Sóis vinha às vezes com umas ideias esquisitas, um dia até disse que já tinha estado perto do sol, Seria efeito de vinho, Estávamos todos a beber quando ele o disse, mas nenhum de nós estava bêbedo, ou estaríamos e já me esqueci, o que ele queria dizer na sua, é que tinha voado, Voado, Sete--Sóis, essa nunca tal ouvi.

Veio a ribeira de Canha atravessar-se na conversa, caudalosa, espumejante, do outro lado juntara-se o povo de Montemor que viera esperar a rainha fora de portas, e, com o trabalho de todos, mais a ajuda de uns barris que ajudaram à flutuação das carruagens, daí a uma hora estavam a jantar na vila, os senhores nos lugares próprios da sua distinção, os ajudas ao acaso, uns comendo calados, outros conversando, como João Elvas que dizia no tom de quem continua duas conversas, uma com o interlocutor, outra consigo próprio, Estou-me a lembrar de que o Sete-Sóis, quando viveu em Lisboa, se dava muito com o Voador, que até fui eu que lho apontei, um dia que estávamos no Terreiro do Paço, lembro--me como se fosse ontem, Quem era o tal Voador, O Voador era um padre, o padre Bartolomeu Lourenço, que depois veio a morrer em Espanha, fez agora quatro anos, foi um caso de que se falou muito, o Santo Ofício meteu o nariz, quem sabe se estaria Sete-Sóis nesse negócio, Mas o Voador chegou a voar, Houve quem dissesse que sim, houve quem dissesse

351

que não, vá lá agora saber-se, Certo certo é ter o Sete-Sóis declarado que esteve perto do sol, isso ouvi eu, Deve haver um segredo, Haverá, e com esta resposta que perguntava calou-se o homem da pedra, e ambos acabaram de comer. As nuvens tinham-se levantado, pairavam alto, a chuva já não ameaçava tanto. Os homens que vieram de lugares entre Vendas Novas e Montemor não continuam. Foram pagos pelo trabalho, jornal a dobrar por bondade interventora da rainha, tem sempre sua compensação levar às costas os poderosos. João Elvas seguia viagem, agora talvez com mais comodidade, porquanto se fizera conhecido de sotas e cocheiros, acaso o deixariam ir sentado numa galera, com as pernas penduradas, a dar a dar, acima da lama e da bosta. O homem que falara da pedra estava na berma da estrada, olhava com os seus olhos azuis o velho que se acomodava entre dois arcazes. Não tornarão a ver-se mais, é o que se supõe, que o futuro nem Deus o sabe, e quando a galera começou a andar, disse João Elvas, Se um dia encontrares o Sete-Sóis, diz-lhe que falaste com o João Elvas, ele deve lembrar-se de mim, e que lhe mando um abraço, Lá direi, lá darei, mas se calhar não o torno a ver, E tu, como é que te chamas, O meu nome é Julião Mau-Tempo, Então adeus, Julião Mau-Tempo, Adeus, João Elvas.

De Montemor a Évora não vão faltar trabalhos. Voltou a chover, tornaram os atoleiros, partiram-se eixos, rachavam-se como gravetos os raios das rodas. A tarde caía rapidamente, o ar arrefecia, e a princesa D. Maria Bárbara, que enfim adormecera, auxiliada pelo torpor emoliente dos caramelos com que aconchegara o estômago e por quinhentos passos de estrada sem buracos, acordou com um grande arrepio, como se um dedo gelado lhe tivesse tocado na testa, e, virando os olhos ensonados para os campos crepusculares, viu parado um pardo ajuntamento de homens, alinhados na beira do caminho e atados uns aos outros por cordas, seriam talvez uns quinze.

Afirmou-se melhor a princesa, não era sonho nem delírio, e turbou-se de tão lastimoso espetáculo de grilhetas, em véspera das suas bodas, quando tudo devia ser ledice e regozijo, já não chegava o péssimo tempo que faz, esta chuva, este frio, teriam feito bem melhor se me casassem na primavera. Cavalgava à estribeira um oficial a quem D. Maria Bárbara ordenou que mandasse saber que homens eram aqueles e o que tinham feito, que crimes, e se iam para o Limoeiro ou para a África. Foi o oficial em pessoa, talvez por muito amar esta infanta, já sabemos que feia, já sabemos que bexigosa, e daí, e vai levada para Espanha, para longe, do seu puro e desesperado amor, querer um plebeu a uma princesa, que loucura, foi e voltou, não a loucura, ele, e disse, Saiba vossa alteza que aqueles homens vão trabalhar para Mafra, nas obras do convento real, são do termo de Évora, gente de ofício, E vão atados porquê, Porque não vão de vontade, se os soltam fogem, Ah. Recostou-se a princesa nas almofadas, pensativa, enquanto o oficial repetia e gravava em seu coração as doces palavras trocadas, há de ser velho, caduco e reformado, e ainda se recordará do mavioso diálogo, como estará ela agora, passados todos estes anos.

A princesa já não pensa nos homens que viu na estrada. Agora mesmo se lembrou de que, afinal, nunca foi a Mafra, que estranha coisa, constrói-se um convento porque nasceu Maria Bárbara, cumpre-se o voto porque Maria Bárbara nasceu, e Maria Bárbara não viu, não sabe, não tocou com o dedinho rechonchudo a primeira pedra, nem a segunda, não serviu com as suas mãos o caldo dos pedreiros, não aliviou com bálsamo as dores que Sete-Sóis sente no coto do braço quando retira o gancho, não enxugou as lágrimas da mulher que teve o seu homem esmagado, e agora vai Maria Bárbara para Espanha, o convento é para si como um sonho sonhado, uma névoa impalpável, não pode sequer representá-lo na imaginação, se a outra lembrança não serviria a memória. Ai as culpas de Maria Bárbara, o mal que já fez, só porque nasceu, nem é preciso ir muito longe, bastam aqueles quinze homens que além vão, enquanto passam as seges com os frades, as berlindas com os fidalgos, as galeras com os guarda-roupas, as estufas com as damas, e destas as arcas com as joias, e todo o mais recheio, os sapatinhos bordados, as frasqueiras de água-de-flor, as contas de ouro, as charpas bordadas de ouro e prata, as roupinhas, as pulseiras, os opulentos manguitos, as borlas de polvilhas, as pelatinas de arminho, oh quão deliciosamente pecadoras são as mulheres e belas, ou mesmo quando bexigosas e feias como esta infanta que vamos acompanhando, bastaria a sedutora melancolia, o cismático semblante, nem lhe faz falta o pecado, Senhora mãe e rainha minha, aqui estou eu indo para Espanha, donde não voltarei, e em Mafra sei que se constrói um convento por causa de voto em que fui parte, e nunca ninguém de cá me levou a vê-lo, há nisto muita coisa que não sei entender, Minha filha e futura rainha, não retires ao tempo que deve ser de oração o tempo de vãos pensamentos, tais são esses, a real vontade de teu pai e senhor nosso quis que se levantasse o convento, a mesma real vontade quer que vás para Espanha e o convento não vejas, só a vontade de el-rei prevalece, o resto é nada, Então é nada esta infanta que eu sou, nada os homens que vão além, nada este coche que nos leva, nada aquele oficial que ali vai à chuva e olha para mim, nada, Assim é, minha filha, e quanto mais se for prolongando a tua vida, melhor verás que o mundo é como uma grande sombra que vai passando para dentro do nosso coração, por isso o mundo se torna vazio e o coração não resiste, oh, minha mãe, que é nascer, Nascer é morrer, Maria Bárbara. O melhor das viagens longas são estes filosóficos debates. O infante D. Pedro, cansado, dorme com a cabeça apoiada no ombro da mãe, é um bonito quadro familiar, e veja-se como esta criança é finalmente igual a todas as outras, dormindo deixa pender o queixo, em confiante abandono, e um fio de saliva corre-lhe para os folhos do cabeção bordado. A princesa enxuga uma lágrima. Ao longo do cortejo começam a acender-se os archotes, são como um rosário de estrelas caído das mãos da Virgem e que, por acaso, se não especial preferência, veio pousar em terra portuguesa. Entraremos em Évora já noite fechada.

Está el-rei à espera, com os infantes D. Francisco e D. António, está o povo de Évora dando vivas, a luz dos archotes tornou-se esplendoroso sol, os soldados disparam as salvas do estilo, e quando a rainha e a princesa passam para o coche de seu marido e pai, o entusiasmo atinge o delírio, nunca se viu tanta gente feliz. João Elvas já saltou da galera em que veio, doem-lhe as pernas, a si próprio promete que futuramente lhes dará o uso para que foram feitas, em vez de se deixar ir no embalo do carroção, não há nada melhor que andar um homem por seu pé. Durante a noite não lhe apareceu o fidalgo, e se aparecesse que diria, notícias de banquetes e dosséis, de visitas a conventos e distribuição de títulos, de esmolas e beija-mãos. De tudo, só a esmolinha lhe faria arranjo, mas não hão de faltar oportunidades. Hesitou João Elvas, no dia seguinte, se acompanharia o rei ou a rainha, mas acabou por escolher D. João v, e bem fez, porque a pobre D. Maria Ana, saindo um dia depois, veio a apanhar uma chuva de neve que parecia estar nas suas terras de Áustria, quando não fazia mais que dirigir-se a Vila Viçosa, lugar de assinalados calores em outra estação, como todos estes espaços que vimos atravessando. Enfim, pela manhãzinha do dia dezasseis, oito dias depois de ter partido el-rei de Lisboa, saiu completo o cortejo para Elvas, rei, capitão, soldado, ladrão, são irreverências de garotos que nunca viram tanta magnificência junta, imagine-se, só as carruagens da casa real são cento e setenta, agora ponham-me as dos muitos nobres que também vão, e as das comunidades de Évora, e as de particulares que não querem perder a ocasião de ilustrar a história da família, teu trisavô acompanhou a família real a Elvas quando foi da troca das princesas, nunca te esqueças, ouviste.

À estrada saía o povo miúdo daquelas terras e de joelhos implorava a piedade real, parece que adivinhavam os míseros, porque a seus pés levava D. João v um baú de moedas de cobre, que ia lançando, às mãos cheias, a um lado e a outro, em gestos largos de semeador, o que causava grande alvoroço e gratidão, violentamente se desfaziam as fileiras e se disputavam os dinheiros arremessados, e então era ver como velhos e novos remexiam na lama onde se enterrara um real, como tateavam cegos o fundo das águas lodosas onde um real se afundara, enquanto as reais pessoas iam passando, passando, graves, severas, majestosas, sem abrirem um sorriso, porque também Deus não sorri, ele lá saberá porquê, talvez tenha acabado por se envergonhar do mundo que criou. João Elvas está por aí, quando estendeu o chapéu a el-rei, questão de o saudar como era sua obrigação de súbdito, caíram-lhe dentro umas poucas moedas, é um homem de sorte este velho, nem precisa baixar-se, vão-lhe bater as felicidades à porta e as moedas à mão. Passava das cinco da tarde quando o cortejo chegou à cidade. Salvou a artilharia, e tão combinadas estas coisas pareciam, que do outro lado da fronteira retumbaram igualmente uns tiros, era a entrada dos reis de Espanha em Badajoz, quem aqui tivesse vindo desprevenido julgaria que estaria para travar-se uma grande batalha, contra o costume indo ao combate o rei e o ladrão, além do soldado e capitão que sempre vão. Porém, são tiros de paz, fogos de outro artifício, como à noite as luminárias e as artes pirotécnicas, agora desceram o rei e a rainha do coche, o rei quer ir a pé, da porta da cidade até à catedral, mas o frio é tanto, rapa nas mãos que as engadanha, rapa na cara que a arrepanha, a pontos tais que D. João v se resigna a perder esta primeira escaramuça, volta a subir para o coche, logo à noite talvez diga duas palavras secas à rainha, pois ela foi quem se negou, queixosa do gelado ar, quando a el-rei daria gosto e satisfação percorrer por seu pé as ruas de Elvas, atrás do cabido que o esperava de cruz alçada e Santo Lenho, beijado sim, mas não acompanhado, esta via crucis não a palmilhou D. João v.

Provado está que Deus ama muito as suas criaturas. Depois de, por espaço de tantos quilómetros e tempo de tantos dias, as ter experimentado em paciência e constância, mandando-lhes insuportáveis frios e chuvas diluviais, consoante foi miudamente explicado, quis premiar a resignação e a fé. E como a Deus nada é impossível, bastou-lhe fazer subir a pressão atmosférica, pouco a pouco se levantaram as nuvens, apareceu o sol, e tudo isto se deu enquanto os embaixadores combinavam a forma em que os reis se haviam de tratar, espinhosa negociação, foram precisos três dias para se rematar o acordo, combinados finalmente todos os passos, gestos e dizeres, minuto por minuto, para que se não desdourasse nenhuma das coroas em atitude ou palavra de menor preço por comparação com a vizinha. Quando, no dia dezanove, saiu el-rei de Elvas, a caminho do Caia, que é logo ali adiante, levando a rainha e os príncipes, com os infantes todos, estava o mais formoso tempo que se podia desejar, cheio de sereno e agradável sol. Imagine, pois, quem lá não esteve, as galas do extensíssimo cortejo, os frisões de crinas entrançadas puxando os coches, as cintilações do ouro e da prata, as trombetas e os atabales à compita, os veludos, os archeiros, os esquadrões da guarda, as insígnias da religião, as faiscantes pedrarias, já tínhamos visto tudo isto debaixo de chuva, agora juraremos que não há nada como o sol para alegrar a vida dos homens e honrar as cerimónias.

O povo de Elvas e de muitas léguas em redor assiste na estrada, depois larga a correr através dos campos para se colocar, espectador, ao longo do rio, é um mar de gente de um e outro lado, portugueses de cá, espanhóis de lá, dão vivas e parabéns, ninguém diria que há tantos séculos andamos a matar-nos uns aos outros, posto o que estaria talvez o remédio em casar os de além com os de aquém, guerras, se as houver, serão só as domésticas, que essas não se podem evitar. João Elvas está aqui há três dias, arranjou um bom lugar, que seria de palanque, se os houvesse. Por singular capricho não quis entrar na cidade onde nasceu, deram as saudades nesta abstenção. Há de lá ir quando todos partirem, quando puder andar, sozinho, pelas ruas silenciosas, sem mais jubilamento que o seu próprio, se ainda o sentir, se não for antes dolorosa amargura repetir em velho os passos dados quando

358

novo. Foi graças a esta decisão que pôde, para dar ajuda à transportação de materiais, entrar na casa onde se encontrarão os reis e os príncipes, a qual foi construída sobre a ponte de pedra que atravessa o rio. Tem essa casa três salas, uma de cada lado para os soberanos de cada país, outra central para as entregas, toma lá Bárbara, dá cá Mariana. Dos apuros finais é que nada sabe, a ele competiu-lhe carregar a obra grossa, mas mesmo agora se afastou daqui aquele caridoso fidalgo, providência de João Elvas nesta viagem, Se visses como aquilo ficou, nem reconhecias, do nosso lado são tudo tapeçarias e cortinados de damasco carmesim com sanefas de brocado de ouro, e igualmente a metade da sala do meio que nos pertence, e no tocante a Castela os adornos são tiras de brocado branco e verde, tendo ao meio um grosso ramo de ouro donde aquelas saem, e ao centro da sala de encontro há uma grande mesa com sete cadeiras do lado de Portugal e seis do lado de Espanha, todas forradas de tissu de ouro as nossas, e de prata as deles, isto é só o que te posso dizer, porque mais não vi, e agora vou-me, mas não tenhas inveja de mim, porque lá nem eu posso entrar, quanto mais tu, imagina se fores capaz, se um dia nos tornarmos a encontrar, eu te contarei como foi, se a mim mo contarem antes, para sabermos as coisas é assim que terá de ser, vamo-las dizendo uns aos outros.

Foi muito comovente, choraram as mães e as filhas, os pais carregaram o cenho para disfarçar o sentimento, os nubentes olhavam-se de soslaio, gostando-se ou não, eles o sabem, eles o calarão. Aglomerado nas margens do rio, o povo não via nada, mas servia-se das suas próprias experiências e recordações de boda, e assim imaginava os abraços dos compadres, as efusões das comadres, as malícias sonsas dos noivos, os rubores calculados das noivas, ora, ora, tanto faz rei como carvoeiro, não há melhor que o parrameiro, isto, a bem dizer, é um povo de grosseirões. Levou seu tempo a cerimónia. Às tantas calou-se por milagre a multidão, mal se moviam as auriflamas e os estandartes nos mastros, os soldados olharam todos na direção da ponte e da casa. Começara a ouvir-se uma música delgadinha, suavíssima, um tilintar de sininhos de vidro e prata, um harpejo às vezes rouco, como se a comoção apertasse a garganta da harmonia, Que é isto, perguntou uma mulher ao lado de João Elvas, e o velho respondeu, Não sei, alguém que está a tocar para divertimento das majestades e altezas, se estivesse aqui o meu fidalgo perguntava-lhe, ele sabe tudo, é lá deles. Acabará a música, todos irão aonde têm de ir, corre sossegadamente o rio Caia, de bandeiras não resta um fio, de tambores um rufo, e João Elvas nunca chegará a saber que ouviu Domenico Scarlatti tocando no seu cravo.

À frente, por serem de maior grandeza corporal e portanto lhes caber justa capitania, vão S. Vicente e S. Sebastião, ambos mártires, embora do martírio daquele não se veja outro sinal que a simbólica palma, o resto são atavios de diácono e emblemático corvo, ao passo que o outro santo se apresenta na conhecida nudez, atado à árvore, com aqueles mesmos buracos de horríveis feridas, donde por prudência se desencaixaram os dardos, não fossem partir-se durante a viagem. Logo a seguir vêm as damas, três graças preciosas, a mais bela de todas Santa Isabel Rainha da Hungria, que morreu na idade de vinte e quatro anos apenas, e depois Santa Clara e Santa Teresa, mulheres muito apaixonadas, que em fogo interior arderam, é o que se presume das suas ações e palavras, quanto mais presumiríamos se soubéssemos de que é feita a alma das santas. Quem bem chegado vem a Santa Clara é S. Francisco, não admira a preferência, conhecem-se desde Assis, encontraram-se agora neste caminho de Pintéus, de pouco valeria a amizade, ou lá o que foi que os uniu, se não continuassem a conversa na palavra que ficou em meio, como íamos dizendo. Se este é o lugar que realmente melhor conviria a S. Francisco, por ser, de todos os santos que vão nesta leva, o de mais feminis virtudes, de coração manso e alegre vontade, também em lugar certo vêm S. Domingos e Santo Inácio, ambos ibéricos e sombrios, logo demoníacos, se não é isto ofender o demónio, se não seria justo, afinal, dizer que só um santo seria capaz de inventar a inquisição e outro santo a modelação das almas. É evidente, para quem conheça estas polícias, que S. Francisco vai sob suspeita. Mas, nisto de santidades, há-as para todos os gostos. Quer-se um santo dedicado ao trabalho da horta e ao cultivo da letra, temos S. Bento. Quer-se outro de vida austera, sábia e mortificada, avance S. Bruno. Quer-se ainda outro para pregar cruzadas velhas e reunir cruzados novos, não há melhor que S. Bernardo. Vêm os três juntos, talvez por parecenças de rosto, talvez porque as virtudes de todos, somadas, fariam um homem honesto, talvez por terem nos nomes a mesma primeira letra, não é raro juntarem-se as pessoas por acasos desses, quem sabe se não foi por esta precisa razão que se uniram algumas que conhecemos, como Blimunda e Baltasar, que, diga-se a propósito, falamos de Baltasar, é boieiro de uma das juntas que vão puxando S. João de Deus, único santo português da confraria desembarcada da Itália em Santo António do Tojal e que vai, como quase tudo de que se fala nesta história, a caminho de Mafra.

Atrás de S. João de Deus, cuja casa em Montemor foi visitada, há mais de ano e meio, por D. João v, quando levou a princesa à fronteira, e dessa visita não se falou na ocasião própria, o que demonstra a pouca importância que damos às glórias nacionais, oxalá o santo nos perdoe a ofensa da omissão, atrás de S. João de Deus, íamos dizendo, segue uma

meia dúzia doutros bem-aventurados de menos resplande-
cência, sem menosprezo dos muitos atributos e virtudes que
os exornam, mas todos os dias a experiência nos ensina que,
não ajudando a fama no mundo, não se alcança a celebridade
no céu, desigualdade flagrante de que são vítimas todos estes
santos, por sua menor significância reduzidos aos nomes,
João da Mata, Francisco de Paula, Caetano, Félix de Valois,
Pedro Nolasco, Filipe Neri, enunciados assim parecem homens comuns, e vá lá que não se podem queixar, vai cada
qual no seu carro, e não a esmo, deitadinhos como os outros
de cinco estrelas em macio leito de estopa, lã e sacos de fo-
lhelho, desta maneira não se amarrota a prega nem se torce a
orelha, são estas as fragilidades do mármore, tão rijo parece,
e com duas pancadas perde Vénus os braços. E nós vamos
perdendo a memória, ainda agora juntámos Bruno, Bento e
Bernardo a Baltasar e Blimunda, e esquecemos Bartolomeu,
de Gusmão ou Lourenço, como queiram, mas desprezado é
que não. Bem certo é o que se diz, ai de quem morre, duas
vezes ai se não havia santidade verdadeira ou fingida que o
salvasse.

Já passámos Pintéus, vamos no caminho de Fanhões,
dezoito estátuas em dezoito carros, juntas de bois à proporção, homens às cordas na conta do já sabido, porém não é isto
aventura que se compare com a pedra de Benedictione, são
coisas que só podem acontecer uma vez na vida, se o engenho
não engenhasse maneiras de tornar fácil o difícil, mais valia
ter deixado o mundo na sua primeira brutidão. As popula-
ções vêm ao caminho festejar a passagem, só estranham de
ver os santos deitados, e nisso têm razão, que mais formoso e
edificante espetáculo não dariam as sacras figuras se viajassem de pé sobre os carros, como se fossem de andor, até os

mais baixitos, que não chegam a três metros, medida nossa, seriam avistados de longe, que fariam os dois da frente, S. Vicente e S. Sebastião, quase cinco metros de altura, gigantões atléticos, hércules cristãos, campeões da fé, olhando lá do alto, por cima dos valados e das copas das oliveiras, o vasto mundo, então sim, seria isto religião que nada ficaria a dever à grega e à romana. Em Fanhões parou o cortejo porque os moradores quiseram saber, nome por nome, quem eram os santos que ali iam, pois não é todos os dias que se recebem, ainda que de passagem, visitantes de tal grandeza corporal e espiritual, uma coisa é o quotidiano trânsito dos materiais de construção, outra, poucas semanas há, o intérmino cortejo dos sinos, mais de cem, que hão de rebimbar nas torres de Mafra a imperecível memória destes acontecimentos, outra ainda este panteão sagrado. Foi o pároco da terra chamado à ciceronia, mas não soube dar boa conta do recado, porque nem todas as estátuas tinham visível o nome do pedestal, e em muitos casos por aí se ficaria a ciência identificadora do padre, uma coisa é ver logo que este é S. Sebastião, outra seria dizer, de cor e salteado, Amados filhos, o santo que aqui estão vendo é S. Félix de Valois, que foi educado por S. Bernardo, que vai lá à frente, e fundou com S. João da Mata, que aí vem atrás, a ordem dos trinitários, a qual foi instituída para resgatar os escravos das mãos dos infiéis, vede que admiráveis histórias se contam na nossa santa religião, Ah, ah, ah, ri o povo de Fanhões, e quando é que vem a ordem para resgatar os escravos das mãos dos fiéis, ó senhor prior.

Vistas as dificuldades, foi o padre ao governador deste transporte e pediu consulta dos papéis de exportação que tinham vindo de Itália, subtileza que lhe valeu recuperar a abalada credibilidade, e então puderam ver os moradores de Fanhões o seu ignorante pastor, alçado sobre o muro do adro, pregoando os benditos nomes pela ordem que iam passando os carros, até ao último, por acaso era S. Caetano, levado pelo José Pequeno, que tanto sorria aos aplausos como ria de quem os dava. Mas este José Pequeno é maligna criatura, por isso o puniu Deus, ou o Diabo o puniu, com a corcova que traz às costas, há de ter sido Deus o do castigo, porque não consta que tenha o Diabo esses poderes em vida do corpo. Acabou o desfile, segue a santaria para Cabeço de Monte Achique, boa viagem.

Menos boa a têm os noviços do convento de S. José de Ribamar, ali para os lados de Algés e Carnaxide, a estas horas palmilhando o caminho para Mafra, por orgulho ou transposta mortificação do seu provincial. Foi o caso que, aproximando-se a data da sagração do convento, começou-se a acomodar e a pôr em boa arrecadação os caixões que de Lisboa se iam enviando com os paramentos para o culto divino e as coisas necessárias para o serviço da comunidade que o dito convento ia habitar. Foram estas ordens dadas pelo provincial, que, chegando a altura conveniente, deu outras, convém a saber, seguissem os noviços para a nova casa, o que, subindo ao conhecimento de el-rei, moveu o coração deste piedoso senhor, que quis fossem os noviços nas suas faluas até ao porto de Santo António do Tojal, assim lhes reduzindo o trabalho e a canseira do caminho. Porém, estavam os mares tão alterosos, tão agitados da fúria dos ventos, que seria loucura suicida ousar tal navegação, posto o que el-rei propôs que viajassem os noviços nos seus coches, ao que o provincial respondeu, agora sim, ardendo em santo escrúpulo, Que é isto, senhor, apurar confortos a quem se deve aos cilícios, descuidar lazeres a quem há de ser sentinela, amaciar estofos a quem se prepara para sentar-se em espinhos, nunca eu tal veja, senhor, ou deixo de ser provincial, vão a pé, para exemplo e edificação dos povos, não são mais que Nosso Senhor, que só uma vez é que andou de burro. Com argumentos de tal substância, retirou D. João v a oferta dos coches, como já retirara a das faluas, e os noviços, levando consigo apenas os breviários, partiram do convento de S. José de Ribamar pela manhã, trinta esparvados e bisonhos adolescentes, com seu mestre frei Manuel da Cruz, e outro frade de guarda, frei José de Santa Teresa. Pobres moços, pobres passarinhos implumes, já não chegava serem os mestres de noviços, por infalível regra, os mais temíveis tiranos, com aquela cisma das disciplinas diárias, seis, sete, oito, até ficarem os pobres com as costas em carne viva, já isto e ainda pior não bastava, como ter de transportar nos lombos, chagados e feridos, todos os pesos, para que não chegassem a sarar, e tinham agora de caminhar descalços seis léguas, por montes e vales, sobre pedras e lama, caminhos tão ruins que, comparado com eles, foi suave prado o chão pisado pelo burro que transportou a Virgem na fuga para o Egito, de S. José não se falando por ser modelo de paciência.

Meia légua andada, por obra de topada, daquelas que abrem boca na cabeça do dedo grande, ou aresta assassina, ou contínua rapação das plantas na aspereza do solo, já os pés dos mais delicados sangravam, rasto de pias e vermelhas flores, seria um lindo quadro católico se não fosse o frio tanto, se não mostrassem os noviços os focinhos encieirados, os olhos lacrimejantes, muito custa a ganhar o céu. Iam rezando nos breviários, anestésico prescrito para todas as dores da alma, porém, estas são do corpo, um par de sandálias substituiria com proveito a mais eficaz das orações, meu Deus, se fazes muita questão nisso arreda as tentações de mim, mas primeiramente tira essa pedra do meu caminho, já que és o pai das pedras e dos frades, e não pai delas e padrasto meu. Não há vida pior que a do noviço, a não ser, talvez daqui por muitos anos, a do marçano, estamos até em dizer que o noviço é o marçano de Deus, que o diga um frei João de Nossa Senhora, noviço que foi desta mesma ordem franciscana e que há de ir agora como pregador a Mafra no terceiro dia da sagração, mas não chegará a falar por ser só substituto, que o diga este frei João Redondo, assim chamado por causa da muita gordura que sendo frade ganhou, que em tempos de seu noviciado e magreza andou pelo Algarve a fazer um peditório de borregos para o convento, três meses levou nisto, roto, descalço, mal comido, imagine-se o tormento, juntar os animais, ir de terra em terra com o rebanho, pedir pelo amor de Deus mais um borreguinho, levá-los todos ao pasto, e, enquanto praticava tantos religiosos atos, sentindo o estômago às guinadas, da muita fominha, só pão e água, e com a tentação de um ensopado diante dos olhos. Vida mortificada é toda uma, noviço, marçano e recruta.

Os caminhos são muitos, mas às vezes repetem-se. Partindo de S. José de Ribamar, os noviços seguiram na direção de Queluz, depois Belas e Sabugo, pararam algum tempo a descansar em Morelena, restauraram como puderam os atormentados pés na enfermaria, e depois, ao princípio sofrendo dores dobradas, enquanto ao novo sofrimento se não habituaram, continuaram caminho para Pero Pinheiro, passagem pior que todas por estar o chão da estrada coberto de estilhas de mármore. Lá adiante, na descida para Cheleiros, viram uma cruz de pau à beira do caminho, sinal de ali ter morrido gente, em geral são assassinados, seria este o caso, não seria, sempre um padre-nosso se dirá por esta alma, ajoelharam-se os frades e os noviços, em coro disseram a oração, coitados, esta sim, é caridade suprema, rezar por quem não se conhece, assim de joelhos veem-se-lhes as solas dos pés, tão castigadas, tão sangrentas, tão doloridas e sujas, são a parte mais comovente do corpo humano, se está de joelhos, viradas para o céu por onde nunca caminharão. Terminado o padre-nosso, desceram ao vale, atravessaram a ponte, outra vez entregues à leitura do breviário, e não viram uma mulher que assomava ao postigo da sua casa, e não ouviram o que ela disse, Malditos sejam os frades.

Quis o acaso, agenciador de bons e maus sucessos, que se encontrassem as estátuas com os noviços no ligar da estrada que vem de Cheleiros com a que vem de Alcainça Pequena, e isso foi ocasião de grandes demonstrações de regozijo por parte da congregação, pelo afortunado augúrio. Passaram os frades para a frente do comboio de carros, como batedores e espanta-diabos, entoando sonoras jaculatórias, só não alçando cruz porque a não levavam, se o consentiria o ritual. Entraram assim em Mafra, recebidos triunfalmente, tão magoadinhos dos pés, tão transportados de fé no desvairo dos olhares, ou será fome, que desde S. José de Ribamar que vêm caminhando, só roeram pão duro, molhado em água da fonte, mas agora decerto os tratarão melhor no hospício, onde por hoje se acomodam, mal podem andar, é como os fogueirames, passa a grande labareda, ficam as cinzas, acaba-se a exaltação, fica a melancolia. Nem ao descarregar das estátuas assistiram. Vieram os engenheiros e os homens da força, trouxeram os cabrestantes, as roldanas, as cabrilhas, os calabres e as almofadas, as cunhas, os calços, negregados instrumentos que de repente se escapam, por isso a mulher de Cheleiros disse, Malditos sejam os frades, e com muito suor e ranger de dentes foram as figuras descidas, porém, agora alçadas em toda a sua altura, postas em círculo, voltadas para dentro como se estivessem reunindo assembleia ou partida, entre S. Vicente e S. Sebastião estão as três santas, Isabel, Clara, Teresa, parecem minorcas ao pé deles, mas as mulheres não se medem aos palmos, mesmo quando santas não são.

Desce Baltasar ao vale, vai para casa, é certo que o trabalho ainda não despegou na obra, mas, vindo ele tão esforçadamente de longe, desde Santo António do Tojal em um só dia, não esqueçamos, tem direito a recolher mais cedo, depois de descangados e pensados os bois. O tempo, às vezes, parece não passar, é como uma andorinha que faz o ninho no beiral, sai e entra, vai e vem, mas sempre à nossa vista, julgaríamos, nós e ela, que iríamos ficar assim a eternidade, ou metade dela, o que já não seria mau. Mas, de repente, estava e já não está, mesmo agora a vi, onde é que se meteu, e se temos à mão um espelho, Jesus, como o tempo passou, como eu me tornei velho, ainda ontem era a flor do bairro, e hoje nem bairro nem flor. Baltasar não tem espelhos, a não ser estes nossos olhos que o estão vendo a descer o caminho lamacento para a vila, e eles são que lhe dizem, Tens a barba cheia de brancas, Baltasar, tens a testa carregada de rugas, Baltasar, tens encorreado o pescoço, Baltasar, já te descaem os ombros, Baltasar, nem pareces o mesmo homem, Baltasar, mas isto é certamente defeito dos olhos que usamos, porque aí vem justamente uma mulher, e onde nós víamos um homem velho, vê ela um homem novo, o soldado a quem perguntou um dia, Que nome é o seu, ou nem sequer a esse vê, apenas a este homem que desce, sujo, canoso e maneta, Sete-Sóis de alcunha, se a merece tanta canseira, mas é um constante sol para esta mulher, não por sempre brilhar, mas por existir tanto, escondido de nuvens, tapado de eclipses, mas vivo, Santo Deus, e abre-lhe os braços, quem, abre-os ele a ela, abre-os ela a ele, ambos, são o escândalo da vila de Mafra, agarrarem-se assim um ao outro na praça pública, e com idade de sobra, talvez seja porque nunca tiveram filhos, talvez porque se vejam mais novos do que são, pobres cegos, ou porventura serão estes os únicos seres humanos que como são se veem, é esse o modo mais difícil de ver, agora que eles estão juntos até os nossos olhos foram capazes de perceber que se tornaram belos.

À ceia, Álvaro Diogo disse que as estátuas ficarão onde foram descarregadas, não há tempo para as colocar nos nichos respetivos, a sagração é já no domingo e todos os cuidados e trabalhos serão poucos para dar à basílica um ar composto de obra acabada, está concluída a casa da sacristia, mas sem reboco nas abóbadas, e, como ainda conservam o simples, se mandarão cobrir com pano de brim engessado, a fingir de guarnição de cal, para aparecer com mais asseio, e à igreja, como falta o zimbório, do mesmo modo se disfarçará a ausência. Álvaro Diogo sabe muito destas miudezas, de comum pedreiro passou a canteiro, de canteiro a lavrante, e bem-visto pelos oficiais e mestres-de-obra, sempre pontual, sempre diligente, sempre cumpridor, tão habilidoso de mãos como dócil de palavras, nada parecido com essa malta dos boieiros, arruaceira quando calha, cheirando a esterco e suja dele, em vez desta brancura do pó do mármore que cobre os pelos das mãos e das barbas, e se agarra à roupa para toda a vida. Assim será com Álvaro Diogo, precisamente para toda a vida, porém curta, que em breve tempo cairá duma parede aonde não tinha que subir, não lho exigia já o ofício, foi lá para ajeitar uma pedra que das suas mãos saíra e só por isso não podia estar mal talhada. Quase trinta metros de altura será a queda, e dela morrerá, e esta Inês Antónia, por ora tão orgulhosa do favor de que goza o seu homem, tornar-se-á numa viúva triste, ansiosa se lhe cairá agora o filho, não se acabam as ralações do pobre. Diz mais Álvaro Diogo que antes da sagração se mudarão os noviços para duas casas já construídas por cima da cozinha, e, a propósito desta informação, lembrou Baltasar que, estando os rebocos ainda tão húmidos e correndo tão fria a estação, não iriam faltar doenças aos frades, e Álvaro Diogo respondeu que já havia braseiros ardendo noite e dia dentro das celas acabadas, mas que, mesmo assim, a humidade escorria pelas paredes, E as estátuas dos santos, Baltasar, deram muito trabalho a trazer, Nem por isso, o pior foi carregar, depois, com jeito e força, mais a paciência dos bois, viemos andando. A conversa esmorecia, esmorecia o lume na lareira, Álvaro Diogo e Inês Antónia foram-se deitar, de Gabriel não falemos, que já estava a dormir quando mastigava o último bocado da ceia, então Baltasar perguntou, Queres ir ver as estátuas, Blimunda, o céu deve estar limpo e a lua não tarda aí, Vamos, respondeu ela.

A noite estava clara e fria. Enquanto subiam a ladeira para o alto da Vela, a lua nasceu, enorme, vermelha, recortando primeiro as torres sineiras, os alçados irregulares das paredes mais altas, e, lá para trás, o testo do monte que tantos trabalhos trouxera e tanta pólvora consumira. E Baltasar disse, Amanhã vou ao Monte Junto ver como está a máquina, passaram seis meses desde a última vez, como estará aquilo,

Vou contigo, Não vale a pena, saio cedo, se não tiver muito que remendar estarei cá antes da noite, melhor é ir agora, depois são as festas da sagração, se adrega de chover ficam os caminhos piores, Tem cuidado, Descansa, a mim não me assaltam ladrões nem mordem lobos, Não é de lobos ou ladrões que falo, Então, Falo da máquina, Dizes-me sempre que me acautele, eu vou e venho, mais cuidados não posso ter, Tem-nos todos, não te esqueças, Sossega, mulher, que o meu dia ainda não chegou, Não sossego, homem, os dias chegam sempre.

Tinham subido ao grande terreiro diante da igreja, cujo corpo rompia do chão, céu acima, isolado da restante obra. O que havia de ser palácio era ainda, e apenas, o piso térreo, para um lado e para o outro, sobre ele se vendo umas construções de madeira para servirem às cerimónias que ali se iam dar. Parecia impossível que tantos anos de trabalho, treze, fizessem tão pouco vulto, uma igreja inacabada, um convento que, em duas alas, está levantado até ao segundo andar, o resto pouco mais que a altura dos portais do primeiro, ao todo quarenta celas acabadas, em vez das trezentas que vão ser precisas. Parece pouco e é muito, se não demasiado. Uma formiga vai à eira e agarra numa pargana. Dali ao formigueiro são dez metros, menos que vinte passos de homem. Mas quem vai levar essa pargana e andar esse caminho, é a formiga, não é o homem. Ora, o mal desta obra de Mafra é terem posto homens a trabalhar nela em vez de gigantes, e, se com estas e outras obras passadas e futuras se quer provar que também o homem é capaz de fazer o trabalho que gigantes fariam, então aceite-se que leve o tempo que levam as formigas, todas as coisas têm de ser entendidas na sua justa proporção, os formigueiros e os conventos, a laje e a pargana.

Blimunda e Baltasar entram no círculo das estátuas. O luar ilumina de frente as duas grandes figuras de S. Sebastião e S. Vicente, as três santas no meio deles, depois para os lados começam os corpos e os rostos a encher-se de sombras, até ao completo negrume em que se escondem S. Domingos e Santo Inácio, e, injustiça grave, se já o condenaram, S. Francisco de Assis, que merecia estar em luz plena, ao pé da sua Santa Clara, prouvera não se veja nesta insistência nenhuma insinuação de comércio carnal, e depois, se o tivesse havido, que é que tinha, não é por isso que as pessoas deixam de ser santas, e com isso é que os santos ficam pessoas. Blimunda vai olhando, tenta adivinhar as representações, umas sabe-as só de olhar uma vez, outras acerta após muito teimar, outras não chega a ter a certeza, outras são como arcas fechadas. Compreende que aquelas letras, aqueles sinais, na base em que assenta S. Vicente, estão explicando, claramente para quem souber ler, que nome ele tem. Com o dedo acompanha as curvas e as retas, é como um cego que ainda não aprendeu a decifrar o seu alfabeto relevado, Blimunda não pode perguntar à estátua, Quem és, o cego não pode perguntar ao papel, Que dizes, só Baltasar, em seu tempo, pôde responder, Baltasar Mateus, o Sete-Sóis, quando Blimunda quis saber, Que nome é o seu. Tudo no mundo está dando respostas, o que demora é o tempo das perguntas. Uma nuvem solitária veio do mar, sozinha em todo o claro céu, e por um longo minuto cobriu a lua. As estátuas tornaram-se vultos brancos, informes, perderam o contorno e as feições, estão como blocos de mármore antes de as ir procurar e achar o cinzel do escultor. Deixaram de ser santo e santa, são apenas primitivas presenças, sem voz, nem sequer aquela que o desenho dá, tão primitivas, tão difusas na sua massa, como parecem as

373

do homem e da mulher que, no meio delas, se diluíram na escuridão, pois estes não são de mármore, simples matéria viva, e, como sabemos, nada se confunde mais com a sombra do chão do que a carne dos homens. Sob a grande nuvem que, devagar, ia passando, distinguia-se melhor o brilho das fogueiras que acompanhavam a vigília dos soldados. À distância, a Ilha da Madeira era uma massa confusa, um gigantesco dragão deitado, respirando por quarenta mil foles, tantos os homens que ali dormem, mais os míseros das enfermarias onde não há um catre vago, salvo se estão os enfermeiros retirando alguns cadáveres, este que rebentou por dentro, este que tinha uma nascida, este que deitava sangue pela boca, este que um estupor paralisou e, segundando, matou. A nuvem afastou-se para dentro da terra, maneira de dizer, pela terra dentro, para o interior dos campos, embora nunca se possa saber que faz uma nuvem quando deixamos de olhar para ela, ou quando se esconde por trás daquele monte, pode muito bem ter-se metido para dentro da terra ou sobre ela descido para fecundar, quem adivinhará que estranhas vidas, que raros poderes, Vamos para casa, Blimunda, disse Baltasar.

Saíram do círculo das estátuas, outra vez iluminadas, e, quando iam começar a descer para o vale, Blimunda olhou para trás. Fosforesciam como sal. Apurando o ouvido, percebia-se daquele lado um rumor de conversação, seria um concílio, um debate, um juízo, talvez o primeiro desde que partiram de Itália, metidos em porões, entre ratos e humidades, atados violentamente nos conveses, porventura a última fala geral que poderiam ter, assim à luz da lua, porque não tarda que sejam metidos em seus nichos, alguns nunca mais tornarão a olhar-se de olhos nos olhos, outros só de revés, e outros vão continuar a olhar o céu, parece castigo. Disse Blimunda, Devem ser infelizes os santos, assim como os fizeram, assim ficam, se isto é a santidade, que será a condenação, São apenas estátuas, Do que eu gostava era vê-las descer daquelas pedras e ser gente como nós, não se pode falar com estátuas, Sabemos nós lá se não falarão quando estão sozinhos, Isso não sabemos, mas, se só uns com os outros falam, e sem testemunhas, para que precisamos deles, pergunto eu, Sempre ouvi dizer que os santos são necessários à nossa salvação, Eles não se salvaram, Quem te disse tal, É o que eu sinto dentro de mim, Que sentes tu dentro de ti, Que ninguém se salva, que ninguém se perde, É pecado pensar assim, O pecado não existe, só há morte e vida, A vida está antes da morte, Enganas-te, Baltasar, a morte vem antes da vida, morreu quem fomos, nasce quem somos, por isso é que não morremos de vez, E quando vamos para debaixo da terra, e quando Francisco Marques fica esmagado sob o carro da pedra, não será isso morte sem recurso, Se estamos falando dele, nasce Francisco Marques, Mas ele não o sabe, Tal como nós não sabemos bastante quem somos, e, apesar disso, estamos vivos, Blimunda, onde foi que aprendeste essas coisas, Estive de olhos abertos na barriga da minha mãe, de lá via tudo.

Entraram no quintal. O luar já era cor de leite. Mais nítidas ainda do que se as marcasse o sol, as sombras eram negras e profundas. Havia ali uma velha barraca coberta de bunho apodrecido, onde, em tempos de maior abono, uma burra descansava dos seus trabalhos de levar e trazer. Na fala familiar era a barraca da burra, apesar de a proprietária ter morrido há muitos e muitos anos, tantos que nem Baltasar conservava lembrança, andei montado nela, não andei, e, as-

375

sim duvidando, ou dizendo, Vou guardar o ancinho na barraca da burra, estava dando razão a Blimunda, era como ver aparecer o animal com os seus seirões ou com o rijo albardão, e a mãe dizendo lá de dentro da cozinha, Vai ajudar o teu pai a descarregar a burra, ainda não era ajuda que valesse a pena, tão pequenino, mas ia-se habituando aos trabalhos pesados, e como todo o esforço deve ter seu prémio, escarranchava-o depois o pai no lombo húmido do animal e passeava-o pelo quintal, afinal sempre fui cavaleiro daquele cavalo. Para dentro da barraca o levou Blimunda, não era a primeira vez que ali entravam a horas noturnas, ora por vontade de um, ora por vontade do outro, faziam-no quando a necessidade da carne se anunciava mais expansiva, quando adivinhavam que não poderiam sufocar o gemido, o estertor, talvez o grito, com escândalo dos discretos amplexos de Álvaro Diogo e Inês Antónia, e alvoroço insuportável do sobrinho Gabriel, forçado pela urgência a conciliar-se pecadoramente. A antiga e larga manjedoura, que nos tempos da sua utilidade estivera fixada aos prumos da barraca, a altura conveniente, estava agora no chão, meio desconjuntada, mas confortável como um leito real, afofada de palha, com duas mantas velhas. Álvaro Diogo e Inês Antónia sabiam que serventia tinham estas coisas, mas fingiam ignorá-lo. Nunca lhes deu o capricho de experimentar a novidade, são espíritos quietos e carnes desambiciosas, só Gabriel aqui virá ter encontros depois de mudadas estas vidas, tão perto isso já vem e ninguém o adivinha. Talvez alguém, talvez Blimunda, não por ter puxado Baltasar para a barraca, sempre foi mulher para dar o primeiro passo, para dizer a primeira palavra, para fazer o primeiro gesto, mas por uma ânsia que lhe aperta a garganta, pela violência com que abraça Baltasar, pela sofreguidão do beijo, pobres bocas, perdida está a frescura, perdidos alguns dentes, partidos outros, afinal o amor existe sobre todas as coisas. Contra o costume, dormiram ali. Quando amanheceu, Baltasar disse, Vou ao Monte Junto, e ela levantou-se, entrou em casa, na meia escuridão da cozinha procurou e encontrou algum alimento, ainda dormiam lá para dentro os cunhados e o sobrinho, depois saiu, cerrando a porta, trazia também o alforge de Baltasar, dentro dele meteu a comida e as ferramentas, sem esquecer o espigão de ferro, de maus encontros ninguém está livre. Saíram ambos, Blimunda acompanhou Baltasar até fora da vila, viam-se ao longe as torres da igreja, brancas sobre o céu encoberto, ninguém o esperaria, depois da clara noite que foi. Abraçaram-se os dois no recato duma árvore de ramos baixos, entre as folhas douradas do outono, pisando outras que já se confundiam com a terra, alimentando-a, para reverdecerem de novo. Não é Oriana em seu traje de corte que se está despedindo de Amadis, nem Romeu que, descendo, colhe o debruçado beijo de Julieta, é somente Baltasar que vai ao Monte Junto remediar os estragos do tempo, não é mais que Blimunda impossivelmente tentando que o tempo pare. Com as suas vestes escuras, são duas sombras inquietas, mal se separam, logo se aproximam, não sei que adivinham estes, que outros casos se preparam, porventura tudo será obra da imaginação, fruto da hora e do lugar, de sabermos que o bem não dura muito, não demos por ele quando veio, não o vimos quando esteve, damos-lhe pela falta quando partiu, Não tardes por lá, Baltasar, Dorme tu na barraca, posso chegar já de noite, mas, se houver muito que consertar, só venho amanhã, Bem sei, Adeus Blimunda, Adeus Baltasar.

Não vale a pena narrar segundas viagens, se foram explicadas as primeiras. De quanto variou quem as faz, já se disse o bastante, de como mudam os lugares e as paisagens basta saber que por lá passam os homens e as estações, de cada vez um poucochinho eles, casa, telheiro, courela, muro, palácio, ponte, convento, sebe, calçada, moinho, de vez, radicalmente, elas, como se fosse para sempre, primavera, verão, outono que é agora, inverno que não tarda. Baltasar conhece estes caminhos como a palma da sua mão direita. Descansou na margem da ribeira de Pedrulhos, onde um dia folgou com Blimunda, em tempo de flores, de malmequeres nos incultos, de papoulas nas searas, de surdas cores nos matos. Pelos caminhos vai encontrando gente que desce para Mafra, magotes de homens e mulheres que rufam tambores e bombos, que sopram gaitas, às vezes levando à frente um padre ou um frade, não raro um entrevado em andas, porventura será o dia da sagração assinalado por um ou mais milagres, nunca se sabe quando quer Deus exercer as suas medicinas, por isso devem os cegos, os coxos, os paralíticos andar em permanente romaria, Virá hoje Nosso Senhor, quem sabe se me enganei na esperança, se calhar vou eu a Mafra e é dia de ele descansar, ou mandou a mãe à Senhora do Cabo, como é que uma pessoa se há de entender nesta distribuição de poderes, porém, a fé nos há de salvar, Salvar de quê, perguntaria Blimunda.

Ao princípio da tarde, chegou Baltasar às primeiras elevações da serra do Barregudo. Ao fundo erguia-se o Monte Junto, todo iluminado pelo sol que acabara de romper as nuvens. Sobre a serra vogavam sombras, eram como grandes animais escuros que percorriam as colinas, arrepiando-as ao passar, depois a luz aquecia as árvores, fazia brilhar os charcos. E o vento soprava contra os braços parados dos moinhos, assobiava nas cantarinhas, são coisas em que só repara quem vai de caminho sem pensar noutras ponderações da vida, apenas este passar e estar passando, a nuvem no céu, o sol que vai começar a descer, o vento que nasce aqui e além morre, a folha sacudida ou que esmorecendo cai, se para tais contemplações tem olhos um antigo e cruel soldado com morte de homem às costas, crime porventura resgatado por outros acidentes da sua vida, ter sido crucificado com sangue sobre o coração, ter visto como a terra é grande e tudo nela tão pequeno, ter falado aos seus bois com voz branda e descansada, parece pouco, alguém saberá se é suficiente.

Meteu-se já Baltasar pelos contrafortes do Monte Junto, procura o quase invisível caminho que por entre mato o levará à máquina de voar, é sempre com o coração apertado que se aproxima, por temor de que a tenham descoberto, talvez destruído, talvez roubado, e de cada vez se surpreende de a ver como se tivesse acabado agora mesmo de pousar, ainda fremente da veloz descida, no seu regaço de arbustos e miríficas trepadeiras, miríficas se lhes há de chamar porque não é isto terra onde costumadamente cresçam. Não foi roubada, destruída também não, lá está, no mesmo lugar, de asa descaída, o seu pescoço de ave confundido com as ramagens mais altas, a cabeça escura como um ninho suspenso. Baltasar aproximou-se, largou o alforge para o chão, sentou-se a descansar um pouco, antes de se pôr ao trabalho. Comeu duas sardinhas fritas sobre um pedaço de pão, usando a ponta e o fio da navalha com a arte de quem abre miniaturas em marfim, quando terminou limpou a lâmina às ervas, a mão ao calção, e dirigiu-se à máquina. O sol brilhava com força, o ar estava quente. Por cima da asa, pisando cautelosamente para não ofender o revestimento de vime, Baltasar entrou na passarola. Algumas tábuas do convés estavam apodrecidas. Teria de substituí-las, trazer os materiais necessários, demorar-se aqui uns dias, ou então, só agora lhe ocorria a ideia, desmontar a máquina peça por peça, transportá-la para Mafra, escondê-la debaixo duma parga de palha, ou num dos subterrâneos do convento, se pudesse combinar com os amigos mais chegados, confiar-lhes metade do segredo, consigo mesmo se espantava de nunca ter pensado nesta solução, quando voltasse falaria com Blimunda. Ia distraído, não reparou onde punha os pés, de repente duas tábuas cederam, rebentaram, afundaram-se. Esbracejou violentamente para se amparar, evitar a queda, o gancho do braço foi enfiar-se na argola que servia para afastar as velas, e, de golpe, suspenso em todo o seu peso, Baltasar viu os panos arredarem-se para o lado com estrondo, o sol inundou a máquina, brilharam as bolas de âmbar e as esferas. A máquina rodopiou duas vezes, despedaçou, rasgou os arbustos que a envolviam, e subiu. Não se via uma nuvem no céu.

Em toda essa noite, Blimunda não dormiu. Pusera-se a esperar que Baltasar regressasse ao cair do dia, como em outras ocasiões acontecera, nessa crença saiu da vila, andou quase meia légua pelo caminho que ele traria, e, durante muito tempo, até fechar-se por completo o crepúsculo, se deixou estar sentada num valado, vendo passar a gente que ia para Mafra, de romaria à sagração, não era festa que se perdesse, certamente haveria esmola e comida para quantos aparecessem, ou elas não faltariam aos mais lestos e lamuriosos, procura a alma as suas satisfações, o corpo não as dispensa. Ao ver aquela mulher ali sentada, alguns melquetrefes vindos de longe julgaram que era assim que a vila de Mafra recebia os visitantes machos, com oferecidas facilidades, e atiravam-lhe chufas obscenas, logo engolidas diante do rosto de pedra que os fitava. E um que se atreveu a experimentar outras aproximações, recuou assustado quando Blimunda lhe disse, numa voz baça, Tens um sapo no coração, cuspo nele, em ti e em toda a tua geração. Quando a noite desceu completamente, acabaram-se os peregrinos, a estas

381

horas já Baltasar não virá, ou chegará tão tarde que o receberei deitada, ou então estará cá amanhã, se teve muito que consertar, foi o que ele disse. Voltou Blimunda para casa, ceou com os cunhados e o sobrinho, Então o Baltasar não veio, disse um deles, Nunca na vida hei de perceber que saídas são estas, disse o outro, Gabriel é que não abriu a boca, é ainda moço de mais para falar estando gente mais velha, mas, lá consigo, pensa que os pais não têm nada que meter-se na vida dos tios, é cisma de metade do mundo a curiosice pela vida da outra metade, que aliás lhe paga na mesma moeda, ora este rapaz, tão novinho, as coisas que já vai sabendo. Acabada a ceia, Blimunda esperou que todos se deitassem, depois saiu para o quintal. A noite estava serena, o céu limpo, mal se sentia a frescura do ar. Talvez àquela mesma hora viesse Baltasar caminhando ao longo da ribeira de Pedrulhos, com o espigão atado no braço esquerdo em vez do gancho, de maus encontros e perguntas indiscretas ninguém está livre, conforme se disse já e tem sido comprovado. Nasceu a lua, melhor verá ele o caminho, daqui a pouco lhe ouviremos certamente os passos, no grande silêncio avisador da noite, empurrará a cancela do quintal, e ali estará Blimunda a recebê-lo, o mais não veremos, porque é nossa obrigação ser discretos, basta que saibamos que é muita a inquietação desta mulher.

Em toda a noite não dormiu. Deitada na manjedoura, envolvida nas mantas que cheiravam a corpo e ao surro das ovelhas, abria os olhos para as frinchas do caniçado da barraca, por onde o luaceiro coava, depois a lua pôs-se, era quase madrugada, nem a noite teve tempo de escurecer. Na primeira claridade levantou-se Blimunda, foi à cozinha buscar algum alimento, que desassossego é este, mulher, ainda não estamos fora do que Baltasar prometeu, talvez aí chegue pelo meio-dia, tinha muito que consertar na máquina, tão velha, à chuva e ao vento, ele preveniu. Blimunda não nos ouve, saiu já de casa, vai pelo caminho que conhece, aquele por onde Baltasar virá, não é possível desencontrarem-se. Desencontro, sim, haverá, mas com el-rei, que precisamente entrará hoje na vila de Mafra, logo à tarde, trazendo em sua companhia o príncipe D. José e o senhor infante D. António, mais os criados todos da casa real, em suprema grandeza de estado, ricos coches, soberbos cavalos, tudo em boa arrumação aparecendo na boca da estrada, rodando, tropeando, que nunca se terá visto tão assombrosa perspetiva. Porém, de pompas reais temos nós avonde, as diferenças conhecemo-las, ele é mais brocado, menos brocado, ele é mais ouro, menos ouro, o nosso dever é ir atrás daquela mulher que a quantos encontra vai perguntando se viram um homem com estes sinais, assim, e assim, o mais formoso do mundo, por tal engano se vê como nem sempre se pode dizer o que se sente, quem por este retrato reconheceria Baltasar, escuro, grisalho e maneta, Não, mulher, não vimos, e Blimunda continua a andar, agora já fora dos caminhos principais, atalhando como na viagem que fizeram ambos, aquele monte, aquela mata, quatro pedras alinhadas, seis colinas em redondo, vai o dia adiantado, de Baltasar nem a sombra. Não se sentou Blimunda para comer, ia andando e mastigando, mas a noite em claro fatigara-a, a inquietação come-lhe as forças, o alimento enrola-se-lhe na boca, e o Monte Junto, que já de longe avultava, parece que se afasta, que prodígio será. Não é mistério nenhum, é apenas o passo vagaroso em que vai, arrastado, assim nunca mais lá chego. Há lugares onde Blimunda não se lembra de ter passado, outros reconhece-os por uma ponte, um encontro de vertentes, um prado fundeiro. E soube que já passou nesta terra porque àquela mesma porta está aquela mesma velha cosendo aquela mesma saia, tudo está na mesma, exceto Blimunda, que vai sozinha. Por estes sítios se recorda de terem encontrado o pastor que lhes disse estarem na serra do Barregudo, além Monte Junto, parece uma colina como qualquer outra, mas não a reteve assim a memória, talvez por causa do abaulado que tem, como se fosse uma miniatura deste lado do planeta, assim uma pessoa acredita que a terra é realmente redonda. Não há pastor nem rebanho, apenas um profundo silêncio quando Blimunda para, uma solidão profunda quando olha em redor. O Monte Junto está tão perto que parece bastar estender a mão para lhe chegar aos contrafortes, como uma mulher de joelhos que estende o braço e toca as ancas do seu homem. Não é possível que Blimunda tenha pensado esta subtileza, e daí, quem sabe, nós não estamos dentro das pessoas, sabemos lá o que elas pensam, andamos é a espalhar os nossos próprios pensamentos pelas cabeças alheias e depois dizemos, Blimunda pensa, Baltasar pensou, e talvez lhes tivéssemos imaginado as nossas próprias sensações, por exemplo, esta de Blimunda nas suas ancas, como se lhes tivesse tocado o seu homem. Parou para descansar, porque lhe tremiam as pernas, fatigadas do caminho, amolecidas do imaginário contacto, mas de repente entrou-lhe no coração o convencimento de que vai encontrar lá em cima Baltasar, trabalhando e suando, talvez atando os últimos nós, talvez lançando para cima do ombro o alforge, talvez já descendo para o vale, por causa disto gritou, Baltasar.

Não houve resposta, nem podia havê-la, um grito não é nada, chega ali àquela escarpa e volta para trás, enfraquecido, nem parece a nossa voz. Blimunda começou a subir rapidamente, voltaram-lhe as forças em afluxo, chega a correr se a encosta se reduz antes de aprumar-se outra vez, e adiante, entre duas azinheiras anãs, distingue o quase invisível carreiro aberto pelas espaçadas passagens de Baltasar, por ali se chega à passarola. Grita outra vez, Baltasar, agora por força a ouvirá ele, não há montes de permeio, apenas uns covões, se pudesse parar ouviria certamente o grito dele, Blimunda, está tão certa de tê-lo ouvido que sorri, com as costas da mão enxuga o suor ou as lágrimas, ou talvez esteja a dar um jeito aos cabelos, ou a limpar a cara suja, é um gesto de tão vário sentido. Ali é o lugar, como o ninho de uma grande ave que levantou voo. O grito de Blimunda, terceiro, e sempre o mesmo nome, não foi agudo, apenas uma explosão sufocada, como se as tripas lhe estivessem sendo arrancadas por gigantesca mão, Baltasar, e ao dizê-lo compreendeu que desde o princípio soubera que viria encontrar deserto este lugar. As lágrimas secaram-se-lhe subitamente como se um vento escaldante tivesse soprado de dentro da terra. Aproximou-se aos tropeções, viu os arbustos arrancados, a depressão que o peso da máquina fizera no chão, e, do outro lado, a meia dúzia de passos, o alforge de Baltasar. Não havia outros sinais do que acontecera ali. Blimunda levantou os olhos para o céu, agora menos limpo, algumas nuvens vogavam serenas no quebrar da tarde, e pela primeira vez sentiu o vazio do espaço, como se estivesse pensando, Não há nada além, mas isto mesmo era o que não queria acreditar, em qualquer parte do céu deveria andar Baltasar voando, lutando com as velas para fazer descer a máquina. Tornou a olhar o alforge, foi buscá-lo, sentiu o peso do espigão dentro dele, e então lembrou-se de que a máquina, se subira no dia anterior, a noite fizera-a descer, por isso Baltasar não estava no céu, estaria na terra, em qualquer parte, talvez morto, talvez vivo, mas ferido, que ainda se lembrava de como fora violenta a descida, porém com maior carga.

Deitou o alforge para o ombro, não havia ali mais que fazer, e começou a procurar nas proximidades, subindo e descendo as encostas cobertas de mato, escolhendo os pontos altos, agora desejosa de ter olhos agudíssimos, não os que o jejum lhe dava, mas outros que da superfície nada deixassem escapar, como os do falcão, ou do lince. Com os pés a sangrar, a saia esfarrapada pelo mato espinhoso, deu a volta pelo lado norte do monte, depois tornou ao sítio de partida procurando um nível superior, e então descobriu que nunca tinham ido, nem ela, nem Baltasar, ao cume do Monte Junto, agora deveria subir lá, antes que se fizesse noite, dali teria mais larga vista, é certo que à distância a máquina faria pouca figura, mas o acaso às vezes ajuda, quem sabe se, lá chegando, veria Baltasar acenar-lhe com o braço, à beira duma fonte onde ambos matariam a sede.

Começou Blimunda a subir, consigo mesma ralhando que aquela deveria ter sido a sua primeira lembrança, não agora, com a tarde já a despedir-se. Sem dar por isso, encontrou um carreiro que subia, serpenteando, e mais acima um caminho largo, de carros, surpreendeu-se com a novidade, que será que há no alto do monte para que tenha sido aberta esta estrada, e com sinais de passagem, e antiga, quem sabe se Baltasar também deu com ela. Ao dobrar uma curva, Blimunda estacou. À sua frente caminhava um frade, dominicano pelo hábito que vestia, homem corpulento, de pescoço grosso. Inquieta, Blimunda hesitava em correr, em chamar.

O frade pareceu ter sentido uma presença. Parou, olhou a um lado e a outro, depois para trás. Fez um gesto de bênção e aguardou. Blimunda aproximou-se, Deo gratias, disse o dominicano, que fazes por aqui, perguntou. Ela não pôde mais que responder, Ando à procura do meu homem, e não sabia como continuar, o frade pensaria que ela estava doida se lhe fosse falar em máquina voadora, em passarola, em nuvens fechadas. Recuou alguns passos, Somos de Mafra, o meu homem veio aqui ao Monte Junto por causa de um grande pássaro que ouvimos dizer que vivia cá, o meu medo é que o pássaro o tenha levado, Nunca ouvi falar de tal, nem ninguém da congregação, Há neste monte algum convento, Há, Não sabia. O frade desceu um pouco o caminho, como se o fizesse distraidamente. O sol baixara muito, e, como as nuvens se amontoavam do lado do mar, o entardecer tornava-se cinzento. Então não viu por aqui um homem que tem falta da mão esquerda e usa um gancho a fazer as vezes dela, perguntou Blimunda, É esse o teu homem, É, Não, não vi ninguém, E não viu nenhum pássaro grande voar daquele lado de além, ontem ou hoje, Não, não vi nenhum pássaro grande, Sendo assim, vou-me embora, deite-me a sua bênção, padre, Daqui a pouco é noite, vais-te perder se te metes ao caminho, algum lobo te apanha, que os há, Se for agora, ainda chego ao vale com luz de dia, É mais longe do que parece daqui, ouve, ao lado do convento há uma ruína, de um outro convento que não se chegou a acabar, podes passar lá a noite e amanhã continuas a procurar o teu homem, Vou-me embora, Faze como quiseres, depois não te queixes de que não te avisei dos perigos, e, tendo dito isto, o frade recomeçou a subir pelo caminho largo.

Blimunda ficou ali parada, outra vez hesitante. Ainda não

era noite, mas todo o campo, lá em baixo, se cobria de sombra. As nuvens alastravam-se por todo o céu, começou a soprar um vento húmido, talvez chovesse. Sentia-se cansada, tanto que podia deixar-se morrer de pura fadiga. Já mal pensava em Baltasar. Acreditava confusamente que o encontraria no dia seguinte, que portanto não ganhava nada em procurá-lo hoje. Sentou-se na beira do caminho, sobre uma pedra, meteu a mão ao alforge, encontrou o que restava do farnel de Baltasar, uma sardinha ressequida, uma côdea duríssima. Se alguém passasse ali àquela hora, sentiria um medo mortal, uma mulher assim sentada, sem medo ela, é certamente uma bruxa, à espera de viajante para lhe chupar o sangue ou das companheiras com quem irá ao aquelarre. Contudo, é apenas uma desgraçada mulher que perdeu o seu homem, levado por ares e ventos, que faria todos os bruxedos para que ele regressasse, mas desses não conhece nenhum, de que lhe serviu ser capaz de ver o que os outros não veem, de que lhe serviu ser recolhedora de vontades, se justamente elas foram que o levaram.

Fez-se noite. Blimunda pôs-se de pé. O vento tornou-se mais frio e mais forte. Havia um grande desamparo naqueles montes, por isso ela começou a chorar, já era tempo de lhe ser trazido esse desafogo. A escuridão encheu-se de sons assustadores, o piar de um mocho, o ramalhar das azinheiras, e, se não era perdição dos ouvidos, para aquele lado ululara um lobo. Ainda a coragem de Blimunda a fez descer cem passos na direção do vale, mas era como se estivesse a baixar devagarinho para o fundo de um poço, sem saber que goelas a esperavam, abertas ao lume da água. Mais tarde viria a lua, que lhe mostraria o caminho se o céu descobrisse, mas que a tornaria visível a quanto ser vivo batesse os montes, se a alguns assustaria, outros a gelariam de medo. Parou, toda arrepiada. A pouca distância, qualquer coisa rastejara bruscamente. Não aguentou mais. Começou a correr, caminho acima, como se levasse atrás de si todos os diabos do inferno e todos os monstros que povoam a terra, os viventes e os imaginados. Quando dobrou a última curva, viu o convento, uma construção baixa, atarracada. Pelas frestas da igreja coava-se uma luz pálida. Havia um grande silêncio sob o céu estrelado, sob o sussurro das nuvens, tão próximas como se o Monte Junto fosse a mais alta montanha do mundo. Blimunda foi-se aproximando, pareceu-lhe ouvir um murmúrio entoado de orações, seriam as completas, quando chegou perto tornou-se mais forte a melopeia, agora eram cheias as vozes, ali orando ao céu, tão humildemente orando que Blimunda tornou a chorar, talvez estes frades, sem o saber, estivessem trazendo Baltasar das alturas, ou das perdições da selva, talvez as mágicas e latinas palavras estivessem curando as feridas de que certamente padece, por isso Blimunda se juntou às preces, dizendo mentalmente as que sabe e que servem para tudo, perdimento, maleita, alma ansiosa, alguém lá em cima estará encarregado de fazer a destrinça.

Do outro lado do convento, num rebaixo que dava para a encosta, é que eram as ruínas. Havia paredes altas, abóbadas, recantos que se adivinhava serem de celas, bom lugar para passar a noite ao abrigo do frio e das feras. Blimunda, ainda receosa, entrou no breu profundo das abóbadas, apalpou o caminho com as mãos e os pés, temendo cair em algum buraco. Aos poucos, os olhos foram-se habituando ao negrume, depois a claridade difusa do espaço recortou os vãos das frestas, assinalando as paredes. O chão, de erva rasteira, estava limpo. Havia um piso superior aonde não se podia chegar, pelo menos não era agora visível o acesso. Blimunda estendeu a manta a um canto, fez do alforge travesseira, e deitou-se. As lágrimas vieram outra vez. Ainda chorando adormeceu, passou da vigília ao sono entre duas lágrimas, e chorando continuou enquanto dormia, sonhando que chorava. Não durou isso muito tempo. Afastando as nuvens, a lua surgiu, o luar entrou pelas ruínas como uma presença, e Blimunda acordou. Julgou que a luz a sacudira de mansinho, lhe tocara no rosto, ou na mão que repousava sobre a manta, mas o som raspado que ouviu agora era igual ao que percebeu ter ouvido antes, quando dormia ainda. O rumor ouvia-se ora mais perto, ora mais afastado, como de alguém que procura e não acha mas não desiste, torna e teima, um animal que neste lugar se refugia e que perdeu o sentido dele. Blimunda soergueu-se sobre os cotovelos, apurou o ouvido. O som era agora um pisar cauteloso, quase inaudível, mas próximo. Um vulto passou diante duma fresta, a luz desenhou um perfil torcido na parede rugosa de pedra. Imediatamente Blimunda soube que era o frade do caminho. Dissera-lhe onde podia arranjar abrigo, vinha saber se fora seguido o conselho, mas não por caridade cristã. Deitou-se Blimunda para trás, silenciosamente, e ficou quieta, talvez que ele a não visse, talvez a visse e dissesse, Descansa, pobre alma fatigada, se assim fosse seria um verdadeiro milagre, e tão edificante, mas a verdade não é essa, a verdade é que o frade vem a saciar a carne, nem lho podemos levar a mal, aqui neste deserto, no teto do mundo, que dolorosa é a vida das pessoas. O vulto cobre toda a luz da fresta, é de homem alto e forte, ouve-se-lhe a respiração. Blimunda puxara o alforge para o lado, e, quando o homem se ajoelhou, meteu rapidamente a mão na bolsa, segurou o espigão pelo encaixe, como um punhal. Já sabemos o que vai acontecer, está escrito desde que em Évora o ferreiro fez o espigão e o gancho, um está aqui na mão de Blimunda, o outro quem o virá dizer. O frade tateou os pés de Blimunda, afastou-lhe devagarinho as pernas, para um lado, para o outro, excita-o terrivelmente a imobilidade da mulher, porventura está acordada e lhe apetece o homem, já as saias foram atiradas para cima, já o hábito arregaçado, a mão avança a reconhecer o caminho, estremeceu a mulher, mas não faz outro movimento, jubiloso o frade empurra o membro para a invisível fenda, jubiloso sente que os braços da mulher se fecham nas suas costas, há grandes alegrias na vida de um dominicano. Empurrado pelas duas mãos, o espigão enterra-se entre as costelas, aflora por um instante o coração, depois continua o seu trajeto, há vinte anos que este ferro procurava esta segunda morte. O grito que começou a formar-se na garganta do frade mudou-se em estertor rouco, brevíssimo. Blimunda torceu o corpo, aterrada, não por ter matado, mas por sentir aquele peso, duas vezes esmagador. Usando os cotovelos, empurrou-o violentamente, enfim saiu de debaixo dele. O luar mostrou um pouco do hábito branco, a mancha escura que alastrava. Blimunda levantou-se, apurou o ouvido. O silêncio era total dentro das ruínas, apenas o seu coração batia. Apalpou o chão, recolheu o alforge e a manta, que teve de puxar com força porque se enrodilhara nas pernas do frade, e foi pô-los num sítio iluminado. Depois voltou ao homem, agarrou o encaixe do espigão e puxou uma vez, duas vezes. Com a torção do corpo, o ferro devia ter ficado entalado entre duas costelas. Em desespero, Blimunda pôs um pé em cima das costas do homem e, num sacão brusco, extraiu o ferro. Houve um gorgolejo espesso, a mancha negra alastrou como uma inundação. Blimunda limpou o espigão ao hábito, guardou-o no alforge, que atirou para as costas, com a manta. Quando ia sair dali, olhou para trás e viu que o frade tinha umas sandálias calçadas, foi tirar-lhas, homem morto vai por seu pé aonde tiver que ir, inferno ou paraíso.

Na sombra que as paredes arruinadas projetavam, Blimunda parou a escolher o caminho. Não se arriscaria a atravessar o terreiro defronte do convento, podia vê-la alguém, acaso outro frade sabedor do segredo, à espera que regressasse o primeiro, que, pela demora, devia estar retoiçando muito a seu gosto, Malditos sejam os frades, murmurou Blimunda. Agora tinha de desafiar todos os sustos, o lobo, se não era fábula, o invisível rastejar, que esse ouvira-o ela, meter-se ao mato até encontrar o caminho, lá adiante, onde não pudesse ser vista. Descalçou as chancas arruinadas, enfiou as sandálias do morto, grandes, espalmadas, mas sólidas, atou as tiras de couro aos tornozelos, e pôs-se a caminho, de maneira a ter sempre as ruínas entre si e o convento, enquanto a não escondesse o mato ou um acidente do terreno. Rodearam-na os rumores dos montes, banhava-a a brancura do luar, depois vinham as nuvens e cobriam-na de escuridão, mas subitamente descobriu que nada a assustava, que iria descer para o vale sem que o coração lhe vacilasse, podiam aparecer avantesmas e lobisomens, almas penadas e luzeiros, com o espigão os arredaria para o lado, arma poderosa mais que todos os malefícios e atentados, candeia que vai adiante alumia o meu caminho.

Toda a noite Blimunda andou. Precisava estar muito longe do Monte Junto quando a madrugada apontasse, quando a congregação se reunisse para as primeiras orações. Davam por falta do frade, começariam por buscá-lo na cela, depois por todo o convento, no refeitório, na sala do capítulo, na livraria, na horta, o abade dá-lo-ia por fugido, haveria infinitas murmurações pelos cantos, mas, se algum dos irmãos soubesse do segredo, sobre brasas estaria, quem sabe se invejoso da fortuna do outro, boa saia seria aquela para que ele lançasse o hábito às urtigas, depois a busca passaria para fora dos muros, talvez seja dia claro quando encontrarem o morto, olha do que eu me livrei, pensa o frade já não invejoso, afinal na graça de Deus.

Quando, a meio da manhã, Blimunda chegou à ribeira de Pedrulhos, decidiu que ali descansaria da cega caminhada em que vinha. Atirara fora as sandálias do frade, não fosse o diabo armar-lhe com elas uma ratoeira, do seu próprio calçado se desfez por sem remédio, agora mergulhava as pernas na água fria, enfim lembrando-se de examinar as roupas, se haveria sangue nelas, talvez esta mancha na saia esfarrapada, rasgou o que rasgado estava, lançou fora o farrapo. Vendo a água correr, perguntou, E agora. Já lavara o espigão de ferro, foi como se lavasse a perdida mão de Baltasar ausente, perdido ele, onde. Saiu da água, E agora, tornou a perguntar. Então ocorreu-lhe a ideia, e da bondade dela se convenceu, de que Baltasar afinal estaria em Mafra, à sua espera, tinham-se desencontrado no caminho, se calhar a máquina de voar subira sozinha, depois Baltasar viera-se embora, por esquecimento deixara ficar o alforge e a manta, ou talvez tivesse largado a fugir de susto, um homem também tem direito aos seus medos, e agora ele não sabe que há de fazer, se esperar, se meter pernas à estrada, aquela mulher é uma doida, ah, Blimunda.

Por estes caminhos já próximos de Mafra corria Blimunda como doida, tão extenuada por fora, duas noites sem dormir, tão resplandecendo por dentro, duas noites batalhando, alcança e deixa para trás os que vão à sagração, se se juntam tantos não caberão em Mafra. De longe veem-se pendões e panos, distinguem-se ranchos de gente, até domingo ninguém trabalha, tudo é esmerar galas e apurar enfeites. Desce Blimunda para casa, ali é o palácio do visconde, estão soldados da guarda real à porta, seges e coches pela rua acima, aqui se terá hospedado el-rei. Empurrou a cancela do quintal, gritou, Baltasar, mas ninguém lhe apareceu. Então, sentou-se no degrau de pedra, deixou cair os braços, e ia abandonar-se ao desespero quando pensou que não poderia explicar como estavam na sua posse a manta e o alforge de Baltasar, se justamente teria de dizer que fora por ele e não o encontrara. Mal se segurando nas pernas, dirigiu-se para a barraca e escondeu-os debaixo dum molho de canas. Já não teve forças para regressar. Deitou-se na manjedoura e, daí a pouco, porque o corpo tem às vezes dó da alma, adormeceu. Por isso não deu pela chegada do patriarca de Lisboa, que veio em um riquíssimo coche, com mais quatro onde vinham os criados, e à frente o cruciferário, a cavalo, com a cruz patriarcal levantada, e o meirinho dos clérigos, e vinham também os oficiais da câmara, que haviam saído a esperá-lo a uma grande distância, não se concebe cortejo assim magnífico, a multidão o gozava deleitadamente, quase saltavam os olhos a Inês Antónia, embasbacava gravemente Álvaro Diogo como convém a um lavrante da pedra, quanto a Gabriel, valdevinos, anda por aí. E também não viu Blimunda como chegaram, vindos de vários lugares, mas não por seu pé, mais de trezentos franciscanos para assistir ao ato, por assim dizer o abrilhantando, se de dominicanos fosse a ordem, faltaria um. Perdeu o desfile da milícia triunfante, marchando a quatro de fundo, vinham ver se estavam prontas as obras do quartel, a carreira de tiro à alma, o arsenal das hóstias, o paiol dos sacramentos, a bordadura do estandarte, In hoc signo vinces, e se, para a vitória, não bastar o sinal, usem-se as persuasões violentas. A esta hora Blimunda dorme, e uma pedra que caiu no chão, se não lhe tocarem com o pé, ali ganhará cama, crescer-lhe-á a erva ao redor, assim acontece nas grandes esperas.

À tardinha, acabadas as festividades do dia, desceram a casa Álvaro Diogo e a mulher, não entraram pelo quintal, por isso não viram logo Blimunda, mas quando Inês Antónia foi recolher as galinhas que andavam soltas, deu com a cunhada a dormir, porém, gesticulando violentamente no sono, pudera não, se estava a matar um dominicano, mas isso não podia Inês Antónia adivinhar. Entrou na barraca, sacudiu Blimunda por um braço, não lhe tocou com o pé, não é pedra a que tal se possa fazer, e ela abriu os olhos espavorida, sem saber onde estava, no sonho não havia mais que trevas, aqui ainda o entardecer, e, em vez do frade, esta mulher quem é, ah, a irmã de Baltasar, E Baltasar onde está, pergunta Inês Antónia, veja-se como são as coisas, por estas mesmas palavras se interrogava Blimunda, que resposta há de dar, a custo levantou-se, todo o corpo lhe dói, cem vezes tinha morto um frade que cem vezes ressuscitava, Baltasar ainda não pode vir, dizer isto é o mesmo que estar calada, a questão não é se pode ou não pode vir, a questão é não vem porquê, Tem na ideia ficar de abegão no Turcifal, todas as explicações são boas desde que sejam recebidas, às vezes a indiferença ajuda, é o caso de Inês Antónia, que não liga muito ao irmão, quando dele quer saber, é curiosidade e pouco mais.

Durante a ceia, depois de estranhar a ausência prolongada, há três dias que Baltasar saiu de casa, deu Álvaro Diogo informações completas sobre quem já está e quem vai chegar, a rainha e a princesa D. Mariana Vitória ficaram em Belas por não haver acomodação em Mafra, e pela mesma razão foi o infante D. Francisco para a Ericeira, mas o que, acima de tudo, faz orgulhar-se Álvaro Diogo é, por assim dizer, cobrirem-no os mesmos ares que cobrem a el-rei, ao príncipe D. José e ao infante D. António, aqui mesmo defronte, no palácio do visconde, quando ceamos nós, ceiam eles, cada um do seu lado da rua, ó vizinha dá-me salsa. Também já vieram o cardeal Cunha e o cardeal Mota, e os bispos de Leiria e de Portalegre, do Pará e de Nanquim, que não estão lá, estão aqui, e vem chegando a corte, fidalgos que não acabam, Queira Deus que Baltasar cá esteja no domingo para ver a festa, disse Inês Antónia em tom de obrigação, Há de estar, murmurou Blimunda.

Nessa noite dormiu em casa. Esqueceu-se de comer o pão antes de se levantar, e quando entrou na cozinha viu dois fantasmas translúcidos, rapidamente tornados em molhos de vísceras e feixes de paus brancos, é o horror da vida, deu-lhe um vómito, precipitadamente virou a cara e começou a mastigar o pão, mas Inês Antónia soltou uma risada sem maldade, Querem ver que estás prenha ao cabo de todos estes anos, são palavras inocentes que duplicaram a dor de Blimunda, Agora nem que eu o quisesse, pensou, aos gritos por dentro de si. Este foi o dia de se benzerem as cruzes, os quadros das capelas, os paramentos e mais objetos do culto, e depois o convento e todas as suas dependências. O povo ficou da banda de fora, Blimunda nem chegou a sair de casa, contentou-se com ver el-rei subir para o coche, mais o príncipe e o infante, ia encontrar-se com a rainha e altezas, à noite Álvaro Diogo explicou o melhor que pôde.

Enfim, chegou o mais glorioso dos dias, a data imorredoira de vinte e dois de outubro do ano da graça de mil setecentos e trinta, quando el-rei D. João v faz quarenta e um anos e vê sagrar o mais prodigioso dos monumentos que em Portugal se levantaram, ainda por acabar, é verdade, mas pela catadura se conhece o catacego. Não se descrevem tantas maravilhas, Álvaro Diogo não viu tudo, Inês Antónia tudo confundiu, Blimunda foi com eles, parecia mal não ir, mas não se sabe se sonha, se está acordada. Eram quatro da manhã quando saíram de casa para apanharem um bom lugar no terreiro, às cinco formou a tropa, ardiam archotes por toda a parte, depois começou a amanhecer, bonito dia, sim senhores, Deus cuida bem da sua fazenda, agora se vê o magnífico trono patriarcal, ao lado esquerdo do pórtico, com as suas cadeiras e dossel de veludo carmesim, com guarnições de ouro, o chão coberto de alcatifas, um primor, e numa credência a caldeirinha e o hissope, mais os restantes instrumentos, já se armou a procissão solene que dará a volta à igreja, el-rei vai nela, atrás os infantes e a fidalgaria, conforme as suas precedências, mas o principal da festa é o patriarca, benze o sal e a água, atira água benta às paredes, porventura não foi tanta quanta devia de ser, ou não cairia Álvaro Diogo de trinta metros daqui a poucos meses, e depois vai bater por três vezes com o báculo na porta grande do meio, que estava fechada, às três foi de vez, é a conta que Deus fez, abriu-se a porta e entrou a procissão, pena temos nós de que não entrem Álvaro Diogo e Inês Antónia, e também Blimunda, apesar do nenhum gosto, veriam as cerimónias, umas sublimes, outras tocantes, umas de derrubar-se prostradamente o corpo, outras de sublimar-se aceleradamente a alma, por exemplo, estar o patriarca escrevendo com a ponta do báculo, em montes de cinza dispostos no pavimento da igreja, os alfabetos grego e latino, parece mais obra de bruxedo, eu te talho e retalho, do que ritual canónico, como é também o caso de toda aquela maçonaria que além está, ouro moído, incenso, cinza outra vez, sal, vinho branco numa garrafa de prata, cal e pó de pedra numa bandeja, uma colher de prata, uma concha dourada, sei lá que mais, não faltam hieróglifos, gatimanhos, passos e passes, para lá e para cá, óleos santos, benzimentos, relíquias dos doze apóstolos, doze, e nisto se passou a manhã e grande parte da tarde, eram cinco horas quando o patriarca começou a missa de pontifical, que, claro está, levou o seu tempo, e não foi pouco, enfim chegou a termo, dali subiu à tribuna da casa de Benedictione para lançar a bênção ao povo que esperava cá fora, setenta mil, oitenta mil pessoas, que num grande sussurro de movimentos e vestes se derrubaram de joelhos no chão, momento inesquecível, por muitos anos que eu viva, D. Tomás de Almeida recitando lá do alto as palavras da bênção, tendo boa vista percebe-se-lhe o mexer dos beiços, ouvidos é que não há que alcancem, havia de ser hoje, clamariam por todo o orbe, urbi et orbis, as trombetas eletrónicas, voz verdadeira de Jeová que teve de esperar milénios para que enfim o ouvisse a terra, mas a maior sabedoria do homem ainda continua a ser contentar-se com o que tem, enquanto não inventa melhor, por isso é tão grande a felicidade da vila de Mafra e de quem lá está, bastam-lhe os gestos compassados da mão, de cima para baixo, da esquerda para a direita, o anel faiscante, os ouros e os carmesins resplandecentes, as alvas cambraias, o retumbar do báculo sobre a pedra que veio de Pero Pinheiro, lembram-se, vede como ela sangra, milagre, milagre, milagre, aquele foi o último gesto, tirar o calço, retirou-se o pastor com o séquito, as ovelhas já se levantaram, a festa continuará, oito são os dias da sagração e este é o primeiro. Blimunda disse aos cunhados, Já volto. Desceu a ladeira para a vila deserta. Com a pressa, alguns moradores tinham deixado portas e postigos abertos. Os lumes estavam apagados. Blimunda foi à barraca buscar a manta e o alforge, entrou em casa, juntou o que podia de comida, uma escudela de pau, uma colher, algumas roupas suas, outras de Baltasar. Depois meteu tudo no alforge e saiu. Começava a escurecer, mas, agora, de nenhuma noite teria medo, se tão negra é a que leva dentro de si.

Durante nove anos, Blimunda procurou Baltasar. Conheceu todos os caminhos do pó e da lama, a branda areia, a pedra aguda, tantas vezes a geada rangente e assassina, dois nevões de que só saiu viva porque ainda não queria morrer. Tisnou-se de sol como um ramo de árvore retirado do lume antes de lhe chegar a hora das cinzas, arregoou-se como um fruto estalado, foi espantalho no meio de searas, aparição entre os moradores das vilas, susto nos pequenos lugares e nos casais perdidos. Onde chegava, perguntava se tinham visto por ali um homem com estes e estes sinais, a mão esquerda de menos, e alto como um soldado da guarda real, barba toda e grisalha, mas se entretanto a rapou, é uma cara que não se esquece, pelo menos não a esqueci eu, e tanto pode ter vindo pelas estradas de toda a gente, ou pelos carreiros que atravessam os campos, como pode ter caído dos ares, num pássaro de ferro e vimes entrançados, com uma vela preta, bolas de âmbar amarelo, e duas esferas de metal baço que contêm o maior segredo do universo, ainda que de tudo isto não restem mais que destroços, do homem e da ave, levem-me a eles, que só de lhes pôr as mãos em cima os reconhecerei, nem preciso olhar. Julgavam-na doida, mas, se ela se deixava ficar por ali uns tempos, viam-na tão sensata em todas as mais palavras e ações que duvidavam da primeira suspeita de pouco siso. Por fim já era conhecida de terra em terra, a pontos de não raro a preceder o nome de Voadora, por causa da estranha história que contava. Sentava-se às portas, a conversar com as mulheres do lugar, ouvia-lhes as lamentações, os ais, menos vezes as alegrias, por serem poucas, por as guardar quem as sentia, talvez porque nem sempre há a certeza de se sentir o que se guarda, é só para não ficar desprovido de tudo. Por onde passava, ficava um fermento de desassossego, os homens não reconheciam as suas mulheres, que subitamente se punham a olhar para eles, com pena de que não tivessem desaparecido, para enfim poderem procurá--los. Mas esses mesmos homens perguntavam, Já se foi, com uma inexplicável tristeza no coração, e se lhes respondiam, Ainda anda por aí, tornavam a sair com a esperança de a encontrar naquele bosque, na seara alta, banhando os pés no rio ou despindo-se atrás dum canavial, tanto fazia, que do vulto só os olhos gozavam, entre a mão e o fruto há um espigão de ferro, felizmente ninguém mais teve de morrer. Nunca entrava em igreja se havia gente lá dentro, apenas para descansar sentada no chão ou apoiada a uma coluna, entrei por um momento, vou-me já embora, esta não é a minha casa. Os padres que ouviam falar dela mandavam-lhe recados para que viesse à confissão, curiosos de saber que mistérios se ocultavam naquela romeira e peregrina, que segredos se escondiam no rosto impenetrável, nos olhos parados, cujas pálpebras raramente batiam, e que a certas horas e certa luz pareciam lagos onde flutuavam sombras de nuvens, as sombras que dentro passavam, não as comuns do ar. A esses mandava dizer que fizera promessa de só se confessar quando se sentisse pecadora, não poderia encontrar resposta que mais escandalizasse, se pecadores todos nós somos, porém, não era raro que falando sobre isto com outras mulheres as deixasse pensativas, afinal, que faltas são essas nossas, as tuas, as minhas, se nós somos, mulheres, verdadeiramente, o cordeiro que tirará o pecado do mundo, no dia em que isto for compreendido vai ser preciso começar outra vez tudo. Mas nem sempre os acidentes da sua passagem foram deste teor, aconteceu-lhe ser apedrejada, escarnecida, e numa aldeia onde assim a maltrataram fez depois um prodígio tal, que pouco faltou para a tomarem por santa, foi o caso que havia no lugar grande secura de água, por estarem exaustas as fontes e consumidos os poços, e Blimunda, após ter sido expulsa, percorreu os arredores usando o seu jejum e a sua vidência, e na noite seguinte, quando todos dormiam, entrou na aldeia, e posta no meio da praça gritou que em tal sítio e a tal profundidade corria um veio de água pura, que a vi eu, por isso lhe foi dado o nome de Olhos-de-Água, dos olhos que primeiro se banharam nela. Olhos que água gerassem encontrou-os também, e tantos, se tendo dito que viera de Mafra lhe perguntavam se conhecera lá um homem com este nome e esta figura, era meu marido, era meu pai, era meu irmão, era meu filho, era meu noivo, levaram-no forçado a trabalhar no convento, por ordem de el-rei, e nunca mais o vi, não voltou mais, terá morrido por lá, ter-se-á perdido no caminho, quem sabe, ninguém me soube dar notícia dele, ficou sem amparo a família, abandonada a terra, ou então levou-o o diabo, mas já cá tenho outro homem, é bicho que nunca falta se a mulher lhe abre o covil, não sei se me entendes.

Passou por Mafra, soube de Inês Antónia que morrera Álvaro Diogo, de Baltasar nem de morte havia indício, quanto mais de vida.

Nove anos procurou Blimunda. Começou por contar as estações, depois perdeu-lhes o sentido. Nos primeiros tempos calculava as léguas que andava por dia, quatro, cinco, às vezes seis, mas depois confundiram-se-lhe os números, não tardou que o espaço e o tempo deixassem de ter significado, tudo se media em manhã, tarde, noite, chuva, soalheira, granizo, névoa e nevoeiro, caminho bom, caminho mau, encosta de subir, encosta de descer, planície, montanha, praia do mar, ribeira de rios, e rostos, milhares e milhares de rostos, rostos sem número que os dissesse, quantas vezes mais os que em Mafra se tinham juntado, e de entre os rostos, os das mulheres para as perguntas, os dos homens para ver se neles estava a resposta, e destes nem os muito novos nem os muito velhos, alguém de quarenta e cinco anos quando o deixámos além no Monte Junto, quando subiu aos ares, para sabermos a idade que vai tendo basta acrescentar-lhe um ano de cada vez, por cada mês tantas rugas, por cada dia tantos cabelos brancos.

Quantas vezes imaginou Blimunda que estando sentada na praça duma vila, a pedir esmola, um homem se aproximaria e em lugar de dinheiro ou pão lhe estenderia um gancho de ferro, e ela meteria a mão ao alforge e de lá tiraria um espigão da mesma forja, sinal da sua constância e guarda, Assim te encontro, Blimunda, Assim te encontro, Baltasar, Por onde foi que andaste em todos estes anos, que casos e misérias te aconteceram, Diz-me primeiramente de ti, tu é que estiveste perdido, Vou-te contar, e ficariam falando até ao fim do tempo.

Milhares de léguas andou Blimunda, quase sempre descalça. A sola dos seus pés tornou-se espessa, fendida como uma cortiça. Portugal inteiro esteve debaixo destes passos, algumas vezes atravessou a raia de Espanha porque não via no chão qualquer risco a separar a terra de lá da terra de cá, só ouvia falar outra língua, e voltava para trás. Em dois anos, foi das praias e das arribas do oceano à fronteira, depois recomeçou a procurar por outros lugares, por outros caminhos, e andando e buscando veio a descobrir como é pequeno este país onde nasceu, Já aqui estive, já aqui passei, e dava com rostos que reconhecia, Não se lembra de mim, chamavam-me Voadora, Ah, bem me lembro, então achou o homem que procurava, O meu homem, Sim, esse, Não achei, Ai pobrezinha, Ele não terá aparecido por aqui depois de eu ter passado, Não, não apareceu, nem nunca ouvi falar dele por estes arredores, Então cá vou, até um dia, Boa viagem, Se o encontrar.

Encontrou-o. Seis vezes passara por Lisboa, esta era a sétima. Vinha do sul, dos lados de Pegões. Atravessou o rio, quase noite, na última barca que aproveitava a maré. Não comia há quase vinte e quatro horas. Trazia algum alimento no alforge, mas, de cada vez que ia levá-lo à boca, parecia que sobre a sua mão outra mão se pousava, e uma voz lhe dizia, Não comas, que o tempo é chegado. Sob as águas escuras do rio, via passar os peixes a grande profundidade, cardumes de cristal e prata, longos dorsos escamosos ou lisos. A luz interior das casas coava-se através das paredes, difusa como um farol no nevoeiro. Meteu-se pela Rua Nova dos Ferros, virou para a direita na igreja de Nossa Senhora da Oliveira, em direção ao Rossio, repetia um itinerário de há vinte e oito anos. Caminhava no meio de fantasmas, de neblinas que eram gente. Entre os mil cheiros fétidos da cidade, a aragem noturna trouxe-lhe o da carne queimada. Havia multidão em S. Domingos, archotes, fumo negro, fogueiras.

Abriu caminho, chegou-se às filas da frente, Quem são, perguntou a uma mulher que levava uma criança ao colo, De três sei eu, aquele além e aquela são pai e filha que vieram por culpas de judaísmo, e o outro, o da ponta, é um que fazia comédias de bonifrates e se chamava António José da Silva, dos mais não ouvi falar. São onze os supliciados. A queima já vai adiantada, os rostos mal se distinguem. Naquele extremo arde um homem a quem falta a mão esquerda. Talvez por ter a barba enegrecida, prodígio cosmético da fuligem, parece mais novo. E uma nuvem fechada está no centro do seu corpo. Então Blimunda disse, Vem. Desprendeu-se a vontade de Baltasar Sete-Sóis, mas não subiu para as estrelas, se à terra pertencia e a Blimunda.

1ª EDIÇÃO [2013] 1 reimpressão
2ª EDIÇÃO [2017] 6 reimpressões

ESTA OBRA FOI COMPOSTA PELA SPRESS EM TIMES E IMPRESSA EM OFSETE
PELA GRÁFICA SANTA MARTA SOBRE PAPEL PÓLEN SOFT DA SUZANO S.A.
PARA A EDITORA SCHWARCZ EM MARÇO DE 2024

A marca FSC® é a garantia de que a madeira utilizada na fabricação do papel deste livro provém de florestas que foram gerenciadas de maneira ambientalmente correta, socialmente justa e economicamente viável, além de outras fontes de origem controlada.